广东省作家协会
GUANG DONG PROVINCIAL WRITERS ASSOCIATION

广东文学蓝皮书

（2021）

广东省作家协会　编

SPM 南方传媒 | 广东人民出版社
·广州·

图书在版编目（CIP）数据

广东文学蓝皮书. 2021 / 广东省作家协会编. —广州：广东人民出版社，2022. 7

ISBN 978 - 7 - 218 - 15818 - 1

Ⅰ. ①广… Ⅱ. ①广… Ⅲ. ①中国文学—当代文学—文学研究—广东—2021 Ⅳ. ①I206. 7

中国版本图书馆 CIP 数据核字（2022）第 105521 号

GUANGDONG WENXUE LANPISHU（2021）

广东文学蓝皮书（2021）

广东省作家协会 编

出 版 人：肖风华

责任编辑：汪 泉

装帧设计：黄礼蓉

责任技编：吴彦斌 周星奎

出版发行：广东人民出版社

地 址：广州市越秀区大沙头四马路 10 号（邮政编码：510199）

电 话：（020）85716809（总编室）

传 真：（020）83289585

网 址：http：//www. gdpph. com

印 刷：广东鹏腾宇文化创新有限公司

开 本：787mm×1092mm 1/16

印 张：17. 5 **字 数**：300 千

版 次：2022 年 7 月第 1 版

印 次：2022 年 7 月第 1 次印刷

定 价：68. 00 元

售书热线：（020）87716172

编委会

目录

第一章
概　述

2021年，中国文坛的大事是中国文联十一大、中国作协十大在北京召开，习近平总书记代表党中央在开幕式上作重要讲话，习总书记要求广大文艺工作者要心系民族复兴伟业，热忱描绘新时代新征程的恢宏气象，要坚守人民立场，书写生生不息的人民史诗，要坚持守正创新，用跟上时代的精品力作开拓文艺新境界。习总书记的重要讲话，极大地鼓舞了广东参加作代会的作家代表。张培忠、蒋述卓、杨克、丘树宏、阿菩、林岗、陈剑晖、贺仲明、陈启文等应邀在《文艺报》、“中国作家网”等报刊和网站畅谈学习习总书记讲话的体会。会议结束后，广东作协马不停蹄，在不到一个月的时间里紧锣密鼓召开了多次学习传达会议，使习总书记的重要讲话在全省文学界得到及时充分的贯彻落实。

2021年，省作协坚持高举习近平新时代中国特色社会主义思想伟大旗帜，按照省委、省政府和省委宣传部的有关部署和要求，围绕开局“十四五”、开启新征程，坚定中华民族伟大复兴的主心骨，唱响中国共产党好的主旋律，把握开创新时代新局面的主基调，传承红色基因，书写红色故事，在总结历史经验中守正创新、在紧扣时代脉搏中锐意进取、在打造精品力作中出新出彩，大力营造共庆百年华诞、共创历史伟业的浓厚氛围，开创全省文学事业新局面。一是聚焦首要任务，坚持不懈加强思想武装；二是突出主责主业，浓墨重彩讲好党史故事、广东故事；三是倡导批评精神，激浊扬清提升“粤派批评”；四是强化主体责任，因地制宜拓展文学阵地；五是履行代表职责，积极主动展示风采；六是深化作协改革，同心戮力抓好党的建设。总之，2021年是党和国家历史上具有里程碑意义、必将载入史册的一年，是强化思想武装、有力推动习近平新时代中国特色社会主义思想在广东文学领域落地生根、开花结果的一年，是坚定文化自信、奋力推进广东文学事业异军突起、奋发有为的一年，是增强历史自觉、深化拓展党史学习教育、汇聚奋进新征程磅礴力量的一年。各团体会员单位在当地党委政府及宣传部门的领导和支持下，推动文学事业和作协工作，也取得了新的成绩，创造了新的经验，极大地推动和促进全省文学事业的繁荣发展。

特别值得一提的是，2021 年，省作协正式启动《广东文学通史》的编撰工作。这是一项既填补广东文学通史研究方面的空白，又是广东文学事业发展阶段的一项标志性工程。聘请中山大学党委书记陈春声教授，中山大学中文系教授黄天骥，著名作家、茅盾文学奖获得者、广东省文艺终身成就奖获奖者刘斯奋，中山大学中文系教授陈永正等担任学术顾问，由省作协党组书记张培忠、主席蒋述卓担任总主编，由教育部长江学者、中山大学中文系教授、主任彭玉平，广东文艺批评家协会主席、中山大学中文系教授林岗，华南师范大学文科二级教授、广州大学资深特聘教授陈剑晖担任执行主编，彭玉平、陈剑晖，省作协兼职副主席、暨南大学文学院教授贺仲明，中山大学中文系教授陈希，广州大学教授纪德君担任分卷主编。“通史”分为古代、近代、现代和当代（1949 年至“文革”一卷；1977 年至 2022 年一卷，共二卷），共五卷，200 万字。为使“通史”按时按质完成，经得起读者、文学界和时间的检验，作协高度重视，从严把关，定期开会，稳步推进。先是召开编委会等一系列“务虚会”，广泛听取各方专家学者的意见。接下来每两个月召开一次“务实会”，先确定主旨、框架体例、写作规范与要求，讨论样章样节等。总之，“通史”要做到“三新”：新史料的挖掘；新理论的阐释；新方法的运用。为达到这一目标，作协向所有编撰者提出几点要求：一是要坚持提高站位，切实增强撰写《广东文学通史》的责任感、使命感和荣誉感。充分认识“盛世修史”对新时代广东文学事业发展和广东文学强省建设的重要意义。二是要坚持正确史观，以习近平新时代中国特色社会主义思想，特别是习近平总书记关于文艺工作的重要论述指导通史的编撰工作。三是要坚持守正创新，努力构建富有岭南文化特色的中国文学话语和叙事体系。要坚持把马克思主义的基本原理同中国文学特别是广东文学的实际相结合，同中华优秀传统文化包括优秀的岭南文化相结合，同时学习、借鉴人类文明的一切有效成果，积极构建具有岭南文化特色的中国文学话语和叙事体系。《广东文学通史》将于2023年5月省作协成立70周年出版，为省作协成立70周年献上一份文学厚礼。

2021年10月23日，省作协还隆重召开《粤港澳大湾区文学评论》创刊一周年座谈会暨广东文学评论年会。座谈会由省作协党组书记、专职副主席张培忠主持，中国作协党组成员、书记处书记、中国作家出版集团党委书记吴义勤；省委宣传部常务副部长崔朝阳参加了座谈会。中国作协党组成员、副主席、书记处书记李敬泽、阎晶明，中国作协书记处书记邱华栋等发来了视频贺词。参加座谈会的还有省内外30多位学者和文学评论家。

吴义勤充分肯定了刊物的风格、定位和办刊方向。认为《粤港澳大湾区文学评论》这一年取得了非常好的成绩。风格和定位逐渐清晰，社会反响也越来越大，为刊物行稳致远提供了良好基础。希望杂志一要继续把政治导向放在首位，守好意识形态的阵地；二要下大力气办出特色，既要立足大湾区，又要办出全国性的特色。这有很大的空间。三要形成鲜明的文风和立场，要有批评性的思考。四要加强策划和组织。想办法策划一些名栏目，用名牌支撑刊物。五要有跨界意识，要有大文学的意识，从文本、地域、作者等方面着手，使《粤港澳大湾区文学评论》更具魅力，取得更好成绩。

崔朝阳指出，举办《粤港澳大湾区文学评论》创刊一周年座谈会暨广东文学评论年会，是我省贯彻落实总书记关于文艺工作重要论述精神，贯彻落实中宣部等五部门《关于加强新时代文艺评论工作的指导意见》文件精神，推动广东文艺事业繁荣发展，加强文艺评论工作的重要举措，也是我们提升文学评论工作的一次重要的理论探索。要聚焦高质量发展，打造新时代广东文学评论的高地。2016年海雄部长提出“粤派批评”这一概念，提出了要把“粤派批评”发扬光大。这些年来广东文学评论工作取得了比较好的进展，涌现出了不少在全国有一定知名度的评论家，和一批有影响力的学术研究者。《粤港湾大湾区文学评论》创办了一年，以我们这个杂志为阵地，壮大了“粤派批评”的阵容。

与会专家一致认为，这份刊物的特色非常鲜明，因为它有很强的区别优势。既是改革开放前沿的一个文学评论刊物，同时也面向港澳地区，所以它的信息量非常丰富。相信这份刊物一定会在质量上越来越提高，在影响上越来越大，成为岭南文学批评的又一个重镇。

张培忠在总结中指出，本次座谈会是广东省作协进一步落实中宣部等五部门联合印发的有关文件要求，加强文学评论工作的部署会，也是进一步办好刊物，推动广东文学评论工作的推进会，要按照领导的讲话要求和专家的意见建议，加快推动广东文学评论繁荣发展。一要全力打造名刊。要立足粤港澳大湾区，关注文学最新动态，推动刊物进入全国一流文学名刊行列。二要努力建强队伍。要继续探索签约评论家工作机制，团结和凝聚粤派批评家，出版青年评论家文丛，大力培养扶持青年评论家，壮大广东文学批评队伍和力量。三要加强创新创造。围绕广东作家作品、文学现象、文学思潮、文学发展态势确定评论选题、研究任务，进行有重点、有计划、有步骤的评论、推介，形成评论与创作良性互动的局面。四要大力整合资源。联合专业机构、高校，开展广东文学典籍研究，加强马克思主义文艺理论研究，推动设立广东文学研究项目、课题、课程。五要加快形成机制。打造粤港澳大湾区文学批评标杆。

2021 年的《广东文学蓝皮书》，正是在这样的背景下产生。可以说，在本年度，广东作家紧跟新时代的步伐，倾情投入、用心创作、殚精创新，在 2020 年蓄势待发的基础上，创造了 2021 年各种文体从数量到质量的超越和突破。

首先是小说创作。本年度广东的长篇小说成绩斐然，无论是思想和艺术都有较大的突破。陈继明的《平安批》，林棹的《潮汐图》就是这方面的代表作。短篇小说继续发扬从改革开放前沿零距离取材的优势，在文体创意上凸显有新高度的时代精神，用守正创新的姿态，努力营造“破体和跨体”的短篇新文本，基本上形成了广东短篇小说的岭南特点与风格，获得国内小说界的好评。本年度广东的中篇小说，继续讲述粤港澳大湾区的新故事，塑造新时代的新人，用不同类型的故事讲述，组成广东中篇小说的突围态势，引发国内小说界的关注。本年度的广东小小说，出版了数量颇丰的作品专集，较多数量的高质量作品被全国性选刊转发，5 位小小说作家以突出的创作实绩加入中国作家协会，“广东小小说现象”得到了小说理论界持续的关注与研讨，“广东小小说”的文学品牌已基本形成。

2021 年的报告文学（纪实文学）在讲述广东故事，呈现时代精神方面的作品也精彩纷呈。首先是红色书写。本年度的报告文学与纪实文学以现实问题为导向，在历史叙事中追认历史，还原真相，突破局限，在红色书写中带领读者重构一种新的集体记忆。如果说文学对红色信仰的书写是对历史的响亮回答，那么作家们对广东故事的书写就是时代精神的集中体现。本年度的广东报告文学在讲好广东故事上又往前推进了一步，广东作家配合广东省委、省政府提出的文化强省要求和文化战略方针，发时代新声、与时代同行，用文学的形式和语言，“讲好中国故事，大湾区故事，广东故事”，奉献出与广东作为改革开放的先行者和桥头堡，以及作为经济和文化大省相匹配的文学。

本年度的广东诗歌，是在中国后工业化程度最高、同时也最具文化多样性的区域之一——粤港澳大湾区，在新冠肺炎疫情成为全球性公共事件改写历史进程和生活方式，并给社会、个体和自然及其未来带来普遍不确定性影响的特定时空发生的。高度信息化、组织化与服务型的后工业社会，和在疫情与抗疫中不断重构的人文与自然生态，为 2021 年度广东诗歌的艺术探索提供了舞台、场景和素材。诗人们对这种逐渐清晰的“背景转换”作出自觉回应，并以后工业与后疫情时期的诗性发现和诗艺探索，在诗史和广东文学版图上留下新的诗歌经验和艺术思考。

本年度的散文，体现出平静沉稳中的奋进与繁荣的态势。从内容上看，既有表现重大题材的历史文化散文，又有优秀的思想随笔，还涌现了一大批表现不同城市人文风貌的都市散文。此外，“生态散文”也初露端倪。从创作队伍的构成来看，既有专业散文作家，又有高校学者，还有扶贫干部和各行各业的作者。其中女作家的作品占据了半壁江山，数量和质量都给人以惊喜。有些散文集是作家十几二十年创作的沉淀和精华，有一些则代表了作家近几年的新变和探索，题材丰富、类型多样、风格各异，而追寻思想和心灵的光芒，提出艺术创新观点与提升理论修养，已逐渐成为散文家的共识。这说明广东作家在散文领域保持着一种比较旺盛的创造力和艺术自觉，并形成了良好的发展态势。

本年度的广东文学评论量高质优。评论家们奋进新时代，心怀“国之大者”，聚焦本土热点，兼怀世界，心向未来。他们擅于将评论对象放置在本土与全国、东方与西方的坐标系中，借助适宜的理论资源解读，抓住作家作品和文学现象的特征及本质，对其优劣得失做出精准判断，从而有力推动广东文学创作的“高质量”发展。尤其不容忽视的是，发轫于 2016 年的“粤派批评”，经过广东学者和文学评论家的不断建构，已经形成“一个现象级的文化现象”，产生了品牌效应，在全国产生较大影响。“粤派批评”不仅发出广东文学批评的强音，而且推进新时代广东文学评论高质量发展。我们期待着更加专业全面、更有影响力的“粤派批评”成果涌现。

对于广东儿童文学创作来说，2021 年不仅是一个丰收年，更是一个全面展现新时代气象且在艺术水准上有所突破的一年。这一年，广东儿童文学延续多元文体态势，并在此基础上实现文体自身的超越与升华。据不完全统计，2021 年全省作家共出版长篇小说、童话集、科幻、诗集等儿童文学作品 50 余部。这些作品侧重知识性建构、地域文化熏染和世界观、人生观的培养，且门类丰富多彩，题材广泛生动，彰显出广东儿童文学作家助力儿童成长、净化儿童心灵的高度责任感，给中国儿童文学界带来活力。

在疫情得到稳定控制的 2021 年，中国影视创作继续发展突破，广东电影市场也竭尽所能快速稳定复苏，年度票房成绩再次稳居全国第一。在生产创作上，广东出品或参与出品诸多优秀作品，如广东立项出品的《中国医生》《拆弹专家 2》《熊出没 · 狂野大陆》，参与出品的《你好，李焕英》《唐人街探案 3》《刺杀小说家》《悬崖之上》等影片，取得了市场与口碑的双丰收；广东电视剧创作破局求生，正剧回归，以切中时代脉搏、回应社会关切、实现观众共情共鸣的创作追求凸显，反映 20 世纪 30 年代中央红色交通线上隐秘故事的电视剧《绝密使命》和改编自真实案例的电视剧《扫黑风暴》入选国家广播电视总局“2021 中国电视剧选集”，广东影视在复苏求生中再次以创新获得突破。

在疫情下的各行各业难免都被波及，网络文学也不可能例外。拒绝“躺平”的广东网络文学创作者，依靠我国防疫体制的优越性，在疫情之中，不忘初心，扎根基层，展现出了强盛的创作欲望。他们承前启后、继往开来，在新的历史条件下，以文学的力量筑构起广东网络文学审美标准与精神脊梁，取得了斐然成绩。在这些作品之中，可以看出，2021 年广东网络文学创作的发展态势，市场化与精品化的界线在进一步淡化；现实题材开始在我省网络文学创作中蓬勃成长，已开始展示出自己的生命力和市场号召力。

2021 年的《广东文学蓝皮书》，与去年相比，除了希望能更翔实、更全面地展示广东作家在 2021 年的创作成果，同时在文体上有更强、更有针对性的导向作用外，我们还希望在翔实全面掌握材料的基础上，有更好的理论概括与阐释。为此，在撰写文学蓝皮书之先，我们提出了几个概念或叫关键词加以导引：

建党百年 百年历程，波澜壮阔。在中国共产党成立 100 周年之际，省作协精心组织策划，以多种形式推动相关主题创作，以优秀作品向党的百年华诞献礼。如组织 11 位作家创作《黎明之前：广州起义纪事》《千里血脉——中央秘密交通线大纪实》等 8 部红色题材长篇报告文学，以及《山河故人——广东“左联”人物志》《革命母亲黄三婆》《“小鬼敢死队”》等一批红色作品。本年度《蓝皮书》将聚焦广东这个中国近现代革命的“富矿”，将蕴含于这片大地上的红色文学基因挖掘出来。

高质量 这是党的十九大中的新表述，表明中国经济由高速增长阶段转向高质量发展阶段。2021 年，在中国共产党百年诞辰纪念大会上，习近平总书记接连强调“高质量发展”的重大意义。

“高质量发展”不仅是经济和人民生活水平的全面发展，而且是文化和文学的全面发展。高质量的内涵是创新、协调、和谐、绿色、共享、超越。就文学创作来说，高质量就是在守正创新的基础上，广东文学如何沿着 2020 年的阶梯继续爬升，并呈现突围的趋势。具体表现在：

一是广东文学如何贴近时代，面向现实，书写处于改革开放前沿的岭南新发展、新气象和新诉求，呈现广东人的生活情状与生存经验，以及岭南新的文化形态。

二是广东的作家如何继续保持旺盛的创作热情，在文学的广度、深度、自由度等方面深入开掘，同时以新的视野、新的文学经验建构一个新的“文学共同体”，并以文脉沟通世界，以文学的力量筑构起“粤港澳大湾区”和广东文学审美和精神的脊梁。

三是在新的一年，广东作家如何配合广东省委、省政府提出的文化强省要求和文化战略方针，发时代新声、与时代同行，用文学的形式和语言，“讲好中国故事，大湾区故事，广东故事”，奉献出与广东作为改革开放的先行者和桥头堡，作为与经济和文化大省相匹配的文学。

融合创新 创新是时代的命题，也是“高质量发展”的动力和保证。但创新需要协调和融合。如何融合？就 2021 年《广东文学蓝皮书》而言，融合包含几层意思：

第一，岭南的文学传统，从一开始就呈现出与北方文学融合的态势，这种态势绵延至今。我们要以传承与创新的发展眼光，对这种融合予以新的描述。

第二，“粤港澳大湾区文学”的提出，为广东文学的融合创新提供了新的契机，即我们要在文化同根同源的基础上，在现代性的视野下，融合三地的文化与文学资源，创造出凝聚着一代人集体记忆、类似于《三家巷》《虾球传》这样的作品。

第三，文体上的融合创新。当今的文学，文体融合已成趋势，出现了大量“破体”的作品。我们一方面要鼓励这种破体；另一方面又要强调文体的边界。如此文体才能在融合创新中再出发。

经典意识 强调这一点，意在鼓励广东的作家要有大的胸怀和抱负，不要小富即安，故步自封，拒绝学习和创新，只停留于表层的生活，满足于在报刊发表一些小文章，而是要立意高远，敢于创新，敢于挑战难度，敢于向高峰攀爬；同时，还要摈弃浮躁，有反复打磨作品、精益求精、“十年磨一剑”的静心、细心与耐心。惟有如此，才能创作出无愧于新时代和新生活的大作品，甚至是经典作品。

新高度 有高质量发展、融合创新和精品意识乃至经典意识，未来的广东文学，必将迎来新的辉煌，达到一个新的高度。这也是编写广东文学蓝皮书的意义之所在。

中国作协十大召开后，根据习近平总书记的重要讲话，我们又补充了几个概念：

守正创新 习近平总书记在讲话中强调，创新是文艺的生命。文艺要创新，但决不能搞光怪陆离、荒腔走板的东西。创新必须立足于中国“文”的传统，传递中华民族的感情诉求，凝结中华民族的精神与智慧，始终坚持与时代同行。作为广东的文学工作者，我们要努力做到以文立心、以文铸魂，坚持守正创新，开拓粤港澳大湾区文学的新格局、新境界，使大湾区文学呈现出恢宏气象，与伟大的时代相匹配。同时，还要增强“粤派批评”的朝气和锐气，发挥其引导创作、推动创新、提高审美、引领风尚的作用。

立心铸魂 文化是民族的精神命脉，文学是国民的火把与灯光。文学要在新时代发挥“火把与灯光”的作用，在中华民族的文化复兴大业上有所作为，作家必须深刻把握“文以贯道”的真谛。而要做到“文以贯道”，则须“立心铸魂”。因为“立德树人的人，必先立己；铸魂培根的人，必先铸己”。所以，以文弘业，以文培元，以文立心，以文铸魂，是历代优秀的作家对自己的高标要求，广东的作家也不例外。如此，才能创作出“为世所用”，有益于世道人心的优秀作品。

人民史诗 这也是习总书记讲话中提出的另一个重要概念，也是毛泽东《在延安文艺座谈会上的讲话》精神的延续。人民是文艺之母，文学艺术的成长和发展离不开人民的滋养。广东的作家惟有深扎于改革开放的热土中，把心、情、思沉到人民之中，同人民一道感受时代的脉搏，与人民一道放歌，才有可能写出具有“恢宏气象”的“人民史诗”。

年度《文学蓝皮书》（以下简称《蓝皮书》）是对某一地域过去文学成就的巡礼、盘点与总结，也是对未来文学的展望与期待。它一方面具有地方文学志的史料价值，更有对未来文学的理论指导意义。因此，《蓝皮书》不应只是资料的收集、罗列与堆积；另一方面，《蓝皮书》的撰写也不同于论文的写作，它需要理论的概括提升，但不需要那么多严密繁琐的论证。鉴于《蓝皮书》的特殊性，我们认为《蓝皮书》的撰写，一是要在资料整合的丰富性上下功夫，全面、翔实地掌握资料，充分展示作家本年度的创作成果，尽量做到重要的成果不遗漏。二是在全面占有材料的基础上，突出重点和亮点，不要平均用力、面面俱到。同时，在整体篇幅和框架内处理好各章节结构关系，并在观点和标题上进一步概括提炼，更好地凸显广东文学的特色和实绩。三是材料展示与述评结合。《蓝皮书》要在现有材料基础上进行吸收转化，做到既有清晰的分类梳理，体例规范并有新的理论的概括、新的方法的应用，又有中肯准确、客观平实的评点。概言之，《蓝皮书》既要有一定的理论性，又要文字优美，表述畅达，有较强的可读性。四是《蓝皮书》不仅要有丰富、扎实的资料支撑，有理论的概括、归纳和提升，还要求有对各种文体的匡正作用和导向意义。这就要求撰写者不仅要有扎实的文学理论功底，有开阔的文学视野，还要熟悉各种文体的特点和功能。2021 年的《广东文学蓝皮书》，以“点”带“面”，盘点收藏年度文学成果，描绘展示年度文学风貌，捕捉现象，提炼观点，具有丰盈的信息量和显著的前瞻性，显示了重要的文学意义和史料价值。

（本章撰写：陈剑晖，华南师范文学院二级教授、博士生导师，广州大学资深特聘教授，《粤港澳大湾区文学评论》编委）

第二章
长篇小说：地域视野下的守正、融合与创新

2021 年，是中国共产党建党 100 周年，是中国作家协会第十次全国代表大会召开的一年，也是广东文坛长篇小说丰收的一年。这一年，广东经济全面超越亚洲四小龙，广东作家抓住时代机遇和本土题材，积极回应历史与现实，在长篇小说创作领域交出了精彩的答卷。

一、长篇小说总体概貌

据不完全统计，广东文坛今年出产的长篇小说有陈继明的《平安批》（花城出版社 2021 年版）、林棹的《潮汐图》（《收获》2021 年第五期）、李风群的《大望》（花城 出版社 2021 年版）、梁凤莲的《赛龙夺锦》（花城出版社 2021 年版）、韦灵的《消失的名字》（上海文艺出版社 2021 年版）、陈华清的《竹魂》（花城出版社 2021 年版）、张新科的《惊潮》（花城出版社 2021 年版）、黄河文的《九龙嶂英雄》（广东人民出版社 2021 年版）、王溱的《第一缕光》（北京联合出版公司 2021 年版）、陈玺的《珠江潮》（《当代长篇小说选刊》2021 年第 4 期）、林永泽的《高山上的红杜鹃》（羊城晚报出版社 2021 年版）、莫华杰的《春潮》（北京十月文艺出版社 2021 年版）、翰儒的《流年河》（花城出版社 2021 年版）、黄召晖的《师范生》（天津人民出版社 2021 年版），张况的爱国主义题材长篇历史小说《赵佗归汉》等十多部。尚未出版或还在刊物上连载的长篇小说，以及这一年重版的长篇小说，没有统计在内。从数量上讲，不算很多，但从质量上讲，令人惊喜。

有一些长篇小说很“新”，具有开创性，填补了题材空白，给人眼前一

亮的惊艳之感。比如《平安批》是第一部展现潮汕人民下南洋当番客，在异国他乡艰难求生的长篇小说。《大望》突破以往关注较多的乡村留守现象，而聚焦于城镇化建设中新的养老忧患，尤其是农村出身的老年群体随子女进城后要面临地理跨越、心理适应、情感调衡等具体问题，他们不仅要寻找物质空间的安居之所，还要探寻涤荡心灵的救赎之路。小说结尾处老人们的失忆与失散也令人深思：在当前城乡关系松动与重组过程中，如何才能让离土群体老有所依、心有所托、情有所寄、魂有所系？《赛龙夺锦》是第一部表现广东音乐的长篇小说，《师范生》是第一部呈现师范学生校园生活面貌的长篇小说，《高山上的红杜鹃》是第一部驻村第一书记创作的描写乡村脱贫致富的长篇小说。

有一些长篇小说很“红”，为庆祝中国共产党建党100周年而作，讲述中国共产党艰苦卓绝的奋斗历程。如《第一缕光》讲述的是20世纪20年代，一个农村少女阿四妹追寻广东第一个女共产党员高恬波，走上革命征途，历经千难万险，最终成为一名共产党员的故事。《竹魂》写的是大革命时期“南路江姐”钟竹筠为革命事业英勇就义的故事。《九龙嶂英雄》写的是土地革命时期中国共产党在粤东北开辟九龙嶂革命根据地的故事。《惊潮》写的是20世纪20年代至40年代潮州儿女革命与抗战的英勇事迹。

无论是“新”还是“红”，这些长篇小说大都具有鲜明的地域特征。其中，《赛龙夺锦》《第一缕光》描写的是珠三角地区。《平安批》《惊潮》描写的是粤东潮汕地区，《流年河》《师范生》《九龙嶂英雄》描写了粤东客家地区，《竹魂》描写了粤西地区，《高山上的红杜鹃》描写了粤北地区。在广东长篇小说创作历史中，这是少有的描写地域全面覆盖的一年。

覆盖广东本土，书写红色故事，开创全新篇章，可以说是2021年广东文坛长篇小说的总体特征。而从题材择取、故事讲述、人物塑造等角度来看，这些长篇小说都取得了喜人的成绩，值得好好回顾和总结。

二、题材的全面开花

对于长篇小说创作来说，题材具有先天的重要性。不得不承认，题材本身是有等级的，就像物品的质量有等级一样。拾取好的题材，就像捡到一块玉石，拾取一般的题材，则如捡到一块板砖。题材的等级，往往跟时代的需求有关。切合时代需求的题材，往往会得到特别重视、特别推荐。题材选择得好，长篇小说就具备了先天优势。

2021 年是一个有着特殊意义的年份。这一年是中国共产党建党一百周年。为了中华民族的前途，一百年来，中国共产党带领全国人民艰苦奋斗，终于使得中国旧貌换新颜，把贫穷落后的中国建设成社会主义现代化强国，2021 年 7 月 1 日，天安门广场举行了隆重的纪念仪式，习近平总书记庄严宣告，中国历史上第一次消灭了绝对贫困，全面建成小康社会。2021 年的中国，虽然也面临着种种难题与挑战，但整个国家充满了文化自信，正意气风发走进新时代，继续开创伟大事业。

在这个特殊的年份，党史题材、扶贫题材、文化题材、创业题材成为时代的重大课题，面对时代赋予的重任，广东作家与时代同步、与人民同心，勇敢地挑起了担子，在题材的发掘上取得了全面进展。

首先是党史题材的发掘。在党史中，广东其实占有重要地位，但名声不彰，不像上海、江西、陕北那样引人注目。比如中国共产党第三次全国代表大会 1923 年在广东广州召开，这一史实知之者就甚少。广东籍的党员群体中，曾涌现无数革命先烈，在广东这片土地上，曾发生过无数重大事件，但由于宣传力度不够，不少人物和事件已逐渐尘封在历史中。2021 年，广东作家致力于弘扬红色文化，致敬革命先烈，发掘出党史中一些被湮没的人物和事件。

比如王溱的《第一缕光》提及高恬波，她是广东第一位女党员，高恬波 1898 年出生于广东惠阳，1924 年加入中国共产党，1929 年 12 月牺牲。在短暂的一生中，高恬波参加过广州起义、担任过北伐军女子救护队队长和中共江西省委妇女部部长等职务。但现在知道高恬波的读者寥寥无几。王溱将这个人物发掘出来，具有重要的历史意义。

又如陈华清《竹魂》中的女主角钟竹筠，是广东南路妇女解放运动的先驱，中国共产党早期优秀女党员之一，中共防城县第一个支部——中共东兴支部的创建者、第一任支部书记。钟竹筠与《红岩》中的江姐（江竹筠）

同名，又被称为“南路江姐”，但《红岩》中的江姐妇孺皆知，钟竹筠则鲜为人知。《竹魂》以钟竹筠为主人公，讲述了大革命时期共产党员钟竹筠、韩盈夫妇将自己的青春奉献给革命事业的英雄事迹，填补了广东党史的一个历史空白。

还有张新科的《惊潮》，以1924年第一次国共合作到抗战期间日军侵略潮州为历史背景，描写了以李春溪、李春澜、李春江、李春海和李春洋五姐弟为代表的潮州儿女，和国民党反动派、日本侵略者等反动势力斗智斗勇的故事，展现了“创建潮州地下党组织”“捐献物资支援起义军”“开辟粤闽赣红色秘密交通线”“凤凰山游击抗日”等重大历史事件。黄河文的《九龙嶂英雄》以九龙嶂革命根据地的创建、巩固和发展为脉络，纪实性地描写了土地革命战争时期梅州党组织领导梅州人民英勇奋战的故事。这些重要的历史事件，大都鲜为人知，《惊潮》和《九龙嶂英雄》则让读者重温了这段党史。

这些党史题材小说，不仅是广东文学事业今年重要的收获，也为新时代党的宣传事业做出了重要贡献。

文化题材的发掘以陈继明的《平安批》和梁凤莲的《赛龙夺锦》为代表。

“平安批”是什么？在潮汕，男人为了谋生下南洋，留下老人、女人和孩子在家中，男人在国外定期将钱银寄回家里，作为生活费用，同时会附上一封信报平安，这就是“平安批”。2004年，国内首家侨批博物馆在汕头正式成立。2013年6月19日，广泛分布于广东潮汕、珠海、中山、阳江、江门，福建漳州、泉州、厦门、福州以及海南海口、文昌、琼海、万宁等地的二十多万侨批档案正式申遗成功，成为“世界记忆遗产”。这一世界级的文化遗产，当然值得作家深入发掘。陈继明以《平安批》为题创作的长篇小说，描写了潮汕侨商“下南洋”的奋斗历程，小说中引用了大量“平安批”原文，让人具体感知到“平安批”中蕴含的意义和情感。小说反映了潮汕百年的沧桑巨变，也显现了潮汕人民的家国情怀。

《潮汐图》讲述了清朝末年一只广东巨蛙的故事。巨蛙从珠江水上人家一路漂流至澳门，再深入欧陆帝国的中心，将海皮的历史尽收眼底。潮州话、广州白话、粤语歌谣在词句间翻滚，使小说成为生猛的粤语海洋。读者（尤其是不熟悉粤语的）需克服重重语言的障碍，才能看清这只广东青蛙编织的故事。林棹在后记中表示，如此丰厚的粤语词汇得益于《粤英词典》《通商词汇》MARTYN GREGORY GALLERY 系列的“中国贸易画”收藏。在《潮汐图》的新书分享会上，评论家、青年学者刘欣玥指出，一直以来，粤语在流行乐曲中具有不可忽视的影响力，在文学上却处于边缘状态，《潮汐图》在方言上的运用，可以视作林棹对南方文学的回应，岭南也得以在文学中被看见。在这个回应过程中，林棹尝试梳理岭南的历史脉络，尝试通过文学复活一个被人遗忘的历史。

《赛龙夺锦》是广东音乐的名曲，属于优秀文化遗产。这首名曲由广东番禺音乐家何柳堂（1872— 1933）创作，表现龙舟竞渡的热闹情况。《赛龙夺锦》在中国传统的丝竹乐器之外，增加了唢呐和打击乐器，借鉴外来作曲技巧，大量使用模进和变形等手法，具有浓郁的广东音乐特色。梁凤莲的《赛龙夺锦》发掘这一文化遗产题材，讲述了广州番禺沙湾“何氏三杰”创作《赛龙夺锦》《雨打芭蕉》《晚霞织锦》《陌头柳色》等经典曲目的传奇故事，呈现了广东音乐流传百年的宏阔历史。梁凤莲在小说中倾注了对中国传统文化尤其是广东音乐人精神气节的赞赏之情，她在文中写道：“如此美好的故园，万物丰茂、草长莺飞，何家八百年来就在这片土地上春种秋收，怎么可能就流离失所了？要有信心！”这既是对何家的认可与鼓励，也是对中华大地和中国文化的信任与期待。

《平安批》发掘出中国传统侨批文化的意义。《潮汐图》是林棹回溯广东历史的一种方式。它进一步扩张了岭南文学的版图。《赛龙夺锦》展示了中国传统音乐文化的风采，这两部小说均体现了新时代中国人的文化自信。

张况的爱国主义题材长篇历史小说《赵佗归汉》也值得关注。该小说在尊重历史事实的基础上，以章回体长篇历史小说的形式加以拓宽与提炼，再现并重构了赵佗率领南越回归汉朝的这段可歌可泣的恢弘历史，具有重要的文本意义与史料价值。小说对实现祖国完全统一、民族繁荣富强以及南海归属中国、倡导“一带一路”建设具有较好的文本启示意义。中国作家协会书记处书记邱华栋认为，小说叙事宏大、文本严谨，抒写了秦统一六国和南越王赵佗历经沧桑，最终带领南越国回归汉朝，实现华夏一统的这段可歌可泣的恢弘历史。故事感人至深，语言风趣老辣，情节曲折跌宕，体现了张况扎实的国学功底、厚重的历史文化素养和难能可贵的家国情怀。岭南文化作为中华文明的重要一极，不仅是小说的底色，更成了叙事的主角，而以赵佗归汉为主线的历史讲述，最终是要建构起一个真正的文学“岭南”。

扶贫题材有林永泽的《高山上的红杜鹃》。

在很多人眼中，广东是一个富饶的地方。2021 年，广东省 GDP 总量全国排名第一，在世界范围内，广东省 GDP 总量赶超了亚洲四小龙中最高的韩国，称得上富可敌国。但广东省经济发展并不均衡，贫富差距非常巨大，曾存在多个极端贫困地区，已经富裕起来的地区，也是从一穷二白中发展起来的。重温贫困史，共奔小康路，用扶贫题材小说告别过去，是具有特殊意义的。

2016 年 5 月，供职于清远农业部门的林永泽奔赴粤北贫困山区连州市，成为驻村第一书记。那时候他就立下决心，以小说的形式反映脱贫攻坚这一宏伟的工程。他在五年辛勤工作积累的一线素材的基础上，创作了长篇小说《高山上的红杜鹃》。小说以驻村干部麦子的扶贫工作为贯穿线索，详细描写了对口帮扶粤北山区红石村脱贫致富的全过程。其中详细描写了创办养鸡场、养猪场的过程，还写到建设村小学、水电站等事件，是广东扶贫攻坚事业的一份鲜活记录。

陈玺的长篇小说《珠江潮》刊发于《当代长篇小说选刊》2021 年第 4 期。小说以佘锦堂的人生历程，串起珠江两岸百年间的风起云涌。作品描写了改革开放进程中两岸的社会历史，是扎根在狮门村巷里的，带着浓墨重彩的市井烟火、人情纠葛，有着独特的岭南小镇气息。小说着力刻画小镇发展中涌现的众生，他们是改革开放的历史洪流中具体鲜活的群像，风云际会，岁月浩荡，他们胼手胝足，创造了岭南名镇的辉煌。作者描摹一代人的成长史、奋斗史、心灵史，为历史的变迁，也为两岸的共融发展，试图留下一份有力的注脚。

莫华杰的《春潮》、翰儒的《流年河》、黄召晖的《师范生》则属于创业题材，展示了改革开放时代广东青年的“创业史”。广东是改革开放的前沿阵地，新时期以来不断有人在这片土地上创业。创业，造就了个人人生的辉煌，也造就了民族国家的进步。但创业如逆水行舟，不能松懈，松懈往往会导致停滞、后退甚至倾覆，只有不断创业，不断进取，才能保证个人和民族国家在新的征程中不落伍。创业题材，可以说是文学创作中一个常青的题材。

《流年河》讲述了粤东客家山区一群六十年代出生青年的奋斗经历。《师范生》以嘉应师范专科学校为原型，描绘了师范生的成长故事。《春潮》描写了小镇青年冯源、陈嘉南紧跟时代趋势，抓住机会创业的故事。“以铜为镜，可以正衣冠；以史为镜，可以知兴替；以人为镜，可以知得失。”阅读这三部长篇小说，从他人的创业史中，不仅可以了解时代的风云变幻，而且可以汲取人生的经验教训，不仅可以感受文学的真善美，而且可以体验人生的酸甜苦。

概而言之，2021 年广东文坛的长篇小说，积极回应时代的要求，党史题材、文化题材、扶贫题材、创业题材全面开花，占有文学创作中的先天优势。

三、讲好故事的意识

对于长篇小说创作来说，题材如同原料，题材确定后，接下来需要把题材变现，用原料生产出另外一种东西，就像把一棵树造成一张床，把一堆米酿成一杯酒，这种题材表现的过程是一种创造性的劳动，要求作家寻找更好的方式变现，使题材释放出更大的价值，变现的最终成果，就是将题材变成故事。

当代文坛曾经出现过很多实验性小说，想挣脱故事，或者是故意把故事讲得扑朔迷离，这样做的结果是疏离了读者。近年来，中国文坛有一个明显的变化，就是对长篇小说的认识越来越朴素。越来越多的作家认为，长篇小说就是要讲一个好看的故事，不要去为难读者。当下作者不计其数，作品更是浩如烟海，再加上网络、电脑、手机的高速发展，人类已经进入了读屏时代，这对长篇小说提出了巨大的挑战。长篇小说篇幅那么长、字数那么多，很容易让读者望而却步，也容易让读者“阅读疲劳”，如何抓住读者的阅读兴趣，这显然与故事的讲述方法密不可分。

2021 年广东文坛的长篇小说作家，大都有讲好故事的自觉意识，自觉使用了以下三种方法，力图讲好故事。

一是悬念牵引。好的长篇小说一般要有悬念牵引，这样才能让读者一读之后就手不释卷。这是古老的技巧，也是永恒的技巧。

展读《平安批》，小说从银溪村着墨，设置了一个带有魔幻色彩的开头，一口番客投水自尽的井一直缠绕在梦梅的心头，但梦梅却幻想自己有一天也能成为一名番客，这是为何？人到中年，梦梅终于踏上了下南洋的旅程，他会有什么经历？在前程未卜的现实之外，《平安批》还设置了历史悬案：三十年前，溪前祖父弟兄二人在同一天被人纵火烧死，这是怎么回事？真的与溪后有关吗？梦梅能否找到案件的真相？这一环扣一环的悬念，深深吸引了读者。

《赛龙夺锦》中，何八月将广东音乐选为毕业题材，他能顺利完成吗？广东音乐到底有什么样的魅力，使得何氏家族魂牵梦萦？背后有着怎样的历史故事？何八月的寻根之旅同样让人充满好奇。

《惊潮》开篇将时间设定在汕头海边，一个月黑风高的夜晚，一场杀人案在悄无声息地发生，案件双方是什么身份，作案动机是什么？这一悬念的设置勾起了读者的好奇心。大革命失败后，共产党员与国民党反动派斗智斗力，共产党员如何隐藏自己的身份，获得敌方的信任，打入敌人内部？在支援义军的时候，如何将物资安全地运送过去？南昌起义后，红色交通线如何发展？顾顺章投敌，交通线被破坏掉以后，潮汕地区该如何转移？凤凰山游击战中，如何痛杀敌军，又不被发现？这一连串的悬念，贯穿了整个故事的发展。

《第一缕光》中，主人公阿四妹在高恬波的启迪下，逃婚到广州，想要寻找高恬波，请求加入共产党，但恰逢广州起义失败，高恬波已经撤离到江西。混乱之中，阿四妹被阿康哥搭救，阿康哥决意护送阿四妹寻找高恬波，那么，阿康哥的真实身份是什么？他为什么要帮助素昧平生的阿四妹？是否有不可告知的阴谋？他们能够顺利找到高恬波吗？读者怀着这样的疑问，迫不及待地想要知道答案。

可以说，这些小说都不停地设置悬念，引导故事的发展，也吸引读者读下去。

二是戏剧冲突。好的故事都有戏剧冲突，戏剧冲突为长篇小说故事的铺展增添了不可或缺的起伏，读者的阅读心理被紧紧抓住，或是为人物的惊险处境而提心吊胆，或者是为人物的悲惨遭遇而唏嘘长叹，又或者是为人物的苦尽甘来而如释重负，故事的每一步都使读者感同身受。

在《第一缕光》中，阿康哥刚开始对阿四妹谎称自己是共产党员，可以帮助她去寻找高恬波，他也确实想到了许多办法，解决路上遇到的各种问题，但实际上他的真实身份却是一个逃避赌债的落魄公子哥。而阿四妹逃婚的对象，未婚夫陈甘，在小说中一开始是以负面形象出现的，他的身份是地主家的儿子，在国民党机关供职，在阿四妹的眼中，他“皮囊外头裹的是绫罗绸缎，皮囊内头装的是山珍海味”，整日里只知道向人低头哈腰，一副卑躬屈膝的小人模样，但他的真实身份竟然是一个地下共产党，早在他出国留学时就已经信仰共产主义。这样强烈的反差，使得读者大呼意外。

《惊潮》的故事以李春澜与李春江两兄弟被国民党的惊险抓捕为开场，在之后的故事发展中，作者采用“拼图式”的插叙叙事，将故事的波澜起伏，戏剧张力淋漓尽致地呈现给读者。

《高山上的红杜鹃》中，一开始，红石村的人碍于面子，谁也不肯承认自家是贫困户，生怕丢人，但是当他们知道贫困户可以拿到一笔相当可观的扶贫款之后，态度又来了个一百八十度大转弯，争先恐后地想要挤进贫困户之列，这样的戏剧性转折，显得耐人寻味。

《大望》通过超现实的虚幻手法，讲述了赵钱孙李四位老人某一天突然被儿女集体遗忘，离开城市回到家乡大望洲，重新回忆和认识自己的一生。作品将对过往的追忆和现实的生存交织在一起，把大时代的个体生命放置于社会问题之中，又深入到隐秘的内心深处，在现实生存中演绎出灵魂的皈依之路。

《流年河》中，主人公郑顺势与高考失之交臂后，进入了照相馆上班，本以为可以安稳过下去，但因为被栽赃和相机落水，使得郑顺势不得不离开，前往珠三角去打工。在东莞，郑顺势和宋仙结识，也未修成正果，宋仙为利所诱，选择了离开，郑顺势也因故被辞，最后去闯荡深圳。在深圳，郑顺势为了赚钱生存，

贩卖黄色影碟和刊物，游走在法律边缘，认识了孙小美以后，才洗心革面，走上了正路，终于苦尽甘来，成就了一番事业。在这一路打拼中，发生了太多让人意想不到的事情。

《师范生》中，丁一帆、李静夫、杨柳、白梅、洪伟等人即将毕业，面临分配，三年纯真的友情，在复杂的社会面前，突然变得不堪一击。为了分配到更好的工作单位，曾经的同学开始彼此算计，亲密的恋人开始各自谋划，友谊的崩坏，爱情的破灭，利益的冲突，关系的纠葛，形成了越来越紧张越来越复杂的情势。

总的来说，在戏剧冲突的设置上，这些小说各有绝招。

故事的讲述需要技巧，也需要感情，有真情实感的作品总是更容易打动人。2021 年广东文坛的长篇小说，不乏充满激情之作。

《竹魂》的作者陈华清说，自己是被革命先烈的故事和精神深深感动，才动笔撰写小说的，陈华清对笔下人物钟竹筠投入了纯真的情感和发自内心的感动，带着激情写作，因此不少情节让人动容。

《平安批》中回荡着浓浓的故乡情。在小说的后半部分，郑梦梅带着几名水客，乘坐一艘火轮，押送抗战胜利后的第一批番批。在火轮驶出暹罗湾，拐过金瓯角，一船人的情绪就开始激动起来。“不知谁真的喊了声‘到家了’，所有的人都跟着喊，到家了，到家了。很多人在甲板上蹦蹦跳跳，声嘶力竭大喊大叫，好像真的到家了，马上就能见到亲人了，有人甚至已经泪眼迷离。”而等到船真的即将停靠时，却有十年没回家的老者因为怀乡病毫无征兆地跳海了。“正因为故乡的出现，一个远行归来的人才瞬间成为沦落人。天涯之所以是天涯，是因为不远处有故乡，故乡之所以是故乡，是因为不远处有天涯。故乡和天涯，此刻都在不远处，都在相互的视野里，此刻是最适中的距离，既不过远，又不过近。故乡，将会越来越近。而天涯，所有的天涯，只好不情愿地缩进沦落人的白发里、皱纹里、眼风里，成为一种钻石一样的疾病，成为番客们特有的表情和眼神。”作者用这样饱含深情的

文字，击中了读者心中最柔软的地方。

《高山上的红杜鹃》融入了作者身处扶贫现场的亲身感受。军转干部、市纪委室主任麦子突然收到派遣自己担任驻村第一书记的消息，经过一番思想斗争，她选择了服从调令，前往乡村赴任。麦子与村委带领村民倡导文明新风，完善自治、法治、德治，在思想上带领村民们脱贫；接着又发展产业，建设电站，修桥铺路，整村搬迁，开办土特产加工厂，在物质上带领村民们致富。在这个过程中，不管发生了什么难题，人们都尽自己所能，齐心协力地帮助他人，小家与大爱，浓浓的情意回荡在村民们中间。

在故事的讲述上，个别作家还进行了新的尝试。

《赛龙夺锦》是一部展现广东音乐的长篇小说。音乐作为一种听觉的艺术，如何用视觉的文字来表现，梁凤莲对此做了开创性的尝试，将广东音乐与故事叙述巧妙地联系起来，小说的各章使用了音乐曲目《流水行云》《雨打芭蕉》《赛龙夺锦》《晚霞织锦》《陌头柳色》《沉醉东风》《步步高》命名，序曲《银河会》、后记《彩云追月》也是广东音乐曲目。这部小说写何家后裔何八月，沿着广东音乐传播的路线从纽约茱莉亚音乐学院，到加拿大安大略省的万锦，经香港回溯上海、北京，重返广州、番禺、沙湾，一代人对祖辈几代人，不断地去寻找、寻根、寻宝，以此讲述广东百年音乐的创作与传承。故事这样讲，就能将何家几代音乐人的故事串起来，形成有机的整体，还能融历史与现实融一炉，烘托小说的主题。可以说，《赛龙夺锦》在讲故事上采取了最为机智的策略。

四、人物形象的贡献

长篇小说除了叙事，还需塑造人物形象。好的长篇小说，大都为文学画廊贡献了成功的人物形象。人物塑造怎样才算成功呢？最重要的是真实，就像一个活生生的人一样，具有自己的生命。

2021 年广东文坛的长篇小说，塑造了一些栩栩如生的人物形象，为文学画廊做出了新的贡献。

众所周知，在所有人物中，英雄人物最为难写。在英雄人物的塑造上，中国当代文学中蕴含着深刻的教训，即神化英雄人物，将其塑造得过于“高大全”。2021 年广东文坛的长篇小说，没有掉入这一陷阱。特别是党史题材的长篇小说，作家们在创作时虽然投入了感情，但还是牢记了教训。如《竹魂》的主人公是“南路江姐”钟竹筠，作者没有神化这个英雄人物，尽管有时让这个人物的语言过于政治化和现代化，但总体上讲，这个英雄人物基本上还是面目可亲，血肉饱满的。《第一缕光》的主人公阿四妹刚出场时是一个十六岁的农家少女，她涉世未深，较为单纯，充满着对理想的向往。但不知世故，守不住口风，对人没有一点提防之心，但后来，她逐渐从一个懵懵懂懂的少女，成长为一个有勇有谋的革命青年。作者对这个成长过程的描写虽然还可加强，但基本可信。《惊潮》讲述了李春洋从一名糖行老板成长为共产党优秀地下工作者的故事。作者抓住这个人物不服输的性格，将这个人物的成长过程写得较为细致和充分。《九龙嶂英雄》以九龙嶂根据地创建、巩固和发展为脉络，详细叙述了土地革命战争时期梅州人民革命斗争的光辉历史，讴歌了古大存、胡一声、郑天保、黎凤翔、李明光、刘光夏、罗屏汉、古宜权、李斌等英雄人物为了人民解放事业视死如归的革命豪情，小说在写作中遵循纪实性，没有对这些英雄人物进行夸张性的描写。

非英雄的主角人物，相对来说，塑造的空间更大一些。2021 年广东文坛的长篇小说中，有一批主角并不是英雄，只是凡人。凡人有凡人的苦恼，有凡人的弱点，但凡人能成为文学作品中的主角，必然又有正面的、闪光的东西。塑造凡人主角，需要仔细衡量并处理这两方面的张力。

《平安批》的主角是郑梦梅。作者陈继明在塑造这一人物的时候，并没有刻意规避他身上的一些缺点，梦梅刚开始的胆小、懦弱，没有拼搏精神，作者都作了如实的描写。郑梦梅机缘巧合之下，下南洋到了暹罗以后，批局老板宋万昌赏识梦梅的才华，决定聘请他给番客写批，郑梦梅在暹罗目睹了同胞的辛酸与不易，感同身受，内心颇为震撼，每一封批都写得非常仔细，随着时间的推移与见闻的增长，郑梦梅逐渐成长为一个具有责任担当、家国情怀和民族大义的人物。描写一个人心理成长的过程，很有难度。作者陈继明勇敢地接收了挑战，他用细腻的笔触，深入到人物心灵深处的皱褶，捕捉到人物心灵深处的波动，非常清晰地写出了郑梦梅的心灵史。

《师范生》中的主角丁一帆，他成绩优秀，本来非常热爱教育事业，但在生活的“教育”下，转向对权力的追逐。出版编辑看了小说原稿后非常喜欢这个人物，提出“丁一帆对教学改革有自己独特的想法，这一点是我们现在教育系统所提倡的，另外他的其他做法也是积极的，且正是当下要抓实的教改内容，希望增加他的分量，积极发扬提倡他的这种做法，以正能量的人物结局”，但作者黄召晖并不同意这一建议，认为丁一帆的转变在当时的环境下更为合情合理。作者没有按照编辑的意见作出修改，而坚持将丁一帆塑造成一个具有正反两方面可能性的复杂人物。作者的坚持是有道理的，丁一帆这样的复杂人物更具有现实性和可信性。

《流年河》中的主人公农村娃郑顺势，既自尊好强，但又敏感自卑。这大概是多数农村出身青年的典型性格。自卑或许是求学过程中和进城路上的阶段性心理，但这种自卑后面藏着的好强自尊，却让他逐渐在城市拓展出更美好的人生。

与主角相比，配角的戏份相对较少，因此形象难以写得饱满。但优秀的作家，既会写主角，也会写配角，甚至连“路人甲”都能写得栩栩如生。

另一部扶贫题材小说《高山上的红杜鹃》中的配角人物，如积极乐观的女学生麦芽、乐善好施的企业家陈德、重视乡情人伦的麦贤宗、受人尊重的霞姑太婆、长须老者拐脚叔公、党建指导员向红等，也都各具情态，活灵活现。

《第一缕光》中的配角人物招娣写得很好。招娣逃婚到广州，做布料生意的林老板见招娣长得眉清目秀，就想方设法把她骗回了家，娶为小老婆。刚开始林老板对招娣还是百般讨好，可是没多久有了新欢，招娣就失了宠，还遭毒打。阿四妹得知招娣的危难处境后，想要帮助她逃生，但是招娣在逃跑前却因为收拾金银财宝包裹，暴露了意图，计划失败。作者这样分析招娣：“这招娣，与阿旺、阿娇终究不是一路的。而今的招娣，身着锦衣，头戴宝钗，脸涂胭脂嘴抹红，如同一匹素锦被绣上了金线银线，怕是拆掉也只剩下一个眼洞，回不去了。”一个掉入富贵陷阱的贫家女，想要挣脱自己的命运，难免会进退失据。招娣这种人物，在当今社会中并不鲜见。

《师范生》中的配角人物——学校领导黄冷果也令人印象深刻。他因为自己已超期任职，急需寻找在师专的权力代理人，他鄙夷知识分子气息犹存的副校长陈洁雅，不想让她继承自己的职位，而把目光放在年轻一代身上，“一方面是想以权谋私为女儿未来的丈夫铺设光明前景，另一方面是希望找到自己在师专权力的延伸人”。黄冷果这种人物，在现实生活中也有很多。

潮汕女性在众口相传中享有良好的声誉，潮汕女性大多贤惠，心地善良，和气礼貌，非常顾家，能力极强。《平安批》中的“老祖”余桂仙就是一个典型的潮汕女性。她是郑梦梅的祖母，很有眼光和气度，她并没有因为自己年老而束缚住子孙照顾自己，而是劝说孙子郑梦梅下南洋，希望他将来有一番作为。她慧眼识人，年幼的乃铿不惧聋哑磨刀人，她认定乃铿将来必定大有作为，果不其然，乃铿接手了父亲郑梦梅的批局并且越做越大。她仁慈开明，乃铿逃婚后，本以为老祖会责罚自己，但出人意料的是，老祖非但没有责骂乃铿，反而安慰她、理解她、支持她。“老祖”这个人物虽是配角，但光芒不亚于主角。

此外，像《流年河》中的接生婆宋福娘、《惊潮》中的汉奸侯应澄等配角人物，也都鲜活而有个性。在人物塑造上，个别长篇小说也存在着一些教训，值得其他作家警醒，以免重蹈覆辙。如《竹魂》在塑造钟竹筠这一人物形象时，让她说过一段话：“人要像灯一样，在有生之年努力发光、发亮，照亮自己，照亮别人，照亮世界。共产主义是明灯，给人光明，给人希望。中国共产党只有五岁，还很年轻，需要呵护、坚守，使其茁壮成长。我们共产党人，无论什么情况下，都要牢记初心，坚守理想信念，用生命捍卫信仰，把一切都献给党。”这段话是钟竹筠和丈夫韩盈对话时所说。夫妻之间的对话，出现这种高度政治化语言的概率似乎不大。

《第一缕光》中的高恬波是真实存在的历史人物，她是广东第一位女党员。据我们揣摩，作者本意是想实写高恬波的，或许是因为她过早牺牲，生平事迹较难证实，或许是因为作家感到难写，因此作家想出的办法是虚构一个女性，以这个人物为主角，让她追随高恬波的足迹不断成长，这样写，就显示了高恬波这个女党员对群众（特别是女性）的榜样感召作用。应该说，作家的这种构思是机智的，高恬波成为小说中一个“缺席的在场”。但这种写作策略还是让人感到有遗憾，读者显然对广东第一个女党员的生平事迹更感兴趣，如果将高恬波设计为主角，并不是不能写出一部好的小说。

五、三个方面的探索

总而言之，2021 年广东文坛的长篇小说，在题材上取得了全面开花的新进展，作家大都有讲好故事的自觉意识，在人物形象塑造上也有新的贡献。同时，这些长篇小说对以下三个方面进行了有益的探索，积累了一些经验和教训。

一是题材的虚与实问题。

从某种意义上讲，题材可以分成两类，一类来自作家的个人经验，一类超越作家的个人经验。那些来自个人经验的题材，作家自然更容易驾驭一些。但个人经验总是有限的，取材局限于个人经验，作家总有一日会江郎才尽。而那些超越个人经验的题材，驾驭的难度显然更高。因为作家对那些生活，没有真切体验与感受。换言之，超越个人经验的一切事物，对作家来说，都是虚的。但小说创作就是要化虚为实。小说虽是虚构作品，但追求的是活生生的真实感，要让读者产生真实的幻觉。“一看就是假的”，是读者对一部小说的差评。如何化虚为实，这显然是一个难题。

2021 年广东文坛的长篇小说，扶贫题材和创业题材基本上都来自作家的个人经验，而党史题材和文化题材，显然超越了作家的个人经验。如何处理这类超越作家个人经验的题材？在这方面，广东作家提供了一些经验。

要把虚的材料做实，要靠深入的调查和研究。陈华清在创作《竹魂》时，沿着烈士的足迹，一一寻访，到遂溪县杨柑镇竹君村，听村干部讲钟竹筠的故事，到遂溪南门圩采访钟竹筠的儿媳妇、孙子、孙女等人，悉心听他们讲述，到广西北海、防城港、东兴，广东湛江、茂名高州等地党史研究室调研，带回了不少钟竹筠的历史资料。为创作这部长篇小说，陈华清翻阅了《中共南路党史大事记》《中国共产党东兴党史》《南路农民运动史料》《中国共产党北海历史》《中国共产党防城港历史》《中国共产党遂溪县地方史》《中国共产党高州地方史》等众多史料，做足了功夫。在调查研究的过程中，陈华清订正了一些史实。如获得了钟竹筠独子韩道的准确出生年月及其他信息，解决了党史中一些模糊不清的问题。《第一缕光》以大革命时代的广东为背景，其中广州起义、仁化暴动、花县农民运动都是真实发生过的历史事件，作者王溱为了描写的准确性，查阅了不少史料，还前往韶关仁化和花都等地进行考察，与当地党史、史志部门人员交流学习，补充了很多相关知识。《惊潮》描写潮州地区革命与抗战的历史，作者张新科说："我是理工科出身的作家，每次写作前都习惯搜集大量的历史资料，看档案，实地走访采风，首先就要把重大历史事件的脉络摸清楚，这个是不能瞎编的。"他认为，"理工科的作家可能有一个特点——喜欢真实，喜欢在写作之前去采访，去采风，去看档案，先让自己信服，这个事值得写，这里面肯定有很多真实的元素没有挖掘出来。另外，学理工科的也比较严谨。所以，在写谍战小说之前，我有大量的阅读学习，比如写一个枪械专家，我肯定要到兵工厂去看一看，要到兵器博物馆去看一看，要借来大量的兵器方面的书看，关于枪的型号、来复线、它的出口速度、它的射击效果、射击距离，等等。这样就了解得非常清楚，甚至写完小说后，我可以开两个小时的枪械课。你说是真的还是假的？自己已经变成角色人物了，他的语言、动作，他的知识，基本上已经掌握了。"

为了写作《平安批》，外省人陈继明 2019 年 1 月至 4 月，一直在潮汕地区采访调查。陈继明回忆说："一根草、一片湖、村庄的布置、家族的关系，最日常的东西是我最感兴趣的，每到一个村子，大家都很热情，给我提供了很多采访的便利。"四个月里，他采访了上百名村民，积累了近十万字的采访笔记，其中一个村子，他前前后后去了十余次。通过采访和调查，陈继明获得了大量原始材料，小说中也引用了真实的侨批，出场了真实的历史人物，一些虚构的人物也有自己的历史原型。比如郑梦梅女儿乃铿的原型，是明朝的一个人，她脸上有胎记，在结婚当天，下轿之后受到孩子们嘲笑，立即逃婚。她一辈子没再结婚，但将家族生意做得很大，成为远近闻名的女商人。董姑娘的原型来自一个美国女传教士，她在美国出版了好几本关于潮汕的著作，如《潮汕夜话》《潮汕见闻一八七三》《潮汕实录一八七三》等，其著作的中文版不少潮汕人家中都有收藏。《赛龙夺锦》中，何氏家族的何博众、何柳堂、何与年、何少霞等人，都是历史真实人物，为广东音乐做出过重要贡献。作者梁凤莲为了写这部小说，也做了细致深入的调查研究，收集了很多历史资料。

处理超越作家个人经验的题材，需要调查研究，虽然调查研究之后，不一定就能成功处理这些题材，但不调查研究，只凭空想象，则肯定不能处理好这些题材。提倡调查研究，深入生活，扩充自己的人生经验和体验，可以说是创作的不二法门，广东作家用自己的创作实践，再度证明了这一法门。

二是内容的狭与广问题。

与短篇小说不同，长篇小说一般是宏大叙事，不仅有一定的长度，还得有一定的宽度，即不能只截取生活的一个横断面，而要触及到生活的方方面面。展现的生活面越是宽广，长篇小说越容易得到好评。

2021 年广东文坛的长篇小说，有一些不仅有长度，而且有宽度，如《平安批》和《赛龙夺锦》就是这样，因此显得气势恢宏。但有一些只有长度，欠缺宽度，如《流年河》描写了城市和乡村，但在描写乡村生活时游刃有余，描写城市生活时则力不从心。还有一些既欠缺长度，也欠缺宽度。如《春潮》本意是打算写三十年前改革开放初期的创业史，但作者对故事展开的时代背景和社会生活没有进行充分的描写，局限于书写人物之间的爱情纠葛，这就使得整部作品显得较为狭窄，宽度不足。同时，《春潮》的时间跨度设定为 1994 年到 1996 年，对于一部长篇小说来讲，两年的时间长度未免过于短暂。

另外，有一些小说注意展示社会生活的宽度，但在展示方法上不大恰当。比如《竹魂》中，作者在文中加入了许多小故事，如香港海员罢工的故事、鲁迅的故事、陈景星的故事等，试图展开更广阔的生活面。这种努力是值得肯定的，只是作家在方式上还较为生硬，一是对这些内容的介绍，写得较为干巴，如同百度词条一样；二是这些内容的插入，没能和小说有机地融为一体。

谈及生活面的宽度，不能不触及地域特色这一问题。长篇小说需要有地域特色，也必然有地域特色。再宏大的叙事，也不可能覆盖世界的每个角落，而只能展现世界的一隅。能把世界的一隅展现好，已经很了不起了。一段时间以来，当代作家特别信任“越是民族的，越是世界的”这一口号，这一口号鼓励作家在长篇小说创作中展现“地域特色”。2021 年的广东长篇小说，也都立足地域，描写地域，有着浓郁的地域特色，比如《赛龙夺锦》对番禺沙湾的街庙景观、地方美食等作了详细的描写，展现了珠三角地区的水乡特色。《第一缕光》对花县及广州的地方建筑、特色美食、节日民俗等做了全面展示。《晒米人家》对深圳原住民的生活作了精细的描写，小说的章节题目有很多都是粤语词汇，如搞搞震（瞎闹）、拉头缆（打头炮）、扭计（刁蛮）、九唔搭八（不靠谱）、陀衰家（败家）、吹水（胡侃）、吊沙煲（断炊）、湿湿碎（小意思）、揾笨（骗人）等，既新鲜有趣，又贴合小说内容。《平安批》详细描绘了潮汕特区特有的建筑风格、华侨文化和人情特征。《惊潮》也呈现了潮汕地区的各种人文景观和名胜古迹。《流年河》对粤东客家山区作了具体表现，展示了客家“水乡”“竹乡”的特色风貌。《师范生》对梅州地区的名胜古迹如雁洋灵光寺、叶剑英元帅故居、阴那山五指峰玉皇顶都有所描绘。《九龙嶂英雄》也写到了梅州地区九龙嶂的风土山川和民风民情。《竹魂》开头描写年少的钟竹筠被妈妈送往湛江地区广州湾赤坎码头坐船，一路上写到“男女老少常穿的木屐”“猪肠粉”“番薯粥”“木叶搭饼”等，浓郁的粤西风情扑面而来。《高山上的红杜鹃》中，出现了石牯塘、九龙镇、飞霞山、千年瑶寨等粤北地区真实的地名与景点，还展现了瑶族“盘王节”、山歌、瑶绣等民俗文化。

但我们认为，对于“越是民族的，越是世界的”这一口号，作家应有辩证的理解。所谓地域特色，是比较而来的。一个人长久生活在一个地方，与其他地方“鸡犬之声相闻，老死不相往来”，渐渐地会觉得本地的一切都习以为常，走过异国他乡，再反观故乡，往往才会在比较中发现并深刻认识故乡的特色。换言之，用世界眼光更能发现地域特色。

在这方面，《平安批》贡献了很好的创作经验。《平安批》很有潮汕地方特色，但又有世界视野。作者虚构了一个英国人剑桥大学的人类学博士乔治，通过乔治之口，评述潮汕地区的人事与风俗。如他对潮汕的姿娘作出评价：“潮汕姿娘身上的自我牺牲精神，还有她们的聪明、顽强、本色，对于一个家庭不可或缺的作用，全世界绝无仅有。”至于潮汕的男人，他认为：“崇尚才智，认为有脑子就有银子，依凭实干，常说只要懂得使劲粗糠也能榨出油，以及在善于学习、志趣高远、知恩图报、钦慕正义、爱家爱国等方面，也没有能出潮汕男人之右者。”关于潮汕歌谣，乔治又说：“我搜集过大量潮汕歌谣，表达爱情的歌谣极其少见，连百分之五都不到。……即是有，也总是羞羞答答，酸酸苦苦，很少有大爱大恨，比如：月斜三更门正开，长夜横枕意心怠，短命冤家无口信，望断肚肠无人来。”作者通过外国人的眼睛和嘴巴，对潮汕人事和风俗作了另一个角度的评述，这比自我欣赏和自我夸耀更令人信服。同时，《平安批》中侨批这一意象，本身就可以带出很多东西，比如“东西方文明的接触、碰撞与融合。中国传统社会如何接受外来文明，如何艰难走向近现代化。中华文明的精华是什么。东西方如何看待自身和对方。中国人为什么如此重视落叶归根等等”。《平安批》在世界视野中展示地域性，做到了地域性与世界性的成功结合。这一经验值得借鉴和推广。

三是思想的高与深问题。

史学家吕思勉曾说：“小说者，以理想造出第二之人间者也。惟其然也，故作者之理想，必不可以不高尚。使作者之理想而不高尚，则其所造出之第二人间，必无足观，而人亦不乐观之矣。《荡寇志》组织之精密，材料之丰富，何遂逊于《水浒》？或且过之；然其价值终不逮者，理想之高尚不逮也。中国旧小说，汗牛充栋，然除著名之十数种外，率无足观者，缺于此条件故也。理想者，小说之质也。质不立，犹人而无骨干，全体皆无附丽矣。”（成之：《小说丛话》，《中华小说界》第一年第八期，1914 年）吕思勉的这段话说得很有道理。他所说的“理想”一词，指的就是小说的“思想”。小说不仅会因艺术性而分出高下，也会因思想性产生等级。

评价思想的标准有两个，一是高度，二是深度。所谓高度，就是站得高，占据哲理和伦理的制高点；所谓深度，就是钻得深，深入人心的幽微与隐秘。一部作品的思想，从排列组合的角度看，高度和深度兼有的作品，是最好的作品；只有高度，没有深度，或者只有深度，没有高度，则次一等；既无高度，又无深度，则最差。

2021 年广东文坛的长篇小说，在思想性的追求上各有得失。

《平安批》和《赛龙夺锦》属于有一定深度同时也有一定高度的作品。

在《平安批》中，作者不仅是贴着主人公写，甚至是融进去写，深入到主人公的心灵深处。同时，《平安批》也有一定的高度，从一封封平安批中提炼出潮侨诚信守义的精神和血浓于水的家国情怀。音乐题材小说本来是很难具有思想性的，但《赛龙夺锦》这部小说还是创造了思想高度。第五章《陌头柳色》中，何键为了讨好汉奸汪精卫的太太陈璧君，劝说何少霞作一首曲子，何少霞回道："《礼记》里说，濮上之音，亡国之音也，其政散，其民流。说卫灵公到了浦上这个地方，听到了靡靡之音，非常喜欢，后来就亡国了。南朝陈国皇帝陈叔宝所作《玉树后庭花》也是亡国之音，陈国后来被隋灭了。"这一席话，显示出了民族大义，将音乐之功效上升到了民族国家的高度。在《赛龙夺锦的》第六章《沉醉东风》中，作家对个人与时代的关系又作了这样的解答："无论命运如何难测，既能初衷不改保持一种用心，守护好祖先嘱托的使命，又能摆脱不同时段种种束缚，在人生的最后阶段，能跟心灵相通的人与事相守，那就是最好的归途和福报了。"这一席话解释了何家人从事音乐创作的"初衷"和"使命感"，深入到了人物的心理深处，显示了一定的思想深度。

党史题材的几部小说，无疑在思想上都具有高度，但在深度的探索中或多或少还存在一些不足。如《竹魂》和《第一缕光》都强调信仰的力量。《竹魂》中韩盈在解释自己的笔名"寒萤"时说道："天上的明月虽然明亮，但靠的是借光；而地上的萤火虫虽然微小，但发的是自身的光。""人如灯，终有一天会油尽灯灭。在灯油没有尽的时候，尽量发光发热，给人光明。我们共产党人就是为真理而活，为信仰而死。"《第一缕光》中，阿四妹一直追寻着广东第一个女党员高恬波的足迹，对高恬波及其代表的共产主义有着坚定的信仰。但韩盈（也包括钟竹筠）和阿四妹（也包括阿康哥）为什么对共产主义这么有信仰，哪怕付出生命的代价也不放弃？读完两部小说，感觉两位作家对这个问题的探索还可以更深入一些，对人物信仰的心理原因写得更充分、更细致一些。《惊潮》和《九龙嶂英雄》也存在同样的问题。

还有几部小说，思想上有深度，但还欠缺一定的高度。如《师范生》中，象牙塔里的师生最终都陷入权力的游戏。学校领导为保住自己的既得利益要寻找权力的接班人，学生经过生活的鞭打之后意识到唯有借助权力才能实现走出去的远大抱负。在权力面前，曾经的理想、正直、善良、勇敢乃至才华都显得无能为力，有人沦为可鄙的告密者，有人活成了自己最为憎恶的模样。《师范生》深刻表现了权力对人心的腐蚀，在思想上钻得较深，但作家对这种现象，更多的是理解、同情与默认，而欠缺追问、反思和批判。作者能入乎其内，钻得较深，却未能出乎其外，站得更高。又如扶贫题材的小说《高山上的红杜鹃》，在对钉子户和贫困户的描写中，都显示了一定的是思想深度，揭示了贫困造成的心理畸变，但对搬迁和扶贫两种办法仅作政策上的理解，尚未进行哲理的思考，在思想的高度上还有一定的上升空间。《流年河》和《春潮》，也都有一定的深度，但思想的高度还有所不足。创业史题材的小说写得好，完全可以成为“一个时代的纪念碑”，但这两部小说还只是书写一己的悲欢，没有上升到更高的层次。

六、结语

回首2021年，可以说，广东文坛的长篇小说作家抓住了疫情期间“沉潜”的机会，一飞冲天，为中国当代文学贡献了《平安批》《赛龙夺锦》等优秀作品。这份佳绩，除了作家个人的努力，也与组织的关怀是分不开的。这一年，广东省各级作协为长篇小说的创作提供大力支持，征集创作扶持项目，举行作品发布会，打响了广东长篇小说的名声。

广东这块土地，是古代中国的流放地和避难地，是现代中国的革命策源地和改革开放试验地，有着取之不尽、用之不竭的文学宝藏。广东还有一支阵容鼎盛的长篇小说作家队伍，其中有热爱广东的外来作家，也有很有潜力的本土作家。新时代开启新征程，期待广东作家守正创新、立心铸魂、再接再厉，创作出更多优秀的长篇小说，谱写灿烂辉煌的“人民史诗”！

（本章撰写：刘卫国，中山大学中文系教授、博士生导师；张坡，河南大学文学院硕士，现居广州。）

第三章
走进新时代的中短篇小说

2021 年广东的经济和文化建设跨进了高质量发展的新阶段；伴随着新时代的前进步伐，广东的中短篇小说和小小说作家深入学习贯彻习近平总书记在中国共产党百年诞辰纪念大会上的讲话精神和党的十九大以来的各种文件，在中短篇小说和小小说的思想创意上强化政治意识与时代精神；在创作方法和叙事技巧上努力追求岭南小说的特性与风格，实现了 2021 年广东中短篇小说和小小说从数量到质量的超越与突破。

一、 中短篇小说和小小说的总体概貌

据不完全统计：广东在 2021 年有 2000 篇以上的中短篇小说和小小说在全国各类报刊发表；出版中篇小说集、短篇小说集、小小说集 40 多部；有 40 多部（篇）优秀作品被全国性选刊转载。

南翔的 2 篇短篇小说《伯爵猫》《凡高和他哥》，被《新华文摘》2021 年第 8 期、第 21 期转载。蔡东的《日光照亮北斗》，被《小说月报》《长江文艺·好小说》转载，入选中国小说学会 2021 年度好小说排行榜；《月光下》被《小说月报》《小说选刊》《思南文学选刊》转载，入选第 2021 年度“城市文学”排行榜。吴君的《阳光在我正前方》《晒米人家》（长篇节选）、盛可以的《太阳升起时的静脉曲张》、邓一光的《带你们去看灯光秀》、郑小琼的《深夜去海边》、陈崇正的《海滩机器人》、陈玺的《从炭火到灰烬》、陈继明的《奔马图》、李知展的《流动的宴席》《黄昏误》等 10 篇中短篇小说被《小说选刊》转载。马拉的《沈先生字复观》、林培源的《灰

地》、朱霄的《南音》、李知展的《虎变》、王威廉的《经年》、盛可以的《太阳升起时的静脉曲张》、李知展的《红鬃烈马》等7部中短篇小说被《小说月报》转载。《中篇小说选刊》转发了郑小琼的《杀女》、陈崇正的《飞行术》、盛可以的《推空婴儿车的男人》、王威廉的《凝固的沙滩》等4部中篇小说。

《小说选刊》选用的10篇小小说有：申平的《灵蛇》《修复村前那条河》、刘帆的《渡船》、余清平的《陈述》、大海的《当归》、徐东的《变化》、徐建英的《信任》、海华的《主位》、肖曙光的《还债》、李学英的《流转》。《作家文摘》选用的8篇小小说是：申平的《绝世鸡血王》《一只不会叫的蝈蝈》、徐建英的《大地的声音》、刘凌的《三代戎装》《搬迁》、赖海石的《富贵还乡》、余清平的《药品》、贺妙忠的《一缕炊烟》。

在中国小说学会举办的“中国好小说”评选中，30部中短篇小说和小小说的上榜作品里，广东作家登榜的就有《你的目光》《伯爵猫》《日光照亮北斗》《不开心先生》《灵蛇》。在《北京文学》评选“中国当代文学最新作品排行榜”时，《带你们去看灯光秀》上榜。陈玺的《发烧》荣获第四届“中骏杯”《小说选刊》短篇小说奖。

广东作家积极参与全国性的小说征文活动取得了不俗的成绩：申平的《送行球》获第六届全国微型小说征文一等奖，《爷爷的背带》获全国廉政征文大赛二等奖，《天鹅湖》获“南泥湾杯”全国小小说大赛二等奖；赖海石的《午夜之光》获中国·文安“尚法杯”全国法治小小说大赛一等奖；余清平的《药品》获“武陵杯”世界华文小小说年度评选二等奖，《头盔》获“田工杯”清廉微小说大赛三等奖；徐东的《受苦》获“武陵杯”世界华文小小说年度评选二等奖；朱红娜的《给我一点阳光吧》获中国·文安“尚法杯”全国法治小小说大赛二等奖，《魔方》获“南泥湾杯”全国小小说大赛三等奖。

2021年广东的短篇小说继续发扬从改革开放前沿零距离取材的优势，在文体创意上凸显有新高度的时代精神，用守正创新的姿态，努力营造“破体和跨体”的短篇新文本，基本上形成了广东短篇小说的岭南特点与风格，获得国内小说界的好评。2021年广东的中篇小说，继续讲述粤港澳大湾区的新故事，塑造新时代的新人，用不同类型的故事讲述，组成广东中篇小说的突围态势，引发国内小说界的关注。2021 年的广东小小说，出版了数量颇丰的作品专集，较多数量的高质量作品被全国性选刊转发，5 位小小说作家以突出的创作业绩加入中国作家协会，“广东小小说现象”得到了小说理论界持续的关注与研讨，“广东小小说”的文学品牌已经形成。

广东的中短篇小说和小小说目前有 3 支重要的创作队伍：以“50 后”“60 后”“70 后”等作家为文学主力军，他们创作经验丰富，优秀的作家形成了各自鲜明的创作个性和艺术风格，有的已达到或已接近国内一流的创作水平；以“80 后”“90 后”“00 后”为主要骨干的文学生力军，经过多年的创作历练，他们以融合创新的姿态和思维，拿出“破体和跨体”的新小说文本；分布在各个地市作协由骨干作家组成的文学地方军，他们长期生活在不同的广东地域，对本地的风土人情有深切体验和艺术发现，能以逐步放开的视野和心胸，孕育和创作出具有浓郁的地方特色的小说作品；这些地方骨干作家还在各自的地级市，开展了有声有色的文学普及和推广工作，推进了广东文学进校园、进社区的群众文化活动，得到中国作协和上级领导的重视与地方政府的扶持，为广东文学进入万紫千红的文学园地赢得了重要席位。

短篇小说

二、 短篇小说的时代创意

广东 2021 年的优秀短篇小说的文学立意彰显了强烈的新时代精神。

这一年短篇小说创作的一个重大收获是深圳作家南翔在作家出版社出版了短篇小说集《伯爵猫》。南翔是一个已有 40 年中短篇小说创作经验的教授作家，他的作品曾连续两届提名为鲁迅文学短篇小说奖，5 度登上中国小说学会的“年度排行榜”。这一本《伯爵猫》是一部纯粹的短篇小说集，几乎代表着广东短篇小说创作目前能达到的艺术高度。书中共收 17 部短篇小说，有 5 部（《回乡》《果蝠》《疑心》《伯爵猫》《凡高和他哥》）自 2016 年以来被《新华文摘》转载。2021 年 11 月 30 日《南方都市报》刊发了来颖燕的评论《伯爵猫：短篇小说的可能性》，对南翔的短篇小说创作有精湛的解剖和分析。40 年来，南翔一直低调沉稳地主攻中短篇小说文体。他对短篇小说的创作方法和叙事方式烂熟于心，他说自己创作短篇小说，在乎“历史感、在场感、美感”；在乎“三个打通”：历史与现实打通；虚构与非虚构打通；自己的经历与父兄辈的经历打通[①]。他这“三感”“三打通”的短篇小说创作经验，使他的创作题材贴近现实，聚焦在时代的热点和人性的内蕴上；叙事方式是用个性化的叙述语言来讲述一个普通人身边最常遇到的故事；他的短篇小说创意则因涵盖面广、哲理性深、时代精神强体现了相当的广度、深度和高度。

《果蝠》故事的矛盾冲突是以来自大学的刘传鑫、肖小静老师和果农缪嘉欣为一方，他们来到果蝠的栖息洞深入调查蝙蝠是否有效地采蜜授粉；而以县长和林业局詹局长为另一方，他们将调查果蝠是否传播病毒、是否该全部灭杀而作出决策。这部短篇小说的选材直面了当前的抗疫生活，高校科技界和扶贫攻坚项目联手、政府为保障人民的生命而慎重决策的过程，全在这个精炼而富有情趣的短篇小说叙事中展开，这就使得南翔的与现实生活零距离取材的短篇小说具备了迅捷反映时代的特点，形成了作品描叙现实的厚实感与现场感。《凡高和他哥》写深圳油画村的向北、向南兄弟俩和他们的老师桂教授，为着今天的艺术是模仿名人搞批量生产，还是深入生活去追求艺术创新；是屈服于现实生活向金钱和物质妥协，还是坚守艺术的品格和良心，铺开了富有戏剧性的冲突描写，呈现出今天艺术家们的铮铮风骨和孜孜追求。三个人既冲突又和谐的生活，将南翔的贯穿在作品叙事中的价值观和哲理性做了令人信服的文学表达。

到了“2021 年中国好小说”的上榜作品《伯爵猫》，其短篇小说创意的广度、深度和高度均给人深刻的启迪。开了 16 年的“伯爵猫书店”在目前的疫情背景下准备关闭了；店主娟姐设计了一个最后的聚会，让书店的铁杆读者来讲述自己和书店的故事。路工、老刀、电工、阿芳以及娟姐自己，每个人都带着暖心的细节生动地叙述着 16 年来，自己在深圳这座城市里的读

① 南翔：《自序：大江茫茫去不还》，《伯爵猫》，作家出版社 2021 年版，第 2－5 页。

书和工作，每个感人的故事里都透露着一种特区人的情怀，每个人都因书店的关闭，一种读书的文化生活被迫转型而表现出缠绵的伤感。但在作品结尾，众读者不但没有取回自己的会费，反而使会费款不减反增。这个高潮情节，概括了深圳的这一批各种职业的普通人，面对社会骤然突变的现实，表现出了一种可贵的文化理想和文化精神的坚守。南翔站在时代的高度，面对百年未遇的变局，写出了一种中华民族坚守事业的初心和理想：文化生活的方式虽然改变了，但我们国家民族的文化精神仍在支撑着我们的百年奋斗。南翔把一个表面看似伤感的“书店关门”的故事，谱写成了一个催人上进的时代进行曲。上述分析的《伯爵猫》短篇小说集中的这 3 部短篇小说，都因南翔在贴近现实的取材中，表达了一种体现正能量的、既有广度又有深度的时代精神，才分别被 2020 年、2021 年的《新华文摘》全文转载。

广东 2021 年的短篇小说精准描摹了现代都市人的心灵图像。

这一年有 3 部写法独特、内涵丰富的作品：深圳作家邓一光的《带你们去看灯光秀》（《北京文学》2021 年第 5 期）。蔡东的《日光照亮北斗》（《江南》2021 年第 4 期）和《月光下》。《带你们去看灯光秀》有个机智的“错位对比”：倪秋鸿与杭思嘉、文小青和许森，这两对中年夫妻都曾经是大学同学，毕业后倪与杭到深圳求职，一个当上了高中语文老师，一个当上了妇产科医生；文与许大学毕业后就留在家乡洛阳，在大学里学彩票专业的许连续换了 6 次工作都没有找到适合自己发展的职业。这一回文与许，在疫情期间为了安顿在新加坡留学的女儿回国避疫，他们托在深圳的倪与杭帮忙物色房子；倪与杭替他们找了几处的一居室和二居室供选择；万万没有料到，文与许已经在网上下单准备购买价值千万的豪宅了。原来许在洛阳获得了旧宅的拆迁款后，全部用于买彩票，结果中了 1000 万的大奖；更没有料到的结局是倪与杭两夫妇在深圳的职业发展受挫，他们正计划返回洛阳，重新开始寻找新的生活和工作。这两对夫妇错位的“对返”故事，引发读者的多种思考：倪与杭在现代化的深圳城为什么没有找到继续发展的机会；文与许在传统的已失去了发展空间的洛阳城，怎么就产生了一次意外的惊喜？令人深思的错位叙事，将一代中青年英才生存的现代化城市带来的各方压力和深层焦虑，真实地做了再现。他们不仅仅是错失了买房的最佳时机，而是没有和城市的现代化融为一体；在一个经济和技术高度发达的现代社会，每个知识个体都应找到自己的职业尊严和生活理想。这就是邓一光这部短篇小说带给读者严峻的形而上的生存思考。在蔡东的《日光照亮北斗》小说里，赵佳和徐璐作为跻身特区的年轻人，有良好的高等教育学历背景，有一分体面的白领工作，可是，在内卷化严重的激烈竞争中，仍随时承受着被淘汰的风险。工作压力加上高昂的生活开支和住房成本，让她们身心疲惫，前途茫然。在这看似艳阳高照、处处机会的热土上，哪怕拼尽全力，却住不上一间有日光照进的蜗居，幸福安稳的生活就如同星空遥不可及。这个小说展现的是大时代重重现实压力下年轻一代的大都市打拼生活，有无奈和辛酸，也有梦想和憧憬。细腻而娴熟的文字中，年轻人的生活苦闷和内心压力跃然纸上，虚虚实实间，观照出的，正是时代和现实的一隅真实图景。《月光下》则是一部散发出诗性气质和优美风度的作品，以诚挚深情之笔触，精妙入微地抵达了难以探查的幽深之处，停留于不可言说的内心角落，写尽了人和生活的复杂性，又借着自由灵动的行文蹁跹而出，通往豁朗境地，使文本生发出广阔深远的意味。在这个短篇里，可见到广大的生活和世界，可体察女性隐秘的成长史和心灵史。讲述者并无俯视众生的姿态，而是对人和人世间充满深刻的理解，叙述温润、有暖意，情感的深邃性和艺术的精妙感交融在一起，神韵天然、诗意流淌的文字体现着汉语的美感和质感，动人的细节如水光，粼粼地闪动在沉静的水面上。蔡东和邓一光这两位写特区城市题材的高手，他们在给现代化城市塑形的过程中，能从人物的情绪情感这些看不见的心理暗流里，写出他们在融入城市，找到能够发挥自己能力才华、获得职业尊严的过程中，所面临的真实的内心冲突。邓一光和蔡东的这种生命体验和文学发现是真实的、深刻的；这种讲述和抒情，能够拨动人的心弦和启迪人的思考。他们是用短篇小说的形式书写了现代化城市建设中人们的文化世界和精神内心的真相。吴义勤在《物化时代的老友记》中这样评论《带你们去看灯光秀》："小说讲述了两个家庭、四个老友在异乡久别重逢、在短暂的时空里所发生的心灵碰接。既映照出现代化高速发展背景下个体的焦虑和困境，也显影了时代的诸多面相和问题。小说表层波平浪静，但深沉却暗流汹涌、奇峰突起，心理的、潜意识的、人性的、伦理的内涵极为丰富，是一篇令人回味无穷的小说。”①

深圳作家吴君的短篇小说创作继续闪烁着2020年的高光。吴君2021年2月在言实出版社出版的短篇小说集《花开富贵》，汇集了她倾情讲述深圳人的生活和命运的13部短篇小说。其中，《芭比娃娃》描写深圳美容行业的利益链和风险，揭示了深圳美容业像芭比娃娃那样表面光鲜却没有内容；《蔡屋围》写一个重组家庭的和睦友爱，对那种欺骗和虚无的爱作了犀利的揭露；《万家广场》用不同的文学叙述方法，说明一个家庭应该正确地对待他人、对待自己、对待爱情。除了这部短篇小说集的出版，吴君在《广州文艺》2021年第2期上刊发的《阳光在我正前方》，入选2021年第3期的《小说选刊》。这部作品聚焦两个命运截然不同的职场女性的生存状态，一个在京基百纳拥有店铺的女性到大公司打工，一个则是力争上游的“深二代”，为了男友的前途甘愿放下脸面。吴君用精致细腻的叙述语言，深入挖掘了两位女性深层的幽微人性，在从容平静的叙事中暗含着“深二代”们物质与精神的激烈冲突，真实地塑造了“深二代”的小说人物。吴君刊于《中国作家》2021年第7期上的《莲塘饭店》，入选了2021年第4期的《作品与争鸣》和《2021年中国短篇小说年选》。这部短篇小说的故事主人公笑古16岁时经亲戚介绍到了深圳莲塘镇大排档做学徒工，10多年间被城里的亲戚欺诈和作弄；因拿不出礼金，笑古失去了更可怜的女朋友，被骗回老家经历了结婚离婚后又重返深圳，作品写出了深圳底层小人物的真实的爱与诚。吴君2021年出版的短篇小说集和两部被选刊转载的短篇小说，都因题材上固守“文学深圳”，努力给深圳的各类创业者和“深二代”画像，使得“深圳故事”形成了她的创作个性和短篇小说风格，引起了文坛较大关注。张元珂在《中国当代文学研究》2021第9期上，刊发评论《论吴君的“文学深圳”及当代意义》，指出：“吴君扎入底层现实主义的立场，思想持续不断地讲述着形形色色的‘深圳故事’，成为当代文坛最具风格和倾向性的小说家之一。”②

东莞作家陈玺的短篇小说《发烧》获《小说选刊》2021年度“中和杯”

① 吴义勤：《物化时代的老友记》，《北京文学》2021年第8期。

② 张元珂：《论吴君的“文学深圳”及当代意义》，《中国当代文学研究》2021第9期。

优秀短篇小说奖。在小说中，陈玺一改昔日扎根土地的现实主义写作风格，采用颇具意识流的笔法，写出几分迷幻与癫狂。小说由主人公“我”选择陌生民宿落脚作为铺垫，酝酿了一场混沌之旅。当“我”回到习以为常的生活中，高温使魂魄与肉身相间离，俯瞰凡尘俗世渺渺众生，一切都已不再是平凡的常态，变得诡谲炫目、离奇怪诞。当人的体感温度上升，感官体验便如同畸变扭曲的镜头，带领我们重新审视着熟悉而又陌生的世相百态；亲情、友情、人情世故，榴梿、火锅、中药西药，当这些客体被蒸腾、悬浮在半空，我们反而更能清醒地扫描现实，激发出批判性思考。

三、 中青年作家的创新性 “破体”

广东 2021 年现代都市短篇小说涌现“破体与跨体”的新形态文本。

广州“80 后”作家陈崇正的小说创作在 2021 年是一个丰收的大年。他有一部小说集《眨眼睛》在中国言实出版社出版（2021 年 1 月）；一部文学理论著作《向蜘蛛学习写作》在广东人民出版社出版（2021 年 8 月）。在广东当代作家中，少有人能像他这样同时张开了创作和理论的两个翅膀。他连续有 5 部短篇小说发表：《开门》（《人民文学》2021 年第 9 期）、《海滩机器人》（《六盘山》2021 年第 3 期）、《开窗》（《作家》2021 年第 11 期）、《凤凰》（《芙蓉》2021 年第 5 期）、《潮墟》（《天涯》2021 年第 6 期）。其中《海滩机器人》被《小说选刊》2021 年第 7 期转载。他在《大家》2021 年第 3 期刊发的中篇小说《飞行术》，被《中篇小说选刊》2021 年第 4 期转载。他同时还发表有诗歌、散文随笔、文艺评论 6 篇，有两部长篇小说《美人城》《悬浮术》在出版社进入了出版流程。陈崇正几乎在所有的文学文体上都有耀眼的创作业绩。发表在《人民文学》上的《开门》，构思巧妙，主题涉及了人类未来命运共同体的创建。一个偶然的隔离酒店的坏锁事故，把故事叙述人“我”、开锁师傅张万红、做核酸检验的护士薛晓清关在酒店几个小时。在这个特殊的环境里，每个人都打开了“心门”，将自己内心积压已久的心事和盘托出，每个人的独特故事都融进了家国情怀、温情悲悯、精神救赎，将国家、社会、时代和个人之间的裂隙弥合在一起，真正寻找到了构建人类命运共同体的现实可能性。评论家贺绍俊说：“他的这篇小说则是在越过实在主义的陷阱，勇敢地回到现实主义中来。他在一个精心设计的封闭空间里，密集了疫情、核酸检测、援非、志愿者等大量现实元素，以流畅的叙述，直抵关乎人类未来的共同体艺术想象。”[①]《海滩机器人》则是典型的“跨体”短篇小说新文本。海米的眼睛瞎了，眼瞎的海米对现实物像有了新的感知，对母亲和傻哥也有了新的认识，这就使得第一、第二节的故事是按照生活的正常形态来展开现实主义叙事；到了第三、第四、第五节，是海米在海滩上和机器人对话了，机器人用凝固了30万年的时间晶体告诉海米，她眼睛复明的具体时间，她父亲母亲的生命期限，这就是这部短篇小说脱离现实常态的科幻叙事了。第六节是现实生活与科幻世界的合体，机器人用时间晶体告诉海米未来发展的真相后，她重新认识了自己的人生灾难，重新理解了母亲和傻哥的关爱和温情。她的绝望之所以被拯救，全来自于科幻想象中机器人告知的人类群体与个体的生存秘密。这就是陈崇正这部“现实+科幻”的跨体短篇小说大胆、丰富的科幻想象，也是这部作品能给人深刻启迪的文学创意。《海滩机器人》的跨体文本与《开门》里的创新叙事，体现了陈崇正作为“80后”新锐作家在文体创新意识上的一种先锋姿态，一种在作品主题的提炼过程中而展现的时代精神和人性内涵的深层思考，一种短篇小说文体的创新试验和获得文学界好评的艺术效果。

中山“70后”作家马拉的文体创新仍然续接着自己2020年的步履。他在2021年第1期的《十月》发表的《沈先生字复观》，被《小说月报》2021年第4期转载，《中篇小说选刊》2021年增刊第1期再转载。在《作家》2021年第6期发表的《凡人》，被《作品与争鸣》2021年第8期转载。《沈先生字复观》的短篇叙事文本比较特别。作家从今天的视角去重叙清末民初一个海盗和一个读书人互相尊重、相互成全的传奇故事。作品从一个日本籍的物理学家苏植苓来中国寻找爷爷的中国老师的墓地开始。100多年前，苏植苓的爷爷是个海盗，奶奶是个日本人，但他们却敢把自己的两个儿子从海岛千方百计地送到沈先生手里当学生。沈先生十分憎恨海盗苏三炮和日本

① 贺绍俊等：《陈崇正〈开门〉：直抵关乎人类未来的共同体艺术想象》，《信息时报》2021年10月14日。

人，但犹豫再三却愿意当海盗儿子的老师，并且一再拒收苏三炮和远藤静子赠送的金银财宝，用自己的肉体生命去阻拦苏三炮的杀掠行为。这个表现中国知识分子的文人风骨、描写海盗恶与善的两面人格的短篇小说，被马拉用一种新的短篇小说叙事文本得以成功表达。故事的前半部分是讲述苏植苓的寻根过程，主要是通过人物的对话来加以实现；而苏三炮和沈先生的交往，就改用第三人称全知视角的叙事了。作品里被拿掉了引号的人物对话变成了推进故事情节的叙述文本；沈先生与苏三炮的交往更换为第三人称的全知讲述。这样一个有着大容量的历史故事浓缩在一个短篇小说的篇幅里；几个有立体性格的历史人物，在这个短篇小说的新文本里，以“破体”的姿态产生了引人共情的叙事效果。

珠海作家陈继明首发《朔方》2021 年第 10 期上的《奔马图》，被《新华文摘》《小说选刊》转载。这部短篇小说的艺术风格和陈继明长期坚持的小说文体观念的革新一致。《奔马图》没有铸炼一个跌宕起伏的因果情节，也没有去探寻故事主人公独特的行为方式下的人物动机，通过一匹活了 60 年还瞎了右眼的退役军马与一个老人、一个中学生、一个疯女人在港珠澳大桥底下的相遇，带出了故事叙述人“我”对马、对人的生命的重新感受和重新认识，这些对人与物、人与社会独特感知的没有了因果关系的“相关材料”，在作家自由飘逸、文采飞扬的笔墨中徐徐展开。这是一种不同于传统短篇小说的因果情节，只呈现人与人、人与物之间的“相关感知”的新型的短篇小说叙事，抒写了一种纵横几千里、横跨几十年的人生况味和情感纠结。这一期《小说选刊》的卷首语说：“一匹马，三个人，闪转腾挪，在奔跑中构成了动态的浮世绘，他们或许就是港珠澳的前世今生。”

广州作家黄金明在 2021 年连续发表了 8 部短篇小说：《放生》（《福建文学》2021 年第 11 期）、《幻想故事集》（《青年作家》2021 年第 5 期，内有《心理医生》《觉醒者》《跟机器人离婚》《诱捕外星人》）、《三个女人》（《小说林》2021 年第 2 期，内有《雪的故事》《吕的故事》《唐的故事》）。这 8 部短篇小说相当集中地表现了作家对婚姻家庭、情爱性爱等的道德伦理题材的执着探索，强劲地显露了作家对短篇小说创作方法和艺术风格的独特追求。他是已鲜明地形成了短篇小说创作个性和艺术风格的中青年作家代表。

《放生》用“传统题材 + 现代叙事”的小说形态探索了现代男女的婚姻本质。一个资深的婚姻调解员“我”，在自己的职业生涯中成功地挽救了无数个离婚家庭，劝和了无数个要分手的离婚者，可是她自己的婚姻却走向了破裂。这个具有反讽意味的故事情节，启示我们深入思考家庭的本义和爱情的本质。发表在《小说林》上的 3 个系列短篇小说，是一组“跨体”的给婚姻和爱情疗伤的短篇小说。在这个短篇小说中，作家将李文的《外遇的精神分析》中 3 个口述实录当作小说感性情节的故事框架，又把孙周的《囚徒或爱的遁逃》等阐释两性关系和家庭本质的学术著作里的理性文字，穿插在整个短篇小说文本中。当第三人称故事讲述者将上述感性的情节和理性的议论融合在一起时，便创造了一个表现当今社会新潮的爱情观和家庭观的“跨体”短篇小说新文本。

《青年作家》发表的 4 个系列科幻短篇小说叙说了未来社会人们的婚姻与情感：《心理医生》写一个机器人 M 先生如何给陷入性爱困惑的青年催眠治病；《觉醒者》里的机器人 K 先生是个文学作家，却被另一个机器人罗斯金逮捕；《跟机器人离婚》是写 2078 年徐先生要到法院上诉，求法院判他和机器人妻子玉离婚，结果玉反过来查明徐先生也是一个机器人；《诱捕外星人》写机器人刘娜去学校做卧底来诱捕外星人，没料到外星人变成猴子后，却使刘娜在世人面前暴露了自己是机器人的真相。黄金明这一组科幻短篇小说，想象奇特，创意深邃。他揭示的是科技高度发达后社会和家庭、个人之间的新矛盾，由此预测新科技时代新的道德伦理。他的科幻短篇的创作方法，吸收了传统短篇小说的经典技巧，一个既出意外又在情理的欧·亨利式的结尾，构成了他的系列科幻短篇小说的可读性。黄金明这 8 部短篇小说无论是传统写法，还是跨体写法，抑或科幻文体的探索，都贯穿了他日渐成熟的短篇小说艺术风格。

2021 年广东大学生作家的短篇小说显露了熠熠生辉的文体创新锋芒。

《作品》杂志开了一个“网生代@”专栏，专发高校大学生的短篇小说作品，集中展现“90 后”“00 后”青年作家的文学才华和先锋创作。2021 年有 6 位广东高校的大学生作家发表了附有高校老师推荐语的短篇小说。相对“50后”“60后”作家的短篇小说，这一批“90后”“00后”的大学生作家，常常一出手就是“破体和跨体”的新形态短篇文本。他们思维敏捷，想象丰富，洋溢出强烈的文体创新意识。暨南大学朱霄的《取暖》(《作品》第6期)，相对来说还是较传统的短篇小说写法：成绩优异的王家辉，初中毕业后因家庭困境不得不辍学外出打工；一个以混混儿形象出场的刘忠伟对家辉有着真诚和暖心的帮助，使家辉在艰难的成长中懂得了责任，懂得了必须在责任的基础上才能追求人生理想。这样一个从“00后”大学生作家特定的视角而生发的“成长主题”，在广东理工职业学院刘瑞浩的《骤雨》(《作品》第1期)中有反常的、开始转向先锋的文学表达了。刘瑞浩写了一个高考青年飞在考上了理想大学前的一段相对艰辛的压抑生活；这段独特经历在刘瑞浩的笔下演变为一种痛彻心扉的情感流变和刻骨铭心的生命体验。作家将自己在高考的日子里遭遇父母双亡的痛苦用了酣畅淋漓的内心语言作了感人的叙说。可以将这部短篇小说看作是一部“破体”的反传统写法的新形态短篇，语言之细腻，色彩之鲜明，感觉之独特，完全可以和一个成熟的先锋作家比肩。到了华南师范大学乔靖民的《房间里的露西》(《作品》第8期)，那种“破体”短篇小说的写法就更加出彩了。作品借“穿越”这一类型化小说，表达出了一种少有的深刻创意。作品描述独居女生白茵在偶然间穿越进了300万年前的古猿露西的体内，从最初开始的慌乱，到中途逐渐掌控局面，最后虽然身陨异世，但却获得了精神和意识的突破与领悟。现实和穿越的交叉叙事，实写和想象的融会贯通，可见作家已掌握了现代小说的叙事方法和独特技巧，是一部基于现实的恣意想象，同时又具备了高度哲理探索的优秀的“破体”短篇小说。

暨南大学吴新纶的《三和甫路沙县》写了两代人颇为惊悚的爱情故事，深刻地展现了人性的某些切面，并借用了中国传统阴阳学的某些文化要素，使一个命中注定7岁就会死亡的小孩联结了两代人的生活和情感的纠葛，颇为老道的故事讲述方法使这部短篇小说带上了悬疑小说的色彩。这部短篇小说有着传统题材的外壳和现代叙事技巧的有机结合，故事的叙述者虽然是第一人称“我”，但采用的是“限知叙述视角”，叙事者把自己放在一个叙事接受者的位置，并不急于一下子就把他知道的所有故事全部揭示出来，而是有意地一步步地制造悬念，形成了一种能逐渐吸引读者的新颖的叙事文本。到了付淇琳（暨南大学）的《麒麟踏雾来》（《作品》第8期），更充分地显示了这批“00后”的大学生作家有意创新故事的讲述方式，创造新的叙事文本和叙事效果的艺术追求。这部作品把两代人长达60年的爱情故事，放置在山城丰物、麒麟舞艺、抗日烽火、民族复仇以及地方文化等特征背景上，构成了作品厚重宏大的历史叙事，而这种历史叙事又是从青年人的爱情和麒麟舞的传承等细小的切口进入，表现一种爱恨交加的家国情仇和民族大义，把这部作品的文学创意提升到了一个历史的新高度。《作品》的读者刊评团对这篇作品展开了热烈的讨论，2021年第12期的杂志专门刊发了冉令香、茨平、郭涛、黎希澈、邹冬萍、洪艳、宋词等7位读者的评论文章，从思想和艺术等方面充分肯定了作品的厚实立意和精彩叙事。湛江读者洪艳对作品的叙事方法做了较有说服力的分析：“《麒麟踏雾来》包含了许多中国故事特有的叙事元素，比如回环式的文本结构、类型化的人物形象、特殊年代的中国战争、地方文化的一致性、文化寻根的严重性……而这些要素，在付淇琳麒麟轻柔的叙事比较中，以蒙太奇的图像形式糅合成了这篇小说。”[①] 广东大学生作家在《作品》杂志上推出的这一批短篇小说，以新颖的艺术手法，对短篇小说文体作了大胆的“破体和跨体”的创新试验，为广东2021年的短篇小说奉献了令人耳目一新的小说文本。

2021年广东新锐作家的乡土情结和创作个性频频亮相。

广州作家林培源是“80后”作家中得到广泛关注、开始形成自己鲜明创作个性的突出代表。他曾获第二届“《钟山》之星”年度青年佳作奖、第四届“紫金·人民文学之星”短篇小说佳作奖。2021年他的短篇小说《灰地》首发《花城》第3期，《小说月报》第7期转载。作品讲述了这样一个故事：靠承接木工和铝合金门窗发家的工厂老板，最近家有喜事，也有烦心事。生意兴隆，两位儿媳为家族开枝散叶的美好未来可期。然而为他出生入死多年的手下——从哈尔滨来的外地人，却招惹了大麻烦。小说对人物心理的描摹细腻，勾勒了潮汕地区暗潮涌动的民心所向。作家在访谈中说：我写

---

① 洪艳：《一场梦幻的沉重与欢喜》，《作品》2021年第12期，第216页。

了十几年的小说，目前最满意的作品还是《灰地》，过去我写的“潮汕小镇故事”人物相对单一，基本是处在生活边缘的无助、无名人物，但在《灰地》里，我试图把目光放到另一个阶层——乡镇的小老板身上，以点带面，通过细微的事件去呈现平静生活下涌动的波澜。对我来说这是全新的尝试，这篇小说是我写作路上的一个转折点……我自己写小说的时候，家乡小镇就像一根风筝线把我拽牢，而我也需要这根线，才不至于飘向虚无。写得多了，自然会生发野心，我的念头就是要把小镇和世界联动起来，创造一个小镇的文学世界，它一定同时是封闭又开放、停滞又流动的，是简单又是复杂的。①

广州作家梁宝星也是这批新锐小说家的一个代表，近几年来活跃于全国各大期刊，2021 年发表中篇小说 2 部（《引力》，《中国作家》2021 年第 6 期；《未来往事》，《大家》2021 年第 3 期）。短篇小说 3 部（《塞班岛往事》，《花城》2021 年第 1 期；《失眠》，《青年作家》2021 年第 2 期；《月亮往事》，《香港文学》2021 年第 7 期）。梁宝星的中短篇小说题材丰富多样，构思机智，语言细腻，非常善用隐喻。唐诗人评论说：“梁宝星的小说，这里面的可能性可以通往不同性质不同类型的写作方向，同时，梁宝星的叙事特征，也看到一个大作家的可能性。”② 《塞班岛往事》以日本作为故事背景，中国男孩“我”在异国他乡深刻反思战争造成的社会性心灵创伤。唐诗人评论道：“直接通过题材、故事、人物的跨地域来彰示一种写作的世界性野心，这是新南方写作值得继续拓展的一类书写方向。”中篇小说《引力》和短篇小说《失眠》是南方小镇题材故事，以“家”作为叙事对象。“家”不再是抽象的，也不是宏大历史的替代物，而是个人经验的呈现和再生产。林培源在《“家”的书写与小说的“引力”：读梁宝星小说〈引力〉》中写道“‘地心引力’所象征的一切，也让我们对地球、对我们脚下的大地有了更深刻的反思和认同。”

新锐作家中可提及年仅 17 岁的陈迪。这位广东目前最年少的短篇小说

① 林培源：《通过细微的事件去呈现平静生活下涌动的波澜》，《小说月报》2021 年第 7 期。

② 唐诗人：《“向南方”与“南方向”：“岭南写作”的故事、语言与思想》，《香港文学》2021 年第 7 期。

作者在《厦门文学》（2021 年第 12 期）上发表短篇小说《呢子大衣》。早在 2017 年，12 岁的陈迪就在《少男少女》《初中生》《中国铁路文艺》《厦门文学》和《羊城晚报》《长春日报》《珠海特区报》等报刊上发表了近 6 万字的小说和散文作品；她创作了 12 万字的长篇小说《杰辛的复仇》，3 万字的中篇动物小说《母狼紫风铃》，改写了 1 万多字的短篇神话小说《蚩尤的故事》。她有较强的英语读写能力，能把自己的小说《提波希》翻译成了英文。《少男少女》刊登了近 2 万字的对陈迪的专访。这是广东短篇小说作家队伍中最年轻、很有发展前景、值得关注和培养的后起之秀。

一直以优秀的诗歌创作立足于文学界的广州作家郑小琼，近年来开始转写小说并出手不凡。她的短篇小说《深夜去海边》，首发《青年文学》2021 年第 5 期，《小说选刊》2021 年第 7 期转载。如果说郑小琼最早是通过诗歌的形式来反映南方打工族的生活和情感，那么现在则可以说郑小琼是通过中短篇小说的形式来再现南方打工女性的个性与追求了。《深夜去海边》只写了两个作为闺蜜的已进入中年的离异女人，在一天中的日常生活和情感思绪。刘红勤遇上了可以做他大叔的熊五爷；张纪爱看上了熊五爷带来的小鲜肉王伟；两男两女发生在深夜海边的故事开始了。郑小琼用细腻温润的笔墨，写出了 2 个已把青春献给了南方这块土地，但在情感和家庭生活中遭到挫折的单身女人，她们对真爱有渴望，对未来有迷茫；对来到了眼前的情爱更有着敏感的试探和屡屡的坚持。这种复杂的情感形态，真实地概括了已到中年的南方女性打工族们的彷徨、迷茫和最可宝贵的一种坚持。这种精神和理想的坚持，使郑小琼的小说能够展现出对女性打工族温暖的人文关怀，探讨着这类人物在南方这块热土上能抵达人性的可能性高度。

深圳作家盛可以首发《北京文学》、《小说选刊》2021 年第 3 期转载的《太阳升起时的静脉曲张》，也是叙述了一个临近中年的文艺青年一段刻骨铭心的爱情故事。“她”和“他”在西藏高原相遇，灵魂和肉体熨帖契合；但“他”在确诊脑瘤后便不辞而别离开了拉萨；而“她”独自生下了两个人的爱情结晶后却始终不去找他。两人复杂的情感内容和形式，两人渴望相见而又不敢相见的心态言行，在盛可以的这部短篇小说中述说得让人怦然心动。作家概括了人类情感的复杂形态，切开了人类爱情心理中的一种深层内涵。

盛可以和郑小琼这两部都被《小说选刊》转载的短篇小说，把人类爱情的某种微妙和复杂以独特新颖的文本做了畅快淋漓的抒写。

四、 岭南地域的文学拼图

在盘点了广东短篇小说作家队伍的主力军和生力军的创作业绩后，现在来观察活跃在广东各地市作协的骨干作家们。他们深耕本地的短篇小说的地方题材，以独特的艺术感觉描绘着岭南各地的风土人情，以色彩靓丽的民俗画卷去完成广东短篇小说的“文学拼图”。

佛山作家茨平在2021年发表了7部短篇小说：《成本指向东》（《佛山文艺》2021年5期）；《削刺》（《大地文学》六十九卷）；《活动扳手》（《文学港》2021年1期）；《谋杀盗梦者》（《椰城》2021年8期）；《三角形》（《佛山文艺》2021年2期）；《孙行土》（《延河》2021年10期）；《他把小车开下悬崖》（《佛山文艺》2021年10期）。俞佩淋在《“弱者”的精神面相：茨平小说创作论》中说：茨平的作品并不常呈现整体的工厂生活，他的作品中站在“自己”的立场，关注乡土社会“弱者”的精神面相。他一方面批判“弱者”的精神缺陷，另一方面也对使之成为“弱者”的规则进行质疑与抗议，双重的叙事指向使小说呈现出复调的艺术效果。茨平以其特有的真诚和清醒关注打工群体的生存状态，批判部分莫须有的规则和有缺陷的人性，富有智慧地选择自嘲和戏谑的姿态讲述小人物生存的不易，在笑声背后透露出打工群体的精神诉求。[①] 俞佩淋准确地指出和分析了茨平创作中对南方底层打工族真实生态的描述与塑型。

梅州作家陈柳金则具体专注东莞底层打工族的故事讲述。他的中短篇小说集《捕音者》（江西高校出版社，2021年10月）收录的15个短篇小说，先后发表于《广州文艺》《清明》《草原》《四川文学》《湖南文学》《安徽文学》《鸭绿江》《山东文学》《黄河文学》等文学期刊。他聚焦于东莞底层群体的命运书写和精神剖析，通过独特的个案叙事，反映整个工业文明背景

---

① 俞佩淋：《“弱者”的精神面相：茨平小说创作论》，《佛山文艺》2021年10期。

下压抑的城市窘境，从人性情感的角度去追问和反思打工群体的生存压力和精神问题，以悲悯之心和冷峻笔触深入剖析探究根源。张衡在《捕时代之声色，守俗世之精魂》中评论说："居于岭南莞城一隅的陈柳金，以文人的沉静与淡泊不动声色地漫步、彳亍于老城的巷尾街头，在历史的斑驳沧桑与时代的日新月异之间，借语言和文字的张力开拓了一方属于自己的芳草地，流光或黯淡亦是岁月，喧嚣与宁静都是生活，抒情与叹惋即是心声。"

清远作家易域勤的中短篇小说集《行走人世间》（四川民族出版社，2021 年 4 月），通过对典型环境、曲折情节以及人物个性化语言的描写和对比手法的运用，细致入微地刻画了众多底层小人物的精神风貌、心路历程，从中突出底层小人物心灵的真善美；揭露、批判、鞭挞生活中的腐朽、虚伪和丑恶。唐德亮（笔名方原）在 2021 年 6 月 12 日的《清远日报》上发表《从生活的深层挖掘提炼：读易域勤小说集〈行走人世间〉》，文章说："这本小说集还有个共同点，就是所写的都是小人物。通过小人物的种种生活遭遇，展现了各种小人物的际遇、心态与心路历程，让人品读后沉思、感悟，增强了对社会生活复杂性的认知，从而获得美的熏陶与体验。"①

茂名作家郑金师 2021 年有 4 部短篇小说面世：《年例》（《清明》第 2 期）以一个爱情故事为叙事起点，从当地留守儿童"小青"的视角切入，将她对爱情的美好憧憬与"铁柱"对她身心的侵犯真实地做了描写，这种传统乡土生活与现代社会之间的矛盾相互照应，故事内核的实质是书写当地年例文化的没落。《王绣云决定离家出走》（《草原》第 5 期）刻画了一个生活不尽如人意的农村文盲妇女王绣云，她在困顿中产生离家出走的念头，后来在自闭症儿子的才艺表演中得到顿悟，对儿子的爱使她最终选择面对困境继续生活。《保鲜》（《星火》第 4 期）写失去未出世的孩子给一对夫妇造成的心灵创伤。日常的琐碎、妻子的多疑和敏感使丈夫对妻子产生嫌恶以及不忠的念头，直到某一天，丈夫发现失去孩子的悲痛一直横亘在两人之间，妻子对孩子的爱深深触动了丈夫的内心，他最终悬崖勒马，回归家庭。《春潮》（《山西文学》第 10 期）写后疫情时代留守在家乡的小镇青年江诚面临着婚

---

① 唐德亮（方原）：《从生活的深层挖掘提炼：读易域勤小说集〈行走人世间〉》，《清远日报》2021 年 6 月 12 日。

姻和事业的“双失意”。一次交通事故使江诚改变了现状：他得知受伤者是他爱慕的女孩时，便试图去救活她，但代价是失去赖以谋生的生意。最终江诚失败了，他和女孩的偶然相遇，如春日的潮汐，她涌向他却又决然离去。小说采用写实手法，既关注底层弱势群体，也体现对女性主义的关怀。

韶关作家苏景文和广州作家柯粉玲各有一部短篇小说被中国作家网收录。《太阳鸟》（苏景文）选入2021年中国作家网精品文选集《灯盏》（作家出版社，2021年5月）。作品写太平洋战争爆发，香港沦陷，岭南大学师生长途跋涉开始转移。太阳鸟是希望、光明、自由的化身，人人心中都有一只燃烧的太阳鸟，人人眼里都有一只在红花上歌唱的太阳鸟。太阳鸟是一种精神力量，这种力量让师生不离不弃、相互照顾、相互体恤，甚至舍生忘死。《小满》（柯粉玲，中国作家网2021年11月15日）尝试从心理学角度轻触个人成长过程中情感缺失而带来无法愈合的伤痛，它也许不明显，伤疤不为人知，但却足以影响漫长一生，如果没有适度的心理调适，这类人群极易发展为抑郁症。作品以散文笔调，尝试轻叩心理健康与成长的秘密，通过疫情前后大米与麦子的相遇相知，展开对心理疼痛的感情溯源。

深圳的教师作家俞莉在《当代》《中国作家》《清明》《山花》等刊发表的中短篇小说曾被《北京文学·中篇小说月报》等刊选载；出版过长篇小说《我和你的世界》《我的似水年华》。2021年她有2部比较重要的短篇小说，《流到香江》（《芳草》第4期）：这是一部以女性视角看待和讲述香港底层社会的短篇小说，描写了现代繁华、流光溢彩的大都市里住公屋的香港普通市民的生活状态。故事主人公几经分合，兜兜转转，但最后依然温暖牵手，相濡以沫。《萍聚》（《清明》第4期）：仍是以深圳大都市为背景，讲述了两个外来打工人相遇了又分离的感伤故事。回不去的是故乡，留不下的是城市，青春、亲情、爱情又无处安放。这是现代转型社会中城市新打工人普遍的现状，他们与上一辈的农民工有着不一样的追求和新的困境。

珠海作家谢小灵发表了2部短篇小说：《上午十一点》（《特区文学》2021年第8期）和《春桃》（《小说林》2021年第6期）。后者里的春桃是“我”的现实，“姑姑家村庄”是现实的土壤，春桃所面临的命运仍在那片土地以不同方式存在延续。人与事的纠结是神秘的，“我”认为在小说里对可能性的探究是没有边界的。东莞作家赵勤的短篇小说《二十五个垃圾桶》（《飞天》2021 年第 4 期）写了一个这样的故事：意外失去儿子的“她”和丈夫无法走出痛楚，两人的感情也冻结了。她不能出门工作，不能面对外人，偶尔注意到小区里一个貌似流浪的弱智少年，她观察少年，接近少年，进而把少年领进家里，把少年当做自己的儿子，结果被少年的父母堵在家里，说她意欲拐卖少年而闹到派出所。最后是丈夫把她领回家里，想尽了办法陪她走出心理阴影。

上述这一批各地市作协的骨干作家在 2021 年发表的短篇小说，集中地体现了两个特色：一是在自己长期生活的“创作根据地”里选材，把自己感受体验最深的人、事、景、物用短篇小说的体裁加以快捷地反映；二是集中塑造底层打工族和小人物的鲜明个性与独特命运。地域题材和底层人物的文学叙事，描绘和完善着广东在改革开放新时代里的历史画卷与文学拼图。

中篇小说

五、 中篇小说中的时代新人

2021 年广东中篇小说的新气象在于：一年来中篇小说集的出版和被全国性选刊转载的数量陡然猛增；中篇小说的题材类型比以往更为多样；优秀的中篇小说作家能跻身于国内一流的行列；优秀的中篇小说作品创意呈现出一种引人注目的历史厚度和人性深度。

广州作家王威廉的中篇小说《你的目光》可以看作是广东的中篇小说走向全国的一个突围。《你的目光》首发《十月》2021 年第 6 期，先后被《小说选刊》第 10 期和《小说月报》第 12 期转载，在中国小说学会“2021 年中篇小说排行榜”评选中上榜。这是一部感动人、激励人的具备了爱情、创业、成长、救赎等多种文化元素的新时代的中国故事。客家青年何志良与疍家姑娘冼姿淇，为着设计一款具有新价值的新式眼镜，他们相遇、相识，在新时代的创业环境里产生了一种美妙甜蜜的爱情。但何志良已去世的父亲和准备生育的妹妹妹夫，给何志良的创业带来了精神和物质的巨大压力；冼姿淇则有一个几乎毁了他们一家的已入狱的哥哥和一个被悲伤压得患上了老年痴呆症的母亲；这些都给两个人的爱情与创业带来了冲击和波折。在如此困难、伤感甚至是痛苦的日子里，两人互相理解宽容，互相支持拯救，终于在爱的温情和新时代的阳光沐浴下，成功创业，收获爱情。他们将家族的记忆历史，亲人的道德伦理以及个人的青春成长全部放置在新时代的背景下，两个年轻人能用一种世界性的目光和开放性的心态来重新审视各自的家庭矛盾，充分理解各自的忏悔，并踏着新时代新生活的节拍，丢掉压抑在他们身上的各种枷锁，去捕捉这个时代正在生成的新价值和新生活，成长为粤港澳大湾区的创新型精英人才。在塑造新时代新人的过程中，作家连接了客家和疍家的家族历史，对围屋和艇仔粥有着充满情感的描写和渲染，这些都为这部正面描写粤港澳大湾区的现代都市题材注进深厚的历史内涵；何、冼两个家庭成员真实生动的刻画，具体展示了岭南普通人家的生活方式和风俗习惯。这部作品成为了广东中篇小说单刀突围的一个标志性成果，它的发表引发了文学界的热议。《十月》和《小说月刊》均在卷首语作了重点介绍。《文艺报》刊发了徐威的评论：《你的目光：一篇具有茂盛生长力的小说》（2022 年 1 月 5 日）；《光明日报》刊发贺绍俊的《新时代文学之“风”拂面而来》，评介了《你的目光》的时代意义：“强烈的现实精神，直接借助生活现场的艺术勇气，是新时代文学最突出的特征。”①

东莞“80 后”作家李知展是在乡土题材中篇小说创作中创新步伐迈得较大、业绩成果收获较多的一个。他在《中国作家》《作品》《钟山》《江南》《北京文学》《青年文学》《芙蓉》等刊已发表小说 200 多万字，有 20 多部作品被《小说选刊》《小说月报》《北京文学 · 中篇小说月报》《长江文艺 · 好小说》《作品与争鸣》选载，曾获第二届“紫金 · 人民文学之星”短篇小说佳作奖，广东作协“有为杯”小说奖。出版过小说集《孤步岩的黄昏》（21 世纪文学之星 2017 卷）《只为你暗夜起舞》。仅在 2021 年，他就连续发表中篇小说 5 部：《今冬无雪》（《青年文学》第 1 期）、《虎变》（《广州文艺》第 2 期）、《红鬃烈马》（《中国作家》第 9 期）、《流动的宴席》

① 贺绍俊：《新时代文学之“风”拂面而来：从 2022 年第 1 期〈小说选刊〉看当下小说创作特色与趋向》，《光明日报》2022 年 1 月 5 日。

（《江南》第5期）、《樊素英》（《福建文学》第10期）。其中就有4部被选刊转载：《黄昏误》（《小说选刊》第1期）；《虎变》（《小说月报》第4期）；《流动的宴席》（《小说选刊》第11期）；《红鬃烈马》（《小说月报》第11期）。他的《明月怆》被《人民文学》外文版译为英、法、意语，这是广东作家已走出国门的小说作品。

《红鬃烈马》描写了乡村青年陆卫平、何秀英、夏青苗、刘小个、林志良，在落后、愚昧的乡村环境中，拼命地挣扎奋斗，竭力地追求自由和爱情，但他们在面对阻碍乡村变革的恶人恶事时，采用了一些以恶对恶、以暴易暴的方式：刘小个忍无可忍，杀了恶人陆四清；夏青苗与陆卫平合谋，骗讹了打她坏主意的范忠营……这部乡村题材的中篇小说，没有了田园牧歌式的咏叹，却用激烈的戏剧冲突来结构故事。评论家李德南说："这是一部有所创造的作品，因为它直面了现实的很多新变，也在写作的意义上探求新变。李知展是一位有能力去创造的作家。创造很少是戏剧性地以突然的形式发生的，而经常有一个渐变的过程。这个过程时常伴随着错误与迂回，还可能产生新的问题并要求着对新问题的思考和克服，然后才能一点点接近目标……"[①] 李德南的评论抓准了《红鬃烈马》的艺术特点，又较有说服力地指出李知展的创作可继续前进的方向。到了《流动的宴席》，他的乡土中篇小说呈现了新的风貌。爷爷钟占宽是一位既仁慈又风趣的乡村厨师，他热爱自己的手艺，乡村的婚丧宴席都以请他主厨为荣；孙子钟必行在外出打工时遇到波折，毅然返乡与爷爷合作，坚守和开发乡村厨艺，还用上抖音等新媒体来传播爷爷的厨艺和乡村的风土人情，钟必行摒弃了与过去伙伴之间的矛盾，共同开始了乡村转型的新生活。爷孙俩的宽宏大义和敢作敢为，使他们成为了中国乡村振兴的时代新人。李知展赋予了他的乡村人物新的人生历史和新的时代精神。

东莞作家陈玺2021年在《中国作家》《十月》《北京文学》上连续发表了3部长中篇小说（《珠江潮》，《长篇小说选刊》2021年第4期；《戏中人》，《十月》2021年第9期；《从炭火到灰烬》，《中国作家》2021年第8

① 李德南：《他们内心的冲突、追求与意志》，《中国作家》2021年第9期。

期）。被《小说选刊》转载的《从炭火到灰烬》与陈玺长期以来坚持的创作个性和作品风格一致。中篇小说《戏中人》试图以戏曲来救赎和接续传统伦理。乡村女子芳莉从悔婚和亲人去世的遭际里逆势生长成泼辣性格，她是世道变迁中的能干女子也是逼死公公的刁媳妇。戏曲教化人心，一出《祭灵》喊出芳莉心中无限悔意，借助秦腔这三秦儿女共有的纾解方式，作者在现代人物与传统伦理之间达成和解与平衡。中篇小说《从炭火到灰烬》刊发于《中国作家》（文学版）2021 年第 8 期。被《小说选刊》2021 年 10 期选载。被收录进漓江出版社出版的《2021 年中国年度中篇小说》。小说以中年春节回家探亲，一群高中同学古城聚会为切入点，讲述了社教与青雅从高中相恋，后青雅考入古城师范大学，社教招干进了税务局，恋情到了青雅大学毕业，她偶遇高中落榜、招工进城的方杰，她与方杰火热相恋。社教对自己的青春之恋，即惑到了中年，依旧耿耿于怀！这篇小说将上世纪八十年代高中生的情恋，演绎在时代变迁的大幕，带着浓烈的时代印迹，读来让人唏嘘和沉思。曾海津在《独特的乡土叙事与精神守望》中对陈玺以《塬上童年》为代表的表现乡村记忆的系列中长篇小说创作做了这样的评价：“无论是对现实乡土的客观描摹，还是对乡土历史的重新审视，对小人物命运浮沉的展示，都表达了作家对现实的密切关注和对生命价值的深切关怀，体现出他强烈的社会责任感，对人性的叩问和对自由的渴望，这是陈玺在小说里所达到的难能可贵的境界。”①

六、 类型题材的纵横向拓展

“80 后”深圳作家陈再见的小说创作已有 15 年的历史，他在《人民文学》《当代》《十月》等刊发表过 200 多万字的长中短篇小说，多次被《新华文摘》《小说选刊》《小说月报》转载，获过《小说选刊》2015 年度新人奖、广东作协短篇小说奖、深圳青年文学奖。他以中篇小说的形式反映深圳特区打工族的生活和情感，特别是近年来，他的系列中篇从“打工文学”转

① 曾海津：《独特的乡土叙事与精神守望》，《长篇小说选刊》2019 年 12 月 10 日。

型为“县城写作”，创造了一批经历深圳大都市的洗礼后回到县城创业的新人形象，这就形成了他独特的题材和叙事的重点。2021 年他的 3 个系列中篇小说鲜明地体现了这种创作风格。发表在《长城》2021 年第 3 期的《换红》，有一个“重生”的意象和寓意，把悬挂于门楼 30 多年的白色灯笼换成红色灯笼，“重生”经历了“浴火”；当故事主人公久贤为现实中拿自己当人的老僮生和死亡多年的亲人共同举办一场葬礼的时候，他的人生已经获得了“重生”。发表在《清明》第 1 期的《风台赶鱼人》；发表在《当代》第 6 期的《好归》；发表在《福建文学》第 11 期上的《旁观害羞者》，均是用城市化转型的视角来创作的“县城文学”。把他与别的作家的打工文学相比，陈再见的小说创作标识度更为清晰，创作的个性风格更为突出。唐诗人在《县城作为一种思想方法》里评论说：“小县城的生活，类似于处于传统村庄与现代城市之间的一块飞地，作家可以近距离地体解他们，也可以远观式地反思它们。县城可以是作家们讲述今天中国的一种思想方法……理解了过去几十年来处于城市化转型阶段的中国，需要的或许恰恰就是县城视角的文学。”[①] 唐诗人对陈再见近年来的“县城文学”的系列中篇小说形成的创作风格和艺术价值，作了充分的肯定。

供职于南方出版传媒的作家汪泉在太白文艺出版社出版了中篇小说集《阿拉善的雪》（2021 年 10 月）。这部集子里的 4 部中篇《相拥》《家雀》《黑面条》《阿拉善的雪》，均刊发于《小说月报》（原创版）和《飞天》，有一个共同的主人公家雀，作家有序地讲述了家雀的童年、少年、青年三个阶段的成长史。作品以旷远、阔大、凌厉的河西走廊以及内蒙古阿拉善为地域背景，以家雀在河西走廊的童年和少年生活为主要情节，描摹了 20 世纪末中国西北大地上独具意义的时代和人性的变迁，描述了家雀从偏远的祁连山褶皱里竭力试飞，进而像麻雀一样，努力拨开大山般的遮蔽，让肉体和精神得以飞翔。汪泉的系列中篇致力于挖掘人的内心隐痛，展示人性深处的美好和善良，引领读者走向至善至高的人生境地；作家关注了自然生态恶化的环境下的人性，炼铸了别具特性的文学题材。茅盾文学奖获得者刘斯奋对

① 唐诗人：《县城作为一种思想方法》，《文艺报》2021 年 3 月 19 日。

《阿拉善的雪》给予了高度评价，他说：“汪泉的小说致力于开掘人性的卑微，洞察人心的隐痛，触摸人与人共通的善意，彰显人性隐蔽的美好，突破一般小说的叙事窠臼，文本内里透射出耀眼的光芒，创造了别样的文本景观。这些都是作为一个小说家莫大的收获和至高的追求。”

“90后”作家陈润庭是北京师范大学文学院的博士生，曾获两届广东高等院校校园作家杯首奖、首届全国大学生汉语创意写作大赛银奖、红棉文学奖等奖项，有作品刊发在《花城》《作品》《山花》《芙蓉》《作家》《湖南文学》。他在《广州文艺》2021年11期“后浪起珠江”栏目发表中篇小说《纸城堡》。魏微在《陈润庭与先锋文学》中说：“《纸城堡》是一篇带有鲜明的魔幻、先锋气质的作品，……撇开先锋元素，比如变形、魔幻等，内里最感人的还是一群懵懂小孩子，长大后他们的人生遭际，都归于寻常人，有的尚能自足，有的穷困潦倒。……陈润庭的写作，目前尚在起步阶段。有先锋基因，这是他的底色，《纸城堡》可看作是一篇他向先锋致敬的作品。”①

广州作家王璐（笔名：南竹月）是一位毕业于军校的研究生作家，热衷于各种文学体裁和新型媒体的探索。有散文获“学习强国”“华夏杯”等多项征文奖，有小说入围第四届、第五届海峡两岸新媒体原创文学大赛终评。2021年第7期的《今古传奇》发表了他的历史中篇小说《笑倾天下》。这部历史中篇的故事背景发生在西周末年，小说重叙了著名的“烽火戏诸侯”事件背后的一场跨越千年的复国故事，把一个涵盖时代和人性的历史典籍中传奇事件，创作为一部故事情节跌宕起伏、人物命运坎坷多艰的中篇历史小说，丰富了广东中篇小说的故事类型和历史小说的叙事方式。

上述王威廉的《你的目光》、李知展的《流动的宴席》、陈玺的《从炭火到灰烬》；陈再见的“县城写作”系列中篇；汪泉的“西北成长”系列中篇；陈润庭的先锋叙事和王璐的历史叙事，均成为了广东的现实题材、乡土题材、西北题材、先锋题材以及历史题材达到了较高水平的中篇小说。他们能用现代审美的视野，穿透当下的政治现实和历史迷雾，着力营造广东中篇小说厚重的历史性和站在时代高度的现实性；用一段有时间长度的精彩故事

---

① 魏微：《陈润庭与先锋文学》，《广州文艺》2021年11期。

来表现广东作家的创造精神，传达广东作家对现实和回忆、对本土和外域、对历史和人性的一种独特的审美体验和宏大叙事。

七、 转型时代的大湾区故事

生活在广东各地市的作家们同样以自己的独特体验和艺术发现，从现实和历史的“纵断面”里，精心营造着粤港澳大湾区不同类型、不同人物和不同创意的中篇小说故事。

惠州作家吴振尧的《吴振尧作品集》2021 年 9 月由中国民族文化出版社出版。《东江落红》《东江往事》《东江村事》为长篇小说；《东江渔歌》为短篇小说集；《东江廊桥》为中篇小说集。吴振尧的中篇小说创作以东江地区为故事背景，通过逼真的描述、粗犷的刻画、随意的倾诉、精确的延释，生动地展现了世纪变迁中各色各样的人物故事，具有鲜明的跨时代特色。作品集主要以东江地区为背景，无论是语言风格还是情节设置都体现了强烈的地域特色。作品描写人生社会百态，对人性的解剖和社会现象的解析有一定深度。赖茂生在《恒之坚守与去粕求精的创作实践：浅谈吴振尧小说集〈东江渔歌〉》一文中说：《东江渔歌》使他成为“东江河流域文学的主要作家代表之一。”王志民在《用创作践行和构建地域文学的印记：浅论吴振尧小说的艺术特点》中说：“吴振尧的东江系列小说创作，是他们自己心灵的叙写，为践行和构建东江河流域文学的基石注入了诚挚的情怀，筑起了东江河流域小说创作的高地，镌刻了永恒的客家族群的文学标记。”[①]

广州作家杜璞君的中篇小说《告密者》（《阳光》2021 年第 4 期，获第四届深圳“红棉文学奖”提名奖）通过父女之间、夫妻之间对“告密”的不同体验和看法，揭示“告密”的无所不在，“告密”的形成与人性本身的原罪密切相关。每个人都在心灵的挣扎与搏斗中，渴望获得自我的心灵救赎，让负重的灵魂得到安息。作家从个体心灵内部出发，透过深刻的洞见去发现心灵的秘密，获得对生命、对人性的深刻理解。

---

① 赖茂生、王志民的论文均见《吴振尧作品集》，中国民族文化出版社 2021 年版。

佛山作家吴文琴的中篇小说《劫生缘》发表于《神州文学》2021年第1期。老干部赵团长在那个谈情色变的年代里，坦然正气地把一个体现人性内涵的家庭伦理道德呈现在人们的面前；知青陈丽娜以其聪明和靓丽走进了生产建设兵团，从城里走向山区，陈丽娜处处生奇；面对一棵高产耐寒的橡胶树，她组织知青培育出了一代新品种，命名为“知青一号”做大面积推广。陈丽娜被聘为干部后，振兴了青山湖经济，扭转了兵团与地方的紧张局势，被上级晋升为副团级。但陈丽娜却以关照养父母为由拒绝提拔。在一次意外中，团长找回了失别28年的儿子何思亲，在一家人见面中，陈丽娜与何思亲终于一见钟情……这部中篇小说的故事情节始终处于跌宕起伏之中。

江门作家张启雄的中篇小说《鹅卵石的泪光》（《特区文学》2021年第1期）讲述一位在省城工作、较有出息的青年吉青，回到自己家乡小渔村里的种种遭遇。小说通过一个个精彩的故事，一个个小说人物，用冷峻的笔调鞭挞了社会底层中人情冷漠、金钱至上、道德沦丧的种种不良现象，触动人们的灵魂深处，呼唤社会有更多的正能量。作品情节曲折，画面感强，人物形象生动。

佛山作家彤子的中篇小说《大水》，刊发于《青年作家》2021年第11期。这部中篇小说写父与子、母与女的血缘关系一直生硬而玄妙；玉丫与母亲的关系，中间间隔着一道汹涌澎湃的大水，隐喻着母女关系中的这道洪流像现实中的洪灾给人们带来的伤害。

深圳作家叶耳曾获第五届深圳青年文学奖，第二届全球华语“孟郊散文奖”，第二届全国青年产业工人中篇小说奖。他的中篇小说《飞鸟》（《作品》2021年9期）是一部个人特质鲜明的中篇小说。作品聚焦社会底层人物，讲述他们的生活经历和人生命运的悲欢离合。作家文笔流畅，眼光独到，情感细腻，语言兼具乡村风情与都市色彩，在字里行间不仅呈现了南方城市工业图，而且还构建了一幅有趣而又别有风味的湘西乡村图。在故事架构与细节设置方面，没有按惯常小说的套路展开叙述，却有着一种温暖人心的基调和民俗学社会学的独特风景。

广州作家余清平的中篇小说《碧海苍梧》（《启明星》2021年2期），讲述乡村基层干部蒋汉民的儿子蒋伟红与广州下乡知识青年苏缶之间一波三折的故事。作品通过描写了那个时代许许多多的人内心深处的一种期冀与困惑，以及陷入泥淖也不忘记真诚、乐观面对未来。在这样的大语境下，作家没有过多地停留在故事讲述的表面，而是更多地挖掘到人性暗角的幽微，将人们很多时候面临的纠结与阵痛，做了淋漓尽致的剖析，踅摸着悲情背后的无奈与沉重，引领着读者去追寻主人公的心路历程，热爱和讴歌今天的幸福生活。

上述各地市作协的骨干作家们创作和发表的中篇小说，题材比较丰富，故事的类型多种多样，都能从各自体验最深的生活中去营造中篇故事和文学创意。中篇小说是一种特别考验作家的故事叙述能力的大容量小说体裁，需要中篇小说作家特别注意生活积累，注意小说创作能力的培养，注意掌握中篇故事特有的宏观构思能力和故事的叙述策略。如果没有具备中长篇小说的创作能力，仅仅是在一个短篇小说的基础上想通过扩展增多作品的字数就以为是中篇小说了，那就会出现平庸的、一般化的中篇小说，就会耗费作家和读者在今天信息时代特别宝贵的文学读写资源；这反而不如将这些一般化的宏观叙事改换为机智的同样能展现作家才华的小小说创作。

小小说

八、“广东小小说”现象与品牌

广东的小小说创作在2020年全面丰收的基础上，2021年继续向着文学的高峰攀登。广东小小说学会精心组织、全力推进小小说文体的普及与提高，加强了小小说作家队伍建设，培训大批量的小小说青年作家，精心打造小小说的文学品牌，各项文学工作走在了全国各省的前列，引起了中国作协组联部和全国兄弟省小说创作队伍的关注与赞赏。“广东小小说现象”成为了各省小说界议论的话题。

“惠州小小说大课堂”被中国作家协会立项为“全国文学志愿服务示范性重点扶持项目”，2021年11月13日隆重举行了揭牌仪式。中国作协原副主席蒋子龙，中国作协社联部副主任李晓东和地方党政领导及小小说作家60

多人出席活动。申平作为广东省小小说作家代表出席中国作协第 10 次全国代表大会。广东小小说学会与《嘉应文学》合作，开展了第二批重点小小说作家作品的研究活动。姚朝文、雪弟、李利君、陈振昌、刘海涛等评论家撰写了多篇评论，对全省 24 位小小说作家进行推介，形成了一定的影响力。在汕尾市作家协会的换届选举中，小小说作家李济超出任主席；梅州市作协成立了小小说创作委员会；河源市东源县小小说创作基地隆重挂牌；加上惠州、东莞、深圳、潮州等地的小小说地方学会出色的组织工作，一个粤港澳大湾区小小说创作的大板块、大格局正在形成。广东小小说学会与澳门、香港的小小说组织和文学机构合作，编撰出版《粤港澳大湾区小小说精选》，跨出了粤港澳大湾区文学合作的第一步。

2021 年广东小小说作家的个人专集联袂出版。据不完全统计，广东作家共出版小小说作品集 24 部。由团结出版社出版的《岭南小小说文萃》有 9 册：刘帆的《蝴蝶》，肖曙光的《不能说的夏天》，袁有江的《麦地》，叶瑞芬的《青草坪》，施泽会的《金花盛开》，张德东的《小水车》，梁柏文的《三棵树》，严新财的《一诺千金》，雪弟编选的《广东小小说 5 年精选》。由团结出版社出版的《岭东雄郡小小说文萃》有 9 册：《惠州小小说大课堂 50 课》，《惠州市小小说 5 年精选》，《龙溪小小说精选》，吴小军的《开满鲜花的月亮》，憨憨老叟的《如果心生的墓志铭》，李艳的《尾部挂灯笼的人》，陈海红的《希望是条河》，郑自松的《眉心那颗美人痣》，魏黎的《那个年，过得很郁闷》。陈树龙、陈树茂兄弟俩在团结出版社出版《北门街 14 号》；朱红娜在百花洲文艺出版社出版《归去来兮》；陈华清在天津人民出版社出版《带你去看海》；王又锋在崇文书局出版《苦笑之间》；申平在花城出版社出版《马语者》。

在中国小说学会 2021 年好小说评选中，10 篇上榜的小小说就有 2 篇来自广东。深圳作家徐东的《不开心先生》和惠州作家申平的《灵蛇》，为广东的小小说创作赢得了荣誉。

徐东的《不开心先生》是一篇“破体小小说”。作品没有了传统的小小说故事和人物，全篇仅有的一个叙事者“我”被分裂成一个“理性的、现实的我”与“感性的、理想化的我”。前者的“我”问后者的“我”为什么不开心，后者说因为自己想写诗又写不了诗，所以不开心；前者进一步追问为什么写不了诗呢？后者说，因为自己选择了世俗生活，整天为了老婆孩子、车子房子，想着怎样赚钱，过不了诗意的栖居生活。前者说：自己是带着假面具过着虚伪生活而不开心；后者说：你永远理解不了我，只有死了我们才可以分开……一个“我”分裂成两个“我”后的超现实的对话，深刻地揭示出人生中理想与现实、理性与感性的深刻矛盾；概括了人类的内心深处里对灵魂的渴望和拷问；点破了一个人类生存中的永恒冲突。

《灵蛇》是现代寓言小小说。申平30多年来坚持系列动物小小说创作，这篇作品与他之前的系列动物小小说相比，在文体观念和创意方法上有新的进步。灵蛇的出现与灵蛇护山巡山的传言，使二驴子误杀自己女儿的惨剧有了一种神秘的因果联系。灵蛇护山的谣言开始转变为一种特定的社会文化心理；无论这种社会文化心理的形成是偶然的还是必然的，也无论灵蛇护山、大自然和谐生态的产生以及龟蛇山成为了人类无为而治的范本，这个现代寓言和喻义的产生，概括着当代人们敬畏自然，要与大自然和谐共存发展的美好愿望；而某种超现实的社会文化心理对某种生态的无为而治的形成，也寓意着人类对大自然和生命生态的认识，要超越过去的“因果必然率”，人类与大自然的理想的和谐状态，正是在这样的主观的善恶因果观念的作用下形成的。申平这种动物小小说的新创意，超越了他过去的系列动物小说所表达的主题范畴，使动物小小说的文学立意得到了拓宽和深掘。

九、 闪闪发亮的小小说星座

24部广东作家的小小说专集的集束推出，使广东作家的小小说创作业绩和特色风格有了一次整齐的集体亮相与文学检阅。

黄雅青的《99号大院》是花城出版社2021年2月推出的一部插图版小小说集。黄雅青是一个出版过散文集、儿童文学集还拥有博士学位的“80后”作家。这本由55篇小小说构成的作品专辑，聚焦于一个虚拟的、代表着广州都市的一个生活小区，这个大院汇集了各种普通人的酸甜苦辣的百味人生。鳏寡老人、留守儿童、社区保安、网络主播、公司员工、咖啡店咖啡师、肠粉店小老板、房地产中介人、热恋中的男男女女，甚至还有一个被称为是“尼安德特人”的外星人……他们每一个人都有自己独特的个性和不同的命运，每个人都对当今转型期的城市生活有着不同的情感反应；家庭少子和老龄化造成大量的空巢；医疗资源的紧缺造成“死亡和患病”的恐惧；失独家庭的儿童情感缺失；大龄剩女的婚姻困惑……无数的现代都市普通人的悲喜剧都在这里上演。“99 号大院”成了观察中国当代城市生活的一个“窗口”，那种人生万花筒似的城市变幻生活成为了研究中国当代芸芸众生的经典案例。黄雅青在讲述这 55 个社区小故事时，故事讲述者“我”时而是第一人称，时而又切换为第三人称，甚至是第二人称，而每一种叙述人称和叙述角度，都能营造起与故事主角的独特情感和经历相匹配的叙述语言，形成了很有个性魅力和风格特征的叙述语态。这种既有不同视角的个性特点，又有基本统一的叙事风格的 55 个小故事组合起来可当作一部大小说，或者说就是一部长篇小说。《99 号大院》是广东小小说创作在 2021 年的一个重要成果，它标志着广东的小小说创作可以不必单兵作战，可以用组团集束式的系列创作来克服小小说创作中客观存在的审美短板，力争把系列小小说当作一部长篇小说来构思经营，这样广东的小小说创作才能够以厚重的创作内容和多变的艺术方法来冲刺小小说创作的艺术高峰。

陈华清在出版小小说集《带你去看海》前的 2013 年，就出版过她的第一本小小说集《行走在城市上空的云》。她是生活在雷州半岛的一位大学教师，长期坚持儿童长篇小说、散文和小小说的创作。她的长篇小说《跨海驯养》入选教育部面向全国中小学图书馆的推荐书目；《海边的珊瑚》获得叶圣陶文学奖；《竹魂》列入广东作协庆祝建党百年的 10 部红色题材重点作品。她的这本小小说集精选了多年来创作的作品，体现了和她的长篇创作一贯的海洋题材的独特风格。作品分为：“心灵点击”“世相管窥”“红尘男女”“悬疑传奇”“谐趣大观”5 辑，侧重于描写雷州半岛的渔民、农民及校园师生的人性美质，挖掘这块红土地上普通人的人性光辉。50 多篇小小说用言简意赅的语言，透视人性的多样性，感悟生命的尊严，敬畏大自然的壮美。多种文体的创作探索，使她的小小说创作体现了较强的文学性。

在广东 2021 年面世的小小说集中，陈树龙、陈树茂兄弟作家的《北门街94号》是较具特色、形成了系列小小说文体风格的一部。这部“家系列小小说”的创作题材来自于兄弟作家的家乡，“北门街94号”就是他们祖屋的门牌号。里面写到的父亲、母亲、奶奶、叔叔、舅舅、堂哥表弟……均有真实的生活原型；祖屋旁的那个坐落在清代甲秀书院旧址（后改为陆丰三中）的擎天石也有稽可考。两位作家用散文的语言，小说的构思，以家乡的父老乡亲为题材成功创作出纪实性系列小小说。陈树龙的20篇“家系列”，写了当过铁道兵的父亲怎样想尽办法让4个子女读书；大字不识的母亲怎样撑起了自己的家；一个家族的兄弟姐妹如何相濡以沫，相互帮助，共同建设和睦上进的家庭。而陈树茂的20篇更多的是写家庭在与天灾人祸的博弈中的韧劲和顽强。这个“家系列小小说”凸显了家庭的恩爱和谐，为着理想而努力改变命运，溢满了一种感动人、鼓舞人的正能量，这正是今天农村的扶贫攻坚、城市的发展转型中祈盼的理想家庭。这部“家系列小小说”的出版，在广东文学创作界有着非同寻常的意义：并不是文学科班出身的陈氏兄弟将普通百姓的日常生活演变为文学作品，选择提炼了生活中的真善美，用不矫情、不粉饰、不夸张的纪实手法和语言，对日常生活做出有真情实感的审美描述；找到了这种选材和叙事的方法，日常生活就能变成感动千百万人的纪实作品，一个家庭细胞就能概括出整个社会和国家的健康肌理。陈氏兄弟走正了这条创作之路，找到了“家系列小小说”较好的选材方法，打开了较佳的创作角度，写成了具有个性风格特征的系列小小说。

惠州作家魏黎的《那个年，过得很郁闷》是一本以小小说为主的中短篇小说集，收录了魏黎从2016年—2020年发表过的小说作品；其中包含有小小说38篇，短篇小说2部，中篇小说1部。这些小说写打工的经历和生活的艰辛；写荒芜的农村和繁华的都市；写迷茫困惑和奋斗与希望，展示了魏黎的文学成长的足迹。那部中篇小说《小村抗史》是带有岭南戏曲文化因素的小说，独辟蹊径描述了中国南方农民面对鬼子的侵略团结战斗的抗战历程，改变了过去一些硬汉型、草莽型、土匪型的抗战形象，塑造了抗战期间中国南方农民不屈的抗战英姿。

赖海石用了3年的时间写成100多篇以《南瓜的南瓜》《石头的石头》为代表的乡村题材小小说。他用“乡村系列小小说”的形式反映改革开放以来中国农村的社会转型和心灵意识的变化。这种观察角度和创作主题，不同于改革开放之初写农村物质生活发生巨变的作品，而是深刻地写出了农村旧意识形态与转型中新生产方式之间的激烈冲突及解决矛盾的新生活。在选材上带有浓郁的乡土气息和生活特征；在乡村故事的讲述和乡村人物的塑造上，都能选配和采用单线条式的特征写意法来描写人物、展开叙事。这些小小说特定技法的运用，形成了赖海石“乡村系列小小说”的创作个性和艺术风格。

谢松良是主攻小小说而成为中国作协会员的东莞作家。他是东莞市小小说学会的常务副会长、东莞市青工作协副主席，已在《小说选刊》《微型小说选刊》《小小说选刊》发表作品较多数量的作品。《小小说月刊》2021 年第 10 期推出“谢松良小辑”，刊发《鲜血当红的党章》《洗脚》《天桥行者》等 3 篇；《石头花》获 2021“武陵杯”世界华语微型小说年度奖优秀作品奖。周承强的小小说《三分定鼎》《练功袋》刊《橄榄绿》2021 年第 5 期；短篇小说《干妈搬家》刊《青海湖》2021 年第 9 期；他在《珠江环境报》副刊开辟每月一篇的生态环境系列小小说专栏，目前已发完《午夜怪味》等 12 篇。

2021 年广东的小小说作家中有海华、刘帆、大海、燕茈、余清平等 5 人加入中国作协，他们以小小说的创作业绩显示了广东作家的创作实力，印证着广东作家在这种广泛的基层群众性文学活动中的成长历程。

海华在上世纪 80 年代曾任惠东县委新闻秘书，连续 3 年被《南方日报》评为优秀通讯员，期间开始学写小小说，在《南方日报》《羊城晚报》《广东农民报》发表近 10 篇。后从政任惠东县常务副县长。2006 年年底退居二线后才重新拾笔写小小说。迄今已在《人民日报》《文艺报》《南方日报》《羊城晚报》《作品》等报刊发表 200 多篇小小说。入选《小说选刊》《小小说选刊》《微型小说选刊》和权威年选本 60 多篇次，出版小小说集 3 部。有作品先后获全国微型小说（小小说）年度评选一等奖（第八届），二等奖（第九届），中国首届小小说擂台赛二等奖，“廉洁广东行”微小说全国征文一等奖。评论家杨晓敏、刘海涛、雪弟先后为海华小小说撰写了评论。惠州市文艺批评家协会会长伍世昭的评论《审美的发现与叙事的智慧》在《创作与评论》发表。

刘帆是东莞市小小说学会副会长兼秘书长，《荷风》的执行主编。作品刊发于《作品》《芒种》《时代文学》《山西文学》《小说月刊》《红豆》《百花园》等。曾获第二届华夏青少年写作大赛优秀奖、中国散文学会第二届“新视野杯”全国文学征文大赛散文二等奖、第三届上海市民诗歌节诗歌创作比赛一等奖、第七届东莞荷花文学奖。他的小小说《长生井》《沪上风雨声》《别茶》《渡船》等成为中学语文试卷的命题材料，出版《远远桃花开》《月亮亮过我的窗子》《小小说的思维与风尚》等多种小说、散文和理论著作。

大海原在解放军某部特务连、司令部服役，现是中山市作协副主席，在《作品》《芒种》《黄河文学》《南方文学》等发表作品逾200万字，出版长中短篇及小小说集、散文随笔集9部，有60多篇作品被《小说选刊》《小小说选刊》《微型小说选刊》《小小说月刊》《读者》等选载，40多篇作品进入花城出版社、长江文艺出版社等的年选，获“武陵杯”世界华语微型小说年度奖一等奖、广东优秀小小说“双年奖”一等奖、《小说选刊》全国微小说精品奖二等奖、全国打工文学大赛小说铜奖。

余清平是广州市花都区作协副主席，出版小小说集《自由行走》《孤独如花》以及长篇小说《雪莲花》。有小说、散文、诗歌、评论刊于《小说选刊》《安徽文学》《微型小说选刊》《小小说选刊》《芒种》《湘江文艺》《羊城晚报》等200多家刊物。《一副从城里来到乡下的麻将》获得2017年“善德武陵”杯全国微小说精品一等奖；《义冢》获得2017年“紫荆花开”世界华文微型小说征文赛二等奖。有作品入选《新中国七十年微小说精选》《广东省小小说三十年精选》。

燕玼是河源市作协副主席。2016年开始文学创作，以散文创作为主，2018年开始创作小小说与短篇小说。作品见《安徽文学》《作品》《美文》《飞天》《芒种》《小说月刊》等刊，多篇被《小说选刊》《小小说选刊》转载；出版散文集《花树下的旧时光》。河源市作家协会主席陈振昌为其撰写的评论《无羁绊写作》刊《嘉应文学》2021年第4期。

胡玲2021年的小小说展现了广东小小说作家的多种创作才能。她的《醉花荫》写一个植物学家明兰，随丈夫从省城到小地方后，始终和他人保持着一定的距离。她风雅讲究，像园子里的花儿，清冷自持，而小城的人，更像生在野外的青草，不拘不束，她觉得和他们不属于同一个世界。但小城的人情味，小城人的热情、真诚和纯朴打动了她，她的心理悄然发生了改变，最终她放下束缚，敞开自己，并在小城定居，与邻居融为一体。《照相馆》则写阿根通过照相找到了自己的另一半。他痴爱照相，用心对待着每位顾客。一个女人每年带着两个孩子来照合家福，见他们可怜，便悄然无声地帮助着他们。一张张照片，记录着岁月的变迁和时代的发展，见证着人民生活水平不断提高和万千家庭的幸福时光。

肖曙光刊发于《小说选刊》2021 年第 5 期的小小说《还债》有一个传奇故事：宁掌柜遭遇劫匪，常老爷慷慨解囊。这恩情使宁掌柜铭记在心。受常老爷临终托付，宁掌柜煞费苦心让常公子浪子回头。这篇作品情节曲折离奇，悟境启人心智，成功塑造了宁掌柜这个具有感恩之心、充满智慧的人物形象。李利君在《肖曙光叙事分析：肖曙光小小说阅读笔记》一文中，对《还债》作了如下评论：宁掌柜催常公子还债其实是个“伪命题”，因为欠债的实际上是宁掌柜。宁掌柜用催债的方式，让常公子重获新生。这是一个知恩图报、而且是几何级“图报”的饱满的故事。[①]

十、问题与展望

站在时代发展和文体发展的高度，根据广东 2021 年中短篇小说和小小说的创作现状，查摆它们存在的突出问题，寻找解决问题的对策和方法，使这种拥有众多读者和文化市场的叙事文学，能够在新时代里书写处于改革开放前沿的岭南新发展、新气象和新诉求，用精美的小说艺术表现岭南的新生活方式和新文化形态。

广东 2021 年的短篇小说尽管取得了较大的进展和重大的突破，但整个广东的短篇小说创作明显地存在着不平衡：从作家队伍来说，深圳、广州等大都市的短篇小说作家水平较高，能够跻身国内一流作家的队伍，而非珠三角区域的作家的短篇小说创作就质量一般，发表作品的数量、出版的短篇小说集明显偏少。从短篇小说本身的文体规范来说，广东短篇小说的文学创意

---

① 李利君：《肖曙光叙事分析：肖曙光小小说阅读笔记》，《嘉应文学》2021 年第 7 期。

能站在时代的高度、生活的前沿，表达高质量立意的好作品还不多；整体的思想性弱过艺术性。短篇小说是一种通过对“横断面”生活的机智构思来深刻地表现时代和人性的小说文种，目前像《伯爵猫》那样的深刻思想性和精湛艺术性完美结合的作品还不多，广东的短篇小说在创建深刻的文学立意上还需努力加油。

其次是中篇小说的创作问题。中篇小说因容量的阔大，它的思想性和艺术性可以依托对生活“纵断面”的构思来体现。广东 2021 年中篇小说创作的不平衡，在于讲述有一定长度的故事时，在加强中篇小说故事的历史厚度和人性深度上远远不够；多数的中篇小说故事性不强，特色不明显，缺少像《你的目光》那样的能联结家族历史和人性深层内涵的中篇小说，缺少拥有较大思想容量、能够改编为电影电视剧的中篇小说。机智地掌握中篇小说的故事叙述法，使中篇小说的故事性能更有趣、更动人地表现广东故事，还有较长的艺术路途要走。

短篇小说往短里提炼就会发展为小小说。小小说文体比起短篇和中篇，是一种更加讲究小说技巧和作品立意的小说文体，也是一种能让全民参与读写和提高文化素质的一种大众文体。广东的小小说之所以能勇立潮头，成为引发全国文学界关注的文化现象，就是因为广东小小说充分发挥了贴近现实、贴近人民的文学功能。但是，广东小小说发展的不平衡，不是在于思想性不够、文学立意质量不高，而是在于广东小小说整体的文学性不强。广东的小小说作家不能满足于发表数量的众多，不能满足于大规模地上选刊、出文集，要用远大的理想抱负来张扬文学的精品意识，要向优秀的中短篇小说学习，学习古今中外的文学名著，注重用机智的文学构思，用成熟的文学语言和精彩的小小说叙事方法，对文学细节和情节做成有审美情韵的小小说叙事。要摈弃浮躁，反复打磨，精益求精，用“十年磨一剑”的静心、细心与耐力来攀登更高的文学高峰，创作出无愧于新时代和新生活的经典作品。

根据上述对短篇小说、中篇小说和小小说发展不平衡的分析，广东省作协和各地市、各行业的作家协会将配合广东省委、省政府提出的文化强省要求和文化战略方针，组织作家继续保持旺盛的创作热情，在小说文体的广度、深度、自由度等方面深入开掘，努力开创广东小说创作的新局面。对广东的小说文体在未来的发展可有下列具体的展望：

广东省作协和各地市作协将组织文学评论的专业队伍，对一些已在全国产生影响或者进步较快、已引起各方注意的中短篇小说作家和小小说作家，筹办专题的研讨会；继续邀请国内名刊、名家和名编，对广东的中短篇小说和小小说创作进行会诊，有效地激励各位作家发扬自己的创作个性和艺术风格，向艺术的高峰发起冲刺。研讨的论文将向全国各地的文学刊物和评论刊物以及《粤港澳大湾区文学评论》推荐。

省作协在组织创作培训班时，将设计专门的中短篇小说创作方法技巧的系列培训课，邀请已有突出业绩的小说作家和评论家扣紧广东的中短篇小说和小小说的创作现状，运用“广东当代文学史”的研究成果，系统地对中短篇小说作家展开培训，努力培养一大批敢于融合创新的中青年小说作家。

省作协将鼓励广东小小说学会把在中国作协立项的“小小说大课堂”项目面向全省全国推广，将“小小说大课堂”的教学内容向中短篇小说扩展，把广东小小说文体的培训工作放置在“大小说”的范围内，以更加宏观开放的文学视野来培训小小说作家，让广东的中短篇小说和小小说真正成为展示作家艺术才华的文学体裁，让广东的小小说作家不但能写出优秀的小小说，也能创作出优秀的中短篇小说。

省作协将努力与中山大学、暨南大学、广州大学、华南师范大学、广东外语外贸大学、广东财经大学、佛山科技学院、惠州学院、岭南师院等设置有文学创意写作专业的高校建立合作关系，让这些高校的文学创意写作课程能联系广东的中短篇小说的创作实际，系统地开设“线上 + 线下”混合式的中短篇小说创作课程，组织全省的大学生参与全国各高校、各刊物主办的中短篇小说和小小说创作大赛，在创作实践中有效培养广东新一代的中短篇小说和小小说的作家队伍。

可以预期：走进新时代的广东中短篇小说和小小说在未来的岁月里，定会交出一份更好的创作成绩单。

（本章撰写：刘海涛，湛江科技学院、岭南师范学院特聘教授，广东写作学会会长）

第四章
纪实文学：书写红色信仰与讲述广东故事

纪实文学是有着强烈现实性的文体，纪实文学作家们一直以新闻观察的犀利目光面对生活，以手中之笔记录时代，同时，以充满人文关怀的态度不断探索着纪实文体的进步。习近平总书记希望作家要“坚持与时代同步伐”，“发时代之先声，在时代发展中有所作为”，“为时代画像、为时代立传、为时代明德”。[①] 这就意味着，我们的文艺创作要有鲜明的时代精神，不管是书写历史，还是书写当下；不管是书写群像还是书写个体，都应该以具备时代性、高质量的作品来回答时代对纪实文学的要求。2021 年，广东纪实作家用自己的创作体现了当下性、针对性、多样性的多元样貌，以作品回应时代要求，守正创新，砥砺前行。

一、 纪实文学总体概貌

据不完全统计，2021 年度广东省共有超过 70 名纪实文学作家创作发表了超过 100 篇（部）作品，出版或正在出版超过 30 部作品。回顾 2021 年，在全省作家的合力下，广东纪实文学迎来许多佳作，创作出无数感人篇章。本年度在传承红色经典、讲述广东故事，深挖时代深度等各方面都有题材与内容的开拓。

在广东省委宣传部的领导下，广东省作家协会组织了 11 位作家创作 8 部红色题材长篇报告文学，包括李迅《沉重的铁流——红军转战粤赣湘边全

① 习近平：《一个国家、一个民族不能没有灵魂》，《习近平谈治国理政》第三卷，外文出版社 2020 年版，第 323 页。

记录》，王国梁《千里血脉——中央秘密交通线大纪实》，刘鉴《激战三河坝》，陈雪《穿越封锁线——粤港大营救始末》，陈典松、陈志遐《黎明之前：广州起义纪事》，谢岳雄、黄剑丰《第一次握手——中共三大与国共合作的形成始末》，姚燕飞、刘迪生《燃烧的土地》，谢友义《赤魂·赤土·赤旗——广东海陆丰农民运动群雕》，其中部分作品仍在审读，部分作品已正式出版并获得一致好评。继《碉楼怒汉》之后，梁小恩的《沧桑碉楼》也是本年度红色书写的突出成绩。汤炎忠在《江西日报》发表《高恬波：宁死不屈的巾帼英雄》，在《南方工报》发表《革命母亲黄三婆》《"小鬼敢死队"》等红色作品。此外，广东人民出版社还集中力量推出了红色地图系列丛书，分别包括《汕尾红色地图》（叶良方）、《惠州红色地图》（汤炎忠）、《阳江红色地图》（蔡少尤、曾海津）、《梅州红色地图》（张志平）、《潮州红色地图》（翁奕周）、《广州红色地图》（刘鉴）、《佛山红色地图》（张群），这套书稿是讲述广东各地红色革命历史的通俗文化读物，既有历史记载、田野调查，也有人物访谈、纪实创作，将广东各地区主要革命遗址和事件用简明生动的文字串联起来，充分挖掘出这些遗址背后鲜为人知的革命历史景点、事件和细节，全面展示各地区的红色故事与红色文化。这种融合创新出版物无疑推动了纪实文学的发展。

2021 年纪实文学在讲述广东故事，呈现时代精神方面的作品也精彩纷呈。有大湾区背景下书写广州港的纪实文本《湾区古港》；也有为城市作传的《中山传》《潮州传》；书写群像的有写广东省人民医院医护人员的《生命河流摆渡人》，也有《粤北警事》书写清远警察故事；当然也有书写个体故事的袁瑰秋的《沂蒙母亲》；此外，曾平标在《中国作家》发表《门神》与《村魂：一个岭南村庄的党建样本》，其作品《初心：粤港澳合作中的横琴故事》9 月份在北京举办了长篇报告文学的研讨会。陈启文的《田间逐梦——共和国功勋袁隆平》、李兰妮的《野地灵光——我住精神病院的日子》、陈晓玲的《布衣院士》、刘羽的《流溪河海——广东 U18 女足跟队工作志》分别从不同的角度切入人物，深挖生命价值。袁琳伦书写的《阳光热线给我灿烂阳光》记录一个志愿者团体无私帮助绝望的脑瘫女孩的故事，该作品获第一届"志愿文学"征文活动报告文学类三等奖，选入《青年志愿之歌

（报告文学卷）》（语文出版社）。林璇、白雪、杨立谦、谢岳雄等均在各地报刊陆续发表纪实文学作品。

走过2021年，广东纪实文学不仅在新作新品上有诸多值得关注的地方，也在各种图书活动、社会活动以及出版活动中有不俗成绩，应该说是追寻着守正创新的高质量发展之路在前行。2021年6月30日，广东省作家协会庆祝建党百年十部红色题材重点作品暨《广东文学蓝皮书（2020）》新书发布会在广州珠岛宾馆举行。广东省作家协会党组书记、专职副主席张培忠，省作协主席蒋述卓，作家代表周晓瑾、谢友义、陈典松、陆基民、陈弘君、王国梁，评论家林岗、贺仲明、陈希、刘卫国、江冰、刘茉琳、唐诗人、李德南等出席现场活动，参加作品点评，活动包括新书发布仪式、新书研讨会，先后在东湖厅、韶关厅举行。杨黎光长篇报告文学《脚印——人民英雄麦贤得》，周晓瑾长篇纪实文学《信仰——周恩来岭南纪事》，谢友义长篇纪实文学《赤魂·赤土·赤旗——广东海陆丰农民运动群雕》，陈典松、陈志遐长篇纪实文学《黎明之前——广州起义纪事》，谢显扬、陆基民、米军喜长篇纪实文学《生命河流摆渡人》，陈弘君等著的纪实文学《粤海魂——广东共产党人革命征程》，王国梁长篇纪实文学《烽火》等书在发布会亮相。

纪实文学与其他文学体裁最大的不同是它来自生活，必须返回生活。在文学作品的生产链条上，纪实文学回到生活中，回到读者中能产生怎样的影响得到怎样的回馈是相当重要的，因为纪实文学就是要面向当下，当然也要经受历史的考验。广东纪实文学在2021年就有许多这方面的收获，比如精品不断再版，或者在海外出版，如熊育群的长篇纪实作品《钟南山：苍生在上》2021年签订了多国语言的翻译出版合同，入选中国传记文学学会推出的“建党百年·百部优秀党员传记”。许多作品在各种图书排行榜以及图书评奖活动中获得好评。比如陈启文的长篇纪实文学《为什么是深圳》入围“2020年中国好书”，获中国版协第三十四届全国城市出版社优秀图书奖一等奖（2020年度）。白雪的报告文学《当你老了》获第四届“石膏山杯”全国征文大赛优秀奖，颁奖辞称这部作品：“以报告文学的视野，全方位、多视角、真实、全面地对中国式养老现状及存在问题，进行了一次文学性扫描和探索。……文中那俘获人心的场景，那写满人间大爱的故事，那颐养天年的画面，入心入眼。夕阳红映照的人间晚景，寄予了作者和读者，对未来中国式养老趋势的共同期盼。”此外，丁燕作品《岭南万户皆春色》入选《2020 年中国报告文学年选》；《海丰红色村庄的扶贫行动》入选《千年圆梦：2020 年中国脱贫攻坚纪实》。梁小恩《沧桑碉楼》2021 年 10 月位列《全国新书目》文化遗产精品图书第一名，2021 年 10 月入选“百道好书榜”。《湾区古港》一书成为广州北京路新华书店重张典礼手信等等，都是 2021 年广东纪实文学的亮点。

总体而言，广东纪实文学 2021 年的创作虽然仍有许多问题亟待解决，仍有许多困惑有待厘清，但纪实文学本身就是永远在路上的文学创作，2021 年的作品全面体现了广东纪实文学创作对党的十九大报告提出的时代精神的回应，用高质量、出精品、有创新的成绩交出了一份出色答卷。

二、赓续传统，书写红色信仰

纪实文学是一个舶来品的概念，但是其内容却是不断充实的中国的社会现实，从瞿秋白的《饿乡纪程》《赤都心史》开始，百年来纪实文学都在书写中华民族波澜壮阔的革命与伟大的复兴。2021 年是中国共产党成立 100 周年，纪实文学作家必然不能缺席这样的时刻，而应该用笔下文字坚定地回应百年历史。如果信仰有颜色，那一定是红色。在广东 2021 年红色纪实文学的创作中，这句话落到了文字里，成为一部部一篇篇有温度、有深度、有力度的作品。纪实文学创作一直有建构集体记忆的文化功能，这些年的历史题材报告文学探索渐趋成熟，以现实问题为导向的创作出发，在历史叙事中追认历史，还原真相，突破局限，不断逼近真理，在红色书写中带领读者建构集体记忆。

《赤魂·赤土·赤旗——广东海陆丰农民运动群雕》是省委宣传部重点项目《红色广东丛书》之一。“农民运动大王”澎湃是中国农民革命先驱，最早在海陆丰地区唤醒农民，组织农会、武装维护自身利益，建立早期苏维埃政权，彭湃和他的战友为中国革命事业舍生忘死，在中国早期革命发展中是极为浓墨重彩的一笔。作者谢友义深入实地调研 3 个月，广泛搜索采访，收集通读相关史料200多万字，力图还原当年澎湃以及与他一起投身农民运动的战友们的事迹。创作过程中谢友义还反复与相关党史专家、彭湃后人等相关人员交流研讨，力保内容的真实、可靠与客观。全书采用了线性串珠式的结构叙述，在还原史实的基础上用自己饱含深情的笔墨再现革命画卷，史料翔实可靠，观点清晰，文字流畅，在场性、故事性、可读性都很强。

为了更全面的呈现广东海陆丰农民运动，谢友义将书稿分“赤魂篇”“赤土篇”“赤旗篇”三部分，第一部分“赤魂”从烈士角度切入，书写了彭湃及其战友的革命事迹，除澎湃外，还书写了与其共同斗争的苏家麒、林铁史、林甦、蔡素屏等烈士的事迹；第二部分“赤土”描写海陆丰农民运动过程，切入点不再是烈士，而是中国农村状况。第三部分“赤旗”主要是残酷的起义与革命斗争，主要是红二、四师转战海陆丰的故事。三部分从烈士到土壤到起义，互为映照互为补充，从澎湃等革命烈士的个体觉醒到整个海陆丰的起义斗争，由点及面，从一颗星星到燎原之火，这种三分法相当有创新性。

当谢友义在海陆丰为澎湃而激情燃烧的时候，陈典松、陈志遐则在广州街头为张太雷、游曦等人落泪。陈典松不止一次提到书写《黎明之前——广州起义纪事》的一些片段时，自己是含着泪写完的。这不仅仅是因为对红色历史的回顾而感动，这是书写者与书写对象的生命对话，这也是《黎明之前》这本书给人最大的感觉。

1927年12月11日爆发的广州起义，是继南昌起义、秋收起义之后，中国共产党领导的城市工农兵联合起义。这次起义不仅在中国革命史上，在国际无产阶级解放运动史上都是光辉的一页。广州起义主要领导人有张太雷、叶挺、恽代英、叶剑英等，背后更有5700多位中华儿女，是他们用生命和历史书写的一段传奇。广州起义是革命历史中的痛，但更是历史的光，是广州的光，是应该且值得书写的。广州城的传统城市中轴线，从越秀山（观音山）到珠江边，从人民公园到海珠广场都是当年的主战场，今天这些地方繁荣美好，不能想象曾经有过多么激烈的斗争，但是文字可以书写，可以铭记，这里曾第一次升起象征工农联盟的红色旗帜，建立了中国第一个中心城市红色政权。陈典松与陈志遐不仅阅读相关历史文献，查阅历史资料，翻阅参加起义的革命者的自述或回忆录，还寻访当年的革命对象张发奎、陈公博等国民党阵营相关人员的自述以及回忆资料，国内外对起义消息的报道等等，力图全面、客观地还原历史。作为文学创作，文本有许多细节："张太雷在妻子的鼻梁上用弯着的食指划了一下'知我者，吾妻也。'"如此细致的动作与语言当然是作者的想象，却有力的呈现了张太雷与妻子王一知的感情。当张太雷伸手想要抱孩子的时候，家里保姆却拦住了，"孩子才出生几天，你一个大老粗，不知轻重，抱不得!"张太雷笑了："唉，大姐，平日里他们都叫我白面书生，今天到您这儿怎么成了大老粗?"这一来一回的简单对话就生动地展现了张太雷知识分子搞革命的形象，他在工农革命群体中是知识分子，是"白面书生"；回到家里他则成了上战场的"大老粗"，但这不正是张太雷这类革命者的样子吗？正是因为他们能文敢武，才有了革命事业。除了张太雷等人的形象，《黎明之前》还塑造了一批相当动人的女性形象，比如前文提到的张太雷的太太王一知，以及在起义斗争中浓墨书写的女战士们。尤其是刘辉与游曦。刘辉与敌人同归于尽，尸体被朱道南认出，文本就通过朱道南的回忆再塑刘辉的形象，这曾经是一个勇敢的小女生，多年以前甩着两根辫子就开始配合革命事业，报考军校后参加起义，如今壮烈牺牲。通过朱道南的回忆将刘辉、陈桂珠、朱新等女战士都串起来，一群女战士的形象鲜活地浮现纸上。写到女赤卫队员游曦等人在天字码头的牺牲，除了正面写游曦高喊守护红旗，勇敢坚守阵地，又从敌人的角度写国民党官兵都为游曦震惊，这一个看上去似乎柔弱的女战士一点不输男人，甚至比男人还勇敢，战斗到只剩自己一人直到牺牲。据回忆游曦烈士的尸体惨遭辱尸、截成数段示众天字码头。作者固然没有亲眼所见当时战场之激烈，但通过回忆中敌人的愤怒与残暴可以合理想象当年战斗中游曦的勇敢与坚守曾给敌人带来多大的困难。可以看得出来书中对女性的书写都投入了相当深的感情，革命起义并非只有男子汉，女战士、女英雄、女烈士们同样用生命和鲜血染红了旗帜。

《黎明之前》有一种让读者难以呼吸的紧张感与压迫感，仿佛重回了起义现场，感受那种激动，那种紧张以及那种悲恸。正如该书目录全部选用四字小标题"激战长堤""太雷之死""无声之令""血染红旗"等等，衬托出一种紧张、压迫。今天的读者站在历史的这一头回看，文中一个个鲜活的生命，张太雷的牺牲、游曦的牺牲，紧张的战斗、残酷的战场无一不使读者窒息，与此同时满满的战友情、军民情、亲情又使残酷的历史更为动人，在这样的调和下，全书节奏较好，画面感也强，更为难得的是，作者没有回避起义失败的思考，以及当年部分领导人的幼稚与胆怯，而是秉笔直书，更使今天的读者理解了革命胜利的来之不易。

从报告文学的发展来看，新闻性、文学性、政论性固然是文体基本特征，但是在全媒体的数字传播时代，报告文学的新闻性、时效性特征已渐渐失去效力。作家在书写中越来越重视文学创作的艺术性，读者也越来越追求阅读中的审美愉悦，谢友义、陈典松、陈志遐、杨黎光在这方面都做出了有益的探索。

杨黎光的书写总是非常特别，比如人民英雄该如何写？他在长篇纪实文学《脚印——人民英雄麦贤得》中给出了自己的答案。虽然写作时作者是以普通人的视角切入，但实际书写的却一直是那个在守护“人民英雄”称号的麦贤得。文本中数次提到当人们赞扬麦贤得是英雄的时候，因脑部中弹语言能力严重丧失的麦贤得就会不断的强调：“不够！不够！”甚至会为此着急，那么他是不在乎这个英雄称号吗？也不是，杨黎光写到在运动中他受到波及被说“假英雄”的时候，无比郁闷、低落，无法理解。“当别人夸奖他是英雄时，他说，不够，不够。但有人说他是假英雄时，他不服，他愤懑，他怒火冲天地叫道，打国民党没错。其实，他心里是非常珍惜英雄这个称号的，实际上他是为这个英雄称号而活着。”这是杨黎光对麦贤得的一种深刻理解，麦贤得是单纯的，是简单的，他战斗负伤时还只是个十九岁的孩子，他是非分明，要的不是英雄背后的名利，而是一份“尊重”。所以杨黎光的书写其实是在不断地思考在战斗负伤之后，在55年的平凡人生中，作为一个“英雄”的麦贤得到底是个怎样的人，最后杨黎光认为他是一个纯粹的人。在杨黎光的文本中，麦贤得的语言很少，哪怕是写实地采访，麦贤得也只有几个字，“你好，你好”，“为祖国，为人民”。也许这些就足以说明麦贤得的纯粹，一方面他与人为善，认为是好的就要做，认为是恶的就要斗争；一方面他接受党的教育，是非分明，活得纯粹，“永做小小螺丝钉”。文本最后杨黎光写到麦贤得招待他时一丝不苟地泡一套潮汕功夫茶，突然又扣回故事开头麦贤得在机舱里从数千颗螺丝中找到松动的那一颗并完成修理，杨黎光写到

“这不是巧合，而是来自他平时的一丝不苟”，这超越半个世纪的回顾仿佛是一个闭环，让我们在普通潮汕男人麦贤得身上再一次看到了英雄的身影。

如果说杨黎光在《脚印——人民英雄麦贤得》这本书中把最深的思考给了麦贤得，那么他最深的感情一定是给了麦贤得的夫人李玉枝。李玉枝是站在麦贤得身后的女人，这不是一句虚写，而是现实的写照。他写到第一次见到麦贤得就意外于他的高大，而李玉枝就站在他的身后甚至完全看不见，读者迅速就跟随杨黎光进入了李玉枝的生活中，一个如此弱小的女子如何在几十年的时光里照顾这个重伤有癫痫后遗症的病人，照顾儿女，努力工作，赡养老人，帮助弟妹，是怎样的力量支撑她走过这么多年。文本中李玉枝无数次在麦贤得癫痫发作或者脾气暴躁之后，还要收拾一片狼藉的家，照顾体力透支的麦贤得，自己则暗自吞下眼泪；甚至被麦贤得在初冬把自己和儿子关在门外枯坐一宿……如果说麦贤得的脚印是一深一浅，那么李玉枝则是每一步都在汗水与泪水中走来，甚至可以说如果没有李玉芝，也许就没有麦贤得的脚印。其实关于麦贤得与李玉枝 55 年的生活是残酷的，但这就是生活，而杨黎光要做的正是直面这种残酷的生活，直面这种艰难的岁月，正像他安慰李玉枝所说：“这就是我为什么要写这本书的初衷。真实是残酷的，但真实才能留给历史。”

杨黎光娴熟的长篇小说以及长篇纪实文学创作经验，在书写麦贤得一书中再次得到印证。他笔下的报告文学创作总有独特深入的视角，这源自于他总能尽可能地“感同身受”自己的书写对象；他的文笔细腻纯熟，读他的纪实文学有一种艺术赏析的美感；他以记者的社会责任感面对社会变迁、人性考验，麦贤得的故事是从“人民英雄”的光辉开始，却迅速地跌入创伤病痛的折磨、社会运动的波动，以及平凡生活的无奈，这样难以处理的题材在杨黎光笔下却起伏动人。他不仅用纪实文学书写了一个人民英雄的脚印，也用可贵的创作拓宽了纪实文学的容量与胆识。

王国梁在 2021 年出版两部红色作品，一部是《烽火》（花城出版社出版），还有一部是《千里血脉——中央秘密交通线探秘》。这是王国梁历时十年创作的 20 万字红色纪实文学。书名“千里血脉”是指上世纪三十年代，由毛泽东、周恩来等中共中央和中央苏区领导人亲手创立起来的红色交通线，该线路在1930年10月开始至1934年10月中央红军长征结束期间负责沟通上海的中共中央和中央苏区两地情报，加强两地联系，护送党的300多名领导干部安全到达中央苏区，保障了中共中央机关安全大转移；同时打破敌人的经济封锁，输送一大批白银、黄金和药品、电讯器材等紧缺物资，为中国革命的胜利作出了重大的贡献。这段真实历史中既有毛泽东、朱德、周恩来等领导人布置交通站、交通线，配置交通员等精心筹划的革命智慧；也有博古、张闻天、刘少奇、董必武、项英、陈云、邓发等200多人穿越封锁线的革命胆识；还有吴德峰、饶卫华、李沛群、卢伟良、肖桂昌以及活跃在交通线上许多无名英雄的革命事迹。十年间，王国梁沿着当年中央秘密交通线这条漫长而崎岖的路，从广州到上海、香港、汕头、潮州、大埔、永定、龙岩、长汀、瑞金，这3000多公里的秘密交通线上，他寻找拜访近百名当年的老交通员及其后代，辗转史料馆查阅研读大量史料，在撰写10集文献片《中央秘密交通线》的基础上创作完成此书。

除了题材上的宝贵，《千里血脉》也为红色纪实文学的书写作出了积极的探索。因为这段故事涉及大量赫赫有名的历史人物，多年来不管是文艺作品还是历史影像都让这些人物在读者心中有了人设基础，王国梁在书写的时候一是尽量利用已有材料的熟悉，二是尽量书写出历史人物在特殊情境下的自然反应。比如写毛泽东："毛泽东听了陈毅详细的口头陈述，沉思一下，便沉痛地道……""毛泽东说到这儿，又点燃了一根纸烟，深深吸了一口……"在同一情境中，"朱德听后哈哈大笑道……"两人性格顿时分明，人们熟悉的毛泽东、朱德就在眼前，也就使得文本书写的历史更增加了真实感。写地下交通线数次出现周恩来，书中的周恩来在城市中是"头戴礼帽、西装革履的英俊中年男子悠闲地品尝着咖啡"；在乡村周恩来则"穿着平民粗布衣，身带纸伞一把，手提一只草藤袋，仪表朴素大方，和蔼可亲"，在基督教盛行的闽南地区他又成了一身黑衣的大胡子。这般"多变且善变"正写出周恩来从事地下工作的智慧与胆识。其实地下交通线因为其绝密性，获取史料并不容易，更不像战场还有大量影像资料留存。在占有资料的基础上就是考验作者如何符合真实逻辑进行想象，而文本中许多细节都做到了这一点。比如写群像"刘有英咯咯地笑着说……杨雄赶快接嘴道……邹日祥姐姐补充道……刘有英爽朗道……邹日祥姐姐嘻嘻笑道……”一段对话，热热闹闹的生活场景与鲜活的人物跃然纸上；又比如写到叶剑英在转移途中给大家讲《红楼梦》背《红楼梦》诗词等，既真实又文艺，既有革命现实主义的艰苦，又有革命浪漫主义的优美，相当难得。

陈雪在2021年推出的长篇纪实文学作品《穿越封锁线——粤港大营救始末》也是《红色广东文丛》之一，这本书抓住了中国共产党在广东革命斗争历史中的高光一幕，书写1941年共产党营救被困香港的800多名爱国民主人士与文化名人及家眷、国际友人平安抵达抗日根据地和大后方的光辉一页。关于这段历史，邹韬奋先生的《经历》有相关记载，陈寅恪的《也同欢乐也同愁》也有书写，而茅盾将其称为“抗战以来（简直是有史以来）最伟大的抢救工作。”突破日寇的重重封锁逃离“孤岛”，中共广东省委为实施这一营救计划，动员数千名地下党员，建立近百个地方基层党组织，集中东江游击队大部分武装力量，在香港避风塘、九龙塘、牛池湾、西贡、元朗十八乡、深圳、坪山、惠阳、惠州、老隆、韶关、澳门、珠海、中山、江门、肇庆、湛江、海丰、陆丰、丰顺、兴宁、梅县、大埔等各地建立了数十个秘密交通站；南方工委、粤北省委、粤南省委、东江前委、东江后委无不倾其全力，配合这次营救行动。这次营救更重要的意义不仅仅是其过程，更在其前因背景与后续余波，此为“始末”。陈雪作为纪实文学创作者，虽然是写历史，并未只是沉于历史，仍要走出书斋，创作者把当年的交通站重走了一遍，从香港、澳门的八路局驻港办事处、铜锣湾码头，到白石龙、坪山、茶园、惠阳、韶关……他说自己不图什么文学上的声誉，竭尽全力，就是要写出“一部全面、系统、客观地反映这一历史事件的纪实作品”。正是这样的精神，保证他成功地拿出了第一部多角度、全方位、完整、系统、翔实记叙粤港大营救全过程的作品。

《粤港大营救》这部作品不仅文辞讲究、史笔练达，更重要的是写出了人物。因为大营救的核心就是“人”，本书中写邹韬奋与茅盾先生笔墨最多，此外专门书写了陈寅恪与萧红。当然书的主角其实是负责营救工作的中国共产党，为了把人写活，陈雪在纪实作品中运用小说技法，史记笔法，使读者看到一个个鲜活的人。写游击队长黄冠芳与伪警察邱金仔：黄冠芳喝着糖水，说了一些家乡的情况，突然问了一句：“你不是坪山人吧?”“谁说我不是坪山人!”邱金仔赶忙争辩。黄冠芳故意激他一句：“我们坪山乡里人说你给日本人做事，都不认你了。”听了黄冠芳的话，邱金仔有点尴尬地解释道：“没良心的事我邱某绝对不干，生活所逼没办法，只是想揾碗饭吃。”这一段文字动作、语言交替，两人性格跃然纸上，这样的文体杂糅保证了长篇纪实文学的可读性，也塑造了有血有肉的人物。读者不仅能读到共产党在艰难的营救工作中的智慧与胆识，更能看到他们的信仰与精神。至于作品中关于关东文史典故、地方古迹的各种“闲笔”，则是作者平日的功夫，调节了作品的张弛节奏，也增加了作品的文史韵味，值得肯定。

梁小恩2020年出版的《碉楼怒汉——南楼七壮士》书写抗日战争时期，七位壮士面对日军，坚守南楼十天九夜最后悲壮牺牲的历史。七壮士的故事悲壮泣血，但碉楼应该是故事的背景。2021年梁小恩又以另一种风格拿出了《沧桑碉楼》这部以碉楼为主角的纪实文本。联合国世界文化遗产专家曾经评价：开平碉楼与村落是全世界最美的乡村，堪称民间主动联合不同文化的典范，这样的历史文化遗迹在全世界是独一无二的。为这独一无二的历史遗迹作传，便是梁小恩的《沧桑碉楼》的使命。

行程万里，不忘来路。山河无恙，丰碑有志。《佛山文艺》在本年度特开辟“丰碑志”专栏，邀请部分作家和历史学者重访革命遗址、遗迹，书写纪念碑背后的故事，展现那一段段恢弘辽阔，慷慨悲壮的历史画面，一批批革命英烈坚贞不屈、为国捐躯的感人事迹。林友侨、周铁株、杨柳依、赵芳芳、梁德荣等作家纷纷拿起笔，满怀深情地追忆先烈们的革命情怀，讴歌他们的英雄气概，作品昂扬遒劲，激动人心。

2021年是脱贫攻坚的收官之年。在脱贫攻坚战役中，文学没有缺席，广东作家没有缺席。唐德亮的纪实散文《金利行》，是作家参加广东作家“乡村振兴看里水”采风活动并获一等奖的征文。文章反映了南海里水镇金利村脱贫奔康与乡村振兴进程中，乡村的新气象与村干部、村民的精神面貌。《云上瑶寨》则描述作者三上粤北连山瑶寨茶联村的见闻，反映瑶山四十六年间的变化尤其是脱贫奔康战役带来的沧桑巨变，洋溢着强烈的时代精神与独特的文化意味，巧妙地融瑶族风情、神话传说、歌谣与现实生活于一炉，呈现出浓郁的民族特色与生活气息。

丁燕采风的足迹遍布梅州、韶关、海陆丰、揭西等地的“红色村”和“贫困村”，创作了《从“梅岭三章”到“梅岭新章”》、《都是大南山的儿子》《谁种了这些有机稻》等文章，致力于表现“大时代里的普通人”：

星星之火，可以燎原。在岭南，人们以自己的方式参与了历史，并在历史的长河中留下了自己的身影。那些遍布中国大地的红色种子，最终，燃起了一场翻天覆地的革命大火。……历史是一本大书，既要记住大人物，也应记住小人物，因为他们就是构成“人民”这个群体的一分子——他们就是具体而实在的人民，就是眼神里闪烁着博爱之光的人民。

三、广东故事，彰显南粤风貌

如果说纪实文学作家们对红色信仰的书写是对历史的响亮回答，那作家们对广东故事的书写就是时代精神的集中体现。2021 年的广东纪实文学在讲好广东故事这一点上又往前推进了一步，广东作家配合广东省委、省政府提出的文化强省要求和文化战略方针，发时代新声、与时代同行，用文学的形式和语言，“讲好中国故事，大湾区故事，广东故事”，奉献出与广东作为改革开放的先行者和桥头堡，作为经济和文化大省相匹配的文学，也在创作中呈现出了广东作家纪实文学题材的原创性、开拓性与创新性。

马克思指出：“一切划时代的体系的真正的内容都是由于产生这些体系的那个时期的需要而形成起来的。”① 那么今天的广东书写到底需要什么？这是我们的作家要回答的问题。广东故事的书写重点不在于选材的广东性，而在于书写者要有真正的时代精神，要能具备新时代的眼光来挖掘广东故事，这才符合纪实文学的要求，这才能找到突出新时代的时代特征和时代精神的内容。每一个时代都会呼唤属于自己的文艺作品，不仅仅限于重大事件，优秀的纪实文学作品一定是属于时代的，理解时代的，阐释时代的，并帮助读者铭记时代的。同时，要书写广东故事必然要求广东作家持续保持旺盛的创

① 《马克思恩格斯全集》第 3 卷，人民出版社 1960 年版，第 544 页。

作热情，在文学的广度、深度、自由度等方面深入开掘，粤港澳大湾区在文学方面所需的正是文学共同体的审美和精神。

站在大湾区建设的起点上，邱少梅回顾广州港的重要历史与成就，这部纪实文学为广州港这座古港在中外文化交流史上的重要地位画像，更为这座古港走向湾区建设的未来传递精神火炬。古港故事以珠水开篇，水流不仅滋润了珠三角的土壤，也带来了发达的航运，通过出海走向世界；故事又以广州港为圆点，联动香港、澳门、深圳与珠海，构成从秦汉以来各个历史时期与广州港有关的重要历史、文化实践，对内是珠三角广州港一代又一代人的勤劳、艰辛、汗水与智慧，对外则是中外海上贸易两千年的发展脉络与文化交流的辉煌。

应该说《湾区古港》这部作品在广东纪实文学创作的融合创新上展现了许多亮点。首先邱少梅展现了一种全过程、全景观、全方位的思考，整部作品很有历史厚重感，但她的语言又较为轻松简约，因此文学性与历史性皆有。开篇描写珠三角，“小时候，我家住在学校的门楼上，门楼用隔板隔成了一间又一间房，权作老师们的宿舍。门楼对面数米是一条小河，河水湍急，常有小艇来来往往。20世纪七八十年代，疍家人出行全靠小艇，家家户户临河而建，有自己的私家码头……”一段简简单单的描述，把疍家人的传统拉到眼前，极有“在场感”的描述使读者轻松就进入了历史现场。写到天字码头一节，先从带孩子乘船珠江夜游开始，又写到自己当年与先生拍婚纱照的浪漫。一下子把广州人对天字码头的熟悉与浪漫的感觉就抓住了，接下来再慢慢铺陈天字码头的历史、名人、故事，一直写到太平沙，那种既有当下广州生活的烟火气，又有历史沉淀的氤氲感巧妙结合，这也是本书给人的整体感受，仿佛一卷广州港的清明上河图缓缓舒展，从坡山古渡写到光塔怀圣，从越秀五层楼写到十三行盛景，从哥德堡号写到今日大湾区，整本书气息连贯，画面优美，宛如西关小姐轻诉历史，表面温和，实则有千钧历史做底气。这样的纪实文学书写融合了散文的美妙自由，也把握了纪实文学的材料与厚重，不仅在题材上体现大湾区文学创作的使命感，也在文体探索上呈现出新一代作者把自我放进历史与当下的时空中去感受、去思考、去体验、去写作的自信与创新。

丘树宏、黄刚所著《中山传：伟人故里　千年香山》属于“丝路百城传”系列。这部作品以有限的篇幅聚焦伟人故里中山市，集中呈现中山市最鲜明、最亮丽的城市历史、城市精神、城市文化与城市特色。这座以世纪伟人孙中山的名字命名的城市在书中完成了从古代、近代到当代，从岛、山到城的演变史。国家外文局认为此书“内容丰富、思想深刻、文笔流畅、特色浓厚，兼具良好的资料性、可读性、思想性、文学性和收藏价值，不失为中山市对外宣传中一张重要而独有特色的文化名片，同时也是中山市重振虎威、树立文化自信和党史学习教育活动有益的辅助读本。”作为一部城市传记，《中山传》视角独特，史料翔实，书写细腻，气韵贯通，既有史家情怀也有文学手法，中山市“博爱和美”的人文内涵被全面展现，伟人孙中山的家乡、中国近代史的摇篮、咸淡水文化中心、内外源经济典范、正宗新粤菜代表等中山市的不同面貌都得到了细致呈现。定位为“海上丝路”重要的节点城市是该书书写基点，在此基础上书写中山市历经的870多年风风雨雨，从岐澳古道、清朝第一批留洋学生、四大百货、华侨到改革开放，这里一直以来都是中国人走向世界、了解世界的窗口。中国报告文学学会常务副会长李炳银对该书评价很高：“我喜欢并推荐《中山传》，除因其内容新颖丰富，还因为作者谋篇构建的精致用心。每章开头由一首诗歌引出相关内容，结尾一篇类似散文诗般的优美文字，既呼应开始，也精彩结束。这样的交叉表达，使作品游弋于历史与现实之间，存在于事实与感受之间，各自生发作用，共同产生力量。”作为城市传记，广州已经有深圳、广州、中山的许多精彩文本，而在广东这片珠三角的土壤上，还有许多城市等待着我们的纪实文学作家去开掘，去书写，相信未来会迎来更多的广东城市传记。

《生命河流摆渡人》是由广东省人民医院主编，谢显扬，陆基民、米军喜采写的关于广东省人民医院医护人员及医院发展史的纪实作品。全书以人物故事为主线，展示医院发展历程，共收录了109位对广东省人民医院做出杰出贡献的典型代表的故事。钟南山在《生命河流摆渡人》序言中说道：“1946年，也就是日本投降的第二年，我跟随着我的父亲从贵阳来到广州，这一年我在广州岭南大学附小读四年级，这一年是广州中央医院创建的一年，这一年我的父亲就在广州中央医院工作了。1951年，广州中央医院更名为广东省人民医院，我的父亲曾任医院第二任院长，我和广东省人民医院一起长大。75 年过去了，医院成了我最熟悉、最常去、最早接触医疗、认识最多医生的地方。”钟南山的父亲就是书中的钟世藩院长。据书中介绍，广东省人民医院就是由首任院长李廷安创立，他与医院“守护神”钟世藩院长一起一砖一瓦将医院筹建起来。李廷安院长放弃留任哈佛大学的机会，回到祖国，将一生献给了人民公共卫生事业及医学教育事业；1949 年中华人民共和国成立前夕，国民党中央卫生部长来到广州，命令钟世藩携带医院的巨额资金全家撤往台湾，但钟世藩毅然拒绝了命令，全家留在广州，1950 年将医院完整移交给新中国。可以说广东省人民医院的创院历史就是一部精彩的爱国史。《生命河流摆渡人》用 109 个典型代表回应了白衣天使“生命至尊、人民至上”的职业与使命。书中写了四个时代的广东省人民医院的故事，分为生命涅槃（1946—1949）、激情燃烧（1949—1978）、改革创新（1978—2012）、圆梦未来（2012 至今）四个章节，是从个体到群像的书写，也是从个性到共性的书写，通过这 109 个人，呈现了整个广东省人民医院八十年来的光辉历程。

四、深度挖掘，展现时代精神

纪实文学的基础是新闻与文学的结合，但深入到内涵则要求必然是能震撼心灵、燃烧情感、愉悦阅读的作品。从某种意义上说，纪实文学一直是一个开放性的新文体，它永远在人们的认识与实践中不断调整，臻于完美，在当下这个时代则更要求它的融合与创新。这些年纪实文学的创作展现出现实题材和历史题材的开拓性，且在公共性与个人性方面也多有突破，正如 2021 年广东纪实文学创作中陈启文以及李兰妮的创作，有国家情怀也有社会观察，有历史回响也有平凡人的心声。

2021 年，陈启文出版发表了一系列与袁隆平相关的文本，这也是他这几年持续观察、追踪袁隆平的系列成果。他出版的专著《田间逐梦——共和国功勋袁隆平》是“共和国功勋”丛书，入选中宣部 2020 年主题出版重点出版物入选国家出版基金项目。他的报告文学作品《中国海水稻背后的故事》发表在《北京文学》；《永远的袁隆平》发表在《人民日报》海外版，《新华文摘》半月刊选载，入选《2020 中国报告文学精选》及《21 世纪年度报告文学选·2021 报告文学》。他的《中国饭碗》在《中国作家》纪实版发表。

陈启文这样评价袁隆平，“他不是‘菩萨’，不是‘神农’，却是一位足以用伟大来形容的农民。”的确，“杂交水稻之父”袁隆平在许多人的脑海里不就是一个老农民的形象吗？瘦削的脸颊，晒得黑黝黝的，他咧嘴笑着，满口白牙。这个农民率性淳朴，站在稻田里单纯快乐，但他其实是背负着沉重的压力一路走来，执拗地走在杂交水稻的路上。陈启文笔下的袁隆平正是让人们看到作为一个科学家的袁隆平文本。写他为了水稻育种，和团队在海南岛坚守，蚊子、蟑螂、老鼠、皮肤病、烈日，艰苦的条件是农业必须面对的基本问题；到了每年四月又要赶回湖南。种子都是抱在怀里，穿的衣服多少不是由人的需求决定，而是由种子需要的温度来决定。1970 年遇到山洪暴发，袁隆平与尹华奇放弃公共交通，求老艄公驾一艘小船在风浪中渡江，这样的艰辛与惊险也许都是普通读者不曾料到的。袁隆平所从事的事业决定了他不是待在环境优厚的实验室里，而是必须行走在田埂上。所以文本中才有了这位年近九旬的老人和乡亲们到田里看看，走得稳稳当当的细节。“忽然，他身子猛地往前倾了一下，几个跟在后边的助手吓了一跳，赶紧上前搀扶，袁老却稳稳扎扎地蹲在地上，像个老农一样，先抠起一把泥土，在手里搓着、揉着，又放在鼻子下深深地嗅着，一脸迷恋的深情。”这一段写活了一位与稻田打了六七十年交道的老人。他走在田埂上如履平地，他对土地充满迷恋。

陈启文写纪实文学有一个很突出的特点，他能通过当下的问题追溯到背后的历史，他敢于在书写中踏进自己不熟悉的领域，用科学的眼光、科学的语言来探讨书写对象与内容。可以说，科学、扎实、严谨是陈启文纪实文学最具个人风格的特点，即使写到动情之处，他仍然是节制的，但更能使人感到他文本背后的力量。写袁隆平与杂交水稻，他从中国农业发展、水稻种植一直写到水稻育种、海水稻培育，每一个内容背后都有大量的知识储备来支撑他的书写，通过《田间逐梦》这本书，读者可以了解的绝不仅仅是袁隆平一生的水稻种植成就，而是整个中国，乃至世界范围内种植水稻的历史与经验。写超级稻的育种攻关，他用大量的篇幅解释袁隆平的口诀：“高冠层、矮穗层、中大穗、重心低、库大而均、高度抗倒。”分别代表什么意思，因为只有把这些内容都说清楚了，读者才能知道育种的艰难，袁隆平他们的实验之不易，当然也是科学之严谨。无数次的实验，当人们只看到成功的结果的时候，陈启文却写了更多袁隆平及他的团队面对的无数次失败，搞科研的人，如何面对失败比面对成功要重要得多，正是因为承受了无数次致命挫折仍不折不挠，袁隆平及他的团队才收获一次又一次世界瞩目的成就。如今，这种成就不仅惠及中国，还通过“绿色迪拜”项目帮助阿联酋等沙漠国家实现天方夜谭一般的沙漠变农田的现代神话。

陈启文不仅写袁隆平，也通过袁隆平的眼与心辐射所有农民，甚至辐射整个中国的农业史。他写到，袁隆平知道，“每一个吃饱了肚子的农民都是真心感谢他，其实，他也打心眼里感激这些农民。他培育出的每一粒种子，都必须通过农民辛勤的播种、耕耘，才能开花结果，聚沙成塔，如果说保障14亿人的粮食安全是居于塔顶的国家政策，那么这亿万农民就是保障国家粮食安全的最坚实的底部。谁能养活中国？谁在养活中国？说到底就是这数以亿计的农民，只有依靠他们，中国人才一直把饭碗牢牢地端在自己手里”。袁隆平不仅感激农民，也理解农民，“农民心里想啥，他心里很清楚”，他一生所求不正是乡亲们的丰收与富足吗？

在文本的后记中，陈启文深情地写到：“我知道，史上从来没有永恒之人，但有永恒的追求。”他书写袁隆平自然要写到这个生命的终结，但袁隆平个体生命的终结却不是文本的终结，更不是精神的终结。这或许才是共和国功勋的真正意义所在。而同时，褒奖英雄模范正是要“弘扬他们身上展现的忠诚、执着、朴实的鲜明品格。”陈启文书写的袁隆平，正是这忠诚、执着、朴实的代表，对所有的普通读者既是阅读一个伟大生命的故事，也是触动自我的过程，这才是纪实文本的价值与意义。

在陈启文的笔下，袁隆平的笑容与坚持，水稻育种的科学与艰难同举。在陈晓玲的笔下，同样是面对水稻问题，面对农业问题，布衣院士卢永根却以另一番面貌呈现。这本书中更多的镜头是追随卢永根其人，陈晓玲力图用一个伟大的生命感动新时代的年轻人，“我想告诉大家青春应该是什么样子，人生应该怎么样才精彩。”应该说陈晓玲的文本做到了这一点。卢永根身上没有太多戏剧性，他是一个知识分子、一个科学家、一个教育者，是一个丈夫、一个父亲、一个老师，把他的一生中那些重要的片段写下来，并能给今天的读者许多启发，这才是作家的使命所在。面对人生的许多路口我们应该用什么原则指导自己进行选择，面对人生的许多考验我们用什么力量支撑自己前行，而面对人生的终结又该以怎样的姿态豁达告别，这些都是《布衣院士》传达给读者的思考。作为一部纪实文学，文中用大量的细节还原卢永根的性格与形象。年逾七十他仍在带领学生爬荒山采集野生稻，学生希望他歇一歇，“他却坚定地说‘找！赶紧找！’”他常年衣着朴素，背挎包，遮阳帽，使用公共交通，在学校食堂打饭简简单单两菜一荤，吃完不浪费。写到卢永根病重后与夫人徐雪宾决定捐款事宜：

卢永根深情地看了一眼徐雪宾，没有料到她今天会将这个问题提出来，又好像一直在等这个时刻，觉得自己有许多的话要说，但最后只说了一个字，并且他觉得一个字足够了：

“捐。”

卢永根的妻子，与他牵手走过60个春秋的徐雪宾听到阿卢说出这一个字，原本她也以为自己有许多的话要说，但最后也只说了一个字，并且她觉得一个字足够了。

“好。”

简短的对话展现了一对知识分子的高洁情操，同时也呈现了相濡以沫六十年的老夫妻的互相理解，还有什么比这两个字的对话更感人的呢？陈晓玲的叙述是对的，此时他们不见得心中没有话，但显然那些话已经不需要说出来了，因为他们互相都懂。但陈晓玲又怕读者以为他们是轻率是鲁莽，所以才要把这个状态描绘出来，这不是轻率鲁莽的决定，虽然只有两个字，却重过千钧。

在纪实文本的基础上，陈晓玲还创作了《布衣院士》的时代报告剧。剧本也附在文本后面，这是一个杂糅文本。时代报告剧《布衣院士》在艺术手法上也作出了创新，探索用戏剧与纪实相结合的手法，在借用音乐剧元素的同时，使用了大量历史真实影像还原真实场景，将卢永根院士的影像资料、照片等和演员的演绎交织在一起，给予观众一种特别的“沉浸式体验”，是话剧版报告文学。在融合创新的今天，陈晓玲关于卢永根的纪实文学的文本创作，以及融合艺术手法的时代报告剧创作也许为纪实作品又探索了新的方向。在纪录片产量与收视节节攀升的今天，纪实文学的创作还有更多的空间值得广大作者去探索。

如果要说2021年广东作家最触动人心深处的作品，那一定少不了李兰妮的《野地灵光》。在作品研讨会上，评论者一致指出作品的宝贵之处首先就是作者的勇气，李兰妮克服病耻感，2008年就曾出版《旷野无人——一个抑郁症患者的精神档案》，今天又拿出了《野地灵光》。十几年来，抑郁症患者不断增多，且呈现低龄化特征，这种伴随着工业化和科技时代而来的现代病不仅仅指向病人个体，更指向整个现代社会。而李兰妮也许是第一个不断在抑郁症领域深耕，并且以纪实方式处理精神病院以及精神病人这个群体的作家。

作为书写者，李兰妮在自己入住北京大学第六医院和广州惠安医院两个精神病院接受住院治疗期间，通过细致观察，接触大量精神疾病患者和专科医院医护人员；另一方面阅读了大量中外精神病学史料，因此书中不仅诚实书写自己的疗愈过程，展现当下从个体到去群体的精神疾病治疗，更梳理了中国建立精神病院的百年历史，在书里的每一章末尾普及中国精神病治疗的相关知识，此外书中还特意致敬精神病治疗的医生群体，特别是惠爱医院当年创始人嘉约翰，他就是孙中山的医学老师，同时身兼博济医院院长。这些历史内容与当下相呼应，呈现的是李兰妮对生命的一种沉潜与悲悯，是有痛感的书写，读者的阅读则是新鲜中带着疼痛感，被疾病的黑暗与残酷，生命的顽强与坚持深深打动。

是患者也是书写者，是自救也是救人，是个体也是群体，是个人也是社会。不管是关于生理、病理、心里的书写，还是对中国精神疾病治疗史的回顾，这其中的曲折与甘苦都在极为强烈的人文关怀之下。李兰妮这样有分量的疾病书写，使人想起史铁生的《我与地坛》，想起契科夫的《六号病房》，想起苏珊·桑塔格的《疾病的隐喻》，这不仅仅是疾病的书写，也是深具文学价值与社会价值的生命书写。

文钦梅2021年出版的长篇纪实文学《故园月明》是一部家族史。讲述自己母族杨家几代人在中国近现代的浪潮中的动人经历，其中的核心人物杨力宇正是为促进两岸和平一直尽力的重要人物，作为美籍华人，他深爱祖国，在美国接受邓小平接见后，自愿担负起向国际社会宣传“一国两制”构想的重任。纪实文学创作需要文学艺术的加工，保证其文学性。而《故园月明》这样的长篇家族史纪实文学则需要如长篇小说的调度与组织，其中人物众多，还需要个性鲜明、面貌清晰。文中有个细节让人印象深刻。抗战时逃离南京，杨祖诒送一大家子逃难仍然镇定冷静，全家都惊恐忐忑时他安慰大家养足精神赶路，天蒙蒙亮全家出行，两个小姑娘却要梅花，全家都着急催促，只有杨祖诒郑重其事地摘下梅花给两个小女孩，并嘱咐她们“要像梅花一样坚强、凌寒不惧，不怕艰难”。这是一个很小的细节，在逃难的大背景下却成为高光，映照出杨祖诒这样的知识分子的高洁人格。

中国近现代史本就波云诡谲，长篇纪实文学由家族史反映历史大背景是非常好的书写方式，纵横捭阖的历史交织在家族脉络中渐次清晰，看似遥远的历史在真实的人性中有效复活，更重要的是不仅书写了历史，也阐明了当下，预示着未来，这是《故园月明》难能可贵的地方，作为家族史长篇纪实文学，有理由期待更多的优秀作品，用有力度、有深度、有温度的笔触书写历史。

早在 2017 年，国家体育总局和中国作协就曾在北京共同主办体育题材文学作品创作座谈会。何建明在会上表示“中华体育精神是中国精神的重要组成部分，中国健儿的故事就是中国最精彩故事的重要部分。中国体育不光是体育人的事，也是文学人的事，更是中国人的事，世界的事”。2021 年，终于非常可喜地看到广东纪实文学也有了体育方面的相关作品。《流溪河海》这部作品的副标题是“广东 U18 女足跟队工作志”，是作者刘羽的亲身经历。他以纪实的方式，借鉴人类学研究方式，记录自己在广州市白云区的广东省足球运动中心跟队工作的经历和见闻。刘羽在这部作品中一方面从自己的专业出发对当下的青少年球员竞技、心理、学习等方面做出考察，由点及面地书写校园青少年足球的看展情况，并从专业角度从心理学出发进行思考；同时还从人类学的角度，对中国举国体制进行了分析，以及对中国竞技体育人才培养机制的思考，对于运动天赋的理解，赋予了一些全新的视角。这些都是这部作品比较可贵的地方。作品取名中的流溪河是该训练中心旁的一条河流，作者取其名，加一“海”字，寓意足球队汇集力量，象征从小到大、从弱到强的发展趋势和文化内涵。“流溪河海”不仅是一支足球队发展历程的隐喻，更是整个培养体系的象征。体育是文学创作的富矿，蕴含大量鲜活、丰富的文学创作素材，需要作家们进行挖掘。优秀的体育题材文艺作品应该反映中华体育精神，并使之成为中华民族凝聚力、向心力和自信心的助推器，这是时代赋予文艺界和体育界的新命题。今天虽然有了体育相关的作品出现，但仍然是很小的切口，从作品来说也等待一个“流溪河海”的过程。广东是体育大省，在许多体育赛事中都有广东健儿的身影，广东城市发展中的全民健身也一直是走在全国前列的，期待在不久的将来，这方面有更多的好作品诞生。

习近平总书记曾记指出：“典型人物所达到的高度，就是文艺作品的高度，也是时代的艺术高度。”① 袁隆平与卢永根无疑既是生活中的典型，也是作品中的典型，而如何书写他们，就是对作者的考验，在陈启文与陈晓玲的笔下我们看到不一样的“高度”，陈启文书写袁隆平抓住科学的高度，陈晓玲书写卢永根则抓住情感的高地。同时，李兰妮对精神疾病的关注，文钦梅以家族史写现代史，刘羽对青少年竞技体育的心理关注也是广东纪实文学中的新题材、新阵地。

五、 问题与展望

回望过去，广东纪实文学已经有许多优秀作品，有的产生社会影响，有的频频获奖，有的经受考验成为经典之作。优秀的纪实文学作品固然各有风格，比如有的朴实，有的清新，有的自然，有的流畅，有的深情，有的委婉，但优秀的作品又一定有共同之处，比如他们的创作者一定是有社会责任感的，是敢于触及社会矛盾，挑战社会问题的，或者拥有卓越的文学想象力，能刻画典型人物。广东纪实文学虽然千枝竞秀，但他们都共同产生于广东这片文化土壤。2021 年广东纪实文学虽然获得了不俗的成绩，但是仍然有

① 习近平：《在中国文联十大、中国作协九大开幕式上的讲话》，人民出版社 2016 年版，第 12 页。

许多问题值得大家去关注，还应该有更多的思考来推动广东纪实文学的发展。

首先，红色历史的书写是这几年纪实文学的重中之重。报告文学的诞生与世界革命有着密不可分的关系，《密西西比河上》《法兰西战争》《震撼世界的十天》《绞刑架下的报告》等记录世界巨变，反映巴黎公社、十月革命、世界反法西斯战争、第三世界的觉醒、后工业时代欧美世相的代表性作品都对当时的世界产生巨大影响，也使得纪实文学这一体裁从诞生之初就意味着对社会现实的关注，对生活真相的揭露，对历史巨变的责任。中国报告文学中的早期经典：瞿秋白的作品以及夏衍的《包身工》、范长江的《中国的西北角》、魏巍的《谁是最可爱的人》，都是回应了中国社会的革命现实。所以书写红色历史本就是纪实文学的内在要求，今天书写红色历史又要求在确保文本真实、可信、可读的基础上，作者能有与书写对象相匹配的思想高度才能使文本脱离窠臼。从这两年的红色文本书写来看，部分红色纪实文学仍然不时有老调重弹、空喊口号的情况。能够从书写上有所创新，如谢友义的《赤魂·赤土·赤旗——广东海陆丰农民运动群雕》，从人物刻画上有所突破，如杨黎光《脚印——人民英雄麦贤得》，这样的文本仍然不多。

其次，广东纪实文学在近两年的创作中集中精力创作红色作品与抗疫文学，也获得不俗成绩。但是从广东整体纪实文学成就来看，有热点题材扎堆，大量空间无人耕耘的景象。尽管今年也出现了一些比如关注精神疾病救治、志愿者群体以及警察群体或者足球教育发展的文本，但几乎都是势单力薄的单一文本。在20世纪八九十年代的纪实文学黄金年代，许多关注社会现实，敢于揭露社会问题的作品不仅引起社会关注，甚至还影响相关国家政策的制定。这也正是纪实文学的特殊性，他要求作者有社会责任感，有发现社会问题的敏锐，也有能够切入社会问题的眼光，文本要如X光、如手术刀。所谓“现实永远比小说更精彩”，纪实文学完全可以发掘更多的内容，我们的生活提供了创作的富矿，创作者却常常视而不见。

第三，纪实文学一方面需要新闻报道的真实，另一方面也需要对历史加以艺术的再现。这就需要作者有文学功底，将对象充分的形象化、细节化，这就是文学化。精巧的结构、鲜活的人物，对事件及环境的艺术描写都需要文学性的加持，更需要作者有耐得住性子打磨自己文字的耐心与功力。但是今天的一些纪实文本许多地方仍有文笔粗糙的问题，颇使人遗憾。《生命河流摆渡人》非常厚重，涉及的人物繁多，但是人物的个性却不够突出，也导致了文本打动人的地方还不够。《沧桑碉楼》的故事荡气回肠，但文字如能打磨得再细致一点，应是精品。《布衣院士》《沂蒙母亲》等作品文笔又稍嫌清淡，缺点腕力，否则应该能将这样的题材处理得更加厚重一些。

最后，创作上除了保证社会热点的在场、历史重点的书写，还应该有更多作家敢于有更大的胸怀与抱负、敢于有个人观点的不缺席，敢于有个体创作的精益求精。大的胸怀与抱负是指不仅仅要看到广东本土，更要敢于面向全国。广东因地处祖国南海之疆，历来有面向世界之勇，却缺乏面向中原之胆。其实自近代经济革命始，至当代改革开放的辉煌成就，广东作家完全应该有信心有胆识拿出更有气魄的作品。除了在本土报刊发表小文章，纪实文学创作还需要立意高远、打磨精品；除了看到生活表面的波澜与花朵，纪实文学犹需要敢于挑战、深入生命，希望广东作家出现更“深扎”生活、沉潜生活的作家；也希望广东出现更多不断挑战难度书写大作品的作家。2021 年是中国共产党成立 100 周年，也是“十四五”的开局之年，习近平总书记在中国文联十一大、中国作协十大开幕式上作重要讲话，对广大文艺工作者提出了具体的指导与希望。以文艺为载体引领思想、凝聚力量、激发活力，秉承为人民书写、为时代书写的初心。展望 2022 年，国家建设、北京冬奥都等待着广东作家的书写，新的时代需要也等待广东作家的回应。在广东这片热土上，在扬帆起航的粤港澳大湾区背景下，广东纪实文学大有可为。

（本章撰写：刘茉琳，文学博士，广东技术师范大学副教授）

第五章
诗歌：后工业与后疫情时期的诗性探索

2021 年度的广东诗歌，是在广东这一中国后工业化程度最高同时也最具文化多样性的区域，在新冠肺炎疫情成为全球性公共事件改写历史进程和生活方式，并给未来带来普遍不确定性影响的特定时空发生的。高度信息化、组织化与服务型的后工业社会，和在疫情与抗疫中不断重构的人文与自然生态，为 2021 年度广东诗歌的艺术探索提供了舞台、场景和素材。诗人们对这种逐渐清晰的“背景转换”作出自觉回应，并以后工业与后疫情时期的诗性发现和诗艺探索，在诗史和广东文学版图上留下新的诗歌经验和艺术思考。

2021 年也是建党百年和新的百年征程的起点。本年度的广东诗歌在百年历史进程的宏阔背景上加大对现实变革与地域经验的呈现，在信息技术革命和产业转型升级的后工业背景上展开对新工业诗歌的探索，在城市化、乡村振兴、环保与抗疫的多重背景上发掘生态诗歌的新的可能性。同时，线下与线上、现实与虚拟结合的新的生活与交往方式及媒介条件，也使个体、流派、地域写作的多元共生，和诗歌生产、传播、推广的跨界融合等，成为诗歌艺术创新与实践的亮点。此外，在诗歌语言与文体形式变革、农耕文明与乡村意象的去乌托邦化、大湾区都市经验与精神形象的塑造，以及抒情主体的时代特质与自我反思等方面，广东诗歌也还有进一步开拓和探索的空间。

一、 诗歌总体概貌与主要特征

对于当下的广东诗歌而言，广东已进入后工业社会、粤港澳大湾区或珠三角已基本进入发达的后工业社会这一关于经济社会与产业发展新阶段的判断，对阐释和评价新工业诗歌（或后工业诗歌）、新生态诗歌、新媒体诗歌实践等重要的年度诗歌现象，以及重构和反思广东诗歌的当代性与地域特色等意义重大。“后工业社会”是不同于“前工业社会”和“工业社会”的以知识经济和信息技术为引擎的服务型社会。它的主要特征是，经济形态从产品生产经济转变为服务经济（以第三产业即服务业为主导，第三产业 GDP 占比超过 50%），生产要素从资本优先转变为知识优先，职业结构上专业与技术精英阶层崛起，社会运行上强调理论主导与科学决策，技术革新上注重预测、控制与规划，决策和服务方式上开始使用“智能技术”，等等[①]。从全球范围来看，第三产业在国内生产总值占比超过 50% 的国家中，美国（1950）、英国（1955）、日本（1975）、德国（1980）等较早完成工业化目标，进入以服务业、知识经济、高新技术产业等为经济支柱的“后工业社会”。我国在 2015 年第三季度，国家统计公报显示全国第三产业增加值 GDP 占比达 50.6%。不久，厉以宁在《人民日报》撰文提出“我国已开始进入后工业化时代”，并指出中国经济双重转型需要注意的问题。经济学界开始讨论后工业社会的机遇与挑战，提出中国已进入“后工业化初级阶段”，和如何实现“新时代中国经济转型”、如何以信息技术产业为龙头走出一条后工业阶段“中国特色新型工业化道路”[②] 等问题。

广东作为改革开放的前沿，在较好地实现工业化指标的基础上进行产业转型升级，信息产业和知识经济等新工业新业态不断增长，到 2021 年底，全省的第三产业增加值 GDP 占比已稳增至 56%，高出全国 3 个百分点，已进入后工业社会初级阶段，广州（73%）、深圳（63%）等珠三角地区已基本达到国际通行的发达后工业社会的人均 GDP 与第三产业增加值占比评估

① 丹尼尔·贝尔：《后工业社会的来临——对社会预测的一项探索》，高铦等译，商务印书馆 1984 年版，第 18－42 页。

② 参见厉以宁：《中国经济双重转型的启示》，《人民日报》2016 年 2 月 25 日；胡鞍钢：《中国进入后工业化时代》，《北京交通大学学报（社会科学版）》2017 年第 1 期；许小年：《后工业化时代亮点》，《财新周刊》2018 年第 5 期；郝寿义、曹清峰：《后工业化初级阶段与新时代中国经济转型》，《经济学动态》2019 年第 9 期。

指标①。因此，尽管疫情对服务业影响较严重，第三产业增长态势放缓，尽管珠三角与东西两翼和北部生态区之间还存在发展均衡协调问题，但从综合数据来看，广东已进入后工业社会的基本判断是可以成立的。与传统农业社会和工业社会相比，后工业社会在社会治理的现代化与服务的人性化（也包括信息技术手段的广泛应用）、高新技术产业活力与市场主导、社会开放与文化多样化，以及环境保护与生物多样性等方面，都有结构性区别，而这正是目前广东经济建设、社会治理、人文与自然环境和生态文明建设等的共同特点。

从这个大背景来看近期特别是2021年度的广东诗歌和诗坛，有几个主要趋势和特征值得关注。

1. 当代感的强化和对“同时代性”的探索

首先，本年度出现了一批表现新工业和以高新技术为主导或背景的后工业题材的代表性诗作，和对传统工业尤其是制造业从人文、生态等角度进行深度反思与转型重构的系列作品，在探索广东诗歌与新时代和后工业社会的紧密联系，建立诗的当代感，进而与时代及其问题进行有效对话等方面，迈出了坚实步伐。其中，杨克的大型组诗《云端交响曲》《六维空间》等新工业或后工业题材、郑小琼的系列组诗《机器》《南方往事》《独望》等反思与重构传统工业题材的作品是突出代表。这是对以往诗歌中类型化的工业文学和打工文学的突破，也是诗人在更宏大的社会背景上对不断更新的当代经验的敏锐发现和独特思考。无论题材内容的开掘还是思想艺术的深化，这些作品与同期国内“新工业诗”相比，都更具前沿意识和后工业社会的时代特色以至地域特色，是具有开创性和命名（或“正名”）意义的作品。

其次，这种当代感和“同时代性”的探索，还表现在从后工业语境出发对现实与历史、都市与乡村、社会与自我、经验与表达等现代诗歌二元对立主题的解构与重写。如世宾的长诗《词：一个保守主义者关于语言与世界的想象》、凌越的组诗《写下一行字》、阿翔的组诗《活页》《长夜玄冬抄》、梦亦非的长诗《命运之指》等等。如何成为“同时代人”，或诗人如何认知

---

① 数据参考广东省统计局：《2021年广东经济运行情况》（2022-01-20），《2021年上半年广东规模以上服务业运行情况分析》（2021-08-16），http://stats.gd.gov.cn/tjfx/。

他所置身的时代，如阿甘本所说，明白“我们与谁以及与什么事物同属一个时代”①，这是诗人与时代对话的认知前提，只有这样才能与社会和公共生活进行有针对性或命中率的有效对话，进入时代的内部，而不只是置身其外自说自话。“同时代性”丰富了后工业社会的时代精神及其社会与思想内涵。

再次，广东年度诗歌中当代感的强化，还体现在主旋律诗歌对时代主题的积极回应和深度介入。无论是建党百年、抗疫、扶贫与乡村振兴，还是大湾区建设、地方经济社会与民生关切，本年度都出现了一批有时代特色和分量的代表性作品。如丘树宏《香山“红色四杰”礼赞》、唐德亮《延安：真理的高峰》、卢卫平《赤水的水》、张况《隆起的群山是奋斗者的脊梁》、吴作歆的长诗《白竹村纪事》等。广东主旋律诗歌的宏大叙事与政治抒情，既有新时代的民族特点和当代意识，又善于从地域传统和个人视角切入重大主题，在叙事与抒情上呈现广东地区丰富的地域经验和浓郁的生活气息。

2. 生态意识的确立和对人类中心主义的反思

新生态诗歌和具有鲜明生态意识的诗歌，是2021年诗歌创作的一大亮点。后工业社会在自然观上的转变是对工业化时期人与自然的对立关系所做生态重构，即从“天－人对立”转向“天－人和合”或后工业语境下的“天人合一”，克服以往自然观和生态观上的人类中心主义。这一方面是鉴于工业化进程在资源危机、能源危机、生态危机等方面付出的治理代价，一方面也同新能源、新材料革命对自然的解放和节能技术的应用有关。这是生态文明建设成为国家战略的现实基础。近期对生态意识的另一个重要推动因素，是新冠疫情及其防治改变了人类中心和自我中心的固有生活方式，也促使人们对生态问题进行全局性思考，包括对野生动物保护、自然环境与生物多样性等，尤其是对人与自然的关系。2021年疫情题材的诗作，也从前一阶段以抗疫诗歌为主，转为以疫情反思为背景、凸显生态意识的诗歌创作，出现了新生态诗歌和生态意识突出的诗歌两种类型。

新生态诗歌延续以往的生态主题，并在疫情背景上赋予生态诗歌以新语境新问题新意境，从侧重对农耕文明时期田园山水诗传统的借鉴，到对工业

---

① 参见阿甘本：《何谓同时代?》，王立秋译，《上海文化》2010年第4期；《何谓同时代人?》，刘耀辉译，收入阿甘本《论友爱》，北京大学出版社2017年版，第61页。

化时期生态问题的回应与解构性批评，到后工业后疫情时期对人与自然相生共存的后人类中心主义或生态整体主义建构，生态诗歌进入新的发展阶段。2021 年生态诗歌创作成为热点，黄礼孩的长诗《自然的肌肤》和组诗《不碍云山》、黄金明的组诗《蜂鸟》《湖水的密钥》、华海的组诗《静虚》《最后一棵树》及其生态散文诗集《红胸鸟》等，是新生态诗歌的代表。

与新生态诗歌的侧重点不同，生态意识突出的诗歌并不以生态为主题，而是将以往尤其是后疫情时期形成的生态意识，作为痛彻的生命经验灌注到诗歌创作，不同主题和题材的作品都呈现出鲜明的生态意识或自然意识，尤其是在与自然、与社会的关系中加大了自我反思的力度，表现出从“去人类中心”进入“去自我中心”的倾向，总体上看对现代性和主体性有强烈的反思意味。冯娜的《青松郡》《江南辞》、杜绿绿的《山水之间》、陈计会的《穿越》《伞形花序里的时光》、安石榴的《佛子岭十六行》《桐梓洋十八行》、林馥娜的《时间之籽》、安然的《我成为过你》等大型组诗是其中的代表。生态意识的普泛化和日常化，及其对自我与世界关系的重写，构成了后疫情时期的诗歌创作风尚。生态意识的确立是后工业与后疫情时期的重要收获。

3. 艺术探索的多样化与诗歌生态的在地化

从创作主体、传播媒介、受众群体到社会环境，广东诗歌有自身的文脉地气和系统优势，在疫情和抗疫背景下，诗人充分利用线下与线上、现实与虚拟、文坛与社会结合的各种方式和平台，提高诗歌艺术的创新活力和社会参与能力。通过诗艺探索的多样化和个性化、诗歌生态的在地化和本土化，诗坛百花齐放、多元共生，形成生机勃勃、充满活力的文学景观与诗歌生态。诗歌成为“省内创作和活动最丰富、最活跃、社会影响最大的文学样式”[①]，在广东经济社会发展尤其是精神文明建设和文化强省建设等方面发挥积极作用。

多样化主要体现在诗人艺术探索的个性追求、诗歌群落与流派意识的兴盛、具有文化多样性的地域写作的发展繁荣等方面。2021 年，杨克、郑小

---

① 广东作协诗歌创作委员会：《2021 年广东省诗歌十项大事》（2022－01－08），http://www.gdzuoxie.com/v/2022/01/15573.html

琼、黄礼孩、华海、世宾、黄金明、冯娜等上文提及的诗人们精品佳构迭出，艺术个性和社会影响力持续增强；徐敬亚、王小妮、吕贵品、黄灿然、熊国华、马莉、陈陟云、老刀、方舟等中老年诗人时有新作问世，不乏炉火纯青臻于化境之作；卢卫平、宋晓贤、凌越、杜绿绿、李磊、游子衿、巫国明、赵目珍、蒙晦、许晓雯等中青年诗人各有代表性诗集或诗论集出版，艺术积淀渐入佳境；尤其值得欣慰的是，青年诗人群体不断成长壮大，安然、丫丫、易翔、苏奇飞、辛夷、黎衡、阮雪芳、林丽筠、张雪萌等年轻诗人势头喜人，艺术个性渐趋成形。流派群落方面，口语诗派、完整性写作、民间写作、打工诗歌、新移民写作、第三条道路、新古典主义、微诗派、长诗派等等，以生存经验和精神认同为根基，旗帜鲜明践行创作主张和理论抱负，成就、影响、社会评价各有千秋，对活跃诗坛空气和凝聚过分松散的个人写作不失为一种补益。地域写作方面，以民系、语言或地缘为标志，在广东地区粤语、闽南语、客家话和普通话（特指入籍或客居广东的外省作家）的多元文化版图上，粤东梅州诗群、潮汕诗群，粤西湛江诗群、阳江诗群，粤北清远诗群、韶关诗群，珠三角东莞诗群、中山诗群、珠海诗群、惠州诗群等，立足地方人文、自然传统和个人经验，创作出一批具有丰富地域文化意蕴和当代生活气息的作品，是诗歌生态多样化与在地化的结合。

诗歌生态在地化指诗歌落地生根、开花结果、成材成林，是诗歌之树与岭南土壤、气候、养分和浇灌培育等天时地利人和因素的紧密联系和互动共生，也是诗歌参与社会进程和大众生活并交互影响发挥社会作用的过程。具体来说，诗歌的生产、传播和推广与广东地区相对发达的公民社会、媒体平台、文化空间和大众生活等跨界融合，共同构建在地化的诗歌生态与民间社会的日常诗性。政府和官方机构对文化强省、诗歌大省建设等的大力倡导和扶持奖掖；新闻出版与广电网络各类媒体平台从发表、传播到评奖、推广等对诗歌生态全流程的品牌化、常规化培育经营，如《花城》《作品》《广州文艺》《特区文学》《中西诗歌》等的重头诗歌栏目、《南方日报》《羊城晚报》等权威媒体常设的有全国影响的文学奖项、《诗歌与人》国际诗歌奖与东荡子诗歌奖等较有公信力的民间评奖、众多知名诗歌网站与公众号等新媒体的远程推送；深圳、东莞、清远等地常规化的全国性诗歌与文学推广活动，年度诗歌征文品牌活动小学生诗歌季逾 10 万人次参与投稿，以及遍及珠三角和粤东西北各地的图书馆、文化馆、艺术场馆对诗歌普及活动的热心组织……从官方到民间，从城市到乡村，从线下到线上，诗歌生态在岭南大地呈现出丰饶的多样性和本土性，是当代广东文学与岭南文化的一道炫目风景。

总之，后工业与后疫情时期的广东年度诗歌，在当代感和同时代性、生态意识与自我反思、多样化与在地性等方面，展现了诗性探索和艺术创新的多重突破；同时，面对全球化与本土化的复杂交织，也提出了未来地域文学新的艺术难题。这既是对地区诗歌传统的不断弘扬和开拓推进，也是对广东经济社会建设和文化建设的积极参与和有问题意识的深度回应。

二、 主旋律诗歌的宏大叙事与政治抒情

2021 年是主旋律诗歌成绩突出的一年，适逢中国共产党成立 100 周年，也是从全面建成小康社会向全面建成社会主义现代化强国的第二个百年奋斗目标迈进的开局之年。广东诗人站在新的历史方位，因应新时代国家和地方经济社会发展的要求，围绕和配合全局性的重大任务和中心工作，以饱满的政治热情和高度的历史责任感，讴歌党百年波澜壮阔历程的恢弘气象和“以人民为中心”的发展理念，描绘抗疫、扶贫与乡村振兴、粤港澳大湾区建设等当代画卷，立心铸魂，抒写新时代的人民史诗。主旋律诗歌以宏大叙事和政治抒情见长，具有开阔的历史视野和火热的理想激情，在突出民族特点和当代意识的同时，传达广东地区丰富的地域经验和浓郁的生活气息，以及诗人独特的个人视角和诗性感悟，表现出政治性、思想性和艺术性的有机结合。

1. 庆祝建党百年诗作

这是年度广东诗歌的一个重点。诗人们围绕党史展开对革命先烈、革命圣地、革命业绩、革命精神以及革命、建设、改革百年历程等的抒写和讴歌，继承和弘扬建党精神是核心主题。挖掘地方红色资源，是广东诗人切入建党百年题材的独特视角。

主旋律代表诗人丘树宏创作了大量红色题材长诗和组诗，《香山“红色四杰”礼赞》是庆祝建党百年题材的代表。诗作以大型组歌的形式，讴歌出生于香山地区的四位中共早期英烈，马克思主义理论家杨匏安和三位工人运动的杰出领袖苏兆征、杨殷、林伟明的感人革命事迹。内容包含四个篇章，分别为《南海怒潮——致敬苏兆征》《义薄云天——致敬杨殷》《华南明灯——致敬杨匏安》《光耀珠江——致敬林伟民》。诗人善于抓住事件和场景写人物的地位和影响，如写苏兆征领导省港大罢工：“你，珠江口开天的盘古，/开启起黄山长城山摇地动；/你，伶仃洋闹海的蛟龙，/激荡起长江黄河波澜汹涌”（《南方日报》5 月 18 日）。地方红色资源完整性、高端性和开放性的挖掘，岭南沿海地区自然与人文风物的激荡呼应，以及对音乐性与表演性元素的艺术借鉴，构成丘树宏红色叙事和政治抒情的特点。他的《百年是首歌》《天地人和——人类命运共同体组歌》《放脚赋——辛亥革命巾帼英雄谱》等主旋律作品也延续了这种风格。

从挖掘地方红色资源的角度切入建党百年题材，出现了一批佳作。吴乙一《以一滴水的方式》着眼客家地区的红色传统，写“一滴会唱客家山歌的水”，加入小溪、河流，汇入革命的汪洋大海，成为有力支撑中国革命的“‘摧不垮打不掉’的水”：“一滴水，红色的水，晶莹的水/倒映着太阳的光辉/一滴叫大埔的水，一滴叫青溪的水/以水滴石穿的方式/滋养着中国革命”（《南方日报》7 月 6 日）。郭杰广《访中共南海县委旧址》（《南方日报》7 月 6 日）在探访中重温“南海革命英烈斗争史”，感怀和平来之不易。赵绪奎发表组诗《为一百年喝彩》（《芙蓉》第 4 期），其中《在白石岗怀念你们》讴歌广州起义烈士“拉黄包车的七兄弟”，诗作被镌刻在白石岗烈士墓石碑永久传诵。白政瑜《洪田的火》（《鸭绿江》第 7 期）写宝安洪田东纵七烈士“在化为火炬的一瞬/诠释了正义和真理”，讴歌建党精神星火燎原、薪火相传。

在回眸党的百年历史，追寻建党精神的源头和新时代对建党精神的发扬光大方面，唐德亮、卢卫平、张况等的作品有代表性。唐德亮 2021 年发表 20 余首红色题材的诗作，撷取典型细节，刻画鲜活形象，探寻精神之源。如写革命圣地的《延安：真理的高峰》《西柏坡：曙光喷薄》（《星星》7 月号）；写革命先烈的，如歌颂李大钊、陈铁军、周文雍、张思德的《不朽的共产党人》（《兵团日报》6月25日）；写红军与老百姓的血肉深情，如《半条被子》（《解放军报》7月31日）等。卢卫平《赤水的水》（《鸭绿江》第10期）以“水”为意象展示红色文化的源远流长和民族文化的传承创新。张况《隆起的群山是奋斗者的脊梁》（《星星》3月号）以改革奋斗为主题，放眼人类命运共同体，展现新时代赓续红色血脉、弘扬建党精神的新高度和新境界。

2. 疫情题材与抗疫诗作

与前一年度相比，随着国内外、省内外疫情状况的变化，2021年疫情题材与抗疫题材的作品呈现出一些新特点。在延续歌颂以医务人员为主体的全民抗疫主题的同时，疫情和抗疫的常态化也让诗人们心态趋于平静和理性，总体风格从激烈趋于平和，同时也催生出一些具有反思色彩尤其是生态意识较强的后疫情诗作。疫情和抗疫题材诗作开始向纵深推进，逐步克服以往紧急应对时期或急就章难免的仓促，作品在思想艺术倾向上越来越呈现出视角多样化、题材生活化和语言日常化等特点，在抗疫主题的大背景下，后疫情时期的诗性体验和哲理思考也越来越丰富和深刻。

杨克较早对疫情和抗疫题材的拓展作出尝试。《汗水》（《扬子江诗刊》第5期）通过核酸检测的特定场景表现抗疫，写医护人员辛劳和欣慰。诗作《下一秒钟也许就猝不及防》（《鸭绿江》第1期）从不确定性角度切入疫情对个体、人类以至自然界和整个世界的影响，表达诗人非常时期的生命体悟和反思。在巨大的不确定性面前，人的生命像被阵风吹落的“花”和“露珠”，却比自然更脆弱，人只有坚守，才能自救，才能取得抗疫最后的胜利：“天总会黑，天总会亮起来/而繁星满空是留给守夜人的”。诗人自述“我正在写的一首诗，是关于这个世界的不确定性。这是2020年新型冠状病毒肺炎发生以来我写作的变化。我甚至觉得这是一个分水岭，世界断裂了，2020之前是一个世界，2020之后是另一个世界”（《上海文学》第六届上海国际诗歌节特刊，2021年12月）。充分认识到疫情对人类生活方式乃至世界观的严重冲击及其启示，正是人类自我反思的开始。在后来的疫情和抗疫题材创作中，杨克坚持他对疫情题材生活化和语言日常化的写作风格，如《从容广州》（《南方日报》6 月 12 日）写“没有一个人嫌弃/那个饮早茶染疫的阿婆/花城从来云淡风轻……志愿者和上班族，依旧忙碌”。这是诗人笔下常态化生活化的抗疫。

同样写广州抗疫，丘树宏的《致新冠疫情下的广州》（《南方日报》6 月 12 日）侧重从宏大叙事角度进行整体书写。“你就是广州，/是珠江的精气神，/千百年敢为天下先；/你就是广州，/是中国的南大门，/开放着永远的蔚蓝”，礼赞广州在疫情期间顾全大局，成为中国最重要的对外交流窗口。黎启天、郭锦生、詹海林、刘序珍等诗人也有类似风格的系列抗疫作品发表。其中郭锦生等发起开设在线“广州抗疫”诗歌专栏，组织诗人们用诗歌抗疫，共刊登推送抗疫诗歌 20 余期。中山市诗歌学会组织抗疫诗歌近 30 期共 200 多首诗歌在南方日报报业集团客户端“南方 +”文艺板块、《咸淡水诗派》微信公众号刊发。诗人们从不同角度刻画医护人员、志愿者、社区工作人员、教师、民警、退伍军人等的全民抗疫形象，作为抗疫人民史诗的一部分，为广东抗疫加油助力。

3. 扶贫与乡村振兴诗作

扶贫脱贫与乡村振兴是中国改革开放攻坚战最艰巨的任务之一，是古老农耕文明在新时代的艰难蜕变和浴火重生。2021 年，乡村振兴战略的实施和推进，是在全面建成小康社会和全面脱贫取得胜利之后，“三农”工作重心的历史性转移。全面脱贫与全面乡村振兴的有效衔接，成为当前主旋律文学的重要主题。年度广东诗歌创作对此作了可贵尝试。

吴作歆长诗《白竹村纪事》（《作品》第 5 期）采用时空交错、现实与记忆交叉、叙事与抒情交织的形式，生动再现诗人在粤北革命老区韶关市乳源县洛阳镇白竹村驻村扶贫三年深度介入的乡村史，和在扶贫中自我成长的心路历程。长诗从日常化的扶贫生活入笔，涉及 10 余位白竹村村民的具体经历和生活细节，包括他们喜怒哀乐的私人史和个人隐秘，反映出作为扶贫队员精准扶贫的敬业和接地气，以及作为诗人的敏锐观察和心灵相通。既是参与者又是旁观者的双重身份，使本诗以诗性体验和理性思考见长，扶贫书写和个人成长、乡村史和心灵史的结合，也构成这首扶贫题材长诗的叙事特点。“我是用生命在写这首诗/而叙述就是重构/不管我用多少文字/白竹村流逝的日子已经回不来了/我付出的如此之少/而得到的如此之多//……我仍然无法转身离去/多年以后，在夕阳的余晖中/白竹村将从我的灵魂中再次醒来”。诗人以一个“外来者”的身份去观照农村的贫瘠与落后、农民的善良与希冀、扶贫的艰巨与光荣，从底层和个人视角抒写中国的扶贫事业和人民史诗。

宝蘭的新农村题材抒情诗《我要让这里的每一寸土地都覆盖幸福》（《诗刊》4月号“新时代：走向小康诗歌轻骑兵”小辑）入思精巧独特，以小见大，寓意深远：“我要把这漫山遍野的花籽采回来/我要借她们的美，借她们的时间/我要让这里的每一寸土地都覆盖幸福……/我的小院装不下你，装下你需要一个时代”。黄柳军《走进黄翰村》（《南方日报》7月14日）汇神话传说与现实传奇于一体，通过灵芝种植户“与村民携手走向共同富裕”写乡村振兴新篇。……总之，广东诗人深入新时代的生活肌理，聚焦细节与典型，呈现乡村剧变，展望美好愿景，全方位反映珠三角和粤东西北地区协调发展中的新农村风貌，展示新时代从扶贫脱贫到乡村振兴的重要历史进程。

4. 粤港澳大湾区建设诗作

粤港澳大湾区建设是广东诗人地域书写的重点领域之一。从2019年2月国家颁发《粤港澳大湾区发展规划纲要》至今，广东文学界一方面从“融合创新”这一时代命题出发，打造“粤港澳大湾区文学”理念，作为广东文学创新发展的契机，一方面加强粤港澳大湾区题材的创作力度。2021年的广东诗坛，在《诗刊》《星星》等重要刊物上，发表了一些粤港澳大湾区建设题材的主旋律作品。

杨克《听见花开》（《诗刊》7月号“庆祝建党百年专号”）以粤港澳大湾区十一市的市花如紫荆花、荷花、木棉花、三角梅、白玉兰等的绽放为抒情线索写湾区的共生共荣，全诗融汇各市标志性的自然风貌、人文地理和发展特色，绘织一幅生机勃勃交相辉映的湾区群芳谱；《大湾区的天空》以天空为视角写湾区，五大国际机场让“这里的天空最开放”，同时，这里的天空也通向美好的未来。罗春柏《海上天路——写在港珠澳大桥》（《星星》7月号）描绘港珠澳大桥飞架的雄姿，“一道闪电长弧/穿破天际的苍凉/海上天路从此降落”。丘树宏的组歌《粤港澳放歌》（《羊城晚报》4 月 21 日）、程向阳的长诗《一座新城在人间土生土长》（《南方日报》6 月 1 日）、王晓波写大湾区农村全国文明村镇中山市崖口村的《崖口村》（《南方日报》8 月 29 日）等，也是此类题材的代表。此外，冯娜编选的《大湾区文学读本·诗歌卷》，收入了 110 多位省内外诗人 1994—2020 年间的近 200 首大湾区题材诗作，从一个侧面说明大湾区建设题材创作已具有良好基础。

粤港澳大湾区地理接壤、语言同源、文化同宗、经济互补，共同发展的前景十分广阔，交流合作更有得天独厚的优势，其中文学交流与合作正逐步展开。如 2021 年 7 月初，历时半年、由澳门基金会和羊城晚报社、《香港文学》杂志社、澳门日报及澳门笔会联合主办的首届“粤港澳大湾区文学征文大赛”圆满结束，活动参加者踊跃，共收到 5000 多篇参赛作品，在评选出的 18 件获奖作品中，广东诗人凌迪、丘树宏、王晓波的组诗分别获得首届“粤港澳大湾区文学征文大赛”诗歌类作品奖，表明粤港澳大湾区文学正引起社会关注。粤港澳大湾区建设题材是粤港澳大湾区文学创作的富矿，是广东主旋律文学亟待开垦的领域。

三、 新工业诗与新生态诗的开拓创新

目前，广东经济社会与产业发展，已进入以第三产业或服务业为先导和主体的后工业社会和新的产业发展阶段。这种从传统工业向信息技术产业为龙头的“新工业”的转型，是后工业阶段的“中国特色新型工业化道路”。“在智能经济、数字经济、绿色经济迅速发展的今天，随着新一代信息技术的发展和应用，随着新能源、新材料、生物技术等绿色技术取得显著突破，我国新型工业化道路的内涵正在获得新的扩充和延展。”[①] 无论是处于后工业社会初级阶段的粤东西北地区，还是已整体进入后工业社会的珠三角地区，或已基本进入发达后工业社会的广州深圳等一线城市，智能化、数字化、绿色化发展都已成为新型工业化建设新的发力点。后工业社会产业形态和产品

① 王雷：《新时期中国特色新型工业化的内涵及推进路径》，《中国发展观察》2020 年第 24 期。

不断向人性化、科技化、生态化转型升级的核心，是人与自然、人与社会和人与科技的关系，目的是在天—人、人—人、人—机关系的互动网络中协调和重建人与世界的共生关系。如果说现代诗歌关注人的主体性，侧重处理人—人关系，那么后现代与后工业时期的新工业诗歌、新生态诗歌等，则特别关注人与自然、人与技术的关系，即侧重处理天—人、人—机关系。这也是新工业诗歌与新生态诗歌崛起所具有的开拓性和创新意义。2021 年广东诗歌，在这两个题材领域都走到了全国前列。

1. 新型工业化与后工业背景下的新工业诗歌

近年来，“新工业诗歌”的概念或提法较为风行，《文艺报》《诗刊》《星星》等权威文学报刊从创作、理论到会议研讨对此都有大力推介倡导。2021 年 3 月，《诗刊》社与中国诗歌网联合主办“新工业诗歌主题征稿”，指出：“伴随着当前中国工业革命的飞速发展、更新迭代以及科技创新、大国重器、人工智能、物流网络的兴起，在开启社会主义现代化建设的新征程之际，新时代语境下的‘新工业诗歌’逐渐成为当下诗歌发展的深层动力和新的诗学生长点。”[①] 对新工业诗歌产生的背景、内涵、意义作了大致界定。尽管这一概念在使用和理解上可能各有侧重，甚至有不同的命名方式，但这一诗歌现象及其背后所指涉的经济社会现象与产业发展状况，无疑有其现实基础。广东的“新工业诗歌”主要包括两种类型：一是在后工业语境中对传统工业进行深度反思与重构，以郑小琼为代表；一是对后工业社会以信息技术为基础的新工业进行描绘、想象与建构，以杨克为代表。他们在国内的新工业诗歌创作中发挥着引领作用。

郑小琼 2021 年发表的工业题材诗作，在延续以往对传统工业从人文、生态等角度进行批判性反思的同时，出现了新的建构性因素，那就是从共生而不是对立的角度对工业、技术与人和自然关系的发现和重构，这正是后工业背景下新工业诗歌的重要特点。大型组诗《南方往事》（《长江丛刊》第 1 期）中的《雀鸟》《在黄麻岭的午夜》《细小的事物》《与鸟交谈》等，试图用自然或生态抒情的方式，纾解工业与自我的紧张关系。组诗《独望》

---

① 中国诗歌网：《“新工业诗歌”征稿启事》（2021 - 03 - 04），https://www.zgshige.com/c/2021 - 03 - 02/17069887.shtml。

（《广西文学》第2期）中的《无用之物》《道法自然》等作品，从机器、产品与流水线，寻绎同自然之道的契合。最有新工业诗歌未来性的是大型组诗《机器》（《芳草》第1期），尽管它呈现或探寻的仍是传统工业中的人—机关系，但视角却是新工业的，是人—机共生而非人—机对立的。十首诗作以各类机器为题名和歌咏对象，呈现的是个人生活与工业劳作的种种，人与机器的相互依存，或人机关系中的诗意与诗性，是作品的主题之一，“机器内部的月亮”成为诗作隐喻工业与自然共生关系的核心意象。“低矮的光线纺着落叶、白霜与星星/针舌穿越痛苦与欢愉，针杆托起春天/在线与挺针之间开放，我们的爱与荣光/将在工业的血脉奔突”（《织机》）。人与机器、工业与自然的和解与共情共生，成为诗人新工业诗歌的思想取向或理想。这与诗人打工诗歌时期的作品形成鲜明对照，反映出新工业诗歌，与强调人—机对立和异化主题的工业诗歌或打工诗歌，在人机关系认知上的重大区别。诗人的这种敏感，正是对后工业社会来临改写了传统工业天—人关系与人—机关系的一种艺术反应。这也是新工业诗歌之所以“新”的原因之一。2021年诗人发表的非工业题材作品，如《秘色三缕》（《诗刊》12月号）、《诗的节奏》（《广州文艺》第6期）、诗集《行旅》（上海文艺出版社）等，也表现出相近的共生性的生态观与技术观。在后工业语境中对工业与技术的建构性一面的发现，是郑小琼年度诗歌创作的新突破和新开始。

杨克是国内最有当代感和未来意识的诗人之一，近年的诗作加大了对后工业社会图景尤其是高科技背景的新工业的描绘与想象建构的力度。大型组诗《云端交响曲》（《诗刊》1月号）可谓一幅当代新工业新业态的“云图”。组诗以珠三角、长三角发达的高新产业群和新工业业态为主体，谱写新技术、新人文、新生态在新时代的交响和鸣。题材的开拓、观念的创新和手法的新奇，为当代诗歌尤其是新工业诗歌提供了经验。题材开拓上，从最前沿的新技术、新材料、新工艺到新产品、新理念，到各种新兴业态，可以说无一不能“入诗”。如《在华强北遇见未来》一诗中，云时代、粒子、加速器、电子元件、冷冻人、基因培育、引力波、十维空间、人工智能、纳米技术等构筑起一个未来世界。诗的结尾以雄奇的想象，书写了科技可能带来的新的人文景观与生命形态，包括对自我的多样化重构。在《以模具制造簇新的世界》中，诗人试图打通现实、未来和亘古，“簇新的模具是神灵造化新事物的参照/切割、冲压、规模与集成/模具，让新新人类跳动盘古与女娲的初心”。这种借助新技术向传统和古典的回归和“穿越”，也是杨克诗歌的新动向之一。近作《六维空间》《此刻》《谁告诉我石峁的邮编》（《我在一棵石榴里看见了我的祖国》，江苏文艺出版社），都涉及平行时空与穿越回归问题，这同《在仙游寺遭遇白居易伏案疾书长恨歌》（《鸭绿江》第 1 期）等近作表现出的历史意识和古典情怀，都反映出诗人的当代感、未来性蕴含的新的历史向度。这也是杨克新工业诗歌在后工业时空观上的创新之处。

郑小琼、杨克的新工业诗歌，以生动的现场感和恢弘的历史感，描绘广东经济社会高速发展特别是工业化与新型工业化进程的壮阔图景，以前瞻的视野和深沉的哲思，从技术、生态、人性多元共生的角度畅想和建构新工业的未来形象，表现出雄奇的想象、思辨的激情与绵密的意象的结合，是国内新工业诗歌中难得的艺术精品。此外，他们还以理论自觉对新工业诗歌的“新”进行探索。如杨克强调诗人必须有处理当代经验的能力，对工业新事物要有“新的发现，新的表达。新时代交给诗歌的任务，不仅仅是反映，还要反思，反思工业化、信息化、智能化，……换取一颗面对工业机械性的有温度、有态度的诗心”；郑小琼从“道”和“道法自然”的高度寻找人与自然万物包括工业、城市、技术等人造物的和谐相处之道，认为“人类如何与自然、机器、人工智能、世间万物共存相处，构成人类的新生态，也许中国的‘道’能为我们找到一条很有意思的道路。”[①] 反映出对新工业诗歌之“新”的形而上思考。这是他们与流行的拘泥于罗列工业现象与工艺流程的工业题材诗作的不同之处，具有为新工业诗歌“正名”的开拓意义。

2. 环保、抗疫与乡村振兴背景下的新生态诗歌

这同时也是新生态诗歌之所以“新”的背景。与农耕时代的自然诗歌或田园山水诗、工业时代的生态诗和城市生态诗等不同，新生态诗歌，简而言之就是后工业时代的生态诗歌。生态诗歌所处理的生态经验，已不再是原生态或农耕时代的自然或传统工业化时代的环境，而是由农业、工业和后工业

---

① 参见杨克：《新工业时代的诗歌维度就是未来已来》，《诗刊》2021 年 1 月号（上半月刊）；郑小琼：《诗歌之道》，《粤港澳大湾区文学评论》2021 年第 4 期。

互动共生形成的人、自然、技术与环境多元一体的富有张力的生态系统。这一点在广东地区尤其粤港澳大湾区生态圈尤其突出。与广东新工业诗歌对自然、人性与技术环境的重构和建构相呼应，在后工业与后疫情时期，年度广东生态诗歌将环境伦理、生物伦理、技术伦理与人文关怀融为一体，结合对自然与环保、疫情与抗疫、乡土与乡村振兴等社会进程的回应，完成了传统生态诗歌向后工业语境下的新生态诗歌转型。华海、黄礼孩、黄金明等分别作了各有侧重和特色的探索。

华海主要从自然与环保角度切入新生态诗歌写作。他是国内最重要的生态诗歌倡导者之一。他在创作和理论上的新生态诗歌转向，主要表现在提出以“生命共同体”意识和生态整体主义价值观为核心，建立以“生态诗歌的批判性、体验性和梦想性”为美学特征，以重建人与自然的和谐关系为指向的反思人类中心论的“生态诗学”（《生态诗学初探》，《星星》4 月号），并落实到生态诗歌创作和在地化的生态实践。除发表组诗《静虚》（《扬子江诗刊》第 4 期）、《最后一棵树》（《诗歌月刊》第 8 期）、《雪梅》（《诗刊》5 月号）等大量生态抒情短章外，还出版生态诗集《蓝之岛》（岭南美术出版社）、生态散文诗集《红胸鸟》（南方日报出版社），主编出版《庚子生态诗歌选本》（南方出版社）等著述。华海的诗往往以简约明净的语言意象，呈现天人合一、物我一如的澄明之境，洞悉生命共同体的秘密：“你砍最后一棵树的时候/我受伤的肉体在流血//你不知道/我是什么时候藏进一棵树//最后一棵树倒下的时候/我也倒下了，鸟飞走了，一窝鸟蛋碎了”（《你砍最后一棵树》）。在他笔下，人、动物、植物、河流、岛屿、山、石、光影、鸟鸣、蝉声、风声……似乎不仅一切都有着血缘联系和情感共振，而且你中有我我中有你，甚至万物同体。这是生态整体主义在生态诗歌中的想象性建构，诗人对环保的吁求已上升到对人类中心主义的整体反思。他的新生态写作与后工业时代和太空时代的自然、人文与技术前景，构成了新的有意味的对话。

黄礼孩本年度的诗歌创作多以疫情与抗疫为大背景展开，这也是他生态诗歌写作的新视角。这类诗的艺术风格从以往的明净洗练、轻快浏亮转为激越隐曲、深沉多思，通过繁复的意象表现对自然环境与人文生态的冷峻思考，长诗《自然的肌肤》（《雨花》第11期）是突出代表。诗作以“对自然的索引，不在绿码里”起笔，呈现在病毒与疫情的侵袭下，自然身份与形象的变化和人类的焦虑与抗争，吁求人类敬畏与友善自然是长诗的主题。自然的病变、人与人的疏离和过度的自我防备，象征着全球自然与人文生态的恶化。然而责任不在大自然，“自然不存在善举，它只是自己的形体/看不见的运动交互产生”，一切后果都是人类“自我的演变”作用于自然的结果。全诗以“一颗荡开的星球带来自由跳跃/它所激起的蔚蓝，发光之处，无止境地延伸”结尾，表达了诗人对重新启航的蔚蓝星球的坚定信念和良好祝愿。此外，长诗《新年，2021》（《西湖》第9期）、组诗《不碍云山》（《星星》8月号）、抒情短诗《惊蛰》（《诗刊》5月号）、《请坐到月亮的身边来》（《诗刊》6月号）等生态写作，较多延续以往的风格，但意境和情绪上笼罩着明显的忧郁色彩，表明诗人对生态问题的思考更为严峻。作为旁证，由黄礼孩主持的《诗歌与人》国际诗歌奖，本年度颁给美国著名生态诗人盖瑞·斯奈德，也反映出他对疫情背景下生态问题的重视。

黄金明从乡土生态角度切入新生态诗写作，往往通过历史与现实交织的个人化叙事，呈现乡村人物与自然风物的个性和样貌，为乡村振兴与建设提供自然与人文生态的乡土个案和问题视角。首先，关注传统工业化给乡村带来的环境与生态问题，仍是其生态写作的重点主题。如长诗《湖水的密匙》（《诗林》第5期）写亟待治理的工业污染，“一大片被污染的湖水/仿佛是它哀悼自己的眼泪”。他用“灰鹤”“高塔”“铁环”等带有年代记忆的词语描绘旧生态，将湖水比作“一整箱镜子”、“一张张面孔在重叠而丢掉了清澈的五官”，将被蚕食填平的湖水比作“巨大牡蛎的嫩滑肉体被利刃从壳中剥离”，他呼吁“誓死捍卫湖水的密匙”。其次，是对当下后工业生态的诗性想象和诗意追寻。如长诗《月光曲》（《诗刊》2月号）通过月亮和月亮意象展开对人、科技与自然关系的“狂想”。诗作罗列了李白、苏轼、佩索阿、博尔赫斯、但丁、周星驰、海因莱因、阿西莫夫、嫦娥奔月等一系列与月亮有关的人和故事，围绕古老的月亮讴歌穿越时空的自然之美。再次，与其他新生态诗人侧重状物写景抒情不同，黄金明以小说家兼诗人的身份，强化了生态诗歌对“人”这个生态节点的叙事，他的《笑声》（《诗刊》2月号）、《凝视》（《诗刊》3 月号）、《孤岛手记》《残句》（《诗林》第 5 期）等，都把人还原到生态层面，疏浚他们与水土和环境的血脉关联，不失为新生态诗歌反思人类中心主义、建构生态整体主义审美提供了新尝试。

四、现实题材与个人经验的艺术探索

在主旋律诗歌、新工业诗、新生态诗等方面，年度广东诗歌取得了突出成绩和重大突破。同时，在后工业与后疫情的大背景下，日常化的现实题材，包括自然社会状况与个人经验等的诗性探索，也在众多诗人的共同努力下，从个体的诗歌写作到群体的诗歌实践，都有了新的推进，取得了不俗的成绩。其中，风格化写作和体验性写作，作为诗人介入现实的两种方式，形成了有倾向性和启发性的思想艺术特点，出现了一批代表性诗人诗作。世宾、凌越、梦亦非、阿翔等以词与物、存在与表达的关系为内核的风格化写作，冯娜、陈计会、安石榴、杜绿绿、林馥娜等以人与自然、艺术探索与生命体验为关系框架的体验性写作，在对自然与社会、现实与历史、个人经验与艺术表达等问题的处理上，作了有现实感和时代性的多样化探索。

1. 词与物：艺术探索的风格化

现实题材和个人经验的艺术处理，在世宾、凌越、梦亦非、阿翔等诗人笔下，既是建立词与物之间指涉关系的过程，更是以文本展示指涉行为本身的过程。这使他们的创作对语言和文本的自足性有着惊人的敏感，但是这不是饶舌的文字游戏，而是以个人的方式言说现实、指认“同时代人”的语言实验和行为艺术。这也是他们的探索特别风格化或个性化的原因。对于诗歌创作的多样化而言，这是具有挑战性的尝试。

世宾 2021 年发表了长诗《词：一个保守主义者关于语言与世界的想象》（《作品》第 11 期）、组诗《大地》（《福建文学》第 5 期）、《构成》（《星星》4 月号）等诗作及诗论。作为国内最有哲学气质的诗人之一，世宾对语言及其所构建的诗意世界的信念和迷恋，在长诗《词》中有气势磅礴和酣畅淋漓的呈现。全诗共八节 120 余行，围绕语言与世界的关系，以第一人称为“词”代言，同时也以“词”的创造者身份发言。这种双重身份和视角，使作品在词与物、名与实以及言、意、象、物的关系指涉上，具有丰富复杂的内涵。首先，是语言的创世与命名功能（“你们是否看见过不被我照亮/而存在的世界？”、“是书写，从空无取出形象/从无限中，让有限显形”）；其次，是语言被世界所创造（“世界敞开它无限的丰饶/并成为众词的母亲”）；再次，语言的纷争让世界重归无序（“众词解决了问题，也生产/问题，直到世界/再次陷入混沌”）。作为一个“保守主义者”，在“现代人类有限性和价值多元的历史背景下”，诗人在肯定语言的同时也对语言（尤其是“众词”）保持着警惕。他提出的解决方案是，诗人应该“通过语言来创造一个诗性的、诗意的诗歌世界……一个宽阔的、高远的，被人类文化所支撑的有尊严的世界，人可以在里面诗意地栖居。”（世宾：《生命意识及其写作》，《星星》4 月号）。语言或“词”的最终落脚点是世界和对现实的建构。这种语言与世界之间的张力形成了世宾的当代感和“同时代性”。在上述组诗中，《生活》《蛙鸣》《蚂蚁》《塑像》《它的存在确切无疑》等诗作，表达的正是诗人对现实的介入意识和行动主义。“完整性”正是诗人对未来和由语言建构的诗意世界的坚定信念。

同样是通过诗歌或语言建构一个与现实并立或对话的世界，凌越的组诗《写下一行字》（《广州文艺》第 9 期），更多是通过语言自我拯救，并与现实保持微妙的平衡：“写下一行字，/在迷途中放出你自己。……//随着闪烁的光柱，/你写下一行字，又是一行。//这从城市之桥延伸而来的文字之桥/将你渡送至喜悦的疆域”；“走过喧闹的游戏室过道，/词语仿佛是现世的避难所。”在凌越笔下，语言只是一个行为，或书写的动作和状态，而不是一个终极的语言乌托邦。因此它必须随时保持与现实的对话，书写或对话的过程就是自我“渡送”的过程，没有彼岸和终点。这也是他的年度诗集《漂浮的地址》（北京联合出版公司）的书名所喻示的主题。该诗集收录他近十年的作品，既是他的精神自传，也是语言或词语的历险，更是或宏大或琐屑的外部现实的投影和回声。有论者称“他遵循开放的法则，相信诗只产生于主体与外部世界的相遇中”（宋琳语），指的应该就是他诗中的这种及物性、现实性和当代感。

梦亦非和阿翔以处理纷繁复杂的当代经验、历史记忆和想象世界见长，通过各有侧重的碎片化叙事和能指游戏，随机或精心截取现实的切片或语词的片段，营造扑朔迷离的文本迷宫，形成各自突出的个人化风格。他们以长诗或组诗的多产著称。本年度阿翔发表了《活页》（《芳草》第3期）、《长夜玄冬抄》（《广州文艺》第2期）、《雨水谣》（《江南》第3期）、《孤独即我的语言》（《滇池》第8期）等大量组诗。他擅长借用意识流等小说技法组织材料，信手拈来现实生活的场景或截面，举凡街巷、乡土、疫情、生态、技术、私人生活细节种种，“活页”式的断裂或回环，构筑语义暧昧充满现实隐喻的文本。梦亦非本年度发表了《命运之指》（《作品》第11期）、《蓝山河：时空之镜》（《山东文学》第6期）等长诗。他偏爱通过互文的方式建立历史文本与纷繁现实的同构关系和对话联系，用立体的而不是二维的网状结构（球状结构），百科全书式地编织各种引语、典故、术语、仿写，现实被转化为文本编码等待随机阅读和反复解码。诗中的“能指”“所指”甚至“手指”，总是指向现实的蛛丝马迹。

2. 人与自然：艺术探索与生命体验

与侧重现实的社会向度及经验的个性表达不同，也与生态诗歌强调人对自然的敬畏和拯救相异，冯娜、陈计会、安石榴、杜绿绿、林馥娜等诗人对现实与个人经验的处理，更多是从自然、存在与生命体验的角度切入。他们的作品一方面弥漫着无处不在的生态意识和自然情怀，另一方面在反思人类中心论和个人主体性的同时，时刻保持着对个人心灵生活的精微体验和敏锐洞察。对于他们，人与自然、艺术探索与生命体验往往是一体两面，核心是天人物我的契合。

冯娜2021年的创作保持良好的上升势头并不断扩大社会影响。继2021年获全国少数民族文学创作骏马奖，并出版诗集《是什么让海水更蓝》之后，年度之交出版的诗集《树在什么时候需要眼睛》（作家出版社）获2021年花地文学榜年度诗歌奖。2021年发表系列组诗《青松郡》（《诗刊》8月号）、《等着江南推门而入》（《星星》3月号）、《江南辞》（《民族文汇》第1期）、《光辉》（《广西文学》第11期）等，其中不乏佳作力作。正如前述两部诗集的书名所示，冯娜的作品似乎总在追问自然背后的存在。动物、植物以至世间万物，都与诗人有着心灵的契合。“桔梗花到处开放，它们与我有交换灵魂的冲动”（《插在花器里的影子》），天人和合、物我合一的生命体验是诗人艺术探索的源泉和目标。冯娜对自然万物和个体生命的抒写，很难说表现了某种隐喻或神圣之物，更多是为探寻这些事物自身的意义，发出对生命的叩问。她警惕情感铺张和情绪泛滥，认为写作的尊严有一部分来自节制，她的诗也体现出“智性”的追求——通过理智、冷静的语言，使内心世界与外在景物发生积极、多维的互动，体悟并形成自己的生命观和创作观。在自然生态与生命体验的书写中，诗人探索着全新的表达方式。《基辅号》《一个海员的日记》等新作，更把生命体验推及广泛的社会历史领域，境界廓大，意境悠远，笔力沉雄而富有张力，呈现出新的题材空间与艺术可能。

陈计会和安石榴对自然与生命体验的艺术探索，各具特色又殊途同归。陈计会的长诗《高铁》（《广州文艺》第 5 期）选取高铁这一代表速度的新型工业与空间符号，通过对特定封闭时空的寓言性书写隐喻人与自然的关系和个体的生命体验。全诗构思精巧，以高铁出行铁道沿线自然景观的快速切换为背景和线索，交叉叙述三组情感故事：叙述者“我”赴“你”之约，一对曾长期两地分居的恩爱夫妻去探视儿子，以及借阅读转述的昆德拉小说女主人公的婚外情爱故事。然而长诗最重要的主角却是自然甚至机器。长诗在人与自然、工业与机器、生命体验与情感追求等天人物我因素之间的自由切换，完成了天－人、物－我、人－机、自我－他者的多重契合。与这种绚烂之极才归于平淡的风格相比，安石榴的《佛子岭十六行》《桐梓洋十八行》（《作品》第 3 期）对自然万物和生命体验的感悟更为朴实、直接，透露出曾经沧海而为水的坦然和澄澈。作为一位曾经的行吟诗人，他用《山门》与道路、远方和世界闲谈：“山门向着道路和远方/打开。我并不如此认为/我愿意借助一道空寂的门/卸下来去。……//天空跟山门构成对应/万物在山间各得其所。”诗人对自然的精神皈依不是先验的，而是现实经验和生命感悟的结果；这种自然也不是出世的，而是在世的和日常的。

林馥娜、杜绿绿等女诗人对自然和现实经验的诗意探索，往往在体验美学之中融入知性之美，在感性与理性之间架设知性心灵之桥，安顿自然和自我。林馥娜 2021 年发表了组诗《时间之籽》（《作家》第 9 期）、《小鸟》

（《广州文艺》第 12 期）、《收拾不起的万古愁》（《诗林》第 4 期）等。她的诗细腻敏锐，题材广泛，对自然与日常生活的体悟质朴而饱含诗思。她善于从细微事物中窥见广阔世界中的人情与哲理，沿着感性体验循序渐进入思与洞见；她的诗歌中不乏平静、空灵的境界，有一种从高处俯瞰的爱与关怀。短诗《当下的天然》（《诗刊》5 月号），用暮色、山、马、野径与幼童等意象，营造出旷远的天地感，自然与置于此间的人类如此和谐美好。本年度杜绿绿发表了组诗《夜谈》（《扬子江诗刊》第 1 期）、《山水之间》（《诗刊》10 月号）等，并出版诗集《城邦之谜》（上海教育出版社）。她的诗想象奇诡驳杂，知性与直觉并重，往往通过神秘氛围和迷宫结构的营造，探寻自然万物背后的抽象之物。《山水之间》如山水画卷铺展行者游历山水之间的各种情景和遭遇，呈现从自然与行旅中体验到的世外之美、此刻之美、愉悦之美、痛苦之美等等。《她是谁?》《夜谈》等作品通过玄想和碎片化叙事，探讨现实、自然与个人经验中的神秘性乃至超验性，不断增殖的文本仿若迷宫或“城邦之谜”，从实验维度推进了诗歌的艺术探索，表现出体验性写作与风格化写作合流的倾向。

五、 个体、 流派、 地域写作的多元共生

广东成为诗歌大省，重要原因之一，是诗人从数量、水平到整体结构，在全国都具有得天独厚的优势。一是改革开放以来，大批南来诗人云集广东；其次，与广东经济社会和地域文化发展相伴随，本省籍诗人及各地的地域写作群体不断成长壮大；再次，广东改革开放先行先试为创作提供了丰富素材，尤其在工业化与环境保护、城市化与乡土转型、市场化与人文风尚等方面，既有难得的宝贵经验，也有新情况新问题新挑战。反映到诗歌创作上，从诗人的个体写作和艺术探索，到群体的流派意识与地域写作，整体上呈现出包容发展、多元共生的良好格局。同时，也存在一些普遍性倾向。如在“50 后”“60 后”“70 后”等中老年（或中年与中年后期）诗人的创作中，理想主义与平民精神之间的侧重或选择，往往会成为诗人或诗歌的内置母题或议题，包括物质与精神、道德与信仰、市场意识与人文关怀的关系等

等，有时甚至会引起争议，或形成不同的流派与思想取向。而出生于改革开放之后的“80后”“90后”“00后”青年诗人，他们在相对物质充裕、精神自由的环境长大，城市化、人口流动、职业变化等不确定性因素，使他们更关心个人经验与身份认同，以及与之相关的乡村与都市、技术与生态、工作与游戏等元素间的平衡或和平共处等问题。这从两代诗人的创作中不难看出。换句话说，在同样的后工业后疫情环境中，两代诗人甚至每一个诗人，可能都有各自的发现和关切，大家是彼此的“同时代人”，同时又探索着不同的“同时代性”，并在对话中共同丰富和建构着“时代共鸣”（陈思和语）。这既是广东诗坛多元共生的原因，也是诗歌艺术的魅力所在。

1. 中年写作：理想主义与平民精神

广义的“中年写作”包括从“50后”到“70后”的写作，因为以1980年改革开放为界，他们有大致相同的出生和成长环境，而童年与青少年时期的经历和经验记忆是文学创作的重要源头之一。这些诗人有更多对于物质、精神与政治的敏感，这是他们的成长印记。尽管艺术风格和趣味各异，但在英雄主义、理想主义与平民精神、世俗精神之间，他们往往会作出二元对立的抉择。其实这两方面都是我们时代需要的精神品质。

2021年，徐敬亚发表由《黑白帐篷》《云端上的仙女》《手机里的大学》《送行》（《广州文艺》第6期）组成的“西藏组诗（长诗）”。全诗以整饬典雅的语言形式和情理相生的叙事风格，抒写古老神秘西藏的自然人文之美和年轻活力，重点刻画了“仙女”格日措和她的“牛郎”泽容甲创业致富的“新一代藏民故事”，是少数民族题材和民族团结主题诗作中难得的精品，也反映出诗人的时代意识和社会关怀。吕贵品的《所有的生命都可敬》《一滴“嘀嗒”》等抒情短章，基于生与死的痛彻体验与了悟，表达悲悯的生态意识和对生命与世间万物的炽爱。黄灿然的《专注》《每天一秒》等哲理短章（《安徽文学》第7期），和《我不知道该怎么说他们》《乡亲》（《完整性写作》2021年秋季号）等叙事小诗，熔强烈的情感与深邃的哲思于一炉，表达现实关切与精神理想，想象奇崛，空间廓大，极具悖论语言的张力。熊国华是微诗的倡导者，笔耕不辍，影响日增，《旷野》等多首微诗被收入国内外重要诗歌选本。“诗人画家”马莉，发表多组《金色十四行诗》（《星星》1 月号、《鸭绿江》第 8 期），其诗如其画色彩浓烈意象饱满，具有梦幻般的想象力和流畅的画面感，诗歌语言的探索在诗坛可谓别具一格。老刀的《大雪之后》（《诗选刊》第 11 – 12 期）等诗作词短意长，在口语诗写作上已萃取出独特的叙事腔调和语言方式。宋晓贤诗集《月光症》（四川文艺出版社）收入“中国桂冠诗丛”出版，70 首精选诗作是自我作为“同时代人”的一份见证，也保留了中国口语诗 30 年的时光刻痕。他近期的组诗《川西组章》《山上诗章》等，有更多底层生活的亮色。

作为广东诗坛最活跃的诗人之一，2021 年卢卫平发表了《秋千记》（《诗刊》10 月号）、《睡前书》（《人民文学》第 10 期）、《瓷上的火焰》（《诗歌月刊》第 7 期）等大量组诗，出版了诗集《蒙尘的镜子：卢卫平诗选（1985——2020）》（北岳文艺出版社），他的作品题材广泛，视野开阔，善于发现日常生活中的诗意，对事象物我的内在关联及理趣常有妙悟，并以平民视角和洗练口语娓娓道出，不乏机智与洞见。方舟的《万江，河之墟》（《特区文学》第 8 期）、《在佛冈鹤鸣洲读诗》《地质课》（《诗歌月刊》第 1 期）等，延续了他一贯的环境、生态与地质主题，他的诗语貌似口语而质地细密，富有弹性，往往在现实题材中灌注地质纪年般的历史感和沧桑感。盛祥兰发表组诗《波斯菊》（《作家》第 8 期）、《略大于人间》（《花城》第 6 期）等。她的诗多执著于自然和乡愁的抒写，往往以象征和超现实手法点染提炼，敏感细腻、浪漫唯美之中呈现超验、宁静的心灵品质。倮倮发表《人生半途》（《诗林》第 2 期）、《烟火人间》（《鸭绿江》第 6 期）等大量组诗。他的诗体验丰富，想象奇特，时有警句妙语，其赠答诗、行旅诗、自叙诗等颇有特色。黄双全发表《挖掘》（《诗歌月刊》第 4 期）、《新感觉》（《诗选刊》第 5 期）等大量组诗，他的诗粗犷有力之中蕴精细诗思，语言富有弹性，意象紧凑饱满，风格兼具豪放与婉约、崇高与优美。温志峰在翻译佩索阿《异名者诗篇》等葡语诗作之余，发表《还是人间最好》（《天津文学》第 9 期）等组诗。他的诗语言简洁洗练，富有光泽，兼具平民精神与理想主义气质。

此外，2021 年一批中年诗人的个人诗集相继出版，创作进入总结期，除前述多位诗人有诗集问世外，较重要的还有：游子矜《薄雾》（云南人民出版社）、巫国明《五月还乡》（团结出版社）、李磊《剑与花》（南京大学出版社）、周承强《万物相逢一个家——周承强生态诗选》（光明日报出版社）、尹业梅《你来了，但不是为我》（九州出版社）、李可君《许你一个季节》（中国市场出版社）、庄添明《梧桐花开》（中国书籍出版社）等。另外，唐成茂、宝蘭、远人、谢湘南、远洋、范明、陈末、笑嫣语、郭金牛、顾偕、陈陟云、浪子、赖廷阶、李贺、舒丹丹、陈会玲、蓝紫、谭畅、杨莲、郑德宏、汪治华、叶秀彬、粥样、刘汉通、刘振周、张慧谋、张德明、林水文、南尾宫、江湖海、黎启天、彭争武、百定安、侯平章、刘大程、邓醒群、吴乙一、郑培亮、雪克、梁斌、黄春龙、马拉、谢小灵、晓音、蔡小敏、李之平、唐小桃、熊正红、林非夜等大批六零后七零后优秀诗人，本年度也有代表性佳作问世。

2. 青年诗人群：新一代的“同时代人”

近年广东诗坛的一个重要现象，是“80 后”“90 后”甚至“00 后”青年诗人的快速成长和崛起。2021 年广东青年诗人的创作，既有如前所述郑小琼、冯娜等在全国有影响力的诗人，在相关题材领域和艺术探索上取得重大突破，也有一大批创作力旺盛、艺术风格不断成熟的优秀青年诗人，出版了高质量的个人诗集或在重要平台发表大量佳作力作。安然、赵目珍、丫丫、易翔、许晓雯、蒙晦、苏奇飞、辛夷、黎衡、阮雪芳、鱼小玄、林丽筠、骆家、李双鱼、张雪萌等本年度创作成绩较突出。此外，在珠三角及粤东西北各地，个人写作与地域写作相伴随，不少有创新潜质的青年诗人持续涌现，以“80 后”“90 后”为主体的广东青年诗人群正在集结成长。与前辈诗人相比，这一代诗人是新一代的“同时代人”，他们以风格多样的作品，书写自身的个人经验与身份认同，以及在城市化、工业化、网络化的社会环境中，对乡村与都市、技术与生态、工作与游戏等时代元素的平衡和思考。

2021 年，安然发表了多组大型组诗，如《生活素描》（《诗刊》2 月号）、《我成为过你》（《诗刊》8 月号）、《呼兰河畔的傍晚》（《民族文学》第 8 期）、《稗草的渴慕》（《上海文学》第 10 期）等，并出版个人诗集《我不是你的灌木丛》（四川人民出版社）。她的诗满怀对大自然、故土与内心生活的渴慕，擅长以自然意象和细小事物隐喻内心的激情与野性，语言明净、内敛而暗含锋芒，诗境兼具诗与思的温润与力量，主流与边缘、都市与乡土、自然与社会的张力，构成她诗歌的广阔背景与潜在母题。赵目珍发表组诗《傍晚》（《诗刊》6月号）、《午后》（《人民文学》第5期）、《夏夜的事物》（《星星》2月号）等大量新作，并出版诗论集《探索未知的诗学》（长江文艺出版社）。他注重对自然万物与人文万象的观察与冥想，熔经验、思辨与意象于一炉，以语言炼金术探寻宇宙人生之道，在感性与智性的结合上特点突出。丫丫发表了《没有翅膀的飞翔》（《诗潮》第1期）、《时间片段》（《扬子江诗刊》第2期）等大批组诗。《歌册》《花灯》《堤》（《鸭绿江》第4期）等新作表明，诗人在保留现代主义精神气质与修辞策略的同时，加大了对地域经验与乡土意象的挖掘和重构，虚实相生的题材开拓使诗作更接地气更具张力，是自我突破的新尝试。易翔发表《冬天里的花》（《诗刊》12月号）、《致歉书》（《星星》3月号）、《隐瞒》（《诗林》第2期）等大量组诗。他的诗植根于底层经验和平民视角，擅用陌生化手法选取场景和细节，将乡土、自然与亲情等习见题材写出新意和暖色。

许晓雯2021年出版了《孤独是沉默的金子》（河南文艺出版社）、《花知道答案》（长江文艺出版社）两部个人诗集，其中不少诗作以疫情为背景对个人生活与心灵磨砺的书写，融入了对“同时代性”和社会担当的思考，达到同类题材少见的精神高度。蒙晦的诗集《色彩游戏》（长江文艺出版社），从后工业时代的游戏性角度切入，辨认社会与自我的多元性及其复杂色块，“多彩的玩具”的积木般重组，一方面是对“同时代性”与“异质性”的双重隐喻，另一方面也意味着时代在变迁，一部分“80后”诗人正以新的方式重新登场和出发。林萧的诗集《红尘之外》（四川民族出版社），也从精神超越的角度重新审视再世俗化问题。其他代表性诗人诗作有：苏奇飞《锤子之歌》（《扬子江诗刊》第6期）、辛夷《雨后即景》（《诗刊》1月号）、黎衡《十五岁》（《扬子江诗刊》第4期）、阮雪芳《故人信物》（《广州文艺》第12期）、鱼小玄《白茫茫的李子花》（《诗刊》6月号）、林丽筠《看见》（《作品》第8期）、骆家《冰城雪学》（《诗刊》1月号）、李双鱼《穿过荔枝树的虫眼》（《诗歌月刊》第1期）、张雪萌《波斯菊》（《江南》第2期）等等。此外，旻旻、梁小曼、李衔夏、梁智强、费新乾、霁晨、刘炜、邬霞、泽平、莫小闲、蒋志武、薛依依、游天杰、吴子璇、林程娜、陈煜佳、林国鹏、越槟等“80后”“90后”优秀诗人，2021年也有佳作发表。

总体来看，出生于改革开放之后的“80后”、作为互联网原住民的“90后”，以及全球化时代出生的“00后”诗人们，尽管有各自的成长背景，但作为群体他们基本都在充裕的物质生活与酷炫的电子文化环境长大，不像前辈诗人纠结于物质与精神、英雄主义与平民精神、理想与世俗之间的痛苦抉择，对人文精神的失落、道德与信仰的失衡等问题也并不一定感同身受。而以后工业社会为依托，以新媒介新社交为平台的生活方式和青年亚文化，以及独生子女身份等，尽管因人而异，却也整体上构成“80后”以来的诗人们身份建构和自我认同的重要内容，这在广东等经济社会相对发达地区尤甚。游戏精神、独立精神、包容意识、环保意识、科技认同等，从内容到形式对青年诗歌群发生着潜移默化的影响，并形成他们对当代感和“同时代性”的各自问题意识和诗意表达，艺术风格的探索也更加多样化。

3. 流派意识与地域写作的繁荣

在流派意识与理论倡导方面，随着广东是否诗歌大省的讨论成为热点，新世纪延续至今，广东诗坛一直存在对流派意识、诗学理论与群体写作的热烈追求，客观上也形成了一些诗歌写作群落和相对松散的流派写作现象。总体特点有三：首先是在精神取向上，平民精神与理想主义各有侧重，形成有不同问题导向和时代意识的流派诗群。如口语诗群，主张以平民立场关注社会现实，以口语传达日常经验，以艺术的生活化和生活的艺术化打通诗与生活的边界。广义口语写作包括老刀、卢卫平、方舟、江湖海、粥样、郑德宏等，甚至还有宋晓贤、典裘沽酒等倾向差异较大的诗人，目前基本是围绕平民性和口语化各自写作。2021年10月底广东现代作家研究会举办“老刀口语诗研讨会”，反思了口语诗的有效性和新出路问题。“完整性写作”高举理想主义大旗，主张用“整体、完整与美”疗救现代文明的积弊，尤其是精神世界的黑暗与虚无化、碎片化，以整体视角把握人与自然和社会的关系，通过艺术理想建构一个“宽阔、坚定，充满爱和存在感的生命世界”。“完整性写作”以世宾、黄礼孩、黄金明、浪子等为中坚，流派意识和理论抱负强烈，持续通过创作实践和平台建设推进流派发展。如《完整性写作》2021

年秋季号推出“广东青年诗人”专号培养新人，每届的东荡子诗歌奖和“诗歌与人”国际诗歌奖也基本以“完整性写作”的理论尺度，遴选和奖掖有理想主义情怀和艺术成就的诗人，在业界发挥越来越大的影响。其次，是以身份认同自我建构。如新移民写作，如以郑小琼等发端，以仍活跃在一线的谢湘南、彭争武、郭金牛、罗德远、程鹏、邬霞等为代表的打工诗群，他们构成中国工业化进程和底层写作最有活力的部分。最后，是注重诗学追求或文体意识。如熊国华等的微诗派，梦亦非等的长诗派，张况等的新古典主义，庞清明等的第三条道路诗派等。流派意识的倡导，拓宽了广东诗歌的理论视野，凝聚了个人写作过分松散的创作氛围，为诗坛发出广东声音从流派方面作了有益尝试。

广东地域写作的繁荣以多元文化和地理与生态环境多样性为依托，具有突出的在地性。作为国内民系、方言和民俗文化最为丰富多元的地区之一，加上平原、山地、海洋等生态环境及相应经济社会环境的差异，广东形成了以珠三角、粤东、粤北、粤西为几大板块的地域诗群，每个板块内部又有多样化的写作群体，各地区的地域写作各有侧重和特色。如粤东地区，由游子衿领衔，以吴乙一、管细周、李龙华等为主力的梅州诗群，立足客家文化和山地生态，在出版高质量的诗集和发表标志性作品外，特别注重与地方经济社会和文化建设的深度互动。揭阳诗群以阵风、雪克、梁斌、蔡小敏等为代表。如阵风的寓言式叙事诗《山谷断裂》，借助“山谷断裂”这一意象，表达了“只有自身在苦难中修行，才能催开艺术的花朵”的正能量。雪克的代表作《拟色之二》，意蕴丰富，诗歌语感及诗意均有多义、宽敞的指涉，耐人寻味。梁彬的代表作《寺庙外》，是一首完成度极高的作品，体制短，内在蕴含巨大能量。诗人以形象为主体的直观体验，在寥寥数语间便勾勒了一幅意味无穷的日常生活场景。这种拥抱感性，向日常和内在双向敞开的发掘，因之有强烈的生命体验又获得了超越日常的能力。而在蔡小敏的《稻草人》中，诗人编织的守护“爱”的“稻草人”，实际上就是人类心中的一点“灵明”，有了这点灵明人类才有未来。

潮汕诗群则集结了汕头、潮州、揭阳、汕尾等沿海大潮汕地区的诗人，分别以黄春龙、丫丫、余史炎、王万然等为代表，他们编纂《粤东诗歌光年》等多种诗刊，大力培育青年诗人。“开放性”和“走出去”是潮汕诗群的突出特点。近年从潮汕地区走出大批优秀青年诗人，如阮雪芳、许晓雯、辛夷、林程娜、林丽筠、林非夜、陈仁凯、陈煜佳、林国鹏等，这在省内乃至全国实属罕见。粤西诗群，由张德明、张慧谋、陈计会等分别领衔的湛江诗群、茂名诗群和阳江诗群，关注海洋文化和地方人文生态，举办海洋诗会，编纂多种海洋题材诗选等，形成特色诗歌品牌。《诗刊》2021 年第 9 期同时刊发扬臣、杨晓婷、林水文、庞小红四位湛江诗人作品，侧面反映了粤西诗群的创作实力。粤北以华海、唐德亮、林萧、李衔夏等为代表的清远诗群，以生态诗歌创作与生态文化实践享誉全国，是广东地域诗歌繁荣的突出代表。此外，珠三角地区以卢卫平、方舟、黎启天、倮倮、王晓波、游天杰等为代表的珠海诗群、东莞诗群、中山诗群、惠州诗群等，作为移民诗人聚集的区域，他们的创作与广深两地的诗人们一起，在省内外产生了积极影响，同时也表现出较强的跨地域性。其中，杨克、徐敬亚、黄礼孩、郑小琼、冯娜等诗人更具有全国性的声誉。全省各地地域写作和跨地域写作的繁茂，在中国诗歌的生态版图上，共同构成广东诗歌绿意盎然的地域景观。

六、社会影响与前景展望

2021 年度广东诗歌创作的成就，除在艺术探索方面取得的突破外，还表现在积极的社会影响方面。社会对诗人与诗歌的接受和认可，诗歌的传播、推广、普及与应用等等，都构成诗歌艺术实践的重要组成部分。或者说，一件成功的作品，其最后完成，是生产、传播、推广和实践活动各个环节、众多领域通力协作和跨界融合的结果，这也是诗歌发挥社会作用的过程。年度的广东诗歌在这些方面留下了宝贵经验。同时，在新的时代课题和目标愿景面前，诗歌的探索和实践也面临新的问题和挑战，需要找出差距和不足，寻找思路和对策，才能有更广阔的艺术前景，发挥更强大的社会作用。

1. 社会影响：获奖、传播与活动推广

2021 年度广东诗人和诗歌创作获得了较好的业界和社会认可度。杨克当选新一届中国诗歌学会会长，并在中国作协十大作代会上连任全委和主席团

委员。在奖项方面，杨克以组诗《精神地图》获第12届《上海文学》奖；郑小琼以“在‘同时代人’的写作中，显示出某种现实主义的意义”获苏轼诗歌奖，以组诗《珍珠》获《诗刊》陈子昂诗歌奖青年诗人奖；冯娜获中华文学基金会第四届茅盾新人奖提名奖，以诗集《树在什么时候需要眼睛》获“花地文学榜”年度诗歌奖；安然获第四届“草堂诗歌奖”青年诗人奖；诗人、翻译家黄灿然获“东荡子诗歌奖”、张雪萌获“东荡子诗歌奖·高校奖”；宝蘭获“2021年度十佳华语诗人奖”，华海诗集《红胸鸟》获“2021年度十佳华语诗集奖”；唐德亮、边人、方舟、周崇贤等获第六届中国长诗奖。

诗歌的生产、传播和推广方面，庆祝建党百年诗原创、诗朗诵等主题活动规模盛大。由广东省作协诗歌委员会、《鸭绿江》杂志社、深圳宝安区新桥街道党工委联合主办的“迎百年华诞，谱时代新篇”第二届全国诗歌大奖赛在深圳举行，《鸭绿江》杂志连续两期刊登获奖作品；中山市诗歌学会开展“颂歌献给党——庆祝建党100周年诗歌创作活动”；佛山市南庄镇等多地举办庆祝建党100周年主题诗歌大赛。诗朗诵活动方面，广东省朗诵协会举办历时半年的“我想对你说”——献礼中国共产党百年华诞原创诗歌征集和云上朗诵活动；江门市举行“诗邑江门”庆祝建党百年原创诗歌朗诵会；肇庆市组织文艺志愿者创作了大批建党百年诗歌，并组织朗诵活动；广州南沙举行“奋斗百年路，启航新征程”红色经典朗诵活动，等等。

以“奋斗百年路，启航新征程”为主题，2021年度小学生诗歌季，继续由省作协联合南方报业集团、省教育厅主办，以庆祝建党百年为契机，引导少年儿童以文学创作形式歌颂党的历程，传承红色基因。活动收到投稿超过10.66万首，人数突破6.1万人，参加的学校超过3000所，在“南方+”上的活动浏览总数达到913.15万次，社会影响巨大。10首获特等奖的作品，集中在《诗选刊》发表。除小学生诗歌季的年度品牌活动外，省作协校园文学委员会还成功指导了湾区诗歌会、岭南童谣节等活动。与此类似，东莞也举办了“好好说话、天天读诗”——2021东莞小诗人沙龙、2021东莞儿童诗大赛。

生态诗歌的创作、传播与推广实践活动，在清远、东莞、深圳、湛江等地已形成几大品牌持续展开，在生态文明建设方面发挥显著社会影响。在清远，第八届清远诗歌节成功举办；国际华文诗人笔会（清远）围绕“生态文明与绿色诗意”主题在线上和线下举行，吸引全国和本地众多诗人、学者、市民参加；六卷本《生态清远文学丛书》（岭南美术出版社）首发，其中三卷为生态诗歌内容。东莞举办 2021 中国（东莞）森林诗歌节，以倡导生态文明思想和生态审美为主题，注重文旅融合和市民参与体验。深圳联合省作家协会和中国自然资源作家协会，举办第三届“大鹏生态文学奖”，收到海内外华语作家来稿 6000 余篇，广东诗人蒋双超、谢贯洁和北京诗人汪洋获诗歌类一、二等奖。海洋生态诗歌方面，阳江编选“蓝鲨诗群”近年创作的 100 余首海洋诗，出版《大海的神谕：阳江海洋诗选》（张牛、陈计会主编，长江文艺出版社）。湛江举行“大海在重新开始——2021 湛江海洋诗会”，以“视觉传达、海洋主张、信息介质、多维呈现”为主题，于坚、西川、吕德安、蓝蓝、姚风等及广东部分诗人应邀参加，并举办海洋诗歌音乐会，吸引大量市民参加；徐闻开放大学编纂出版《大海的澎湃：北部湾城市群诗选》（长江文艺出版社）。广州图书馆与《诗歌与人》诗刊联合主办“自然，一切事实——2021 广州新年诗会”，通过诗歌与音乐的艺术呈现，引领读者重新思考人与自然的关系，强化生态和环保意识。

各地围绕诗歌的创作、传播与推广开展各类主题活动。佛山举办第六届中国长诗奖评选，张炜、黄亚洲、海男及多位广东诗人共 24 人获奖，广东长诗创作与推广现象引起全国关注。中山举办 2021 中国“大湾区诗汇”文学系列活动。汕头、潮州联合举办粤东诗歌发展促进中心品牌年选诗集《粤东诗歌光年 2020》发布暨粤东民间诗会，不断整合粤东诗歌创作力量。梅州联合粤东五市在梅州举行“见字如面·粤东诗人手稿展”，展出梅州、潮州、揭阳、汕头、汕尾代表诗人近 40 份手稿，以传统温馨方式拉近诗人与读者的距离。茂名举办浪漫海岸诗歌周暨第三届“浪漫海岸杯”国际华文爱情诗大奖赛，打造广东以至全国以爱情诗为主题的民间诗歌活动知名品牌。广东散文诗学会举行第七届年度评奖，继续编选出版《2021 年中国散文诗年选》《2021 世界华文散文诗年选》（陈惠琼、钟建平主编）等品牌年选；此外，还出版了《岭南百年散文诗选》（成春主编，四川民族出版社）。

2021 年，本省诗人的作品被选入数十种全国性的年度诗歌选集广泛传播。其中，比较知名的有：中国作协创研部选编《2021 年中国诗歌精选》（长江文艺出版社），选入：杨克、赵目珍、易翔、杜绿绿、冯娜、安然、卢卫平、莫小闲、马拉等；邱华栋、周瑟瑟主编《中国当代诗歌年鉴 2020》（阳光出版社），选入：杨克、宝蘭、安然、费新乾、江湖海、湘莲子、郭金牛、樊子、骆家、蒋志武、李之平、远人、林萧、李双鱼、谢湘南等；谭五昌主编《2020 年中国新诗排行榜》（陕西师范大学出版总社），选入：华海、宝蘭、倮倮、林萧、盛祥兰、唐德亮、张况、唐成茂、安然、谢小灵、赵目珍、邓醒群、鱼小玄、晓音、卢卫平、黄礼孩、熊国华等；徐敬亚、韩庆成主编《2020 中国诗歌年选》（花城出版社），选入：阿翔、波儿、郭金牛、行顺、黄礼孩、赖廷阶、倮倮、徐敬亚、张况等；林莽主编《2021 中国年度诗歌》（漓江出版社），选入：邓醒群、冯娜、卢卫平、黎启天、薛依依、鱼小玄等；宗仁发主编《2021 中国诗歌精选》（辽宁人民出版社），选入：易翔、黄礼孩、卢卫平、杜绿绿、马拉、安然、冯娜等；梁平主编《中国 2021 年度诗歌精选》（四川人民出版社），选入：宝蘭、冯娜、黄礼孩、赵目珍等。

此外，2021 年还有部分诗集被译为外文，或以外文创作的个人诗集在国外出版发行，产生了一定的国际影响。如杨克《地球苹果的两半》（西班牙语译本，西班牙萨拉戈萨大学出版社）、《没有终点的旅行》（英译本，英国剑桥康河出版社）、《我在一颗石榴里看见了我的祖国》（阿拉伯语译本，埃及戈拉布出版社）；唐德亮、吴乙一、郭金牛诗合集《广东诗歌集》（意大利语译本，花达西亚出版社）等。另外，双语诗人巢圣以英文创作的个人诗集《多重世界》（*So Many Worlds*，*Writers Ink Press*，2021），也在美国作家出版社出版，这是他在国外出版的第三本个人诗集。

2．前景展望：问题探讨与探索期待

综上所述，2021 年度广东诗歌的艺术探索和实践取得了丰硕成果，尤其在主旋律诗歌的创作与传播推广、新工业诗与新生态诗的创新与突破、后工业与后疫情时期诗性探索的时代性与多样化等方面，留下了值得总结和弘扬的成功经验。同时，在新时代和经济社会发展的新阶段，广东诗歌在文化强

省建设和粤港澳大湾区建设的大背景下面临新的历史使命和发展机遇。对于诗歌而言，如何从“诗歌大省”走向“诗歌强省”，如何反思诗歌创作中带普遍性与倾向性的问题和瓶颈，如何找到既有广东特色优势又有时代性前瞻性的创作突破口，这是需要理论探讨更需要实践探索的难题。综观年度广东诗歌和当前广东诗坛，在问题和前景方面有几点值得思考。

一、对诗坛现状和诗歌标准的基本判断问题。新世纪之初发端的关于广东是否“诗歌大省”的讨论或争论，到今天似乎也并未尘埃落定。与其说这关涉的是广东诗歌的实力够不够“诗歌大省”或“诗歌强省”，不如说是什么样的评价尺度、指标和参照系可以作为优秀诗歌和优秀诗人的评判标准，以及支撑这个标准的美学的、历史的和逻辑的依据又是什么。也就是说，标准背后既有诗学的、诗史的原因，也有社会的、时代的要求。我们强调“后工业”、“后疫情”、当代感与“同时代性”、文化与生态多样性等关键词，并以此系统梳理分析年度诗歌的创新与突破，就是力图从广东经济社会与文化发展的实际状况和目标愿景出发，审视和评估广东诗歌和诗史，从理论创新高度阐释和提炼已有经验，在“大时代”与“大历史”的坐标中，重新寻找诗歌创作和实践的位置、标准和依据。这是从“诗歌大省”走向“诗歌强省”在评价标准和参照系上的更高要求。“强”不是在原有评估体系中扩充规模和数量，而是开风气之先，用质量和实力说话，把握时代要求，打造新的产品与行业标准。这个任务是艰巨的，这个基本的判断和追求是可以有的。

二、关于诗歌创作中的问题和瓶颈。首先，农耕文明与乡村意象的乌托邦化问题。这是传统中国文学的底色，是从陶渊明到海子的一个强大传统。在今天却被抽离语境，作为同工业与后工业文明，乃至农村现代化对立的一类流行题材和母题，艺术上既难突破影响的焦虑，思想上也不免陈腐和缺少当代性。这种倾向在乡村题材和生态题材诗作中比较普遍，需要从“去乌托邦化”或从多元共生等角度突破城乡农工二元对立的思维瓶颈，才能有望创新。其次，抒情主体的时代特质与自我反思匮乏问题。与乡村乌托邦化类似，这本质是一种自我乌托邦化或自我中心主义，它往往导致过度抒情或抽象抒情，缺少时代感和现场感，需要从强化问题意识、介入意识，和增加叙事元素或及物性等角度作突破。再次，大湾区都市经验与精神形象的塑造缺少代表性和标志性作品。尽管提出了“大湾区文学”概念，但主要从作者身份或题材角度去界定，需要在探索和塑造大湾区精神，呈现世界一流湾区的都市经验等方面入手深化。其他如诗歌创作在语言与形式探索上创新意识不够，以及个人写作过分自发分散，难以形成有拳头效应的合力、团队、思潮、品牌等等，也都需要反思和改进。

三、寻找有地方特色优势和时代性前瞻性的创作突破口问题。年度广东诗歌在这方面已迈出重要一步。如在新型工业化或后工业背景下对新工业诗的探索，尤其是从技术、自然、人性共生互动的角度畅想和建构新工业的未来形象，与国内新工业诗相比，思想艺术均有开创意义。如能扩大创作队伍，特别是整合打工诗歌的力量，在艺术丰富性和精品意识上开拓，有望形成新工业诗的国家标准。此外，广东新生态诗的艺术探索与实践，既力图描绘新工业与新生态的全新关系，也以生态实践的方式，探索生态文学作为生态文明建设的方法，对普及推广生态意识的重要作用。后疫情时期生态意识对广东诗歌创作的普遍影响，在国内诗歌创作中处于领先地位，而生态意识是未来诗歌不可或缺的重要品质，这方面的探索前景广阔。未来广东文学包括诗歌创作最大的突破口之一，是粤港澳大湾区文学理念的实践探索。把握大湾区概念背后的国家意志及其政治、经济与文化内涵，从而用诗歌表现和建构具有时代高度的大湾区精神形象；从生态与文化圈的意义上处理大湾区文学内部都市与乡村的互渗一体关系，以及大湾区与粤东西北三地的互补共生关系；在粤港澳三地文学文化不断交流融合的基础上，三地文学界诗歌界共同努力，打造具有地域特色、民族情怀、全球视野的多元一体的湾区文学……这都有望为广东文学的跨越式发展，为广东从“诗歌大省”走向“诗歌强省”，开辟巨大的想象空间和美好前景。

（本章撰写：伍方斐，广东外语外贸大学中文学院教授；马瑜璟、黄子欣，广东外语外贸大学中国现当代文学硕士研究生）

第六章
散文：平静沉稳中的奋进与繁荣

对于文学艺术工作者而言，2021年是充满理想、斗志、希望的一年，也是沉淀、深耕、突破和奋进的一年。时值中国共产党成立一百周年之际，又恰逢中国文学艺术界联合会第十一次全国代表大会、中国作家协会第十次全国代表大会在北京人民大会堂开幕，扶贫攻坚工作、乡村振兴、小康规划的切实推进和新冠疫情的常态化为文学创作提供了更广阔的天地、也提出了更高的要求。本年度广东的散文创作积极回应现实，全方位地呈现作家的感受、思考、体验和创造，呈现出一派生机勃勃的崭新气象。作家们在题材上不断拓展表现领域，在艺术创新上也有不少可圈可点之处。

一、 散文总体概貌

本年度广东作家的名字频繁出现在各类刊物上，包括散文类专门刊物（如《美文》《散文》《散文海外版》《散文百家》《散文选刊》《随笔》等），全国综合性文学期刊及各省市、地方文学期刊的散文栏目（如《人民文学》《十月》《作家》《天涯》《生态文学》等），在本土文学刊物《作品》《花城》《广州文艺》《特区文学》《佛山文艺》上更有突出的表现。不仅数量上创新高，质量上也有不俗的突破，造成了不小的社会影响，部分作品被转载、收录进各大散文年选。据不完全统计，本年度，广东作家在全国40多种文学期刊、杂志上发表近四百篇散文（不包括报纸和新媒体平台），并结集出版了二十几本散文集。

从内容上看，有写左联人物的纪实散文，如詹谷丰的《山河故人——广东左联人物志》，有思想散文、文化随笔，如林岗的《漫识手记》、江冰的《岭南乡愁》；有乡情散文，如谢新源的《东城外》、耿立的《暗夜里的灯盏烛光》、孙善文的《在隧洞中穿行》等；还涌现了一大批表现不同城市人文风貌的都市散文，如王国华的《街巷志：深圳体温》、梁德荣的《北江故事》，张伟棠的《悦游》等。从创作队伍的构成来看，既有专业散文作家，又有高校学者，还有扶贫干部和各行各业的作者。其中女作家的作品占据了半壁江山，数量和质量都带给人惊喜，如鄞珊在本年度就推出了《日光底下》《尘间·扉》两本散文集，林渊液的《出花园之路》、塞壬的《镜中颜尚朱》和黄倩娜的《凛冬将至》等则以不同的艺术风格充实了女性散文的创作阵地。有些散文集是作家十几二十年创作的沉淀和精华，有一些则代表了作家近几年的新变和探索，题材丰富、类型多样、风格各异。2021 年几乎每个月都有散文集面世，这是振奋人心且值得关注的。这说明广东作家在散文领域保持了一种比较旺盛的创造力，形成了良好的发展态势。本年度有几位作家在文学期刊上开辟了散文专栏：詹谷丰（《作品》“星火燎原”专栏）、马拉（《湖南文学》“双城”专栏）、刘荒田/赵芳芳（《佛山文艺》“专栏”）。专栏写作一般有连贯的主题和统一的风格，自成体系，显示了作家敏锐地观察、捕捉、挖掘生活的能力，富有创意和个性。

本年度主要获奖情况如下：

由广东省作家协会散文创作委员会指导、深圳读书月组委会办公室、深圳市宝安区委宣传部、深圳出版集团、深圳市阅读联合会等单位联合举办了以“湾区星光·文化典范”为主题的 2021 年第四届“十大劳动者文学好书榜·散文榜”评选活动。王国华《街巷志：深圳体温》、鄞珊《尘间·扉》、詹文格《安魂贴》、柏亚利《二十八个深圳年轮》等十位作家的散文集荣登此榜。获奖作品整体水平较高，体现了新城市文学的发展态势，集中反映了粤港澳大湾区的社会生活，对转型时期人们精神状态的挖掘、对普通劳动者生存境遇的呈现、对人性的剖析较为有力。

第三届“三毛散文奖”获奖作品公布，三位广东作家获奖：塞壬《沉默、坚硬，还有悲伤》获散文集实力奖，鄞珊《流水对账》获单篇散文大奖，周齐林《底色》获单篇散文新锐奖。鄞珊另有单篇散文《失忆症》获第五届“大地文学奖·散文类”，并入选花城出版社2021年《中国散文年选》；《风台》获第十一届“全国海洋文学大赛”二等奖。耿立的《见龙在田》和马拉的《江北流水》分别获得第三届“丰子恺散文奖”评委奖和提名奖。黄灯以非虚构文本《我的二本学生》获得“2021南方文学盛典·年度散文家”称号。塞壬的非虚构散文《无尘车间》获得第四届“红棉文学奖”散文主奖。丁燕的《有风度的风度村》获《广西文学》“庆祝中国共产党成立100周年”重点文学创作征文散文三等奖。黄国钦的散文《在大兴安岭眺望蒙古》入选2021年“中国西部散文排行榜”。

此外，陈彦儒的散文集《浪漫珠海——我从古代来》获得珠海市第四届“苏曼殊文学奖”。耿立散文集《暗夜里的灯盏烛光》上榜2021年长江文艺社“文学好书榜”。盛慧散文集《外婆家》、林友侨散文《母亲最后的日子》、米涂散文《相见不如怀念》上榜“首届佛山文学榜·散文榜”。

鉴于目前散文缺乏权威平台，散文理念难以广泛传播的状况，广东部分散文作家开始有自觉的传播意识。他们走出书斋，办讲座，指导基层的文学活动，传播散文理念。耿立在云南楚雄牟定举办讲座《在牟定讲散文》，詹谷丰在梅州举办讲座《中国左翼文学的梅州血脉》，林渊液在中山举办讲座《正见、异见与超越——散文创作的方法论》、在梅州举办讲座《散文，从哪里生长出来》，王国华先后在深圳市几所中学、龙华区作家协会、光明文艺中心、杨争光文艺工作室等场所分别以《细节的描写与练习》《在深圳遇见许多花》等内容为题，做了14场讲座；杨文丰在广州、清远等地举办讲座，内容为《谈生态文学的特质》《生态散文容量扩充策略漫谈》《散文创作与欣赏》等；东方莎莎在广州残联举办了两场网课：《〈红楼梦〉香道艺术赏析——兼谈业余爱好对人生与写作的影响》《走进非洲原野——兼谈如何写好游记》。散文作家还积极参与广东省作协举办的2021红色文学轻骑兵活动，到南雄、饶平等地参加改稿会、地方作者作品点评会等，把新的散文理念送到基层。参与的作家有艾云、黄国钦、林渊液等。

从本年度广东散文的发表、出版、获奖和相关活动情况来看，可谓是“春华秋实，年丰岁稔”。良好的创作氛围、作者积极的创作心态和读者热切的阅读期待合力形成了2021广东散文的热闹场面。

二、 追寻思想和心灵的光芒

散文看似“零门槛”“无界限”，其实对作家的主体性有很高的要求。越来越多的散文家意识到：精神性，或曰思想性，是散文的骨架。同样是写人物，詹谷丰的《山河故人——广东左联人物志》聚焦冯铿、洪灵菲、丘东平、冯宪章等左联作家的人生故事，辅以翔实的史料记载和后人的评论，来展现左联革命战士的心路历程和精神成长史。《山河故人——广东左联人物志》向历史、向传统探求，饱蘸现实的热情、人民的深情和理想的激情，是时代的精神回望，是理想和信念的重温。这些年轻学子，当年是如何为理想所鼓舞，坚定地走上革命的道路？他们在传统家庭、旧式婚姻和现代爱情之间，遭遇了哪些挫折？他们年轻的心，曾有过哪些挣扎和退缩？又是什么支撑了他们最终的选择？作家在丰富的史料中摸爬梳理，在具体的历史文化语境中，再现了左联青年真实可感的人物形象。詹谷丰的作品对历史人物内心世界的展示有其独特的处理方法。走进历史人物的内心，需要有合适的“通道”，家庭、学业、交际、革命对左联青年的影响，常常就体现在一些生活细节中。比如文章这样写杜国庠：

潮汕人和工夫茶，具有与生俱来的因缘，男女老幼，僧俗贫富，都将漫长的岁月浸泡在那些牛眼一般大小的茶杯和浓酽的茶水中。

我对杜国庠的了解，就是从工夫茶开始的。……

我对潮汕工夫茶的认识，是我离开赣西北成为户籍意义上的广东人之后的收获。我查阅过的所有文献中，均没有杜国庠和潮汕籍的左联作家们品饮工夫茶使用的茶叶，我不知道，在中国数不清的茶叶中，哪一种茶叶最适宜成为潮汕人杯中的工夫？回忆起我在潮汕喝过的工夫茶，那种苦涩和清香交织的味道，多是来自铁观音和单枞。我不知道，一个工夫茶的外行，是否喝出了杜国庠们的味道？

《山河故人》尝试以普通人的血肉之躯，去接近、理解和阐释一百年前这批年轻战士的革命追求，文章在历史真实与文学虚构之间从容切换，从人物命运折射出当时历史、社会、经济和文化等各方面的状况，体现了作家的历史素养和文学修养。在这些年轻人的生命旅程中，詹谷丰找到了百年党史、左翼文学和岭南热土的关联，让这些左联人物，不再是教科书里遥远的人物符号，而成为和我们的当下生活有关联的一群人。林岗的《漫识手记》就充满了一个知识者对自我、人生与世界的思考与感悟。

《漫识手记》不是一时一地之作，它凝结了作者多年来思考的结晶，作者称它为“一个人的‘三百篇’”。该书收录“片段体”文章共 282 篇，分为“伦理信仰”“社会历史”“人间岁月”三辑。作者说这些文字“有的是读书的感悟，有的是思考的心得，有的是好奇的追问，有的是伤惨的长嚎，有的是不易的定见，有的是歧路的彷徨”。总体看，虽然主题漫杂，写法随意，不相统一，但侧重思理，涉及的是关乎伦理、信仰、社会、历史、人生的大命题，精神指向集中于对自我与世界的思考与追问。“手记”，区别于公开发表的规范著作，没有完整的体系、宏大的结构和严密的逻辑，却能随时随地容纳作家的思考、调整、补充，也更具个人性特征。

林岗拥有细致的观察力、洞察力和想象力，擅长穿透事物表面，并对事物的内质进行层层剖析。关于“权力”“起源”“思想”“自由”“信仰”“顺从”这些话题，是全书着笔最多的。作家这样谈论“语言”：

语言创造了一个虚拟的仓库，让每一代人将自己的经验、思考赋形成物，安放在这个虚拟仓库之中。后人经由掌握的语言，就可以巡阅这个虚拟仓库，取其所需，为己所用。人类借助语言的魔力，跨越了已死时代和在生时代的障碍；不同的时代之间通过语言架起了沟通的桥梁。语言就像一条无限眼神的轨道，由限制通往无穷的过去。

整部作品，就是作者用以保存自己的经验和思考的仓库，读者可以经由这些“词语的丛林”，进入作者思想的腹地。作家对词语极其重视，他开篇即说：“词语如果抓不住思想，思想就会像一缕轻烟，飘散在渺茫无际的精神太虚。”因此，词语是器物，是为思想“赋形”的外壳。但作者对语言又充满着一种思辨的眼光，这就使他的思考避免陷入一种形而上的片面。他将语言比为“外衣”：

语言，特别是书面语言把思想编制成一件有形的外衣，思想者穿着这件外衣生活在世上，人们凭着外衣的面料、色彩和构图辨别其中的思想。一旦思想者离世，这件外衣也就被遗弃在世上。……借助语言文字而不朽与借助文治武功而不朽一样，是愚蠢的想法。

虽然文集谈论的是一些比较抽象的概念，但作家对一些根本命题的解释绝不故弄玄虚。比如他对“自由”的解释：

自由的真义不是捍卫、争取和实施一切价值中的最善者，也不是颠覆、反抗和埋葬一切价值中的最恶者，而是为人类一切可能的价值选择奠定一个符合人性的基础。这个一切价值选择的人性基础我们称为自由。关于自由的学说也就是关于权利的学说。……在价值选择面前，自由与其说是一个内容的规定，不如说是一个形式的规定。

陈剑晖教授评价该书：“《漫识手记》承续了千百年来箴言录的传统，具有哲学的思辨、批判的精神、怀疑的气质、智者的风度，同时又兼具人文精神和诗性情怀。这样，《漫识手记》又时时透出智慧与诗性相交织的诱人光彩。它既有‘思’的通达与冷静，又有‘诗’的优美、灵动与内在旋律的流转，从而达到词与物的交融、思与诗的统一。”①

熊育群的散文《悬天净土》是作家参加中国作协采风活动的收获。作家们走出书斋，亲近大自然，深入壤塘脱贫攻坚主战场，见证非遗传奇，感受这片土地神圣、神奇的力量：“这不是简单的技艺，而是修身养性，一种精神生活和创造”。文章延续了熊育群“行走散文”一以贯之的风格，在对“灵魂”和“心灵”的关注中，彰显着生命本体的沉潜和认知。黄国钦的采风作品《在大兴安岭眺望蒙古》一文，洋洋洒洒近 18000 字，力求将浩瀚无垠的整个蒙古的史地和人文，写得透彻、明白。穿插自如的历史信息和诗词歌调带来了纵横捭阖的视野和厚重的人文关怀。当作家在落日归牧、牲畜回栏之时，被草原上母牛和牛犊抵头相亲，撞肩舐犊，拱乳吮吸，子孝母慈的场面深深撼动，久久触动，发自肺腑地感慨：“人啊，应该低下高贵的头颅!”流淌于作品中的感情、激情、想象和浪漫情怀，都离不开作家生命的灌注。

林渊液的散文集《出花园之路》，可以视为作家近年来思想探索的结晶

---

① 陈剑晖：《词语密林中的精神漫游——读林岗散文随笔集〈漫识手记〉》，《光明日报》2021 年 8 月 11 日。

——“出花园之路，堪比出埃及之路。既是他的，也是我的。”第一辑“中年救赎”，经由“我”与“父亲”/“儿子”/“阿嬷”（外婆）之间这几种至关重要又至为复杂的灵魂关系的观照，思考健康与疾病，生与死，顺从与叛逆，此岸与彼岸，物质与精神，抵触与抗争，放纵与节制等多重关系，浸透着作家对人生的思考。第二辑“女子镜像”是阅读札记，在和阿伦特、卢森堡、三毛、薇依等女作家的精神对话中，作家寻觅着“精神之爱”“爱情峰值的匹配”，追询着女性的自我身份。“这一辈子，到底是如何成为的？要成为什么？”这样的追问贯穿始终（《文字瘿木》）。第三辑“日影离披”，作家的脚步徘徊于乡间与日俗，努力以内部世界的“光亮”来洞察影影绰绰的现实与梦境，在前往与返回中联结起精神的思想索道，“帕斯的诗歌与蒜茸的香味”，可以“在一个夜里，先后升起，回荡”。第四辑则是借高原的“他山之魅”，来反思习以为常的生活方式、思想观念和写作伦理。

林渊液的思考没有停留于生活表象，也不止步于文本内部，她还要为写作这一与生存休戚相关的事业加上诸多的问号：“供养我写作的思想资源是什么？”“如何开掘到人性深度来表达现实题材？”散文意味着什么？又将走向何方？诘问一旦开启，就意味着踏上了一场艰难的思想跋涉之旅，如逆水行舟，不进则退，前途叵测。强烈的精神探求饱蘸着情感的浸润，思想的锋芒并没有削减文字的鲜活和诗意，她一刻也没有停止思考，同时也没有放弃对文字的追逐，没有降低对文字审美的要求。读林渊液的散文，收获的是理性的启迪和诗性的滋养。

以思索的光芒贯穿写作始终，锲而不舍地追问存在的问题、逼近心灵深处的，还有黄倩娜的散文集《凛冬将至》。作家写她母亲、外婆外公、舅舅等亲人，行文亲切朴实，细节鲜活，文字典雅节制。因为不是家族小说，作家无意浓墨重彩写出人物跌宕起伏的人生，更多的是通过精心挑选的细节，来勾画人物的精神剪影。然而，一滴水里照见了大海。从她克制的叙述中我们读到的是作家内心的隐忍、怆痛和不舍，是一片片斑驳树叶中折射出来的时代波折。她写人，却照出了一个时代的波澜起伏。

《凛冬将至》一文，写的是她去养老院看望外婆的经历，其中灌注着作家对人的命运、出路和归宿的思考：

是什么，把我们生而为人的尊严如同秋风扫落叶般席卷而去？

有什么不可言说的么？渐入人生的初秋，我需要看见，并有勇气说出。说出，并且面对。

在向死而生的每一天里，在不知何时可能突然中断的无常人生面前，尚在半途的自该如何迎着时光的利刃，进行自我救赎？

谁，是那个未来的自己？

作家从他人的境遇中反省自身的出路，她的答案是："接受那个灰暗的、陈旧的空间。接受你将成为他们，这个毫无疑问的、更具体的事实！这就是那个将至的凛冬么？接受经由他们的肉身向我们提出的严峻之问：我们准备好了吗？"。

倩娜的文字，充满了悖论、冲突，具有内在的张力，是现代意识冲击下心灵的震颤。艾云评价她"珍惜日常生活中的每一个瞬间，珍惜来到她面前的人与事，物与器。……她的每一篇文字都尽量保有叙事感、在场感、画面呈现，又灌注着命运追问的形而上超验气息。"[①]可谓一语中的。对历史人事体贴入微的感悟阐释，对未来时光充满深情的抒怀憧憬，这样的文字，何尝不是一种告白，一种抚慰和力量？

2021 年，塞壬出版了她的第五本散文集《镜中颜尚朱》。"我是如何成了我？多少影子和镜像，照见的是一宗又一宗的往事和一个又一个的面容，我用文字细细触摸过。在满心风雪的中年，我看见一种澄澈的深情久久地沉浸在语言的唱念里。"这本散文集，是塞壬面向心灵、思索出路的一面镜子。

开篇《追赶出租车的女人》是对自己从湖北初到广东这一段生活的一个回顾，也可视为她人生过往一个阶段的隐喻。那个追赶出租车的女人就是"我"，虽然我曾经"慢慢洗掉了身上的底层气息，并开始遮掩以往的破败经历"，我以极其低廉的价格卖掉了这副与我休戚相关的画，恰如这个女人在不知不觉中，从我身上一点一滴地消失，但我惊觉"我是在什么时候把她弄丢了呢？""那个追赶出租车的女人，如今谁还愿意承认她有那样一个落魄的过去？"塞壬的勇气，在敢于正视自己生命的过往，直面曾经的自己，是

① 艾云：《一种灌注命运追问的深度书写》，《凛冬将至·序》，岭南美术出版社 2021 年版，第 1 页。

走向未来的第一步。“重新回溯，倒回时光，一路检索，我要看看，究竟是在什么地方拐了弯”。

一个靠写作改变了自然命运，可以安然享受城市舒适的住房、美食、衣裳的人，却要执拗的返回自身，追问来路？这需要怎样的勇气和定力。要再一次回望那个叫黄村的小小村庄，那里居住的亲朋好友，面对父母和兄弟姐妹这种人伦关系中“最隐秘的深情”。从回望的那一刻开始，作家面对的不仅仅是我自己，还有更大的一群人。或者说，作家是通过重新融入人群来找到“自我”的。

这些人的哭哭笑笑，各种的滋味我都是一一尝遍了。无数个人的悲喜最终凝成了一个我，无数个梦境叠加最终定格成一张漶漫而松弛的脸，我相信一些过往的人和事都会在这张脸上留下印记。我之所以会慢慢地衰老，是因为在一步一步的归途中，我释放了影子、声音还有泪水，还有那曾紧贴长江之堤的最初元气。……当我回溯至时光的深处，那些活过的人，他们不知道，留给我的是怎样的回想，我成了一个这样的人，跟他们每一个都有关。

坚定地返身，去寻找那些“消失”的东西，是这一本散文集的“主题”。“我要如何写出消失，写出曾经的告别?”这“缓慢的归途”，也是一步步找到自我的归途。乡村，父母，兄弟姐妹，那些消逝的人和事，那些隐匿的时光，那些被岁月无情地折叠进皱褶里的时光，流水线上的工人，那鄱阳湖上和鸬鹚相依为命了六十年的驯鸟人、那古老的行当，那种人鸟相依、一个眼神就能理解，一声呼唤就有回应的人与自然的亲密关系……塞壬要用记忆去唤醒它，用文字去记录它，追寻这种人世间的美好。

我看见，那样的一些人，我能闻到他们的气味。他们走着，或者站立，他们三三两两，在城市，在村庄、在各种角落。他们瘦弱、苍白，用一双大眼睛看人，清澈如水，他们看不见苦难，他们没有恨。他们退避着，默默无语。我突然觉得这就是力量……我看见我也身在其中，被带动着飞快地旋转起来，我与他们相同，却又不同。我看见了他们身上的苦难，并因此深深地爱他们。注视着他们，我会泪流满面。

眼中有他人，心中有光亮。这也使得这一本散文集，有了那种“镜中颜尚朱”的温暖、轻盈和精神的倔强。

三、看见和说出：非虚构写作的力量

“非虚构”写作在2010年前后由《人民文学》杂志倡导出场，近年来获得越来越多的关注，颇有“咄咄逼人”、抢占山头的气势。在近年的报纸杂志和文学榜中，“非虚构”成了耀眼的存在。本年度广东散文的“非虚构”写作，值得我们细细检阅和思考。

其一，是对个人成长史、对家族史的考察和呈现。

家族题材是散文的常见内容，但本年度广东散文作家，进入和表现的视角却有所不同。作家们不约而同地选择了对家族和个人成长史进行追踪和记录，叙事性赶走了空洞的抒情，突破了一己的天地，展现了更广阔的社会生活。

黄灯写下《把自己作为对象》，从“父母的生计和开支”“从小学到大学的基本情况”“从岳阳到广州”这几个环节剖析个人的成长境况和节点，揭示一代人的生活：

我明显感到，有一种神秘的力量，有一双无形的手拖住了我的学生，正在左右他们的命运，而这双神秘的手，曾经一次次在我人生的黯淡转折处，将我托起，让我看到人生的希望，并事实上将人置于上升的途中。……

我无法从宏观层面说清时代发生的秘密。就如《我的二本学生》中剖析学生的成长一样，此时此刻，我愿意再次回溯个人的成长细节，回到童年、少年时代父母的劳动光景，回到工厂的岁月和漫长的求学生涯，以此作为我笔下孩子的一个参照体。

黄灯的非虚构文字，具有极强的现实共振能力，一经抛出，就能引起读者广泛和强烈的共鸣。她的文章，开拓了一条不同的表达路径，在新媒体的助力下，显示了文学和现实关联的力度与可能。黄灯善于从具体的村庄和人物进入，接通了宏大的时代和社会背景，发现人生和社会的“结构性问题”。这使得她的非虚构写作，有了宽阔的时代视野，有了扎根于现实并深入到具体社会机制的鲜明个性。

她在为澎湃新闻时事新闻频道下“澎湃人物”栏目的非虚构作品集

《藩篱内外：女性生存纪事》写下的序言《一条隐秘的抗争之路》中说："非虚构的力量，除了承载文学的滋养，还因为它回到现场的下蹲姿态，成为记录时代真相的切片。真实的文字天然具有文学的尊严，正是对真相的尊崇、对人性的警惕和对弱者的悲悯，《藩篱内外》才会让我们在一个个鲜活的故事中，看见诸多女性平凡而又惊心动魄的人生，也记住她们的名字和生命的光辉。"① ——从自身经历出发，记录家庭和个人的生活足迹，以此作为观照时代浪潮的焦点和角度，这种态度和方法其实是 2015 年以来大量的"返乡书写"作品的延续，也是《作品》"质感记录"栏目"非虚构写作"的共同特点。洪湖浪的《洪湖大地上的亲人》记录了一家人在困难岁月中挣扎和苦苦相依，为那个时代留下了见证的文字；萧维民的《老村旧屋往事》则是"乡村人居环境变迁，记录着农民的勤俭与坚忍，见证了农民对美好生活的不懈追求"这一题记的生动注脚 。

赵芳芳的《一个人的微观家族史》，读来更让人感怀。一个家族的历史，在作家的娓娓道来中徐徐展开：20 世纪 30 年代末抗战，外公被迫远离妻儿，颠沛流离。在长途跋涉到廉江不久，外公突染重疾，一病而终。30 岁守寡的外婆，在兵荒马乱的 40 年代，于族人的欺凌和生活的窘迫中，把三个孩子拉扯成人，用瘦弱的肩膀挑起家庭重担，照顾好一大家人。而到母亲古稀之年，"找寻，作为内心一种牵挂和追念，也许贯穿整个生命中。她的执着不懈，让我渐渐走近外公，走近那个远去的时代，由此，更了解外婆，隔着几十年风雨，依然感受到那代人的风骨。"这是一条家族的血脉之河，跌宕起伏，余韵袅袅。家庭，是社会最小的细胞和单位，一个人的微观家庭史，其实也是同一时代许许多多家庭的历史，这些平凡的家庭，构成了那个年代中国社会的肉身。如果说女作家擅长从外婆－母亲－我三代女性的角度细致入微的勘探家族的历史，男作家则将目光更多的投放在父辈们身上。邹贤中《人间的姿态》勾勒出曾祖父、爷爷、父亲和我四代人的人生轨迹，"不同的时期，人们有不同的生活姿态，正是这种不同，构成了一帧波澜壮阔的社会进程画卷"。

---

① 黄灯：《一条隐秘的抗争之路》，《藩篱内外：女性生存纪事·序言》上海大学出版社 2021 年版，第 1 页。

这些非虚构作品之所以能打动人，首先在于文本中经由个人的立场和经历“回望”时对亲情的守护，其次在于叙事所带来的审视和检阅的“距离”，由此而来的对于个人生活和历史之间“共生共振”关系的一种思考。这使得文章跳出了个人感怀抒情的拘囿，获得了一种田野调查的现场感，一种社会学的观照。“我在”“我观”“我感”，我的“看见”和“说出”具有目击道存的意义。

鄞珊的《流水对账》独辟蹊径，选择了一个细小却巧妙的入口，来书写她的家庭史，来观察和呈现中国社会的变化。这个入口就是母亲去世后留下的工资本。“‘最早的退休金只有25元。’这句话被我捡到，我心头一亮：各阶段工资和物价怎样呢？我有了逆时间之流追溯的愿望。”借助这一巧妙的叙事动机，鄞珊在文字中展开了她的“田野调查”。她由对器物的关注，转向对人的遭遇与命运的介入。

1979年，我家隔壁百货商店刚顶替父亲职位的新员工阿青，第一次领到19元的工资。19这个数字有点神奇，19岁的阿青拿到19块工资时的喜悦一下子浸漫了整条街——这梦寐以求的公粮好像与街坊邻居有关。我一直珍藏着19元这个数字，读小学的我看着他手里那一张大团结的人民币，纸币上每个人的脸孔都是幸福的微笑，我都感觉到生活是如此的美好。

《流水对账》从1979年开始，记录祖母刘瑞洪的工资本账单，到2017年结束，时间跨度38年。这个过程刚好嵌入在中国改革开放四十年中，工资本上的数字裹挟在商品经济的大潮中，数字体现了各个时期的经济飞跃和社会各行业的变迁。文章的主线是以旁观者的角度记录祖母的工资，从元角分的详细，到社保卡上首现的以“千”为单位的进账。另一条线索则是作者自己的生命历程的参与、佐证。文中“祖母”和“我”两条线索的对比，在时间和工资数字的变动中不时拧合在一起，形成祖孙“两代人”在这40年里的生活体现。“国营厂”“工人”“物价”“教师”“编制”“社保”……一个个平凡而富有时代气息的名词，带出了时代久远的记忆。《流水对账》可视为改革开放四十年社会的一个小缩影。它“呈现了不同代际的群体在改革开放数十年的微妙变化。正是这些变化，打开了历史缝隙中所隐藏的各种复杂镜像，也传达了作者对于人生的长久喟叹。”（洪治纲·第三届“三毛

散文奖·单篇散文大奖”颁奖词）

其二，本年度的另一支“非虚构”的力量，来自“我们时代的女性劳动者”。

供职于佛山市三水区建筑业协会的彤子，将目光投向了珠江三角洲建筑女工这一特殊群体的生存状态，在《亲爱的“泥水妹”》一文中，书写了一群活跃在建筑工地上各个工种中的女建筑工。没有这些“非虚构”的写作，也许我们尚不知道，在大都市中，还有这么一群建筑“女工”的存在。当项目结束了，高楼大厦拔地而起，她们便转战于其他“未开发”之地。她们在日出之前悄无声息地进驻、离开，她们默默地为城市打下“地基”，而她们未曾被“看见”的身躯所承受的苦难，是值得尊敬的。彤子使那些不为人知的女性生存变得可见、可感，她使我们看到她们的汗水、辛劳、欢笑，她写下了我们时代女性劳动者的真实生存现状。

塞壬的《镜中颜尚朱》写的是曾作为工厂女工的“我”与同为女工的颜尚的过往交集和绵长情谊，这其中有亲切和欢乐，有痛苦和挣扎，有悲伤和纠结，有相互扶持和日渐疏离，既属于个人的姐妹情谊，更折射出一代女工的成长及生存秘密，让人读之难忘。在塞壬的文章中，一直有一种深刻的自我解剖：

这冰冷的重工业背景，在我们的青春里，有嘹亮的呼喊和忧伤的诗歌，有不屈的愤怒和紧握的拳头。……她其实深深地刺痛过我。在我看来如此灰暗的青春，行尸走肉般的生命，毫无意义的每一天，冰冷的机器，空旷的钢铁料场，无聊低俗的人事。整天麻将和酒、黄色笑话、家长里短一地鸡毛，琐碎，不堪，令人窒息的孤独。而她，却过得如此喧哗、明亮，生机勃勃。在她身上，我看到一种热情，一种我从来就不具备的天生的热情。我认为这是一种能力。

《镜中颜尚朱》是温暖而伤感的，《无尘车间》则以更冷静的视角，重新观察、审视“工厂车间”这一特殊的场所。4 万余字的长篇散文，读起来毫不拖沓，皆因作家的身份、视角、意识促成。塞壬以女工黄红艳的身份，再次进入工厂，去到车间流水线。这不是“采风”，不是全面取景的报告文学，《无尘车间》让“我见”的生活事实说话，以强烈的“我在”，观察生活更丰富的褶皱，既扫描了流水线工人生活的全景，更留心那些偶然、意外、个别、非典型的事件和人物。流水线上的机械和枯燥，人性的复杂、强韧在其中一一显影。在经历了“危机重重的面试”、体检、培训中的小插曲、粗暴的当众羞辱和语言狂怒表演后，作家成功地重返车间，近距离书写这些“隐身人”，她看到了以前熟悉的人和人之间的猜测、戒备、不屑，也发现人性的光辉——朴素、坚韧的底色，人生的底气。与此同时，塞壬还经由“黄红艳”的经历，重新认识了工厂：“工厂，它也许是你最坏的选择，但是，你可以在这里缓过来。这里有充沛的热水，饭菜管饱。不依靠任何人，按小时取得酬劳，人人平等。你可以身无分文地来到这里，过往所有的失败、落魄都归零。你的人生，在这里可以从头再来。”

编辑《非虚构写作与我们时代的女性劳动者》（专栏）的评论家张莉说：

我只是希望以此为契机，呼唤更多的女性写作者加入到非虚构创作领域来。希望更多的女性写作者写下“我”之所见与“我”之所感，写下“我”和我们时代的紧密相连，进而汇集成多声部、多维度、杂花生树的时代女性之声，如此，这个声音才是真正迷人的——在这个女性之声里，既有这个时代最普泛意义上的女性生活，也有那些遭遇了不平凡经历的女性命运，从中我们既能看到遥远的她们，也能照见切近的自我和我们的普通生活。[①]

毫无疑问，女性劳动者的生活和命运是值得关注的。在急剧变革的城市化进程中，在中国女性的劳动参与率达到了70%的时代背景下，如何书写女性，将成为一个重要的话题。“看见”并“说出”的力量，不仅仅是记录、见证，也是敞开和发现，更是纪念和关怀。

四、在故乡和城市之间穿行：乡情散文和都市散文

纵观今年的创作，乡情散文和都市散文仍然是主力，本年度仍有不少优秀作品问世。

---

① 张莉：《非虚构写作与我们时代的女性劳动者·主持人语》，《十月》2021年第2期。

1. 从文化故乡到精神故乡

谢新源的《东城外》是一部记叙故乡和童年故事的散文集。东城外是作者的故乡，那里有他少年时的温馨记忆，那些老物件、老乡亲、老故事在他朴素、真挚的讲述中，弥漫出岁月所生发的无尽留恋和遐想。

年到花甲，有了更多的时间静思；梦里、话里也更多了些关于故乡的情愫。这个时候，对故乡来一次深情回望、邂逅，不说就能圆满回答上述诸问，但最起码对自己所钟情的那块古老的土地，对过去已一大半的人生，有了安慰心绪的交代。……

故乡，远远不只是一个地域概念，我迫切地想知道她有着怎样丰盈而又深广的内涵。

“由地域的故乡到文化的故乡再到精神的故乡，是谢新源乡土散文创作在本质上的真正回归。”① 作家以坦诚和本真，直面平凡的日子和曲折的人生，以真挚和深切的感情回望故乡，将那些看似微小破碎零乱的往事和日子串联起来，细细咀嚼。清贫、卑微的乡民乡亲和他们身上闪耀着的温暖、悲悯、仗义、厚道的人性之光，更是他怀念和咏叹的对象。正如著名作家柳建伟所言：一旦他的笔触深入到故乡的历史、社会、文化之中，“他的文字便有了最为深情的眷恋和最为深切的体察，其情感倾诉似乎超越了对于个体人生意义的追述，甚至于家国之殇的感喟，而升华为更加阔远的万古愁绪与千年慈悲”②。

同样是回望故乡，耿立的《暗夜里的灯盏烛光》却出示了完全不一样的家乡图景。它不是祥和、安宁、优雅、宽厚的梦乡，而是粗粝、坚硬、脆弱、带着血泪和创痛的伤疤。这样的一个故乡，父母双亲、兄弟姊妹，还有那里的一草一木，“却潜伏在我血液的深处，骨髓的深处”。“暗夜”是该书第一辑的核心意象，“暗夜的喉咙”“暗夜里的灯盏烛光”“这暗伤，无处可达”……传达出作家艰辛的精神成长之路。他用诗性的文字记载着“大地上的事情”，记载着各种风物——“执着的苍耳”“有灵魂的韭菜”“喂大乡村

---

① 文剑：《东城外：诗与史的“悟对”——读谢新源散文集〈东城外〉》，《羊城晚报》2021 年 7 月 4 日。

② 柳建伟：《〈东城外〉的故乡斑斓》，谢新源《东城外·序》，人民文学出版社 2021 年版，第 3 页。

的地瓜”“乡间的雨”：

人，警醒啊，草，会成为墓地里未曾修剪过的秀发，你终于还是高不过一棵草啊。生前，人与草常常作对，对她们痛下杀手，但最终，还是草慈悲，怕人的灵魂孤单，把新绿和生意在坟地里长出卑小和祈愿，给荒野以宽慰。[①]

乡村的贫穷、寒冷、深入骨髓的“暗”；一种强烈的抵抗、逃离又不断返回、割舍不断的宿命感；朝着温暖的烛光奔跑的内驱力；以及俯身倾听大地的声音、对生命由衷的敬畏……在《暗夜里的灯盏烛光》中交织成一束浑厚的光，显示了耿立乡情散文独特的力度和重量。正如他在一篇序言中所说的：

散文的力和重量唯真不破，这个真，是由“我”承担的。……回到修辞立其诚，回到散文大厦的根本，让散文不轻佻，不挤眉弄眼，不搔首弄姿，不假面不画皮。精神的信，才有文本的信，精神的诚实和真诚，才有散文文本的诚实和真诚，这才是散文之美，美在本真。[②]

回望故乡，往事像散落在老房子各处的柴火，被回忆一点点地拾掇起来，存放在记忆的墙角，等待一束火焰去照亮它。散文的发现和表达，就是点亮记忆、照亮庸常的火炬。鄞珊以《日光底下》和《尘间·扉》两部散文集，叩开了乡土文化记忆的大门，把潮汕民间的人、事、物陈列在众人面前，为本年度的散文增添了浓浓的地域文化气息。

《海的碗》《狮头鹅领头的卤味》《香芹和葱》《鱼蛋粉和牛肉粿》《陈皮》……这些充满“海盐味”的篇名带领着读者开启了潮汕的食物与文化记忆。出现在集子中的潮汕食物不可不谓“琳琅满目”：海鱼、淡水鱼、生蚝、螃蟹、虾、海瓜子（薄壳）；鸡鸭鹅、竹鼠、水蛇；牛肉丸、鱼丸、猪脚圈、粿条、糜，还有陈皮、菜脯、咸菜、橄榄菜等各种“日杂”……伴随食物而来的，是“流年的记忆”，文化的乡愁。细致的描写和铺排式的展示带来了一种民俗学的观感，加上随时跃入眼帘的“咸薄壳”“生薄壳”“朥粕”“豆粕”“簇肉”“腰龟”“罗滴”这样一些方言词汇，更勾连起20世纪

---

① 耿立：《低于一棵草》，《暗夜里的灯盏烛光》，长江文艺出版社2021年版，第311页。

② 耿立：《散文的力与重》，《在隧洞中穿行·序》，天津出版传媒集团2021年版。

70年代至80年代初中国村镇的现实图景。鄞珊用富于画面感的文字捕捉童年时光的人和事，在今昔的时空交错中保留、记录了时代的印记，让人经由文字触摸到历史的脉动。《海碗》中描写表哥“添饭”的场景，就让人深深感受到特殊年代饭食的来之不易，历史感和时代氛围油然而生，地方经验和代际经验水乳交融地保留在文字中：

这碗饭一下子在表哥手里就碗底朝天了，作为主人的我们必须赶紧给他添饭，以示盛情。表哥努力推开我们的手，这可不是客气推脱，他是真的需要自己装饭。他终于躲开了几双伸过来的手，杀开一条血路，径自走到了大铁锅前，长柄饭勺斜放在锅边，他用掘锄头的力气一勺深挖下去，满满地上来一个白米饭的高山，山头先倾倒进碗里，勺子顺着往上倒扣，然后压扁。紧接着他继续再打一勺，高山随即又垒起，他的力气随着勺子再用力一压，米饭随即像松软的土包被压进碗底，感觉就像抹平一座高山，再一勺，需要很大的平衡力和建筑能力，他把这第三勺饭又一次反扣上面，再垒起严严实实的喜马拉雅山。

……

我后来明白，文学意义上的个人史，童年经历那样的经验和期待，是我人生的碗底铺垫。……那是我灵魂和岁月的交融。我每每感知它的温度和湿润，那里是叠加的立体空间，还有交错的情感如麻绳拧结着。

2. 在城市和故乡之间穿行

“在城市和故乡之间穿行”，是孙善文本年度散文集《在隧洞中穿行》的后记，也浓缩了千千万万离开故乡，在城市奋斗的人们的身影。

我，或者说我们这一代人，是自发的，用一种猛烈的方式与故乡生离的，忍着痛，不回头，然后在繁华的他乡，定居、结婚、生子，过着或热闹，或寡淡的日子。故乡成了一个隐匿在心底的影子，被我们用回忆一遍一遍描摹，亘古不变。

……

我们早已如同一群候鸟，在季节的轮回里用某种庄严的方式去祭奠那些不可追忆的过去。我是在用文字作为最虔诚的方式，在故乡与他乡之间迂回辗转。它们在我的文字中，互为背景，一个细致而鲜活，另一个便虚化、隐秘。我一笔一画去着色，去还原，这种相得益彰、恰到好处的文字，是我所喜欢的。文字，让我实现了另一种穿行。

这是大部分广东作家的真实写照。人在都市，心却常常穿行到故乡去汲取养分和力量。两个具有不同地理、历史、文化、风俗的地域共同构成了作家的写作根基。孙善文用朴实无华的文字、真挚深厚的情感打动了读者的心灵，给人温暖和力量。林友侨的《远方有梦》、秦锦屏的《万木生芽》、陈通的《枕河记》，也以远方的故乡和当下居住的城市为双重坐标，将两种人生经验融合交汇在文字中，深情地抒写家国情怀和对故土的眷恋。

3. 都市精神的文学书写：多姿多彩的都市散文

广东自古以来就是一个移民大省，广州、深圳、珠海三大市，是客居之城，文化杂糅，思想碰撞，为文丰繁。很多外来者带着家乡的文化与印记来到广东，参与了广东的文化建设；多元开放的广东生活又重新塑造了他。于是，他们在岭南的城市里，用笔记录都市的变迁，在日常生活中书写人情世态与生命韧性，把普通人的日常题材写出新意来。

“城愁”散文的倡导者和书写者王国华，在2021年继续推出他的第三部“城愁”散文——《街巷志：深圳体温》。作家继续深入深圳这所城市的腹地，探寻老街、搜索小区旧事、和雕塑对视、听雨打芭蕉，感受城市的“快”和“慢”。“人来花不谢”和“水果在天空奔跑”是这部新作最有特色的两辑，这一次，作家把目光锁定在城市里的花和水果上，在和“物”的对视中，触摸城市的“体温”。

谁说水果没有生命。它们在短暂的一生中，唱尽悲欢离合，也有兄弟姐妹蜷缩着在风雨中挺过来的历程。它们不会跑路，缺少一个挣扎和哭泣的姿势，便被排除在人类的歌哭世界。

水果也有性格，有的痛苦，有的乐观，有的尖酸。情绪通过气味来传达。

《街巷志：城市体温》的出版，引起了比较大的社会反响。在“邓一光文学艺术工作室”“一鉴阅读沙龙”上，不同身份、职业的读者共同表达了他们对《街巷志》的期待。他们评价《街巷志》“有悲悯，却无启蒙话语的高姿态”，分享了王国华“城愁”系列书的“一个视角”“一种情感”和

“一些细节”，并提出“深圳有没有与全球城市真正对话的可能”这样的问题。王国华真诚地热爱着这座城市，不厌其烦地书写着深圳的街头巷尾、小店摊贩、花花草草，用诗意的文字，为繁华的深圳增添温暖与柔软的“底色”。《街巷志》打动了众多深圳人的心，让他们愿意去亲近城市、了解城市、对话城市，文字的力量由此凸显出来。

此外，许锋深情书写《大湾区四季》《大湾区的花》；孙仁芳写《从“靓女”到“黄埔师奶”》《大沙地的糖水铺》，将她的黄埔情缘娓娓道来。杜璞君作为广州的本土作家，生于斯、长于斯、歌哭于斯。对这座城市与生俱来的水乳交融的依恋，促使作家一次又一次地对它回望并写下《通向神秘与幽深的》这篇散文，于细微处落笔，让人感受到作家对这座城市的爱。荔乡增城的水乡风情和发展变迁在张伟棠的《悦游》和黎铭光的《西樵山韵》两部散文集中得到了展现。《悦游》，怀着对家乡的深情与热爱，以一种社会记述的散文写作手法，通过大量的真实场景和生活细节，展示荔乡的风土人情和乡风习俗，歌颂新的时代，新的生活景象，以及乡村振兴给荔乡带来的新变化、新的活力，这样充满时代气息的主题，使得整部散文集既具岭南乡土的气息，又传达出时代的新声。《悦游》还展现在波澜壮阔的时代背景下，乡村家族和农民的生存状态及命运，为增城及岭南文化的蝶变保留下一份珍贵的历史记忆。《西樵山韵》写的是西樵山的故事和当地人坚韧、执着、智慧、丰富而优美的精神面貌。此外，“森城”作家梁德荣在《北江故事》中“邂逅一座城，书写一生情”；陈彦儒的《浪漫珠海——我从古代来》为读者展现了珠海和兴宁两个城市不同的风采；古锦标的《脚下这片土地》则以新丰江水库移民的身份，记录了河源万绿湖六十年来的变化，抒写了新时代城乡变迁下的乡愁记忆。

可见，岭南文化构成丰富，已成为广东散文创作开掘不尽的地域“宝矿”。作家们用心描绘城市的发展足迹，多方位地呈现了广东不同城市的风貌和人文气象，也由此找到了通过散文创作切入时代精神内核的路径。文化学者江冰自称自己的乡愁“似一张拼图”，他深信“每个人都是那个地域那个空间里生长的一根青藤，一旦机缘相遇，一旦生命相连，哪怕短暂，即刻呈现差异性——那么鲜明，那么不可调和，背后依稀可见青藤生长的本土。

那么质感，那么坚固!”对本土文化的强烈认同使他成为坚定不移的“湾区文化的书写者”（章以武语），他以《岭南乡愁》一书，为粤东西南北的不同文化提供了一次“美的逡巡”。可谓是：心中有热土，胸中有情怀，笔下有深意!

此外，丁燕的《我们都是离散的种子》、陈小虎《水花》、燕茈的《红星路 101 号》、马拉的“双城”专栏散文、赵勤的《逃避之路》、周齐林的《脚印》《深涧上的桥》等文，描绘了作家从故乡到都市的生活轨迹，展露了普通人的心酸和温暖，细腻地刻画出外来者情感的失落和身份的缺失，以及他们对生活意义锲而不舍的追寻。这些文章在扎实丰富的细节和娓娓道来的故事中，浸润着深厚的情感浓度，引发读者共情的同时，又启发读者去思索人生的意义。

五、 艺术创新与理论修养

散文是最具亲和力的文体，它没有形式上明确的规范，也不热衷于对技巧的展示。在相当长一段时间内，“无技巧”甚至被视为散文的最高技巧，散文艺术创新的脚步滞重而迟缓，甚至暮气沉沉。散文的创新，是一个不容易引起大波澜却又时时刻刻关系到散文发展命脉的关键问题。在“全民散文”的时代，这一看似“无门槛”“零技巧”的文体，正在呼唤艺术的创新。好的散文，绝不能满足于平面的讲述、空泛的抒情和浅尝辄止的描写，而应该在文字的背后，追求情感的立体多维、叙述的巧妙新变和审美意蕴的饱满丰赡。2021 年的广东散文，在这方面也作出了一些可贵的探索。

比如，鄞珊开拓了新的非虚构领域：心理非虚构。她的一些文章就具有明显的“探索”色彩，颇具“先锋”的味道。在获得第五届大地文学奖的《失忆症》、被转载的《一镜映像》《我，171208》《我也是猫》等几篇文章中，作者摆脱了散文“写实”的传统模式，将笔触探进个人的心理领域，进行了一番不折不扣的探索。“171218”是“我”在医院精神病理科的诊疗号，“失忆症”使我当街认不出老公。一面是现实的错乱、消失，一面是各种久远或涣散的记忆纷至沓来。文本为读者展现了一个破碎、零散、拼贴而来的现实，看似杂乱无章，实则挖掘了后现代工业文明时代人们的生存困境，人的异化和精神上的困顿。《一镜影像》写得跳脱空灵，带有卡夫卡式的象征色彩。人对镜子的恐惧和欲望来自哪里？“我的眼睛在镜子里，看到的是口红的颜色、皮肤的色斑、衣服的质感，而忽略了眼神里对灵魂的探究。这种窥探，带着无法探知的危险性。”“每个人对着的镜子，都如一口井，装着其他人无法探知的思想、情绪和灵魂。”这样一些跳跃性很强的“非写实”文字，恰如一面闪着银光的镜子，照出了都市人的心魂，折射出人的道德和修为，也让散文写作在叙事、抒情的常规模式外，获得了一丝轻盈、冥思的气质。

又如，赵芳芳发表在《佛山文艺》“专栏”的一组书信体历史文化散文，就带给读者不一样的阅读感受。这组专栏文章，选取的写作对象是岭南乡贤——邝露、吴趼人、陈邦彦、陈白沙等，既是乡邻，无疑更让人感到亲切。作家“以生活之趣、人情之悟去批阅掌故，以文化之趣，历史之悟去体察生活，所以，她呈现的是生活化、日常化，情感化的历史人物，仿佛他们从未远去。”[①]作家采用“给乡贤写信”这样一种姿态，使文章获得了一个更低、更生活化的切口，比一般的历史文化散文，少了一些大气浩荡，多了一些寻常百姓的烟火气息。隔着一张薄薄的信笺，作家向她敬仰的岭南乡贤倾诉了她饱满的感情，穿越时空与他们对话，写出了人情味十足的乡人、乡情、乡事，让先贤们从历史烟尘中走到读者面前。书信体虽然在承载历史文化信息上有一定的制约，但在表情达意上有天然的优势，能够瞬间拉近与读者的距离，是一种可贵的尝试。

历史文化散文是新世纪以来备受欢迎的一种散文类型，常常通过对历史文化名人的解读，来抒写作家的感悟和思考。面对历史的苍茫，发微探赜，鉴往知来，予人以启发。本年度，艾云的《姚璇秋：雅歌妙舞动京华的潮剧表演艺术家》，通过对潮剧表演艺术家姚璇秋的采访和撰写，表达了对执着于纯粹艺术的前辈艺术家的致敬。罗捷媚的《昆都山“读书堂”》写她到昆都山游玩时，看到昆都山南坡“读书堂”的草庐而引发了对草庐主人——明

---

① 陈守湖《历史文化散文的“共情”与“共文”》，《佛山文艺》2021 年第 11 期。

朝名臣何维柏少年时期在昆都山读书情况的回忆，以及对何维柏一生情况的追思。文章用了夹叙夹议的形式，历史和现实交织，情景两融。余冰如的《南迁的种子》写的是南宋末年谪居澄海（旧时称为“辟望”）的左丞相陆秀夫，由偶然的一次南迁，延伸出一场瓜瓞绵绵的生长。“在历史的幻灭里，朝代更替早已结束，但历史的节点里，匍匐着一只吐丝的蜘蛛，延续下来的丝丝缕缕如蛛网布出一个精致的脉络，历史捐出一个图腾，然后让后代子孙铺出一个姓氏的蓝图。”作者力图打通过去与现在，“于历史的幽微处，写出个人的辽阔”。细读文本可以发现，借助生活场景的重现来揭示人物的心灵世界，通过追踪人物的生平经历来折射时代和历史的变迁，是这类散文常用的表现手法。

艺术创新体现在文本的立意构思、行文的技巧和语言的表达等诸多方面，实际上来源于作家艺术观念上的创新。对散文的理解，对散文观念的不同阐释，无疑内在地激发或牵制了艺术创新的手脚。散文理论向来较为贫瘠，专事散文评论者更是凤毛麟角。但近年来，在陈剑晖教授的带领下，广东散文理论的队伍正在发展壮大，部分散文作家兼具理论实力，他们对散文的理解和探讨，有效地促进了散文创作。

耿立在《散文：真的伦理》和《谈散文诗意和小说化陷阱》这两篇文章中，谈到了散文的“诗意”“美”和“小说化陷阱”，特别强调“真”作为散文创作的基本原则：

散文最本质的特征是什么？真，散文人格的真，散文文本呈现的真，艺术的真，还原真相，抵达现场。一个散文写作者与生活的关系，与历史的关系，与精神世界的关系，敢于直面，敢于正视，不矫饰，不作伪，不做虚无党，不瞒和骗，这才接近散文。

他通过回顾新时期以来散文关于“真”的理论探讨，结合周晓枫、祝勇、李修文等人的散文创作实践，提出“散文的真，首先是人格的真，精神的真，灵魂的真。散文的血肉和灵魂就是与作者的灵魂、血肉、精神同构，人与文，是一体两面”。

耿立谈散文的文章，不是学院派的学术论文，没有条条框框的限制，完全是从一个写作者的角度来感受文体的精神和边界的。他在牟定给学生开设的散文讲座，就充分地传达了一个散文作家对散文文体的热爱和灼见：“我们的散文文体尊严，不是分泌腺体的器官，不是对生活的轻描淡写，我们的文字必须包括爱，怜悯和尊严。我们散文心灵对应的只应是人类亘古至今一直存在的真实感情、真理、自豪、爱情和牺牲精神，这才是散文的气度，力度，厚度，也是散文的底线。”

关于散文的“真实和虚构”，塞壬在《散文小论》中，也表达了相近的观点：

虚构，不是虚假。我虚构一个鬼怪，描摹出来，它还是个人的样子。

散文如果不允许虚构，这要如何做到，如何鉴别，如何定义？

散文的真，是一种品质标准，而非道德标准，更非规则。[①]

林渊液在《出花园之路》的后记《写散文，无非是把自己溶解在时间里》一文中，提出了“散文人格”一说，独辟蹊径，发现了散文文体的独特性：

我发现，散文人格是由时间支撑起来的。一个人的人格精神，在一个瞬间一个事件也许可以展现，可是，人格的形成是需要时间慢慢养育的。散文人格的写作者，经常会自觉或者不自觉地等待、邀请时间来参与自己的站立、成长，也参与写作，他们会像珍惜生命一样珍惜文本里的时间，那个时间是与真实时间等长的。时间的严苛本来就是一种规定性，只有它才能建造人的精神性骨架。

作家进而强调：“散文，需要的正是文体与散文人格写作者的相互确认，同气相应，同气相求。”[②] 从创作主体的人格内涵出发来区分“散文人格”、“诗人人格”和“小说人格”，从散文文体与作家人格的相互影响、渗透和贯通的关系去谈论散文创作，在一定程度上规避了散文理论建构的“隔靴搔痒”和“高高在上”，指向了个人“风格”的确立。这也为读者深入散文的审美天地提供了很有意义的启发。

如果说上述几位散文作家主要是针对“散文”这一文体的审美特征进行探讨，那么杨文丰则将精力主要集中在梳理、廓清并阐释“生态文学”上。

---

① 塞壬：《散文小论》，《镜中颜尚朱》，译林出版社 2021 年版，第 258－259 页。
② 林渊液：《散文经典化困境与文体再认识》，《广州文艺》2020 年第 4 期。

2021年，他发表了《敬畏口罩外的微生灵——疫期省思录》一文，从“冠魔”的威力和口罩下的文化差异、种族冲突，以及自然界的“楚河汉界”等方面，深入思考微生物在宇宙中的地位，指出人类亟需“病毒疫苗”，更需有“精神疫苗”，要建构生态渡舟。文章以随笔的体例，融科普知识、现实思考和人文关怀于一体，从自然生态深入到人类社会生态和精神生态的层面，达到了一定的深度、高度和广度。《我是红豆杉》一文以红豆杉的口吻“自陈”身世，从红豆杉对大自然的“相思”和人类对红豆杉另类“相思”的错位中，经由粤北下圭村田野中的一棵红豆杉的特殊命运，来体现人文关怀和环保意识，立意独特、构思精彩。

杨文丰教授还在不同场合多次接受访谈，畅谈了他对“生态散文”的理解和创作追求。他将生态散文分为“大生态散文”和“小生态散文”，小生态散文聚焦的，主要是自然生态和人的精神生态的问题；而大生态散文，则是须深入探讨及艺术地表现自然生态、社会生态和精神生态“三态”的关系及问题，强调人的谦卑与担当，崇尚“天人和美”，自觉追求思想内容和审美境界的“大”。他将继续探索象征、寓言体生态散文的写作，探索增大散文容量之路径。[①] 他在与散文评论家刘军的对话中，进一步辨析了“自然文学”和“生态文学”两个相近的概念，还从写作主体的观念和意识，生态散文的体例和特征等方面畅谈了生态文学的科学视角和价值走向[②]，显示了扎实的专业素养和理论实力，推动了生态散文的创作和接受。

可以说，正是得益于越来越多的散文家参与到散文观念、散文技巧、散文理论的讨论中，才有力地促进了广东散文创作的蓬勃发展。他们的作品既有着个人独特的文学观念与创作风格，又有着自觉的文体意识和创新动力，且具有扎根南粤大地、与时俱进、反映时代精神的共同特质，展现了广东文学源泉涌动、长流不息的历史传承和求新求变、敢于突破的新锐气息。

---

① 龙其林：《散文要有容量——对谈生态作家杨文丰》，《博览群书》2021年第4期。

② 李景平：《生态文学的审美与科学精神的审视——杨文丰访谈录》，《中国生态文明》2021年第2期。

六、问题与展望

纵观2021年度的散文创作，题材多样，视野开阔，内容丰富，杂树生花，气象万千。年度散文集的出版、作品的获奖和转载、散文讲座和散文活动的推广，充分体现了广东散文的活力和多姿多彩的创作态势，但也存在一些问题：

一是都市散文写作的同质化。

本年度虽然涌现了大量的都市散文，但不少文章只停留在对城市风景和都市生活浮光掠影的描写上，尚未能进入生活内部，挖掘丰富的都市经验，呈现“人”与“城”的对话，体现都市的品格和精神。此外，如何在文化同根同源的基础上，在现代性的视野下，融合粤港澳三地的文化与文学资源，筑构起一个新的“粤港澳大湾区”的“文学共同体”，创造出凝聚着一代人集体记忆、代表着广东独特审美形态的文学作品，无疑是此后广东作家努力的方向。

二是散文创作与批评缺乏相应的平台支撑。

近年来，广东的散文作品在全国报刊上遍地开花，持续升温，散文批评也吸引了更多的关注和参与，但却缺乏本土平台的助力，对作品的发表和在全国范围内的传播、辐射造成了一定的影响。如果能拥有本土的散文刊物和批评专栏，加强发表和评论的阵地建设，拓宽传播空间，多组织采风、讲座，多策划交流讨论，形成比较活跃的散文创作交流机制和良性的批评氛围，那么广东散文的提升和爆发，将指日可待。

广东一直有很活跃的文学现场，拥有一支数量可观、实力雄厚、质量稳定的散文创作队伍，有较为清晰的散文发展脉络和审美特性，在全国认同度较高。我们完全有理由期待，广东的作家能继续保持旺盛的创作热情，在文学的广度、深度、自由度等方面深入开掘，以文立心，以文铸魄，守正创新，开拓粤港澳大湾区文学的新格局、新境界，开辟出一方更繁茂葳蕤的散文新天地！

（本章撰写：黄雪敏，文学博士，华南师范大学城市文化学院副教授）

第七章
高质量、新发展：粤派批评的年度透视

一、文学理论总体概貌

2021年，粤派批评把握时代脉搏，开拓进取，融合创新，立心铸魂，重建文论话语，数量上创新高，质量上也有不俗的突破，产生品牌效应，不仅成为“一个现象级的文化现象”，而且发出岭南强音，推进新时代文学评论高质量发展。

本年度广东评论家发表评论文章三百余篇，出版专著四十多部。评论遍及各类重要刊物（不包括网络平台和新媒体），包括《中国社会科学》《文学评论》《文艺研究》《文艺报》《光明日报》《中国当代文学研究》《文艺争鸣》《当代文坛》《南方文坛》，以及全国综合性文学期刊、学术刊物，本土主要报刊《粤港澳大湾区文学评论》《粤海风》《羊城晚报》《南方日报》《作品》《花城》《广州文艺》《特区文学》《佛山文艺》等，内容涉及作家作品评论、文学现象分析、创作规律研究、基础理论阐释、动态走向探讨，很多文章被转载、转引，收录进各种评论年选。

据不完全统计，本年度广东文艺评论界荣获多项全国奖，其中4件作品获得第六届“啄木鸟杯”中国文艺评论年度优秀作品[①]，占表彰优秀作品总数35件的11.4%，居全国前列。而文学评论获奖层次高、影响更大：陈剑

① 获奖作者和作品为：李楠的著作《从“观看”到“观念”》、李新风的著作《日本四大美学家》、邝以明的文艺评论文章《印迹：晚清民国岭南印学的发展及其文化融贯》、杨莉莉的文艺评论文章《深圳纪实摄影四十年：超级城市化下的叙事与趣味》。

晖的论文《当代文学学科建构与文学史写作》，郭冰茹的论文《“新文学”与“旧传统”——以现代小说与“章回体小说”的互动关系为线索》获广东最高社科奖“广东省第九届哲学社会科学优秀成果”一等奖；陈希的专著《西方象征主义的中国化》获“广东省第九届哲学社会科学优秀成果奖”二等奖。此外，蒋述卓的论文《中国当代文学现实主义叙事传统的建构及其意义》获《南方文坛》2021 年度优秀论文奖；贺仲明的论文《五四作家对中国传统文学经典的重构》荣获第五届王瑶学术奖优秀论文奖、《新时代版本的“废都”书写——关于〈暂坐〉及相关问题》荣获第四届《扬子江文学评论》奖，等等。

二、奋进新时代，心怀“国之大者”

2021 年是实现“十四五”规划和 2035 年远景目标的开局之年。我国全面建成小康社会、实现第一个百年奋斗目标，乘势而上开启全面建设社会主义现代化国家新征程、向第二个百年奋斗目标进军，进入新发展阶段。时值中国共产党成立 100 周年，中宣部联合中国文联、中国作协等五部门印发《关于加强新时代文艺评论工作的指导意见》，中国作家协会第十次全国代表大会胜利召开，2021 年广东文学理论批评界以一往无前的奋斗姿态和风雨无阻的精神状态，坚定文化自信，弘扬大湾区精神，永葆“闯”的精神、“创”的劲头、“干”的作风，以时代赋予的如椽彩笔，传承弘扬岭南文化，努力续写更多“春天的故事”，发掘大湾区特色和评论优势，构建新时代岭南文学话语和叙事体系，在谋划发展、聚焦热点、作品评论、理论探讨、打造精品等方面取得可喜成绩。

理论批评是文艺事业的重要组成部分，文学评论是推动文艺繁荣发展的重要力量。文学评论和文学创作历来被视为文学工作的鸟之双翼、车之两轮，二者相辅相成。文学评论除了“通作者之意，开览者之心”，提高审美、引导创作、推出精品之外，还有凝聚人心、传承文化和引领风尚的责任，对于精神共同体建构具有重要意义，在塑造国家形象、提高国家文化软实力上有着不可估量的作用。

心怀“国之大者”，敢为人先，守正创新，是粤派批评的特点。2021年8月，中宣部联合中国文联、中国作协等五部门印发《关于加强新时代文艺评论工作的指导意见》，强调新时代的文艺评论应把好方向、坚持创新，注重阵地建设，壮大评论队伍，营造健康生态，彰显战斗力、说服力和影响力，推动社会主义文艺事业繁荣发展。广东省作家协会未雨绸缪，早在2021年1月21日和29日召开的工作会议上，就明确将粤派文学评论优化工程列为广东文学重整行装再出发的必行工程，重申实施粤派文学评论优化工程、培养一支有影响力的“粤派”评论队伍的重要性。

中宣部等五部门联合印发的《关于加强新时代文艺评论工作的指导意见》甫一出台，广东省作协就积极响应，2021年8月13日召开专题会议学习文件精神并研究贯彻落实的方案。广东省作协党组书记、专职副主席张培忠表示：“贯彻落实好《意见》，要切实提高政治站位，从构建人类文明新形态的战略高度充分认识加强新时代文艺评论工作的重要性和紧迫性。始终坚持守正创新，加快构建富有岭南特色的文学话语和叙事体系。牢固树立正确的评价标准，不断提高文艺评论的质量和水平。持续加强阵地建设，切实增强文艺评论的影响力和传播力。努力强化组织保障，打造精干优质的文艺评论队伍。”随后，省作协出台《广东省作家协会加强新时代文学评论工作实施方案》。一年以来，广东的文艺评论以及阵地和队伍的建设卓有成效，粤派批评更上一层楼，推出精品力作不断，已经成为中国文坛文学评论的重要力量。

2021年，省作协正式启动《广东文学通史》的编撰。这是一项既填补广东文学研究方面的空白，又是广东文学事业发展阶段的一项标志性工程。“通史”分为古代、近代、现代和当代（1949年至“文革”一卷；1977年至2020年一卷，共二卷），共五卷，200万字。为使“通史”按时按质完成，经得起读者、文学界和时间的检验，省作协高度重视，从严把关，定期开会，稳步推进。“通史”要做到“三新”：新史料的挖掘；新理论的阐释；新方法的运用。《广东文学通史》将于2023年5月省作协成立70周年出版，为省作协成立70周年献上一份文学厚礼。

2021年10月23日，省作协还隆重召开《粤港澳大湾区文学评论》创刊一周年座谈会暨广东文学评论年会。座谈会由省作协党组书记、专职副主席张培忠主持，中国作协党组成员、书记处书记、中国作家出版集团党委书记吴义勤；省委宣传部常务副部长崔朝阳参加了座谈会。中国作协党组成员、副主席、书记处书记李敬泽、阎晶明，中国作协书记处书记邱华栋等发来了视频贺词。参加座谈会的还有省内外30多位学者和文学评论家。

本年度省作家协会还举办了五、六次作品改稿会，如陈继明长篇小说《平安批》改稿会；周晓瑾长篇纪实文学《信仰——周恩来岭南纪事》改稿会等。

2021年12月14日至17日，中国作家协会第十次全国代表大会在北京召开。广东45名代表赴京参加，是历届广东代表人数最多的一次。其中，当然代表6名，推选代表36名，特邀代表3名。全体代表覆盖从事各种文学门类创作的作家、文学理论批评家、文学编辑、文学翻译家和文学组织工作者，包含少数民族、妇女、民主党派和无党派作家代表。本次广东代表团创造了多个“第一”，中国作协党组书记张宏森同志下团讨论第一站即到广东团，讨论热烈、反应很好，《文艺报》、中国作家网均配发较长综合消息；中国作协十大最年轻的代表江源（齐佩甲）来自广东团，系26周岁的网络作家，分别接受了中央电视台、《光明日报》采访；《人民日报》综述近年重点创作成果，《奋斗与辉煌——广东小康叙事》《脚印——人民英雄麦贤得》《为什么是深圳》《钟南山：苍天在上》同时上榜，是受肯定作品最多的省份。

站在新时代新征程的历史方位上，习近平总书记在中国文联十一大、中国作协十大开幕式上发表重要讲话，擘画新时代文艺的宏伟蓝图，指引新时代文艺的发展方向。2021年12月20日，广东省作协召开全省文学界传达学习贯彻习近平总书记在中国文联十一大、中国作协十大开幕式上重要讲话暨中国作协十大会议精神大会。广东文学理论批评工作者用心、用情、用力握紧手中之笔，以更饱满的精神、更昂扬的热情、更绚烂的笔墨，以更加充沛的想象力和创造力，高举时代精神的灯火，吹响人民前进的号角，在中华民族伟大复兴的历史伟业中，踔厉奋发，开创新时代文艺的壮阔天地。

广东省作协切实加强新征程文学评论工作的统筹谋划。自3月5日起严格按照中央和省委的统一部署，扎实开展党史学习教育，组织文学工作者认真学习、深入贯彻习近平总书记“七一”重要讲话和党的十九届六中全会精神，举办党史学习教育专题研讨班等。先后邀请毕德、李建军、杨健、张雪峰等专家作《学习党的历史，传承红色文化》《路遥的经验为什么重要》《香港形势和当前任务》《百年奋斗启新程》等专题宣讲。广东省开展新一轮的“大学习、深调研、真落实”，按照全面推进新时代文学高质量发展的目标要求，谋划部署全省文学工作思路，强化统筹协调，优化资源配置，加强行业自律、行业管理，推动文学创作、文学研究、文学评奖、文学阵地、文学活动、文学走出去等全面出新出彩，工作再上台阶。在深圳前海、珠海横琴、广州永庆坊、潮州、粤西、粤北设立“新时代深入生活、扎根人民实践点”。继续深化推动粤港澳大湾区文学联盟工作，通过开展作家主题采风、互访交流、深度合作等多种形式，加强与港澳台作家的交流互动，将粤港澳大湾区文学锻造成为新的文学增长点。

文学的蓬勃发展离不开文学场的打造。这个文学“场”由编辑、作家、评论、平台各司其职合力打造，其中文学评论发挥重要作用，文学阵地的建设是主要内容之一。2021 年，广东积极建设有影响力的文学评论阵地，《粤港澳大湾区文学评论》办得很有活力，创刊一年，声誉鹊起。《粤海风》“粤港澳大湾区文艺观察”栏目创立于 2019 年，至 2021 年该专栏推出聚焦大湾区文艺实践的研究与评论性文章 70 多篇。《南方日报》《羊城晚报》以及《花城》《作品》《广州文艺》《特区文学》《佛山文艺》等有活力的报刊也是粤派批评的阵地。另外，重视网络评论工作。积极建设网络评论平台，培育文艺评论家网络思维和工作方式，改进评论文风，推出更多文学微评、短评、快评和全媒体评论产品，推动专业评论和大众评论有效互动，营造健康的文学评论生态。在本土文学刊物《作品》《花城》《广州文艺》《特区文学》《佛山文艺》上更有突出的表现。

文运同国运相牵，文脉同国脉相连。文学评论应时刻心怀“国之大者”。广东省作协大力推动创作与评论的有效互动，增强文艺评论的战斗力、说服力和影响力。2021 年在北京举办了“陈诗哥的童话国《一个迷路时才遇见的国家和一群清醒时做梦的梦想家》”研讨会、“大湾区文学新浪潮”广东青年作家作品研讨会、杨黎光长篇报告文学《脚印——人民英雄麦贤得》、曾平标长篇报告文学《初心》研讨会等4场研讨会。开展广东网络文学发展趋势及创作特色研究，与《文艺报》合办“网络文学粤军”专版，积极宣传广东网络文学代表性作家作品。积极扶持重点选题，先后确定广东重大现实与历史题材、红色题材、粤港澳大湾区文学精品创作选题、广东省青年作家创作资金扶持选题等共计71个。

加强拓展基层文艺评论阵地建设。推动各地级以上市成立文艺评论家协会，目前已经达到16个；积极创建“广东省文艺评论基地”，目前共有7个；建立签约文艺评论家制度，涵养人才的作用得到发挥；联合办好《南方日报》、《羊城晚报》、广东广播电视台等主流媒体的文艺评论栏目，暨南大学文艺评论基地等阵地继续发挥积极作用，擦亮“粤港澳大湾区文艺创新论坛”这一全国性品牌，不断扩大岭南文艺评论的传播力和影响力。

2021年，广东文学理论批评最重要的谋划，是启动《广东文学通史》的编写和出版年度文学发展报告——《广东文学蓝皮书（2020）》。广东省作家协会主持的《广东文学蓝皮书（2020）》于2021年6月首次由广东人民出版社出版。作为目前国内唯一省级地方文学现状的年度概览式考察报告，《广东文学蓝皮书》以“点”带“面”，盘点收藏年度文学成果，描绘展示年度文学风貌，捕捉现象，提炼问题，具有丰盈的信息量和显著的前瞻性，显示了重要的文学意义和史料价值①。

三、聚焦热点，同频时代

2021年是不平凡的一年，中国共产党成立一百周年。随着新时代中国特色社会主义实践的不断深化发展，脱贫攻坚战的伟大胜利，全面建成小康社会，人民至上，生命至上的全民抗疫，中国人民接受挑战，锐意创新、砥砺奋进的实践为当代作家的文学创作和文学评论提供了巨大的能量场。广东不同代际的作家以自己的方式深入生活现场，观照历史和现实中人的生存与命

---

① 陈希：《一份切中肯綮的广东文学“质检单”——评〈广东文学蓝皮书（2020）〉》，《南方日报》2021年8月24日。

运，时代巨变中人物的精神历程，拓展文学的形式与内涵。文学评论与创作同频共振，广东文学评论家聚焦热点，与创作共鸣，从主题的开掘，结构的新锐，以及语言和风格等方面进行阐发，显示理论批评的作用和力量。

历史与未来在2021年交汇，注定在时光的年轮上镌刻下极其特殊而深刻的印记。回顾和总结党领导下的百年文艺以及文艺评论事业的发展历程、重大成就和宝贵经验，无疑是本年度中国文艺评论的题中应有之义，也是评论家历史意识和历史思维的高度彰显。围绕“学习贯彻习近平总书记‘七一’重要讲话精神”“建党百年与文艺评论”“党的领导与百年文艺”“百年新文艺与当代城市文化”等主题，广东文艺评论界展开广泛研讨，以纵深而广阔的大历史观、大时代观，从壮丽斑斓的百年文艺画卷中提炼历久弥新、值得资鉴的历史启示和时代价值。张培忠的《加快建设新时代中国文学话语和叙事体系》《沿着总书记指引的文艺道路奋勇前进》[①]，蒋述卓的《新中国精神与文学经典的生成》《国家话语与新中国文学的特征》[②]，林岗《从战地文艺到人民文艺——重读〈在延安文艺座谈会上的讲话〉》[③] 等，将百年文艺置于历史长河、文明演进、时代风云与思潮变迁之中，梳理脉络、揭橥规律、明确方向，展现出鲜明的历史主动精神和守正创新的正大气象。

中国共产党的百年奋斗历程，形成了中国共产党的精神内核和精神谱系，也造就了百年红色文学传统。广东是中国近现代革命的策源地和先行地，也是中国红色文学的发轫之地。广东省作协发挥组织优势，以文学精品力作讲好党的故事、革命的故事、根据地的故事、英雄和烈士的故事。一是围绕红色革命主题策划创作。组织全省创作党史题材作品155部。先后组织杨黎光长篇报告文学《脚印——人民英雄麦贤得》改稿会等，邀请专家从思想性、当代性、艺术性等方面进行研究和分析，对主题开掘、文学呈现、艺术探索等创作问题进行探讨和交流，把脉问诊提升质量，对作品进一步打造

---

① 张培忠：《沿着总书记指引的文艺道路奋勇前进》，《南方日报》2021年12月27日；《加快建设新时代中国文学话语和叙事体系》，《文艺报》2021年9月11日。

② 蒋述卓：《新中国精神与文学经典的生成》（与李石合著），《中国社会科学》2021年02期；《国家话语与新中国文学的特征》，《文艺研究》2021年07期。

③ 林岗：《从战地文艺到人民文艺——重读〈在延安文艺座谈会上的讲话〉》，《中国文艺评论》2021年第1期。

提出了意见和建议。2021年6月30日，庆祝建党百年十部红色题材重点作品暨《广东文学蓝皮书（2020）》新书发布会、研讨会在广州珠岛宾馆举行，推出杨黎光长篇报告文学《脚印——人民英雄麦贤得》，周晓瑾长篇纪实文学《信仰——周恩来岭南纪事》，陈典松、陈志遐长篇纪实文学《黎明之前——广州起义纪事》等作品。评论家林岗、贺仲明、陈希、刘卫国、江冰、刘茉琳、李德南、唐诗人等出席现场活动，探讨分析创作成绩、规律、得失，为广东红色题材创作、粤派评论发展建言献策。

百年历程，波澜壮阔。在这具有里程碑意义的重大时间节点，广东文学评论发出自己的声音，把脉问诊提升质量，对重要红色作品“从思想性、当代性、艺术性等方面进行研究和分析，对主题开掘、文学呈现、艺术探索等创作问题进行探讨和交流，并对作品进一步打造提出了意见和建议”[①]。《文艺报》以《挖掘红色资源、讲好红色故事》为题报道广东省多位知名评论家对红色题材重要著作的评语：林岗认为杨黎光的《脚印——人民英雄麦贤得》既有现实感又有故事性，将麦贤得的故事讲述得真切感人，颇见文学功力；贺仲明看重《信仰——周恩来岭南纪事》一作的史料积淀，声称其既还原了周恩来形象，也还原了一个地方的革命历史，具有双重功绩；陈希发现《赤魂·赤土·赤旗——广东海陆丰农民运动群雕》材料丰富、真情熔铸，倡导红色题材作品的创作除了赓续红色基因，还应贯穿当代意识[②]。

抗疫文学评论成为2021年文学评论新的增长点。抗疫文学的叙事传统是什么，后疫情时代文学的走向如何？中国抗疫走在了世界的前列，中国文学应该贡献出与之相匹配的优秀作品。关注和评论抗疫文学作品，成为文学评论的重要内容。林岗《战地文艺与抗疫文艺》寻绎梳理了抗疫文艺的源流，认为“以文艺动员的方式回应社会迫切的即时应急需求”在古代中国未曾出现过，这种现象产生的前提是国家内存在着一支较为稳固且有规模的文艺队伍，并且组织这支队伍的架构和机制须较为完善。抗疫文艺的迅速兴盛背后其实赓续着一种始自20世纪三、四十年代的文艺传统，那就是致力于

① 张培忠：《迎接广东红色文学创作新收获》，《文艺报》2021年7月9日。
② 《挖掘红色资源 讲好红色故事》，《文艺报》2021年7月9日。

关怀现实、鼓舞人心的战地文艺传统[①]。陶东风《见证，叙事，历史——〈鼠疫〉与见证文学的几个问题》论述了文学创伤叙事的机制和特质[②]。

2021 年是脱贫攻坚的收官之年。脱贫攻坚是扣人心弦的伟大壮举，广东是改革开放的排头兵、先行地，但广东区域之间、城乡之间发展不平衡不充分，承担省内和省外帮扶双重任务。在脱贫攻坚战役中，文学没有缺席，广东评论家没有缺席。2020 年 12 月，被誉为国内第一部全景式史志式记录小康工程的大型报告文学《奋斗与辉煌——广东小康叙事》（4 卷，100 万字）经过 12 次研讨修改，出版受到专家高度评价。《奋斗与辉煌》一书孕生于时代大潮，体现了广东省作协创作团队的大手笔、大气魄、大情怀，为讲好中国故事、构筑史诗篇章做出了表率。2021 年 1 月 16 日下午，新书分享会在线上举行，南方 + 、快手、抖音等多个直播平台共同推送。此书含纳了约七百个故事和一千多号人物，全面立体地展现了广东自改革开放以来的发展，生动诠释了务实进取、开放包容的广东精神。评论家普遍对这部巨著表现出极高的热情，中国报告文学学会副会长丁晓原，中国作家协会创研部副主任李朝全，华南师范大学教授陈剑晖纷纷撰文予以阐述评介。丁晓原高度评价：《奋斗与辉煌——广东小康叙事》，是我国第一部全景式立体化的反映全面小康建设历史成就的文学报告，是第一部融合了脱贫小康现代化建设和改革开放大历史叙事的内容综合广博超大体量的叙事作品，同时也是一部书写对象的史诗性和文本叙事的史诗性相统一的具有非虚构审美品格的纪实之作。这是一部中国版的《光荣与梦想》。[③] 李朝全认为，“《奋斗与辉煌——广东小康叙事》是一部厚重的大书。它着眼于书写历史记录时代，书写了一部记录小康的文学史志，堪称是一部改革开放时代的‘创业史’”。[④]

陈剑晖的《追梦小康与广东精神的壮丽华章——评〈奋斗与辉煌——广东小康叙事〉》指出，《奋斗与辉煌》是国内第一部全景式、史志式记录小

---

① 林岗：《战地文艺与抗疫文艺》，《南方文坛》2021 年 01 期。

② 陶东风：《见证，叙事，历史——〈鼠疫〉与见证文学的几个问题》，《文艺理论研究》2021 年 02 期；《心理创伤的倾听：论创伤叙事的意义与方法》，《现代传播（中国传媒大学学报）》2021 年 01 期。

③ 丁晓原：《史诗与史诗的深情对话》，《中国当代文学研究》2021 年第 2 期。

④ 李朝全：《书写改革开放时代的创业史》，《中国当代文学研究》2021 年第 2 期。

康工程的壮丽华章，以老百姓生活变化为立足点，以时间为经、以人物和事件为纬，以老百姓生活变化为立足点，以100万字篇幅、600多个生动故事、1000多个人物，绘制出广东全面建成小康社会的“清明上河图”，也是广东现实主义题材创作的小康“创业史”。作品采用纪实与文学相结合的方式，首次全面地叙写了广东人民追梦中国、追梦小康、实现小康的辉煌历程；将全面建成小康社会与广东改革开放结合起来，并在这种结合中突出广东特色，是《广东小康叙事》的一大亮点。《广东小康叙事》主要从以下几个层面来阐释“广东精神”。一是敢为人先。二是开放兼容，务实进取。三是不安于现状，不愿意小富即安，而是敢于冒险，勇于不断开拓。四是用创新赢得未来，用创新引领小康。这是广东精神的核心和精华，也是广东人为什么总是“先人一步”的内在秘密。广东建成全面小康社会，在全国具有示范意义，其地位、作用和价值是不可取代的。从这一意义上说，广东小康建成史既是广东的，更是中国的，世界的。这样重大的题材，确实需要一部大作品来反映，需要大手笔、大气魄、大情怀来浓墨重彩地呈现和聚焦。《广东小康叙事》正是在这样的时代大潮中应运而生，具有重要的意义[①]。

唐诗人的《改革开放与广东人民生活史》论述《奋斗与辉煌》的撰写思路与内容构成，阐明这部以“小人物”为叙事视角的著作，显现出“以小见大”“以个体透视全体”等叙事特点。一个个发生在有血有肉的个人身上的脱贫故事，既凸显了广东自改革开放以来小康建设的成就，又忠实记录了建设路途中的千难万险，是对困难本身及努力克服困难的人民的尊重[②]。李德南、张霖《有原则高度地书写历史和现实》认为《奋斗与辉煌》最为突出之处，在于它是在总体视野中书写历史与现实，也是有原则高度地书写历史和现实。它运用多样化的方式，在整体上实现了报告文学作品中“微观”部分与“宏观”部分的有机结合，有意将社会历史发展过程中政治、经济、科技、文化、生态等各层面的联系寻绎出来，事实原则与希望原则并举，实现了有原则高度地书写历史和现实，对一段波澜壮阔的历史理解深

① 陈剑晖：《追梦小康与广东精神的壮丽华章——评〈奋斗与辉煌——广东小康叙事〉》，《中国当代文学研究》2021年第2期。

② 唐诗人：《改革开放与广东人民生活史——评〈奋斗与辉煌——广东小康叙事〉》，《粤港澳大湾区文学评论》2021年第2期。

刻、把握到位[①]。陈培浩的《书写崛起中国的故事、智慧和精神》认为，《奋斗与辉煌》不仅生动讲述了广东四十二年来建设小康社会的精彩历程，凸显了“人民”在历史发展过程中的主体性、重要性，而且也通过叙事塑造了一种信念，向读者大众传扬了奋斗的激情和梦想的力量[②]。

四、融合创新：粤港澳大湾区文学建设

改革大潮起，开放东风来。粤港澳大湾区地处我国沿海开放前沿，以泛珠三角区域为广阔发展腹地，文化同源、人缘相亲、民俗相近、优势互补。港澳融入国家发展大局，不仅是经济上的融入，更是人心的融入和凝聚，而民心相连相通与人文建设息息相关。随着粤港澳大湾区建设提升为国家发展战略，大湾区文学将成为承载、丰富“人文湾区”的重要内容而获得前所未有的发展机遇。岭南理论批评界充分利用资源优势、地缘优势和学科优势，搭建交流联动平台，更新形式，拓展边界，努力向基层延伸工作手臂，积极挖掘区域特色，主动作为，亮点纷呈，与创作形成同频共振，与学界积极理论共鸣，人文湾区初具成效。

2021 年 1 月 16 日至 17 日，由广东省中国文学学会主办、汕头大学文学院承办，暨南大学海外华文文学与汉语传媒研究中心及《华文文学》编辑部协办的“文化自信与文学建构：粤港澳大湾区文学峰会”在汕头大学学术交流中心隆重召开。来自中国社科院、北京大学、南京大学、复旦大学、武汉大学、厦门大学、福建师范大学、中山大学、华南师范大学、暨南大学、汕头大学等知名高校及研究机构的 80 余位专家学者，通过线上线下相结合的方式，围绕“粤港澳大湾区文学的发生与建构”“海外华文文学的实践与意义”“侨乡文化与华侨文学的联系与发展”三个议题进行了精彩的发言和热

---

① 李德南、张霖：《有原则高度地书写历史和现实》，《粤港澳大湾区文学评论》2021 年第 2 期。

② 陈培浩：《书写崛起中国的故事、智慧和精神——读〈奋斗与辉煌——广东小康叙事〉》，《粤港澳大湾区文学评论》2021 年第 2 期。

烈的讨论[①]。

周思明《新时代呼唤新型文艺批评》指出，新时代的文艺批评必须蕴含理论的力度、批评的锐度、情感的温度和生活的厚度。恰当理论的支撑和引导是文艺批评的基础，缺乏理论，批评家所撰写出的评语就必定会流于印象化和主观化，不具备科学性和学理性。而所谓文艺批评的理论并不是指某种单一固定的理论话语，而是结晶于大量实践的综合全面、贴合现实文本本身的理论。为使自己的评论文章获得理论力度，批评家应具有跨界意识与多学科理论知识，将中国特色文艺理论与西方现代文艺理论有机结合[②]。周思明《城市创业者的形象塑造与价值建构》。反思书写城市尤其是深圳等地的创业题材文学创作，在思想，艺术诸方面的特征及存在的短板，认为在历史与现实，中国与世界交织中的创业题材文学创作，其出发点和归宿应始终落在“人”身上，作家紧密围绕“人”这一实践主体，真正写深、写透、写好创业实践活动中的人，凸显人的主体性与审美特质，致力于美学的与历史的创造价值，才能写出具有思想价值和审美价值的创业题材文学作品。周思明的这些论述对提高创业题材文学创作具有重要启示意义[③]。针对丁力《深圳为什么没出“大作品”?》，周思明撰文《谁说深圳没出过“大作品”?》，认为丁文道出了他作为深圳本土作家的切身感受，有的切中问题痛点，有的则未必：文章所谈问题，也大有值得商榷之处。“大作品”并不是反映改革开放、获得茅盾文学奖的长篇小说。茅奖这个标准太狭隘，也是不严谨的。深圳也不是如丁力所说，没有作品入围茅盾文学奖，实际上曾经有5位作家作品入围；曹征路的问题意识，梅毅的历史小说，虽然没有入围茅奖，但影响力远超一些茅奖作品[④]。

李明刚《重新发现中国文学版图上的“华南”》认为，以“华南”作为文学划分的方法，意味着将华南文学置于中国、亚洲、西方的多维关系视角之中，审视各种复杂微妙的互动关系。从现当代文学学科发展来看，华南文

---

① 蒋述卓：《成林成海的海外华文文学是中国文化自信的表征——在“文化自信与文学建构：粤港澳大湾区文学峰会”开幕式上的发言》，《华文文学》2021年01期。

② 周思明：《新时代呼唤新型文艺批评》，《吐鲁番》2021年第2期。

③ 周思明：《城市创业者的形象塑造与价值建构》，《中国文学批评》2021年第2期。

④ 周思明：《谁说深圳没出过“大作品”?》，《文学自由谈》2021年第3期。

学这一命题隶属建立在文化板块基础上的地方文学研究，对于深入了解文学形态及结构生成的复杂性多样性不无裨益[①]。

文学与高科技的融合创新，是学术前沿和热点问题。高科技不仅刷新了人类对世界的认识，而且为文学创作带来了新的审美体验和想象，催生了新的文学样式和结构方式，并由此构成对文学观念的重构。贺仲明《论高科技时代的文学意义》指出，高科技时代物质崇拜、科技崇拜不断抬头，必然会对文学存在的价值造成冲击，物质文明的发达以工具理性为其内在逻辑，凡事讲究实用快捷，以人文为中心的精神文化逐渐显得可有可无。人类获取的信息量陡增、时空感改变，导致深沉复杂的情感体验再难出现，大众对文学作品的期待也就产生了变化，渐渐不再欣赏那种内蕴深刻丰厚的作品，只喜欢通俗的形式与内容。而科技发展使传播媒介日新月异，文学的生产传播接受过程发生着剧变，文学创作的门槛降低，甚至计算机都能制造文学，这就解构了文学的崇高性严肃性，以致当下创出的作品数量虽多，但泥沙俱下不尽如人意。面对高科技发展在造福人类的同时带来许多精神文明方面的危机，我们应提高警惕，主动适应时代变化，坚持真正的文学价值，坚决抵制文学流于空洞和庸俗[②]。李德南《人工智能与人的境况》向读者大众推介了石黑一雄的《克拉拉与太阳》及麦克尤恩的《我这样的机器》两部科幻作品，该短文睿智地提出，人工智能、虚拟现实、基因编辑、纳米技术等出现突破，都会给人类的生活带来巨大改变，技术如何发展、表面上生活有哪些变化，这些问题并不会真正困扰人类，真正形成困扰的时代已进入科技加速阶段，而人类的政治制度、伦理观念等并未能够及时做出适应与调整，与新技术相适应的新思想新法则尚未完善起来，人类的整个精神处于迷茫状态。石黑一雄和麦克尤恩在其新作中都不约而同关注到了人工智能相关问题，把人工智能与人的境况放到一起来思考想象，阅读这两部作品我们能确知文学是怎样对科技带给人的福祉和困境作出反应的[③]。刘茉琳《豆瓣网与新媒体时代的文艺批评新变》选题独特，以豆瓣网独特的影评机制为例，论述新媒

---

① 李明刚：《重新发现中国文学版图上的“华南”》，《当代文坛》2021年第2期。

② 贺仲明：《论高科技时代的文学意义》，《文艺争鸣》2021年第3期。

③ 李德南：《人工智能与人的境况》，《广州文艺》2021年第7期。

体时代，大众评论获得了较好的生长条件，业已取代专业评论，对文艺创作发挥了至关重要的导向作用。虽然大众话语本身也不纯粹，也存在片面偏激等弊端，但以大众为主体的文艺批评必将借助新媒体发展得愈发茁壮，而经由参与评论和对话，人们也得以寄托精神，实现身份和文化认同①。

如何从文化角度呼应粤港澳大湾区总体国家战略设计，本年度广东评论工作者进行深入思考和集中论述。凌逾《论岭南文化与江南文化的互动》认为岭南文化与江南文化就遥相呼应，交流频繁，表现出三个特点：多样态的文化交流、多层次的文艺交融和多城记的文学互动。两地文化都具有沿海性、商业性、跨界性、国际性等特性，互相渗透、互相影响，为两地构建文化共同体提供了有利条件。两地文化的个性化、差异化和多元化，为区域文化的发展提供了有益启示②。江冰《粤港澳大湾区：新视野下的文化使命》比较粤港澳大湾区与长江三角洲相对应的岭南文化、江南文化的异同，从文化角度探讨和呼应国家战略设计③。

粤港澳地区的发展与海洋始终紧密相连。龙其林《海洋文明与近代粤港澳大湾区报刊的域外游记创作》《近代岭南报刊中的粤港澳地区形象》西方向中国传播近代文明，以南中国海为中转站进而辐射至中国沿海及内地。在这个过程中，海洋文明也与中国近代文学结下了不解之缘，选题具体独到。近代岭南报刊中的粤港澳地区形象，引导读者更新观念，睁眼看世界，为近代岭南地区的变革做了观念上的启蒙④。江冰《粤港澳大湾区：新视野下的文化使命》《文化建设的三个关键词及大湾区的优势》通过回归点、高科技、传播力三个关键词解读新时期岭南文化的特点，认为岭南文化同根同源，具有海外及世界范围影响力；一个湾区，二种制度，三种货币，恰巧构成文化冲突碰撞，有利于产生新理念、新观念、新文化、新艺术、新形态、新生活方式，我们肩负文化使命的自信来源于粤港澳大湾区的特点与优势⑤。

---

① 刘茉琳：《豆瓣网与新媒体时代的文艺批评新变》，《艺术评论》2021 年第 6 期。

② 凌逾：《论岭南文化与江南文化的互动》，《广州大学学报》2021 年第 4 期。

③ 江冰：《粤港澳大湾区：新视野下的文化使命》，《粤港澳大湾区文学评论》2021 年第 1 期。

④ 龙其林《海洋文明与近代粤港澳大湾区报刊的域外游记创作》，《创作评谭》2021 年第 3 期；《近代岭南报刊中的粤港澳地区形象》，《天中学刊》2021 年第 5 期。

⑤ 江冰：《粤港澳大湾区：新视野下的文化使命》，《粤港澳大湾区文学评论》2021 年第 1 期；2021 年 5 月 23 日广州"粤港澳大湾区：新视野下的文化使命与文化建设"研讨会发言。

心中有热土，胸中有情怀，笔下有深意。对岭南本土文化的强烈认同使江冰成为坚定不移的“湾区文化的书写者”，以《岭南乡愁》一书，为粤东西南北的不同文化提供了一次“美的逡巡”[①]。

“粤港澳大湾区文学”不是一个简单的区域文学概念，而是一个切合新时代发展需要的“大文化”概念，从空间维度来看，这一概念兼具地域性、民族性与世界性；从时间维度来看，这个概念则具有历史性、当下性与未来性。唐诗人《“粤港澳大湾区文学”的理论内涵及其未来面向》试图为“粤港澳大湾区文学”这个概念内涵等问题寻找答案[②]。王威廉、陈培浩《地理空间及其文明活力的精神烙印》坦言，粤港澳地区地缘优势明显，文明活力十足，但尚未形成一个牢固的文化共同体，文学发展潜力尚未得到充分发掘[③]。

粤港澳大湾区是中国网络文学重镇，网络文学作者、作品、读者数量居全国之首。大湾区网络文学发展史，就是中国网络文学发展史的缩影。郑焕钊、陈瑞迪《粤港澳大湾区网络文学的起点意义与多元图景》提出，粤港澳地区的文化脚步向来走在时代前列，自互联网、数字技术、智能化等事物兴起后，网络文学及其衍生的文艺形态在这片土地上得到了如火如荼的发展。网络文学在地方政府的扶持下越来越兴盛，粤港澳大湾区也成了中国网络文学主流化治理的“试点”，中国网络文学体系的构建也在大湾区实现了创新[④]。

岭南文化资源丰富，构成粤派批评的学术立足点和生长点。岭南历史上最有影响的人物是赵佗和孙中山。赵佗是岭南人文始祖，赵佗的《报文帝书》是目前所能看到的岭南最早的文章，是岭南进入文明的标志和生命信息。孙中山首举反帝反封建的旗帜，“起共和而终两千年封建帝制”，是中国民主革命的伟大先驱。丘树宏《赵佗〈报文帝书〉：岭南史上第一文》《孙

---

① 江冰：《岭南乡愁》，广东高等教育出版社2021年版。

② 唐诗人：《“粤港澳大湾区文学”的理论内涵及其未来面向》，《粤海风》2021年第2期。

③ 王威廉、陈培浩：《地理空间及其文明活力的精神烙印——在大湾区思考一种文学地理学》，《粤海风》2021年第1期。

④ 郑焕钊、陈瑞迪：《粤港澳大湾区网络文学的起点意义与多元图景》，《粤海风》2021年第5期。

中山文化是粤港澳大湾区与世界文化相链接的重要纽带》分别对赵佗与孙中山与岭南文化的关系进行论述，不乏新见[①]。丘树宏是广东本土文化掘宝人，较早提出粤港澳大湾区人文湾区建设建议并率先践行，也是目前创作粤港澳大湾区相关文化作品较多、题材和体裁较丰富的学者、作家之一。除了首倡孙中山文化并力推成为国家命题这一重要贡献之外，他孜孜不倦，以丰富的舞台作品、文学著作、歌曲作品、人文社科作品为“共建人文湾区”注入丰富的文化内涵。截至目前，他相继创作近八十部（篇）、近二百万字粤港澳大湾区人文湾区建设主题作品，此外，他还策划组织、参与有关粤港澳大湾区人文湾区建设主要的大型活动和项目十余个（项），为粤港澳大湾区文化建设作出了积极贡献。2021 年 12 月 31 日，在大湾区文化建设专题座谈会上，丘树宏专题发言提到：“我们广东是有文化的，我们的文化是珠江文明，是海洋文明，我们应重新评价评估广东文化在中华文明中的地位和作用。”他以“珠江文化”“赵佗文化”“孙中山文化”“改革开放文化”“粤港澳大湾区文化”五个方维度全面阐述广东文化、岭南文明或者是珠江文明是中华文化不可或缺的一个部分。这些，都是丘树宏多年关注人文湾区建设的结晶。

文学经典是文化建设的重要资源，发掘经典、关照现实是文化建设的内容。《粤港澳大湾区文学评论》2021 年开辟“粤港澳经典重读”栏目，陈剑晖的《重读秦牧兼论文艺创作的辩证法问题》认为，秦牧的散文寓思想于闲话趣谈之中，赓续了五四散文“言志”的传统，既平和随性，又蕴含丰富，更重要的在于，辩证唯物主义思想方法的运用，使其创作超脱于“趣味主义”和“技巧主义”，拥有了超越同时代作品的高度[②]。李俏梅的《左翼导向与市民经验的融合——论黄谷柳〈虾球传〉的文学史价值生成》认为，《虾球传》绝非一部观念先行的小说。黄谷柳人生阅历丰富，对底层民众的生活极为熟稔，描绘起动荡年代的市民社会来便得心应手，另外他对港、粤

---

① 丘树宏：《赵佗〈报文帝书〉：岭南史上第一文》，2021 年 12 月 26 日《南方都市报》；《孙中山文化是粤港澳大湾区与世界文化相链接的重要纽带》，2021 年 9 月 26 日深圳文博会论坛主旨演讲。

② 陈剑晖：《重读秦牧兼论文艺创作的辩证法问题》，《粤港澳大湾区文学评论》2021 年第 5 期。

两地的风俗民情体察入微，对粤方言和粤文化了然于心，这使得《虾球传》氤氲粤地生活气息，地方风味浓厚[①]。刘卫国《“一个新的世代的先影”——丘东平新论》认为丘东平有自己的绝活，那就是描写战争。丘东平战争文学叙事，一方面“防备单纯化”，一方面“袪除浪漫化”，取得了异常真实的艺术效果。丘东平写战争，还特别关注战争对人的心灵世界的影响，探索了一条展示人性、叩问灵魂的道路。因为关注人的精神状况，丘东平还提出了重大的理论问题，为胡风主观战斗精神理论的建立提供了支援。但也因为与胡风的密切关系，丘东平卷入党内宗派之争，并遭到冷遇。丘东平作为一个“新的世代”的代表，其文学遗产值得后人好好总结和继承[②]。

侨批是海外华侨华人通过海内外民间机构汇寄至国内侨眷书信与汇款的合称，既是海外华侨华人与祖（籍）国乡土的“跨国家书”，也是记载丰富时代信息的“海邦剩馥”。侨批，广泛分布在广东省潮汕地区。关于侨批的文学书写，上世纪四十年代，作家秦牧就以短篇小说《情书》，塑造了侨批背后的潮汕女性形象，坚强独立，尊老爱幼，自尊明礼，出得厅堂入得厨房下得了田。当代侨批文学引人关注，郭小东《铜钵盂——侨批局演义》是首部以侨批为题材的小说。2021 年 10 月，陈继明描绘潮汕侨商下南洋的奋斗史的侨批小说《平安批》面市。评论家阎晶明、白烨、贺绍俊、梁鸿鹰、王春林等发表评论，高度评价小说“写尽番客故事，抒发家国情怀”，建构岭南文学话语和叙事体系。

广东潮州是我国著名的四大侨乡之一。作为岭南文化的重要组成部分，潮州文化具有鲜明的地域特色，是中华文化的重要支脉，也是中华文化的瑰宝。习近平总书记于 2020 年 10 月 12 日至 13 日，在广东潮州、汕头视察期间，对潮州文化、华侨文化作出了精辟论述。张培忠《新历史机遇下潮州文化的保护与传承》《做潮州文化的耕耘者》，以习近平总书记视察潮州、汕头、深圳的重要指示精神指导潮州文化的研究、传承与创新。张培忠的论述对深入把握潮州文化的精髓和特质，创新传承和保护潮州文化，以及弘扬中

---

① 李俏梅：《左翼导向与市民经验的融合——论黄谷柳〈虾球传〉的文学史价值生成》，《粤港澳大湾区文学评论》2021 年第 4 期。

② 刘卫国《“一个新的世代的先影”——丘东平新论》，《粤港澳大湾区文学评论》2021 年第 3 期。

华优秀传统文化，丰富中华文化内容，具有重要意义和作用[①]。

“新南方写作”是大湾区文学的新现象，进入当代文学视野。“新南方写作”这个概念最早是陈培浩《新南方写作的可能性》中提出的。文学意义上的南方，往往指水汽氤氲的江南水乡，而南方以南，广阔丰富的岭南地区的文学长期以来处于被遮蔽的状态。近些年来，陈崇正、王威廉等广东青年作家群体逐渐崛起，以一种全新的姿态讲述“新南方”的故事，引起关注，被称为“新南方写作”。2021 年《南方文坛》刊发“新南方写作”专辑，杨庆祥、东西、林白、朱山坡、林森、曾攀等评论家、作家对“新南方写作”内涵、特点进行探讨。广东评论家在《广州文艺》《粤海风》《粤港澳大湾区文学评论》《羊城晚报》等报刊发表关于新南方写作的评论。贺仲明《地域性与时代性同行——对于“新南方写作”的初略思考》，王威廉《新寻根、异风景与高科技神话——“新南方写作”的美学可能》对新南方写作的地域性、内涵及未来面进行深入探讨[②]，孙磊《“新南方写作”如何照亮广东文学?》对新南方写作的缘起、作家群落以及地方性叙事进行描述和评论[③]。

广东文学历来薪火相传，一代又一代青年作家扎根南粤大地，以饱满的青春热情和深切的文学情怀，塑造出青年作家独树一帜的文学品格，创作出一批独具特色、生动多彩的文学作品，在推动全省文学事业繁荣发展的过程中发挥了重要作用。2021 年 9 月 15 日，“大湾区文学新浪潮”广东青年作家作品研讨会在北京举行，大湾区文学再次被聚焦。近年来，以王威廉、黎衡、陈培浩、陈崇正、李德南、冯娜、蔡东、王哲珠、郭爽、莫华杰等为代表的一批青年作家的成长成熟，带给了当代广东文学薪火相传、继往开来的文学力量，也昭示着新一代青年作家面向未来、面向湾区的文学期待。这是广东青年“文学粤军”的集中亮相，旨在宣传推介粤港澳大湾区优秀青年作

① 张培忠：《新历史机遇下潮州文化的保护与传承》，《中国文化报》2021 年 11 月 03 日；《做潮州文化的耕耘者》，《潮州日报》2021 年 11 月 09 日。

② 贺仲明：《地域性与时代性同行——对于“新南方写作”的初略思考》，《广州文艺》2022 年第 1 期；王威廉：《新寻根、异风景与高科技神话——“新南方写作”的美学可能》，《广州文艺》2022 年第 1 期。

③ 王威廉、陈培浩：《地理空间及其文明活力的精神烙印——在大湾区思考一种文学地理学》，《粤海风》2021 年第 1 期。

家，提升大湾区文学的影响力和辐射力。当代广东青年作家思想解放、意识超前，秉承广东文学兼收并蓄、敢为人先的进取精神，以更大的开放性、更强的兼容性，适应现代化进程的文学形态，积极传递高尚的情感、境界，健康的人生追求、美好的艺术情趣，着力塑造文学独树一帜的艺术品格，展现出务实、开放、兼容、进取的广东作家新风貌。专家们一致认为，广东青年作家创作实力强，作品辨识度高，形成了在全国文坛有较大影响力的青年粤军创作队伍，特别是80后青年作家在全国独领风骚，创作出了一大批有重要影响的文学作品，成为广东文学异军突起、走在前列的中坚力量之一[①]。

为扶持青年评论家成长，本年度省作协还推出《广东青年批评家丛书》，出版10部个人批评文集。入选的青年评论家有：冯娜、徐诗颖、贺江、杨璐临、王金芝、包莹、陈劲松、朱郁文、徐威、杨汤琛共10人。

2021年12月29日《中国社会科学报》“人文岭南”专题，发表了田忠辉《“新南方写作”现象的理论观察》、唐诗人《“新南方写作”的地方性与世界性》、冯娜对话陈崇正《“新南方写作”的自觉》三篇文章，这组文章主要是对“新南方写作”做了理论上的讨论，对“新南方写作”学术化发展中将遇到的关键问题、突破瓶颈和创作展望进行了反思、预测和评判。“新南方写作”变成一个自觉的学术概念，这些探讨有利于大湾区文学的繁荣、发展和拓新。

陈崇正、王威廉、陈再见等新南方写作代表作家的创作，受到评论界关注。虽然同为“80后”，但与王威廉、陈崇正、冯娜受过良好、完整的教育不同，陈再见高中辍学，用五年时间从农村代课老师成长为深圳打工文学新星。陈再见的小说以写实见长，尤擅长表现一些生活在底层的“失败者”。《出花园记》是十年磨一剑的成果，是陈再见真正意义上的第一部长篇小说。2021年10月31日，陈再见携长篇小说《出花园记》做客钟书阁深圳店，以“故乡，以文学的方式出走和回归”为主题，与青年评论家宫敏捷展开对话，讨论如何在文学中书写故乡与城市，出走与归来，分享异乡人的深圳故事[②]。

---

① 孙磊：《打造“文学粤军”青年方阵！“大湾区文学新浪潮”研讨会在京举行》，《羊城晚报》2021年9月16日。

② 《以文学书写人的精神回归，深圳作家陈再见携〈出花园记〉分享异乡人的深圳故事》，《深圳特区报》2021年12月31日。

“出花园”是潮汕地区的成人礼，“成人”在乡村意味着可以结婚，可以保卫自己的家人和家乡，“出花园”同时也意味着自我的成长与突破，可以走出家乡，走出自我，去面对世界。小说叙述的是生活和成长本身，其中人物即体验了“花园”之中的温情与浪漫，也味尝了之外的冷冽与坚硬。小说《出花园记》罗一枪、陈静先和马玮发小三人一起度过了虚岁十五，他们在这一年“出花园”闯荡深圳，自此开始了各自的命运……时隔二十年的一次“回乡团”活动中，本已渐行渐远的童年玩伴重聚，镇上已经大变，人生的境况也已不同。故事将人物的经历融入时代变革的长河之中，展现一代青年人携带痛和爱的成长、闯荡和追寻，重现粤东沿海乡村与城市的光辉岁月。

五、彰显高品质：关注前沿，创新理论，激浊扬清

文艺评论是推动文艺繁荣发展的重要力量。2021 年，广东切实发挥文艺评论引导作用和影响力，推动创作和评论的有效互动。粤派批评在中国文艺评论领域独树一帜，产生了不少高品质的评论作品。从现实层面来看，这是深入贯彻落实习近平总书记在中国文联十一大、中国作协十大开幕式上重要讲话和中央宣传部等五部门联合印发的《关于加强新时代文艺评论工作的指导意见》的题中之意，也是广东“文化强省”战略落地生根、开花结果的内在要求。

文学理论批评的功能和内容包括对文学基础的论述、文学资源的发掘、文学土壤的培育、文学价值的建构、文学风尚的引领。“粤派批评”要建立自身的评论体系，提出自己的理论或批评主张，凝练关键词。同时，在研究地域性文学差异的基础上，通过文化自觉意识和不断反省，寻找不足，进而强化“粤派批评”的特色，处理好整体的批评观念与个体价值的关系。

蒋述卓是中国文化诗学理论的重要开拓者之一。他对文化诗学的理论建构，以及关于消费时代文学批评，已经成为当代不容忽略的批评经典。2021 年蒋述卓的《文化诗学批评论稿》出版，收入近 20 年来关于文化诗学批评的理论阐述及其批评实践的文章。文集将文化学的理论与方法运用于文学批评的一种新阐释系统与方法，保留中国传统文学批评中的整体印象式批评、

诗意描述与领悟式批评等优势的前提下，融合西方文学批评的各种理论与方法，对中国当下的文学和文化发展等问题进行探究和研究。4 月 15 日下午，“粤派批评：蒋述卓《文化诗学批评论稿》学术研讨会”在广东技术师范大学·郭小东文学馆举行。数十位专家学者，高度评价蒋述卓的文化诗学。李德南《以新方法新视角理解文学主潮的变迁》认为，论述蒋述卓的《文化诗学批评论稿》尝试将文化学的理论和方法运用于文学批评和文化批评，形成一种同时具备文化的、诗学的和审美的特点的阐释方法。除了这一文化诗学的理论构想，书中还对消费时代文学的困境和意义、城市诗学的意蕴等论题进行探讨，对城市文学、城市文化与城市审美等问题进行了实践与想象。这样的理论探索和批评实践，带有鲜明的介入现实的精神，蕴含着人文学者的情怀。对于如何理解城市文学，如何理解当代文化，本书所进行的理论探索和具体实践颇具启发意义[①]。

蒋述卓是粤派批评的催生者和实践者，为“粤派批评”提供了学理上的支撑和实践范本的支撑。本年度，蒋述卓发表《当代现实主义文学叙事传统的建构及意义》，认为中国文学在现代时期已初步构建了现实主义传统，尤其是史诗性传统，茅盾、老舍、巴金等就是这方面的代表。当代以来，现实主义逐渐与现代主义媾和，逐渐融入先锋的精神，因而呈现出多种面孔，但本质上仍是现实的[②]。这些论述，推进对中国当代文学叙事的传统的整体理解，加深对中国特色社会主义现实主义多侧面与复杂性的认识，增强我们对中国文学发展道路的自信。对一些有标志性的作家作品和文学现象，以及一些有争议性问题，做出富有创造性的解答。

陈剑晖是当代散文研究的重镇。作为粤派批评的倡导者和实践者，陈剑晖除了发表视野开阔、内容丰富、论述深刻、充满真知灼见的文学评论之外，潜心于中国现当代散文研究，富有创造性地建构“诗性散文”体系，成果备受学界瞩目。2021 年，陈剑晖的散文研究有新推进、新收获。《论中国现代智性散文》挖掘和阐发散文的中国诗性智慧，以及这种诗性智慧的传承与创造性转化。陈剑晖指出，抒情与智性是中国现代散文的两翼。但长期以

---

① 李德南《以新方法新视角理解文学主潮的变迁》，《广州文艺》2021 年第 9 期。

② 蒋述卓：《当代现实主义文学叙事传统的建构及意义》，《南方文坛》2021 年第 1 期。

来，散文的研究者一直重审美抒情而轻智性，从而导致百年来审美抒情一枝独大，而智性散文几乎被人遗忘。考察智性散文的理论主张与历史流变，探究智性的哲学来源，界定智性散文的概念及内涵，重现智性散文的创作实绩，传承与创造性转化，不仅是散文发展的需要，也是增强文化自信的一个路径。《构建中国自主性散文理论话语》（与吴周文合作），着眼于中国当代人文学科的建设，立足散文文体的特殊性，以构建中国现代散文理论话语为重点，以期让散文这一既古老又年轻的文体，在新时代语境中重新焕发生命活力[①]。本年度，陈剑晖还在《当代作家评论》《扬子江文学评论》《中国文学研究》《东吴学术》《博览群书》等刊发表了关于秦牧、张竞生、穆涛、郭文斌、周闻道散文的评论，并在国内和台湾出版了《陈剑晖集》《诗性散文》等专著。

“粤派批评”立足广东，但要走出广东，发挥和提升在全国范围内的影响力，进一步提升“粤派批评”理论形态，推动其进入当代学术史视野，使其成为具有独特文化品格和精神气质的岭南批评学派。贺仲明、谢有顺、申霞艳、李德南、唐诗人是粤派批评的中坚。他们既立足现实，关注本土文学创作和文学现象，又聚焦前沿，放眼全国，视野宏阔，守正创新，针对全国性的重要作家、文艺问题发声。

贺仲明《探寻与创造——论韩少功与乡村文化的复杂关系》以韩少功的乡村书写为切入点，探讨了乡村文化如何全面地影响、融入文学创作；《“地方性文学”的多元探究与价值考量》则审视近年兴起的“地方性文学”创作潮流，深刻论析该潮流既是对全球化时代文化状况的积极呼应，是地域文学迈上新高度的契机，同时它也显露出某些极端化、封闭化特点，应理性看待、趋利避害；《重识“打工文学”的意义并论其未来发展——兼论城市书写新的可能性》对以打工题材为主的城市文学进行了系统的回顾与展望[②]。

谢有顺《日常生活令人惊骇的一面》《文学研究视野里的东西小说》对东西的创作进行新的辨析。东西的先锋性和独特性，在于他与地方、时代既

① 吴周文、陈剑晖：《构建中国自主性散文理论话语》，《中国社会科学》2021 年第 3 期。

② 贺仲明：《探寻与创造——论韩少功与乡村文化的复杂关系》，《文艺研究》2021 年第 3 期；《“地方性文学”的多元探究与价值考量》，《中山大学学报》2021 年第 2 期；《重识“打工文学”的意义并论其未来发展——兼论城市书写新的可能性》，《东吴学术》2021 年第 1 期。

契合又抽离的关系。东西小说的写作伦理散发着一种“还没有完全被现代城市文明及人道主义驯服”的混沌野性。荒诞、身体、绝望是东西的创作的关键词[①]。而《肯定中国当代文学也需要勇气》则肯定当代文学在某种意义上再造了中国文学的语言制度，指出中国当代文学缺乏“孤独的个人”，缺少有深度的内面，失去对重大问题的兴趣和发言能力，少了对自身及人类命运的深沉思索等问题[②]。所论掷地有声，不乏自得之见。

2021 年，张丽军在《当代作家评论》《南方文坛》《民族艺术研究》等刊物发表 10 余篇文章，其中两篇文章被人大报刊复印资料《影视艺术》和《高等学校文科学术文摘》主体转载。《白、红、黑：在人性深处探寻生命之色——铁凝论》和《〈创业史〉为什么这样“红”》两篇论文产生了较好的影响，分别对铁凝和柳青两位作家及其代表性作品进行分析，探寻铁凝文学创作对人性的深刻挖掘以及柳青《创业史》为什么在新世纪的今天依然具有很强对话性的内在原因，推动中国当代文学经典化。2021 年他申报国家社科基金重大招标项目《百年中国乡土文学与农村建设运动关系研究》获得立项。该项目以百年中国乡土文学和乡村建设运动为研究对象，探索二者对新农民、新乡村、新文化的思考，从审美层面和实践层面互动中推动中国现代化运动进程，为 21 世纪乡村振兴提供经验、智慧和启示。此外，他还在山东文艺出版社出版《对话的文学经典教育》《现实主义与当代文学研究前沿》等教学著作两部，是对以往中国现当代文学教学 15 年的回顾、总结和思考。

申霞艳 2021 年撰写的评论文章大半以女性文学的作品为论析对象。《女性写作的春天》从 2020 年诺贝尔文学奖颁给美国女诗人露易丝·格丽克谈起，描绘中国当代女性写作的代际和态势。《撕掉杀人犯的标签，我们还可以看到什么》评析艾伟的新书《妇女简史》修改了关于妇女的预见，对女性的情与爱做出了新的诠释。《创业女性的认同变迁》《华裔科技女性的硅

---

① 谢有顺：《文学研究视野里的东西小说》，《当代作家评论》2021 年第 4 期。

② 谢有顺：《日常生活令人惊骇的一面》，《南方文坛》2021 年第 4 期；《肯定中国当代文学也需要勇气》，《文艺争鸣》2021 年第 7 期。

谷“西游记”》则是对海内外文学创作中的创业女性形象塑造进行论述[①]。

李德南、唐诗人本年度用力较勤，发表多篇高质量评论。李德南《科幻小说：在文学与文明的转折点上》《人工智能与人的境况》对科幻小说、人工智能进行深入探析[②]，唐诗人《新南方写作与黑色浪漫主义者路魑》《何谓“先锋”，“先锋”何为?》对新南方写作、先锋小说进行论述[③]。

大潮起珠江。广东既是改革开放的一片热土，也是文学创作的一方沃土。广东本土文学创作特色鲜明、势头正盛，呈现出赶超全国的良好态势，已构成其令人瞩目的“广东现象”。岭南深厚的历史文化底蕴和丰富创作成果为文学评论提供了养料和素材。

广东评论界努力续写更多新时代“春天的故事”，以文学评论方式让“岭南声音”叫得更响，让“湾区故事”传得更远。2021 年，广东省作协《粤港澳大湾区文学评论》新开设“作家作品评论—青年作家评论小辑”栏目，集中刊发俞莉、赵目珍、程继龙对王威廉、蔡东、郑小琼等广东青年作家追踪观察后所作的最新论述[④]。《作品》《广州文艺》发表有王瑛《图像、叙事与义理：梁小曼诗歌的锋芒》、贺仲明《亲历者的都市浮世绘》等[⑤]。《粤海风》“大湾区文艺观察”栏目推出评论文章 70 多篇，成为大湾区文艺研究、评论的重要理论平台。

广东是诗歌大省，诗歌创作活跃，不仅诗人数量庞大、诗歌活动频繁、群落特色鲜明，民刊林立，而且产生了一批有实力的诗人与有影响的诗歌事

① 申霞艳：《女性写作的春天》，《雨花》2021 年第 1 期；《撕掉杀人犯的标签，我们还可以看到什么——从〈妇女简史〉说起》，《上海文化》2021 年第 3 期；《创业女性的认同变迁》，《中国文学批评》2021 年第 2 期；《华裔科技女性的硅谷“西游记”——陈谦论》，《南方文坛》2021 年第 3 期。

② 李德南：《科幻小说：在文学与文明的转折点上》，《江河文学》2021 年第 2 期；《人工智能与人的境况》，《广州文艺》2021 年第 7 期。

③ 唐诗人：《新南方写作与黑色浪漫主义者路魑》，《青年作家》2021 年第 7 期；《何谓“先锋”，“先锋”何为？——对中国当代先锋小说的回顾与反思》，《满族文学》2021 年第 5 期。

④ 俞莉《古典的气质，现代的内核——蔡东小说漫谈》，《粤港澳大湾区文学评论》2021 年第 3 期；赵目珍《论蔡东的小说美学及其创作实践》，《粤港澳大湾区文学评论》2021 年第 3 期；程继龙《远方的实现，及重新想象诗歌——评郑小琼诗集〈行旅〉》，《粤港澳大湾区文学评论》2021 年第 4 期。

⑤ 王瑛《图像、叙事与义理：梁小曼诗歌的锋芒》，《作品》2021 年第 2 期；贺仲明《亲历者的都市浮世绘——读〈后浪起珠江〉的三篇小说》，《广州文艺》2021 年第 6 期。

件。近年来，新性灵主义诗学、微诗、生态诗歌、女性诗歌创作、完整性写作、口语诗歌、城市诗歌等登场亮相，形成多元共生的岭南诗歌态势。

陈希致力于诗学理论研究和诗歌评论。近年来，他关注广东本土诗歌创作，发表过关于新性灵主义、微诗创作、抗疫诗歌的评论。2021 年，陈希发表《清香溢远：生态文学的岭南表达》，对清远的生态诗歌特质进行深入论述。清远早在 2003 年就提出“生态诗歌”的概念，在戚华海、唐德亮等倡引和带动下，崛起并形成了一个影响越来越大的生态诗歌写作群，举办生态诗歌节和理论研讨。清远生态文学不仅关乎生态，而且还追求一种“美”的境界，并且付诸实践，形成“地域、创作、实践、梦想”四位一体的审美特征①。《诗歌写作的新向度》是评论杨克最新出版的诗集《我在一颗石榴里看见了我的祖国》，认为杨克是最早对社会转型中的都市进行书写的诗人之一，新作写广州的酒吧、广场、机场、高铁等等，展现粤港澳大湾区的都市景观和空间，描绘改革开放和经济全球化前沿城市生活和感受。波德莱尔赋予巴黎颓废忧郁的意象；惠特曼赋予纽约自由奔放的意象。赋予中国北上广等新时代大都市什么意象？这是杨克一直在思考，当代诗歌写作要进一步探索的问题。《口语诗的审美向度》则对老刀的诗歌创作和诗学理论进行具体而深入的论述，认为口语诗不是口水诗，而是一种生命的提纯和喷发，由底层往上，清澈见底而又深不可测。这些论述深刻而新颖，发表以后引起较大反响②。

广东有很多知名的实力派诗评家。本年度，伍方斐、龙扬志、张德明、向卫国等分别就口语诗歌、新诗常与变、诗歌视觉现代性、现代禅诗审美等问题进行具体而独到的论述，发出岭南诗学的声音③。伍方斐《外冷内热：老刀诗歌的叙事腔调》认为老刀的口语诗“以现实感、叙事性和语言利落见长”，“叙事”和“叙事腔调”无处不在。张德明《视觉现代性：新诗研究

---

① 陈希：《清香溢远：生态文学的岭南表达》，《羊城晚报》2021 年 10 月 13 日。

② 陈希：《诗歌写作的新向度》，《四川日报》2021 年 12 月 5 日；《“清澈见底而又深不可测”》，《作家网》2021 年 11 月 15 日。

③ 伍方斐《外冷内热：老刀诗歌的叙事腔调》，《羊城晚报》2021 年 12 月 19 日；龙扬志《锻造从诗歌语词出发的精神内核（反方）》，《诗刊》2021 年第 8 期；张德明《视觉现代性：新诗研究的新视野》，《文艺争鸣》2021 年第 6 期；向卫国：《现代禅诗的一种可能》，《作品》2021 年第 3 期。

的新视野》以身体感官层面的现代性——视觉现代性作为视点展开全新的新诗研究，认为中国新诗与古典诗词的根本差别不是语言修辞的差别，而是审美意象的差别，因新诗中的意象具有个人化、生鲜活泼的特征，能够带给读者视觉冲击，令其领受到一种现代生存体验和现代精神意识，因而新诗才独具魅力。从视觉现代性的视域观照新诗，不仅能让我们对新诗的发生做出新的阐释，也能帮助我们在分析具体文本时领会到诗人独特的“写生”思维，更好地理解一首诗的内在意蕴和诗意美感[①]。向卫国《现代禅诗的一种可能》认为，现代诗的特点恰恰就在于：不求禅意而自然入禅；不求诗意而做到了诗意自在。禅与诗的这种相契相合，在现代诗歌中本应该更普遍于古典诗歌[②]。王瑛《图像、叙事与义理：梁小曼诗歌的锋芒》评价梁小曼诗歌“情与事兼备，意与理共具”。梁小曼观察和体验的世界会有并不那么美好的旁逸斜出者，充满对立和冲突：自我与理想，自我与现实，自我与他者，人与自然，理想与现实的二元对立[③]。诗人华海发表《生态诗学初探》，论述生态诗歌的特质和地域性问题[④]。

散文是最见写作功力的文体。新世纪以来，广东散文创作比较活跃，其中学者散文和非虚构写作引人瞩目，关于此类散文的评论也有不俗表现。2021年，蒋述卓散文集《生命是一部书》由花城出版社出版，詹谷丰的《山河故人——广东左联人物志》由花城出版社出版，江冰《哲理与妙趣：成就生命之书——读蒋述卓新著〈生命是一部书〉》认为，蒋述卓的学者随笔，以知识功底见长，兼有学问底气和文人气质。他评论《戒台读松》一文主观与客观、个人与松树，达到了最大限度地交流。作者对岭南的深刻理解与真挚热爱亦是此书亮点[⑤]。陈剑晖《为学问的底气融入生命的体温——读蒋述卓散文随笔集〈生命是一部书〉》认为，蒋述卓的“学者散文”，随处可见知识的“贝壳”，能感受到学问的底气、文化的底蕴，兼有生命的投入、

① 张德明：《视觉现代性：新诗研究的新视野》，《文艺争鸣》2021年第6期

② 向卫国：《现代禅诗的一种可能》，《作品》2021年第3期

③ 王瑛：《图像、叙事与义理：梁小曼诗歌的锋芒》，《作品》2021年第2期

④ 华海：《生态诗学初探》，《星星·诗歌理论》2021年第4期。

⑤ 江冰：《哲理与妙趣：成就生命之书——读蒋述卓新著〈生命是一部书〉》，广东作家网·粤评粤好·批评进行时，2021年1月7日。

感情的温润与心灵的渗透，避免了学者散文沉迷史料考证、知识爬梳的枯燥。意趣和禅味，是蒋述卓的学者散文的另一个特色，如《戒台读松》，悟到“无名者没有什么累赘，活得潇洒，并不见得就比那些出名者少些内涵。只是那些趋名弃实的围观者，常常只绕着那几棵名松转，而忘却了大千世界中还有无数可作深观的风景”[①]。

《漫识手记》是林岗2021年推出的随笔集，或是从关键词入手展开言说，或是在完成后能从中抽取出关键词，涉及中西哲学、伦理信仰、社会政治、历史人文、人生感想等领域，言简意深，新意迭出，可视为作者在学识、经验、思想方面的总结，也是一幅社会人文思想的地形图。282则随笔断章，充满哲理与智慧，构成一部奇书。林岗自己说，这些文字，有的是读书的感悟，有的是思考的心得，有的是好奇的追问，有的是伤惨的长嚎，有的是不易的定见，有的是歧路的彷徨。主题漫杂，不相统一，写法侧重思理，所以取名《漫识手记》。陈剑晖《词语密林中的精神漫游——读林岗散文随笔集〈漫识手记〉》比较康德、黑格尔式的思想写作和巴特尔、德里达式哲学写作[②]，认为林岗《漫识手记》属于后者，具有鲜明的风格特征。一是作者总是从具体细微的景象、事物或特定命题入手，集思考、追问、叙述、记录、描写与议论于一体，使人透过一个个具体的场景和生活细节，领悟到生活表象下面深藏的“真的存在”与本质性的力量。二是借助词语抓住思想。通过精准、简洁、凝练且富于张力的词语，不仅让读者尤其是那些注重内心、内省型的读者去识别、理解、把握他的思想，而且用精致的词语珍珠，将思想串联并固定下来。三是理性与诗性的融合。

2021年10月，黄灯因为非虚构作品《我的二本学生》在“2021南方文学盛典”上获得“2020年度散文家”。黄灯的《我的二本学生》一书，延续了她的一贯风格：注重从具体经验中精微而准确地触摸时代精神状态。她在此前引发广泛关注和讨论的文章《一个农村儿媳眼中的乡村图景》及非虚构作品《大地上的亲人》中，都出色地做到了这一点，情感真挚，反思真切。

---

① 陈剑晖：《为学问的底气融入生命的体温——读蒋述卓散文随笔集〈生命是一部书〉》，《光明日报》2021年1月20日。

② 陈剑晖《词语密林中的精神漫游——读林岗散文随笔集〈漫识手记〉》，《光明日报》2021年8月11日。

这一次，她将目光转移到中国最普通二本院校学生的命运，牵动了大家对教育和社会转型的思考。朱郁文《一个知识分子的非虚构写作——作家黄灯访谈录》对黄灯的创作历程、文学理念、人文关怀、叙事价值等进行全面探讨[①]。杨胜刚《黄灯论》则结合新媒体写作时代语境，从反思式的随笔写、大问题意识、图景式叙述、情感与立场等四个方面对黄灯的写作特点进行深入论述[②]。

广东散文理论的队伍正在发展壮大，部分散文作家兼具理论实力，发表关于散文的评论。依据黄雪敏的研究和分析，他们对散文的理解和探讨，不乏自得之见，有效地促进了散文创作。耿立在《散文：真的伦理》和《谈散文诗意和小说化陷阱》这两篇文章中，谈到了散文的“诗意”、“美”和“小说化陷阱”，特别强调“真”作为散文创作的基本原则：散文最本质的特征是什么？真，散文人格的真，散文文本呈现的真，艺术的真，还原真相，抵达现场。一个散文写作者与生活的关系，与历史的关系，与精神世界的关系，敢于直面，敢于正视，不矫饰，不作伪，不做虚无党，不瞒和骗，这才接近散文。他通过回顾新时期以来散文关于“真”的理论探讨，结合周晓枫、祝勇、李修文等人的散文创作实践，提出“散文的真，首先是人格的真，精神的真，灵魂的真。散文的血肉和灵魂就是与作者的灵魂、血肉、精神同构，人与文，是一体两面”。

耿立谈论散文的文章，不是规范的学术论文，没有条条框框的限制，完全是从一个写作者的角度来感受文体的精神和边界的，体现了一个散文作家对散文文体的热爱和灼见。关于散文的“真实和虚构”，塞壬在《散文小论》中，也表达了相近的观点：虚构，不是虚假。我虚构一个鬼怪，描摹出来，它还是个人的样子。散文如果不允许虚构，这要如何做到，如何鉴别，如何定义？散文的真，是一种品质标准，而非道德标准，更非规则。[③] 林渊液在《出花园之路》的后记《写散文，无非是把自己溶解在时间里》一文中，提出了“散文人格”一说，独辟蹊径，发现了散文文体的独特性。

---

① 朱郁文：《一个知识分子的非虚构写作——作家黄灯访谈录》，《粤海风》2021 年 12 月 15 日。
② 杨胜刚：《黄灯论》，《作品》2021 年 6 月 1 日。
③ 塞壬：《散文小论》，《镜中颜尚朱》，译林出版社 2021 年版，第 258－259 页。

杨文丰发表了《敬畏口罩外的微生灵——疫期省思录》一文，从“冠魔”的威力和口罩下的文化差异、种族冲突，以及自然界的“楚河汉界”等方面，深入思考微生物在宇宙中的地位，指出人类亟需“病毒疫苗”，更需有“精神疫苗”，要建构生态渡舟。文章以随笔的体例，融科普知识、现实思考和人文关怀于一体，从自然生态深入到人类社会生态和精神生态的层面，达到了一定的深度、高度和广度。杨文丰教授还在不同场合多次接受访谈，畅谈了他对“生态散文”的理解和创作追求。他将生态散文分为“大生态散文”和“小生态散文”，小生态散文聚焦的，主要是自然生态和人的精神生态的问题；而大生态散文，则是须深入探讨及艺术地表现自然生态、社会生态和精神生态“三态”的关系及问题，强调人的谦卑与担当，崇尚“天人和美”，自觉追求思想内容和审美境界的“大”。他将继续探索象征、寓言体生态散文的写作，探索增大散文容量之路径①。他在与散文评论家刘军的对话中，进一步辨析了“自然文学”和“生态文学”两个相近的概念，还从写作主体的观念和意识，生态散文的体例和特征等方面畅谈了生态文学的科学视角和价值走向，显示了扎实的专业素养和理论实力②。

探索构建文学理论批评审美体系和评价标准，激浊扬清，真刀真枪，敢于“剜烂苹果”，是文学评论的任务和功能。2021 年 9 月 27 日，广东省作协发出《文为世范，行为士则——致全省广大作家和文学工作者的倡议书》，坚持开展专业权威的文学评论，弘扬中华美学精神，积极探索构建“粤派批评”审美体系和评价标准。文学评论要重新获得力量，成为“利器”，学会“剜烂苹果”是批评家的基本功和必修课。但如何“剜烂苹果”，对许多批评家来说还是一个考验，这里不仅有能力问题，也有认识论和方法论的问题。鲁迅希望“刻苦的批评家来做剜烂苹果的工作”，其前提都是对“烂苹果”价值的肯定，正因为“烂苹果”有价值，所以即使有“烂”的地方也要去“剜”。用鲁迅的话说，就是“实在有三点：一，指出坏的；二，奖励

---

① 龙其林：《散文要有容量——对谈生态作家杨文丰》，《博览群书》2021 年第 4 期 。

② 李景平：《生态文学的审美与科学精神的审视——杨文丰访谈录》，《中国生态文明》2021 年第 2 期。

好的；三，倘没有，则较好的也可以”[①]。从这个意义上说，作为“剜烂苹果”的文艺批评，既是“寻美”，又是“求疵”，是对文艺评论家态度、胆识与能力的极大挑战，同时，也是对文艺环境和文艺家胸怀的极大考验。

2021 年《文学自由谈》第 1 期推出《贾浅浅爆红，突显诗坛乱象》一文，立刻引起广泛关注和舆论热议。白开水似的“浅浅体”诗歌，最显著的特点就是把无聊当有趣，把废话分成行。“贾平凹的女儿贾浅浅爆红，背后是各路文学名家和诗人积极为贾浅浅的诗歌撰写评论，溜须拍马。”贾浅浅诗歌是“回车键分行写作”“肮脏恶心的垃圾文字”。文章除了批评“文二代”贾浅浅的部分诗歌、质疑其利用父亲身份进行“利益交换”外，不满情绪的产生，还与诗坛、文坛圈子内外的种种乱象有关。文章作者，是深圳批评家唐小林。

当下许多文学批评都是圈子批评，沉疴在身，趋之若鹜为名利写作，缺乏仗义执言的勇气和独立的人格。中央宣传部等五部门联合印发的《关于加强新时代文艺评论工作的指导意见》特别强调，阿谀奉承、庸俗吹捧的评论必须受到抵制，评论家们应增强朝气锐气，努力做好“剜烂苹果”的工作。深圳的唐小林即是一位长期致力于发现并指认劣质作品、不良现象的批判型评论家，他撰写的评论无所顾忌，指名道姓，仗义执言，锋芒毕露，有诗人作家，也有学者和批评家，而且力度比之前更大。虽然有时立论欠周全，但显示片面的深刻，引人瞩目。

作为“剜烂苹果”的文艺批评，并非否定作品本身，质疑名家本人，而是对批评对象的重视，提供一种分析问题的新维度、话语方式和思考方式。除了《贾浅浅爆红，突显诗坛乱象》一文外，唐小林 2021 年发表了十余篇“剜烂苹果”评论，求疵揭弊的，亮剑发声，显示批评的锐气和力量。这些论述涉及学术研究“炒”自己“冷饭”，文学创作滑坡而轻薄傲慢、漠视文学批评的创作病象，长篇小说创作陷阱，散文创作的广告文案迷思，“文二代”现象等问题，立足文本，由人及人，知人论世，点面结合，直言不讳的言论不乏真知灼见。在文艺批评缺席、同质化严重、辨识度较低的当下，唐

① 鲁迅：《关于翻译（下）》，《鲁迅全集》第 5 卷，人民文学出版社 1981 年版，第 316、317 页。

小林的批评更显得难能可贵。

但本年度唐小林也发表不少“奖励好的”寻美批评，譬如《批评家的胆识与才气——以李美皆的文学批评为例》《敏锐的学术眼光，可喜的写作突破——读刘川鄂〈张爱玲传〉》《深圳都市生活的文学书写——读邓一光的两篇新作》，论述李美皆的文学批评“递交出一份份当代文坛的病理检验和某些当红作家的病象报告”，分析评论家刘川鄂有良好的文学天赋和对文学作品深刻的感悟能力，肯定作家邓一光写出了深圳的日新月异和世态人心[①]。

六、问题与建言

凡所过往，皆为序章。广东文学理论批评在2021年有新发展、呈现新气象。粤派批评亮点纷呈，文学评论阵地建设加强，新作力作不断。但是，广东文学评论工作也存在不足，主要体现为贴近时代、面向现实，讲述岭南新故事、发出岭南声音，书写大湾区新发展、新气象，建构新时代话语体系、在全国有影响的高质量文学评论还不够多。文学评论工作实现高质量发展，新高度呈现，需要继续努力。另外，广东文学评论呈现的态势和特点是各有专攻，相对松散，基本上都处于单兵作战的状态，譬如谢有顺更多的是做小说评论，陈剑晖做散文评论，陈希做诗歌评论，各有所长和影响，取得了不俗的成绩，但尚未形成合力，势单力薄，容易为外界忽略。这涉及与新时代相适应的文艺评论机制和融合创新等问题。借助“粤派批评”这个平台，既可以更好发挥粤地个体批评家的才智和优势，又可以在“粤派批评”的旗帜下重新整装出发，形成一种氛围和契机，发挥群体的力量，带动更多人接续岭南的人文传统，推进广东包括粤港澳大湾区的文学评论。

凡所将至，皆为可期。“粤派批评”的使命在于深刻地表达中国经验，加快建设新时代中国文学话语和叙事体系。如果说改革开放的岭南是中国的

---

① 唐小林：《批评家的胆识与才气——以李美皆的文学批评为例》，《兰州文理学院学报》2021年第1期；《敏锐的学术眼光，可喜的写作突破——读刘川鄂〈张爱玲传〉》，《长江文艺评论》2021年第2期；《深圳都市生活的文学书写——读邓一光的两篇新作》，《南风》2021年第17期。

一个缩影的话，那么这个热土上发生的一切都是中国经验的组成部分。关注前沿，直面热点；与时代同频、与创作共振，讲好大湾区故事，发出岭南强音，切实发挥文艺评论价值引导、精神引领、审美启迪的作用，提升文学评论的战斗力、说服力和影响力，引导创作、推出精品、提高审美；胸怀“国之大者”，推动新时代文学评论高质量发展，这是广东文学评论的愿景和诉求。广东文学评论，以笔为旗，任重道远。

（本章撰写：陈希，中山大学中文系教授、博士生导师；张定华，中山大学中文系博士生）

第八章 儿童文学的新收获与新突破

对于广东儿童文学创作来说，2021 年不仅是一个丰收年，更是一个全面展现新时代气象且在艺术水准上表现出强大爆发力的一年。

这一年，广东儿童文学延续多元文体态势，并在此基础上实现文体自身的超越与升华。据不完全统计，2021 年全省作家共出版长篇小说、童话集、科幻、诗集等儿童文学作品 50 余部。这些作品侧重知识性建构、地域文化熏染和世界观、人生观的培养，且门类丰富多彩，题材广泛生动，彰显出广东儿童文学作家助力儿童成长、净化儿童心灵的高度责任感，给中国儿童文学界带来活力。综观 2021 年度的广东儿童文学，看似波澜不惊，却也不乏惊喜。

一、 儿童文学总体概貌

（一）报刊发表成果喜人

2021 年，全省儿童文学作家在省级以上报刊发表各类儿童文学作品 200 多篇（首）。其中，取得较好成绩的作家有：陈诗哥在《儿童文学·经典版》《十月·少年文学》等发表童话、童诗 10 多篇（首）。吴岩在《广东第二课堂（初中）》《小读者之友》《科幻世界（译文版）》《青少年文化产品研究》《中国百年科学童话发展史》《中国少儿科幻文学大家谈》等发表科幻小说、评论 13 篇。苏好在《南方日报》《少男少女》（小作家）等发表散文 8 篇。王长敏在《少年时代》《意林少年版》《七彩语文》《中国校园杂志》《好孩子画报》《海峡儿童》（低年刊）《课堂内外》《语文报》等发表童话 19 篇。陈华清在《少男少女》（小作家）《漫画周刊·幽默童话》《上海散文》《华人文学》《红树林》等发表小说、童话和散文 8 篇。郝周在《小星星》《疯狂阅读》《少男少女》《红树林》等发表小说 5 篇。苏展在《少年文艺》《中国校园文学》《东方少年》《小星星》《小樱桃·童年阅读》等发表小说 6 篇。李虹蔚在《小学生世界》《童话寓言》《农村孩子报》《侨星》《纽约中文周刊》（美国）《千岛日报》（印尼）等发表童话寓言 27 篇。黄晓璐在《上海托幼》《幽默童话》等发表童话 6 篇。钟秋苹在《少年月刊》（初中）《少男少女》等发表小说、童话、故事 5 篇。池沫树在《漫画周刊·魔术老虎》《中国校园文学》《小天使》（六年级语数英综合）等发表童话、童诗、散文等 6 篇（首）。戚锦泉在《少年文艺》（江苏）《故事大王》《花溪·少年写作》《东方少年》（阅读与作文）发表童话、童诗 4 篇（首），长篇小说《淘气鬼笑传》连载于《故事家·幽默派对》2021 年 10、11、12 期。寻麦在《七彩语文》《少男少女》《语文周报》《红领巾杂志》《十几岁》《好儿童画报》等少儿报刊发表短篇童话 22 篇，其中，《紫色风铃》《东东的孔明灯》《猫小姐的魔法屋》分别被《当代获奖儿童文学》《少年月刊》《学苑创造》转载，其改编的《发现最好的自己》《倾听大家的声音》《我爱红领巾》《文明护卫队》4 篇影视作品在深圳电视台少儿频道“成长新力量栏目”播出。袁博在《意林》（少年版）《少男少女》（小作家）发表小说、评论 5 篇。何腾江在《广东第二课堂》（上半月小学生阅读）《东方少年》等发表童诗、散文 8 篇（首）。鱼小玄在《诗探索·作品卷》《初中生之友》发表童诗 8 首。亚明在《十月·少年文学》发表中篇小说。吴依薇在《中国校园文学》发表中篇小说。陈彦儒在中国作家协会官网发表小说。王俊康在《广东文坛》《少男少女》（小作家）等发表儿童文学评论 3 篇。李国伟在《少男少女》（小作家）发表儿童文学评论 6 篇。周思明在《广东文坛》等发表儿童文学评论 3 篇。洪艳在《粤港澳大湾区文学评论》《文艺报》《少男少女》（小作家）《作品》《长春日报》等发表等儿童文学评论 7 篇。马忠在《文艺报》《中国文化报》《文学自由谈》《中文学刊》（澳大利亚）《世界日报》（菲律宾）、光明网等发表儿童文学理论、评论 13 篇。本年度有作品发表的作者还有林毓宾、李婵娟、向民胜、刘大程、唐德亮等。

（二）出版、入选数多面广

2021 年广东儿童文学作品出版和入选情况也一样统计不完整，主要有：陈诗哥《牛粪书》系列头三本《牛魔王来了》《牛郎来了》《牛顿来了》由二十一世纪出版社出版，其中《牛顿来了》入选 2022 年东北小学生寒假共读书目。绘本《从前，有一只象》英文版由美国 Reycraft Books 出版。吴岩科幻文学研究专著《科幻文学论纲》由重庆大学出版社出版、跟星河合编《中国科学文艺名家名作精品书系（第二辑，共八册）》由安徽科技出版社出版、跟陈玲合编《中国科幻发展年鉴 2021》由中国科学技术出版社出版、跟姜振宇合作主编《中国科幻文论精选》由北京大学出版社出版，《中国轨道号（节选）》入选《2020 年度中国少儿科幻选本》。何腾江儿童诗《我就想当个英雄》由希望出版社出版，自然散文《三十只鸟儿正飞过》由新世纪出版社出版，入选 2020 年“粤港澳大湾区传播工程”项目、“小学生暑假读好书”专题推荐书单、《全国新书目》杂志 8 月荐书单以及“与自然对话”专题专版、《南方日报》读书版专栏书单，并荣获 2021“大鹏自然童书奖”入围奖（50 本书单）。黎俊生长篇小说《特别的暑假》由海天出版社出版，名列《出版商务周报》“2021 年桂冠童书首轮推介，最好的儿童文学图书”47 本著作第二位。木也编译《万物在歌唱：世界经典童谣精选》（1－2 册：英汉对照精装）由人民文学出版社出版，入选 11 月《文学报》童书好书榜。木也译《这是我写给世界的信》由重庆出版社出版。木也童话集《看见鹿》入选 2021 年亲近母语一年级自主阅读书目，入选 2021 年“书香羊城年度少儿好书”、2021 年深圳书城“十大好书”30 强，入围第十一届全国优秀儿童文学奖。郝周绘本《未来之城》由江苏凤凰少年儿童出版社出版，小说《白禾与禾》（广西学前儿童壮汉对照早期阅读课程教材）由广西民族出版社、广西师范大学出版社出版。《校园里的修鞋匠》《消失的星期一》入选《故事大王精选·校园卷》《惹我就别想跑》《消失的星期一》。袁博童话《小翼龙大冒险系列》（四册）由北京日报出版社出版、小说《少年的边境奇遇》由晨光出版社出版，《写给孩子的中华名山传说》（10 册）入选“十四五”时期国家重点图书出版专项规划。夏商周童话《黄鼠狼给我拜年》、小说《谁是缝叶莺》由阳光出版社出版。苏好童话故事《长路寻梦记》、儿童历史小说《像你一样好心——一代仁医潘茂名》《像你一样勇敢——遇见冼夫人》由花城出版社出版。陈钰蓉侦探故事《记忆阴影》《恐龙危机》由中国少年儿童新闻出版总社、中国少年儿童出版社出版。封文慧儿童科幻小说《故事之王》由大连出版社出版。杜梅长篇小说《妈妈变小的日子》由河北少年儿童出版社出版。风晓樱寒小说《精灵与冒险》由哈尔滨出版社出版。姚晓虹小说《夏日之旅1·爸爸不只是个词语》《夏日之旅2·每个孩子都是一颗独特的星球》由海豚出版社出版。谢莲秀、香杰新小说《东江谣》由新世纪出版社出版。陈安卡校园故事《我的二·二班》由青岛出版社出版。寻麦小说《枯枯草王国》由新疆青少年出版社出版，改写图书《中国传统神话绘本》10册、《世界经典童话绘本》10册、《亲亲宝贝双语睡前故事》精装版10册由中国纺织出版社出版。李伊科普读本《会计师妈妈给孩子的财商课》由清华大学出版社出版。杨璞小说《冰封的蓝月亮》由当代世界出版社出版。莫冲海小说《英雄铁三角》由台海出版社出版。马忠儿童文学评论集《边鼓点点》由南方文艺出版社（香港）出版。晓雷《苹果树和牛顿》等9篇寓言入选“学习强国”，并被“音频少儿”“睡前故事”播出，《牛和鹿》《千里牛》入选由福建少年儿童出版社精心打造的寓言精品集《给孩子的寓言》，《满了吗》《丑狗》入选《全国中考语文热点作家精选》，另有多篇作品入选教育部统编版中小学语文教材主题阅读首选读本《伴阅读·语文素养核心读本》小学版和初中版。黎俊生小说《胖小子组合》入选《中国儿童文学精粹》幽默小说经典卷。洪永争小说《小女孩的故乡》入选南方出版传媒广东人民出版社编《中国儿童文学精粹》。向民胜散文《1921年：中国共产党的建立》入选《给孩子们讲红色文化（小学版）》。池沫树、林萧、鱼小玄等儿童诗入选《2020年度中国儿童诗精选》。

（三）评论专版再显实力

2021年“六一”前，中国作协主办的《文艺报》分别推出了陈诗哥、胡永红、袁博、郝周作品评论专版，展现了广东儿童文学实力，扩大了广东儿童文学作家在全国的知名度、认可度。

4 月 16 日，《文艺报》第 7 版“少儿文艺”整版刊发了对陈诗哥长篇童话《一个迷路时才遇见的国家和一群清醒时做梦的梦想家》的 3 篇评论，分别是：徐妍《我们为何谈论陈诗哥的童话》、崔昕平《隐喻王国的穿行者 心灵世界的梦想家》、李红叶《一位童话诗人的童话哲思与创作实践》，以及陈诗哥的创作谈《童话是真的》。4 月 21 日，《文艺报》第 5 版“文学评论”整版刊发对胡永红小说《上学谣》的 4 篇评论，分别是：马光复《万物有灵与“第三只眼睛”》、徐德霞《多重物化视角下的苦难书写及现实意义》、王苗《壮乡少年的童年书写 万物有灵的浓情叙事》和陈香《留守背景下儿童生命的本质性表达》。5 月 17 日，《文艺报》第 7 版“文学评论”整版刊发对袁博动物小说的 4 篇评论，分别是：李利芳《让动物进入历史的较深层次》、张锦江《梦幻旋律下的猴王故事》、纳杨《生态大背景下的猕猴与人类》和崔昕平《从动物“生存”到动物“生活”》；《文艺报》第 8 版“文学评论”整版刊发对郝周小说《白禾》的 4 篇评论，分别是：余雷《特殊儿童精神世界的追问与关怀》、洪艳《向内叙事的心灵“童话”》、王苗《寻找盲童心中的那一抹光亮》和姚苏平《盲童的光芒》。

此外，广东省作协主办的《粤港澳大湾区文学评论》2021 年第 3 期发表了关于陈诗哥、郝周作品的评论：徐妍、王文文《观念史视阈下陈诗哥的童话观：与“众”不同，汇入“本源”》、洪艳《童年叙事的另一种可能——以郝周〈牛背上的白鹭鸟〉为例》。

二、 精品创作取得新成果

（一）重要奖项实现新突破

2021 年是中国的儿童文学年，这一年的七月评出了四年一次的全国优秀儿童文学奖，产生 18 部（篇）获奖作品，其中广东作家胡永红的长篇小说《上学谣》、吴岩的长篇科幻小说《中国轨道号》分别获奖，开创了广东省在同一届全国优秀儿童文学奖评选中有两位作家、两部作品同时上榜的先河。

胡永红《上学谣》是一部成长小说。讲述了壮族少年火龙从小无母，父亲在事故中过世，水仙阿嬷以传说比喻其身世，族里信守秘密，政府出资相助，共同呵护其长大，火龙完成学业后反哺故乡。作品聚焦精准扶贫这一国家政策，展现了壮乡人民在政府帮助下脱贫攻坚，守望相助，共创美好生活的美丽画卷，是2020年国家全面建成小康社会，打赢脱贫攻坚战这一伟大决策和历史轨迹的时代缩影。同时，作为一部壮族题材小说，作者以多视角的写作手法贯穿全文，章节间以壮族民俗物什与神话传说相串联，既富含风土人情与民族特色，又彰显创新写作的努力与尝试，兼具主题性与文学性。

吴岩《中国轨道号》反映的故事发生在1972年，空军装备研究所接到军委紧急命令，要在两年内把中国第一艘载人飞船中国轨道号送上太空。军装所的孩子为此欢欣鼓舞，但又必须守口如瓶。这些从小就立志要飞向蓝天保卫国家的少年，在父母一辈模范的引导下，最终将自己融入伟大的事业，并由此成长为努力、坚守、正直和懂得关爱的新人。而他们所参与的那些发明和发现，不但会让中国人在太空中画出一条自己的轨道，还将会在更多的方面改变这个世界的面貌。小说从一群孩子的眼中，观察了中国航天技术在一个独特时代的发展景观，呈现了一个国家创新能力上升过程的缩影，传递了勇于创新的筑梦精神和坚持不懈的逐梦精神。

此前，在全国优秀儿童文学奖评选中，广东先后有深圳作家郁秀的长篇小说《花季·雨季》、深圳作家妞妞的长篇纪实文学《长翅膀的绵羊》、东莞作家曾小春的小说集《公元前的桃花》、深圳作家陈诗哥的短篇童话《风居住的街道》分获第四届、第六届、第八届、第九届全国优秀儿童文学奖。两位作家两部作品同时获奖，使广东获得第十一届全国优秀儿童文学奖的作品数量在全国省份中与北京、江苏、山东并列第一。“两位作家、两部作品同时获全国大奖，也让人看到广东儿童文学发展迈入了有史以来最好的时期。”①

① 西篱：《广东儿童文学创作的一次创新突破》，《南方日报》2021年9月10日，A12版。

（二）其他奖项喜讯频传

2021 年广东 3 位作家获冰心儿童文学新作奖：苏展的小说《百家碗》、林萧的小说《白面奶奶》、王长敏的童话《枣红色的巢》。另有黄晓璐的童话《可爱的动物点心》获第二届谢璞儿童文学奖大奖，封文慧的儿童科幻小说《故事之王》获第七届“大白鲸”优秀作品获奖，岑孝贤小说《星岛女孩》获第三届曹文轩儿童文学奖“长篇佳作奖”首奖。袁博短篇小说《披毛犀愣角》获第九届上海好作品奖。寻麦童话作品《山海奇想录》《巫婆的眼泪》分别获得第三届广州青年文学奖、首届小花城原创童话征文大赛优秀奖。

中国出版政府奖是我国出版行业的最高奖之一，2007 年首次评选，每三年举办一次。“美丽中国·从家乡出发”系列丛书获第五届中国政府出版奖，陈诗哥《广东正在说》在列，该书同时获 2021 年度桂冠童书奖。吴依薇《二十二张汇款单》获第一届辽宁省出版政府奖。吴岩《中国轨道号》获得 2020 年度少儿科幻星云奖中长篇小说金奖、《中国科幻文学沉思录：吴岩学术自选集》获得第十届深圳市哲学社会科学优秀成果学术著作类二等奖、《科学家带你读科幻》系列丛书（8 册）获科技部颁发 2020 年度全国优秀科普作品、上海市科委颁发“2021 上海市优秀科普读物”称号（第二编者）。周思明的儿童散文《河边的少年》获第三届全国大鹏生态文学奖征文大赛散文佳作奖。马忠的诗歌《阳光领着我们走》获儿童文学杂志社、《少年诗刊》编辑部、东方少年杂志社“百首最美诗歌献给党”大型诗歌竞优活动优胜奖。

广东儿童文学作家频频获奖，在某种程度上大大提高了广东儿童文学的“能见度”，吸引了更多目光，让省内外乃至国内外看到更多优秀的“广东制造”的儿童文学作品。

（三）两部作品引起国外关注

近年来，随着原创儿童文学的不断发展，广东儿童文学优秀作品在不断积淀的同时也已经做好了随时“走出去”的准备。

2021 年，广东两位“80 后”儿童文学作家作品在海外受瞩目——郝周

《牛背上的白鹭鸟》喜获2021俄罗斯“图书印象”（Image of the Book）奖·插画奖。该奖是由俄罗斯联邦出版与大众传媒署与俄罗斯莫斯科图书插画家和设计师协会联合主办，一年一度。陈诗哥《一个迷路时才遇见的国家和一群清醒时做梦的梦想家》入选2021年德国“白乌鸦书目”。“白乌鸦书目”是当今全世界最大、最具影响力的专业少儿图书馆——德国慕尼黑国际青年图书馆编制的年度儿童文学书目。

郝周用中国元素摹写逆境中的光亮，《牛背上的白鹭鸟》讲述了人与牛的温情故事。该书先后入选国家新闻出版署“2020年农家书屋重点出版物推荐目录”，2019年度爱阅童书100，2020儿童最爱百部童书，荣获第七届深圳十大佳著，深圳市优秀群众文学长篇小说一等奖，入围首届年度儿童文学新书榜。陈诗哥《一个迷路时才遇见的国家和一群清醒时做梦的梦想家》被称为是“关于出走与精神原乡的童话大作”。作者用温暖而忧伤、沧桑又亲切的语调，娓娓道来，一个个光彩四溢、想象飞扬，充满了象征性与隐喻性的寓言故事，呈现了生命的一种本真状态，这在物质文明高速发展的当下，对于面临失去自我、失去精神家园的人们，具有指路作用，引导人们如何重新回到生命的原始美好状态。该书出版以来，先后入选2021深圳读书月“年度十大童书”、2020年度“爱阅童书100书目”、“爱阅童书”2021年新书书目、2020年“百班千人”共读书目，《中国新闻出版广电报》9月优秀畅销书排行榜和入选“好书品读”11—12月度童书榜。2021年4月9日，“陈诗哥的童话国——《一个迷路时才遇见的国家和一群清醒时做梦的梦想家》研讨会”在中国现代文学馆举办。《文艺报》总编辑梁鸿鹰、鲁迅文学院副院长李东华、《文艺报》副总编辑刘颋、人民日报文艺部副主任刘琼等业界近二十位学者评论家、作家和领导出席此次会议。与会专家们从不同层面和角度对该书的艺术价值、陈诗哥的童话观及其所彰显的童话精神、中国原创童话的美学走向进行了探讨。

这两部作品能获奖俄罗斯“图书印象”奖和入选德国“白乌鸦书目”，不但是给予优秀儿童文学作品极大的肯定和荣耀，同时也是对广东儿童文学创作的认同，证明其文学价值观已得到国际社会的认同。特别是德国“白乌鸦书目”享有很高的国际知名度，书目中的图书是由童书领域的国际知名专家，从每年出版的30多种语言的儿童文学作品中挑选出200本儿童文学作品，突出当代儿童与青少年文学的发展趋势。

三、 童话和儿童小说唱主角

童话和儿童小说一直是广东儿童文学的重头戏，这两类文体占据半壁江山，体系庞大，种类多样，且成果醒目。

（一）陪伴型童话彰显人文关怀

童话，是儿童喜闻乐见的故事。丰富多彩的幻想则是童话的显著特征，它打开了通向另一种生活的窗户，那里有一种自由的无畏的力量存在着，起到教育引导儿童精神向上，有助于儿童身心健康成长。因此，童话备受孩子们青睐。童话创作是广东儿童文学的一个强项。从总体看，广东童话作家的分布，老一代作家和中年作家之间接力档期比较长，而中年和青年作家之间，相对要紧密得多。当中年作家在儿童文学界已经产生广泛影响的时候，青年作家开始顶破土层，在各种少儿报刊上开始发表作品。这些青年作家的年龄，有的跨度大，有的跨度小，但创作资历和创作成就，在广东童话作家群中几乎是正比例的关系。

2021年，广东童话创作无疑是一道亮丽绝佳的风景线。夏商周的短篇童话集《黄鼠狼给我拜年》塑造了一个既幽默搞笑又感人肺腑的黄鼠狼爸爸形象。在生态恢复后的丘陵地区，黄鼠狼爸爸为了家人不再被村民追捕，提前7个月给路先生拜年，请求帮忙把黄鼠狼升级成二级保护动物，为达目的，一家四口不惜变萌宠帮路先生微博“吸粉”。在关爱家庭上，这个黄鼠狼爸爸完全可以和罗尔德·达尔笔下的《了不起的狐狸爸爸》媲美，只不过，其命运比狐狸爸爸悲壮。除了不分日子胡乱拜年的黄鼠狼，本书中七岁的君君、戴肯力、羽民国少女羽茹、长着三张脸的小娇娇、一个叫义娃的机器人、麦卡卡……一个个令人惊艳的角色带领读者跟随可爱的小主人公们，去经历12次神奇的冒险，跟着他们去认识世界，探索新知，去拥抱亲情和友情，去爱上大自然，去发现自己的正直、善良、智慧和勇气，用它们浇灌心灵之苗，茁壮成长。袁博童话绘本《小翼龙大冒险》，以小翼龙找妈妈为主线故事，整套书分为 4 册。每册的主题也是通过主线的剧情带出，故事层层推进，前后呼应、相互关联。全书采用电影分镜式漫画风配图，大场景和特写结合，穿插迷宫等专注力游戏、恐龙科普知识页，以及融入故事的科普知识，让孩子在玩中学，在阅读绘本的同时还能锻炼孩子的专注力和观察力。不仅生动有趣，而且融知识性和趣味性于一体，特别适合那些想从绘本过渡到文字书的小读者。

还有，黄晓璐的童话《可爱的动物点心》是关于友谊的。作品用小棕熊和小胖猪这两个文学形象，用轻盈轻松的笔调，简单有趣的故事，向我们，向孩子发出了走向自然，走向生命源泉的邀请。王长敏的《小狐狸的冷焰灯》讲述了小狐狸保护古树的感人故事。作品在某些气息、氛围、意象上与经典的呼应，很容易让人想起安房直子笔下的小狐狸，也是那般可爱、天真。不同的是，王长敏笔下的小狐狸，要曲折惊险得多。从而给予拥有一定阅读经验的读者以更大的想象空间。这些童话，尤其是短篇童话，大多都是写给低龄阶段读者阅读的。所以，作品大多以体贴的方式，来关注孩子们的成长。体现的是温婉细致的关怀，作品对孩子多有柔软的呵护之意。比如陈诗哥的童话用诗一般的语言来讲述故事，用诗的眼光来仰视宇宙、俯察大地，探究生活、洞察情感。钟秋苹的童话欢快，明亮，温暖，清澈，如一条小溪，流淌着爱的旋律。在他们作品中，有大量的幼儿童话，这部分童话属于睡前童话；文字短小，内容紧凑，主人公大多以小动物形象出现，让孩子们在童话中体验快乐，认知，培养好奇心，以及孩子们的想象力。

整体上，2021 年广东作家的童话，具有浓烈的时代气息和生活气息。富有童心，童趣。虽然有想象、幻想、夸张、幽默、抒情的成分，但和现实关系比较密切，属于陪伴型的童话。亲切，温馨，温暖，在营造心灵和情感的氛围上比较成功。这些童话都比较适合亲子共读。

（二）少年成长小说凸显新构思

习近平总书记《在文艺工作座谈会上的讲话》（2014 年 10 月 15 日）中提出文学要“坚持以人民为中心的创作导向”，对于儿童文学而言就是要坚持以儿童为中心，多方位、多角度地书写“中国式童年”，讲好中国故事与中国儿童的故事。2021 年，一批广东儿童文学作家倾情回溯不同时代的童年，描绘了具有历时性的中国式童年故事。当然也不乏直面“当下”与“儿童”，关注少年儿童在学校、家庭、社会交互环境下的“社会化”过程与精神成长，青春与成长题材书写呈现出更加鲜明的问题意识。

杜梅的长篇小说《妈妈变小的日子》关注的是一个更加特别的群体，或者说是一种特别境遇下的儿童。小说以看似荒诞的形式，建构了一个更接近于生活现实本质的艺术世界。主人公田小磊是一个白天“枯萎”，夜里“鲜活”的手机游戏迷，不可自拔，让恨铁不成钢的妈妈无计可施，逐渐走向崩溃。一天早上醒来，田小磊发现妈妈突然变小了，恰巧作为科考队员的爸爸又在这个时候失踪。突如其来的家庭变故，打乱了田小磊的生活节奏。小说是以“成人——儿童”两个维度塑造生活的真实，勾画成长的轨迹。整个小说在情节的推演中丝毫没有割裂生活的完整性。写成人，往往透过孩子的眼光来探察；写孩子，又时时借重成人视角去评判。这样就全面而清晰地呈示出了成人和孩子之间立体、多元的互动关系。最终，妈妈恢复到正常人的模样，爸爸在神农架遇险也被及时救回，田小磊不再沉迷于手机游戏。小说在揭示手机游戏网瘾对儿童的伤害之大的同时，也反映了主人公对自身定位探索和情感需求，以及对亲子关系的潜在不满。正是从这个角度，我们可以说《妈妈变小的日子》从家庭环境对儿童产生的影响来探究儿童的现实生存状况，期望向儿童传递一种积极健康的精神导向，同时也呼吁成人对儿童生存与成长环境更加关注，表达了对儿童的深切关怀。

姚晓虹的儿童长篇小说“夏日之旅”系列是助力孩子和父母共同成长的亲子关系书，每本书都以“我”——苏乐乐为线索人物，以孩子的视角出发，并以孩子的某一个年龄特征为切入点，书写孩子们的多彩故事，讲述一段独特的关于孩子成长的夏日之旅，探讨一个关于社会热点和教育理念的主题。每本书都是一个独立的故事，全系列则是构筑了一个完整的、首尾衔接的世界体系。比如系列之二《每个孩子都是一颗独特的星球》，讲述了“我”离开南风镇到城市上小学，结识了新的朋友：脑回路不同寻常的百科全书“小怪物”谢小枫、外表高大内心柔软的“史莱克”、被束缚的“乖孩子”米奇，如何一起经历几段未知的冒险，共同感受几种不尽相同却又无可替代的亲情、友情，一起找回真实的、专享的自己。本书探讨的主题切中社会要害。全面解读孩子心路历程和成长世界，能帮助父母读懂孩子，适合孩子和家长共同阅读，有助于增进和改善亲子关系、助力父母和孩子共同成长。

亚明的《阿果的天堂》无疑是一部现实性和自然性结合得非常好的儿童成长小说。作品情感细腻，字里行间散发出一种浓浓的乡愁。作者写脚下的那块地——连山壮族瑶族自治县小三江镇，写水边远山，村寨民风，很舒缓地讲述一种脉脉含情，那些日常、琐碎却凝结着人性之善的故事让人怦然心动，气息真切又细致。吴依薇的《表叔公有 60 个大洋》，以 20 世纪 90 年代为背景，年迈的表叔公私藏有 60 个大洋，为了不让三个儿子为钱财争吵，偷偷带来小鱼家让小鱼的父亲保管，不曾想被小鱼爱慕虚荣的二姐偷了一个大洋加工成项链和耳环。因为母亲不同意帮人保管钱财，坚决要把 60 个大洋还给表叔公。二姐和小鱼必须想办法还上那个大洋。故事由此展开，跌宕起伏，引人入胜。诸如此类作品的共性生命力，源自一种穿越时代仍然共通的“童年”表达。大巧若拙的写作智慧，真实的生活质感，明亮温暖的精神底色，是上述童年书写的共性特点。

（三）在守正创新中开辟蹊径

在守正创新中展现文艺新作为，是新时代文学艺术工作者的责任和使命。2021 年广东儿童小说和童话创作，涌现出了几部具有实验性的佳作，体现了作家守正、融合和创新精神。封文慧的儿童科幻小说《故事之王》、木也童话集《看见鹿》就是这方面的典范。这两部作品除了在继承了幻想文学的丰富的想象力等特点之外，还在人物形象、故事情节、故事背景、表达方式等方面有诸多新颖之处。

封文慧的儿童科幻小说《故事之王》围绕“成长”这一话题，以 20 世纪 90 年代末至 21 世纪初风行一时的“小霸王”学习机作为沟通“现实”与“幻想”的媒介，讲述了现实时空中的真实人物江晓鲤在现实世界和虚拟世界中不断穿梭，与故事时空中的“虚拟”人物李白结伴冒险的故事。作品行文简练沉稳，作者用成年人的视角、童年感的笔触去完成叙事，告诉我们

“存在即合理”，只想记住好的，忘却坏的，其实是不可能的，从而展现出小说的主题：我们要直视过往的伤痛，与自己的过往进行和解。作品在“题材交融”方面表现出鲜明的实验性和创新意识：现实世界与和科幻世界的设定之间在逻辑上形成闭环，既相互独立，又相互联结。从写作技巧上看，小说是从现实角度来切入幻想的，很容易使儿童读者产生代入感。从“现在”出发，去回望“过去”，从而和童年达成和解，完成了一种对成长本体的哲学追问。

木也童话集《看见鹿》诗意弥漫又童心满满，进入了第十一届全国儿奖终评。这部作品的创新之处在于以丰富的想象、简朴的语言把童话和诗结合起来，堪称一本“童话体散文诗”。全书由一百多章短小的故事组成，每一章既可独立成篇，各章之间又互有连贯——有一位“鹿先生”作为全书的主人公，“统领”起所写的各种角色、故事和景物细节，使全书浑然一体，形成一个完整的叙事结构。每篇都别出心裁，带着苹果味的，带着雪花味的，带着鳄鱼味的……不一样的味道所展现出来的自然、生命、世界的气象和境界，往往把读者引向某个难以尽说又饱含滋味的情感或思想的远方，产生一种润物无声的效果。因此，这本童话集“无论是意味的传递，还是言语的起伏，音韵节奏感都构成了一种天然的文学讲述方式——对于幼儿文学写作来说，这是一种重要的意识，无疑更是一种珍贵的能力。”①

由是观之，无论是童话，还是小说，反映和表现儿童的生命世界，尤其是表现儿童的心灵成长，成为 2021 年广东儿童文学书写的一个重要主题。与诗歌、故事等文体相比，童话、小说文体（包含写实小说、幻想小说、动物小说）更具有艺术功能性。几乎可以说，2021 年广东儿童小说中的优秀作品，绝大部分都是在书写“成长”。从每一部作品的个人成长史中，我们都可以看到或生动有趣、或一波三折、或感人肺腑的故事，它们的情节属于儿童的世界，有着儿童的视角，能直击儿童的心灵，会深深地吸引孩子。

四、 多题材促成新增长点

纵观 2021 年，广东儿童文学创作整体上呈现出新的现象并取得新的收

---

① 方卫平：《小小童话世界里的盛大与辽阔》，《中华读书报》2020 年 10 月 11 日，第 16 版。

获，在作家主体性、题材开拓性、功能多样化和文体齐备性等方面尤为引人瞩目。专门型和跨界型作家们齐聚一堂，自由广泛地取材创作，打破以往文体失衡的状态，使儿童文学作品的教育、审美等多重功能得以强化，共同打造了丰厚的文学盛宴，为下一个时期广东儿童文学高质量发展提供全新范式和重要影响。这一年，广东儿童小说给我们带来了不同的阅读感受。下面通过对部分代表之作的列举作一简略审视。

（一）挖掘现实主义的力量

由叶圣陶《稻草人》开创的立足现实、讲好中国故事，立足儿童、重视典型人物塑造，立足本土、坚守中国风格和中国气派的现实主义儿童文学创作之路，是中国儿童文学的发展主潮，充分反映出儿童文学作家对现实的关注。“百年中国儿童文学的艺术成就证明，那些优秀现实主义作品往往具有时代标杆意义，他们拥抱儿童，深入童心，扎根中国大地，紧贴儿童现实生活和精神世界，感动和影响同时代的少年儿童，成为一代人共同记忆，成为常读常新的文学经典。”①

改革开放 40 年来，中国儿童文学形成多样共生格局，各类文体尤其是少儿小说、少儿报告文学与童话创作，以其独特艺术实践奉献出一批具有现实主义品格的精品力作，对少年儿童精神成长发挥了重要作用。在这其中，不断涌现的儿童文学新貌，无疑从多个方面展示了广东作家坚持以人民为中心的创作导向、积极投身于时代洪流的创作理念。他们一直在这方面探索，不断为孩子们奉献身边正在进行中的中国故事、大湾区故事和广东故事。黎俊生《特别的暑假》无疑是一部现实主义儿童小说的佳作。

这部作品取材于粤西沿海地区，以儿童视角、以儿童喜闻乐见的形式，讲述了小港村少年在 2020 年暑假开展富有意义的创造性劳动的故事。小说把这群少年的特殊经历置之于精准扶贫这一个对当代中国社会有着深刻影响的大背景之中，既聚焦小港村在各方面积极外力作用下的改观，又注目孩子们如何为决战决胜脱贫攻坚尽自己的一份力量，特别刻画了新时代少年的责

① 王泉根：《谈现实主义儿童文学创作》，《人民日报》2018 年 8 月 10 日，第 24 版。

任担当。其中有对组织小姐妹搞编织助脱贫、牧鸭助致富等细节的生动呈现，又有对梦想的诗意抚慰和对希望的温暖传递。

可以说，用平实的语言述说着生命的感动，告诉孩子什么是贫困，又该如何面对贫困，激励孩子勇于面对困难、乐观向上，是贯穿整部作品的一个主题。蒲草编织是小港村人的创收项目之一。有过编织经验的凤姐为了更多家庭致富，让全村的小伙伴都不退学，将来成为国家的有用之材，于是想到成立蒲草编织小组。她首先动员了白灵鸟入列，然后俩人东家串西家，跟那些小姐妹做工作，很快就有十来人参加。她给蒲草编织小组起名“妹子组合”。蒲草又长又圆，编织物品的第一道工序就是要弄扁蒲草，传统办法是用大木槌砸。但砸蒲草的活对于十多岁的孩子们来说，的确十分辛苦。于是，聪慧的凤姐决定要改良方法。她先是想到用牛拉石辘来碾压，结果蒲草被牛蹄踩断了不少，根本行不通。最后，她灵机一动，想到把蒲草铺在公路稍靠边沿的两侧，请求路过的司机师傅帮忙用汽车碾压，这个办法果然奏效。小说通过描写少年们的努力，让整个家庭、乡村、社会呈现出鲜明的亮色。

我们说儿童文学可以轻松简单，但不可娱乐浅薄。这就要求儿童文学必须探触到人存在的本质。儿童文学作家必须思考生命和存在的苦难，才能创作出有深度的作品。在《特别的暑假》这部儿童小说中，作者没有回避问题，也没有过度渲染悲苦。比如虾仔家境贫寒，为了给患病的妈妈增加营养，虾仔趁着夜色溜进了阿壮家的渔场偷鱼，不料却被阿壮和两个小伙伴当成“水鬼”捉了个现形。在弄清事情的原委之后，阿壮非但没有批评虾仔，反而亲自下水抓了五六条小手臂大的鲚鱼和八九只大白虾送给虾仔，让他拿回家给妈妈补身体。因为有爱，人间才有温暖，因为有爱，人生才充满希望。小说的这个情节写出了一种暖暖的人情味。

脱贫攻坚题材小说有着建设当代农村人文精神和道德精神、阻断贫困代际传递的美好愿景。长篇儿童小说《特别的暑假》注重少年人物的刻画，在作家的笔下，小老板阿杜、小记者乐乐、鸭司令阿田、鹰司令阿飞、学霸班长凤姐、百灵鸟金花等，一个个鲜活的人物形象跃然纸上，字里行间，既有对浓浓亲情、美好友情的描写，又有对现实生活的层层剖析、对未来幸福生活追求的思考，人物塑造丰满，情节环环紧扣，细节描写到位。少年强则国强，少年智则国智，少年富则国富。从小主人公们身上体现出的乐于助人、克服困难、勇于创新的精神，对美好生活的向往，代表着未来的希望。

现实题材不仅可以帮助儿童认识社会、关注现实，从小理解自己未来的责任和担当，更可以让他们理解身边的生活，理解自己的亲人。正是这些身边的人和事成为孩子们成长的资源。《特别的暑假》作为一部打赢脱贫攻坚战、全面建成小康社会的献礼图书，成功塑造了海边少年群像，视角新颖，富有童趣。作者以真挚的情怀、细腻的体察，让这部儿童小说贴近了时代、贴近了现实、贴近了乡村。此外，作品满满的正能量，也对少年的励志成长、少年应有的精神面貌具有教育意义。

（二）历史的虚构与真实

文学历史叙述不同于历史记载，它是以形象符号来探索时间筛漏的意义和价值。而虚构往往是进入历史最有效的路径，也是小说的生命。但虚构的小说需要很多文本以外的真实内容来支撑，任何细节的描述都要服从于历史的真实。否则，这个故事就会缺乏逻辑，失去可信度。“儿童小说尤其如此，即使作品中有很多幻想元素，但在其艺术地揭示生活本质的同时，必须展现真实的生活图景，描述逼真的生活细节，勾勒可信的人物形象，才能让儿童读者在阅读的过程中，建构起对外部世界以及人类社会的间接经验。”[①]

中国近代史上有两次大迁徙——“闯关东”和“下南洋”，“闯关东”是到东北垦荒，“下南洋”是出洋开垦，“闯”和“下”都体现了一种“开拓”精神。这也是岑孝贤构思《星岛女孩》主题的核心。小说《星岛女孩》以三水本土文化红头巾为题材，通过儿童的视角，再现了三水红头巾“下南洋”一段波澜壮阔的历史。当时不管是劳工，还是侨民，他们都是带着一种希望去南洋的，这种背井离乡、出洋谋生的选择，除了生活所迫，同时体现了一种艰苦创业的开拓精神。对当年较落后的东南亚各国开垦土地、发展农业、橡胶业、开矿等起到了极大的作用，为这些国家的发展做出了巨大贡

---

① 余雷：《革命历史题材儿童小说的虚构与真实》，出版商务网，2018 年 11 月 19 日 http://www.cptoday.cn/news/detail/6678

献。因此，在构思上，小说特意描写了三水女性在异国他乡勇挑重担的担当、心系故土的情怀、独立坚强的精神。从“不畏艰辛、开拓、创业”的精神状态去表现人物面貌，塑造她们自尊、自爱、自立、自强的优良品格。她们是历史上“红头巾”群体的缩影，也是中华民族朴实勤劳特质的象征，更是中国精神在世界的一种展示和认可。人物的创业史、儿女情、家国梦相互交织在整部作品当中。最难得的是，作者在进行主流意识形态表达的同时，选择了寓教于乐的表现方式。那些有着浓厚三水本土的北江、思贤滘、节日、饮食等地方文化风情的景物和风俗描写，让这部作品增添了时代特征和地域特点，以及许多真实可感的温度，让人物有了更多现实存在的依据。作者的这些努力，让《星岛女孩》成为了一部历史真实和艺术真实完美统一的作品，为儿童历史题材小说的创作做出了有益的尝试。

莫冲海的《英雄铁三角》是一部独具匠心的儿童小说，全书三十一章，洋洋十七万字，小说故事发生在那个特殊历史年代，粤北小城墨江河畔的一个小乡村，肖龙、侯军、马辉三个好伙伴刻骨铭心、多姿多彩而又终生难忘的学习生活经历。他们机灵调皮，爱憎分明，勤奋向上，经历了一连串看似寻常却又感动人心的故事：与不幸和厄运抗争时的悲怆，面对死亡时对生命的深切领悟，对新生活的无限希望与向往，男女间毫无瑕疵的纯情，与亲人共度艰难时闪耀的人格光彩……小说还生动刻画了李慧琪、何春林等老师和黄梅、白荷、朱林、卢杰、郝秋等活泼可爱的乡村少年群像，描述了他们在接受人生启蒙教育的小学阶段，感情纠缠，互勉互励，苦痛和快乐的成长历程，表达出他们纯真无瑕的友谊以及对新生活的希望和向往。小说字里行间，处处显示出作者对农村生活细致入微的观察描摹，并且用饱含深情的笔触，把它们再现出来奉献给读者。同时，作者本着对儿童的尊重，平等地进入儿童的内心世界，用幽默机智、充满童趣的语言，表现出儿童天真活泼、纯洁无瑕的天性。

历史是真实的，以儿童视角来讲述历史的关键在于如何让真实与文学想象完美结合在一起。从 2021 年广东儿童文学作品不难看出，小说中的儿童视角仅仅是一种叙事视角，它所叙述的是广阔的社会现实。儿童视角对小说艺术中“真实与虚构”的特征具有放大作用。相信随着作家们对儿童视角的不断探索与实践，儿童小说艺术一定会向着高质量方向发展。

（三）凸显地域特色

儿童文学是指向理想与纯真的文学种类，具有特定的审美诉求和哲学基础。由谢莲秀、香杰新联合创作的《东江谣》，是东莞首部描绘改革开放大背景下，融合东莞乃至岭南水乡人文风物等元素的长篇儿童小说。读这部作品，我们的文化传统和人性本真，在作家诗意的守护和温情的呼唤下重新被审视和认识，我们旅行已久的心因此而找到回家的路。诗化风格和美学追求，使其散发出纯天然的真、不做作的善、超功利的美。

这是一曲宛若优美隽永的乡村牧歌，自然清新，纯净澄明，淡泊宁静，让人陶醉和感动。绵延千里的东江，串起了赣粤两地五六个城市，小说以东莞水乡独特的龙舟等民俗文化、东江母亲河等为叙事背景，用饱含温情的语言生动还原东江流域的民俗人文、传统文化，再现了客家人的善良淳朴，呼唤人性的本真。比如，作者用诗意唯美的文字认真细致地叙写端午起龙和赛龙舟风俗，并与传统文化产生感应和关联，凸显传统节日的文化内核，为作品赋予了生机。从起龙前的祭祀仪式，吃龙船饭，到挖龙船，整个过程充满原生态趣味，极具水乡色彩。而龙舟比赛前的气氛、预备状态，以及比赛时的紧张场面……这一系列乡风民俗经由作家的娓娓讲述，更见其诗情画意和生动有趣，并且蕴含着浓浓的传统文化韵味。小说描述的端午赛龙舟的习俗对我们来说既是陌生的又是熟悉的。说它陌生，是因为快节奏的现代生活已经忽略了许多风俗习惯的程序；说它熟悉，是因为它触动和牵连着我们传统文化的心理基因。我们跟随作家诗意的文字重温传统节日的文化蕴涵，也是让我们的心灵在这醇厚的风情中得到一次净化和升华。

这是一部具有浓郁时代气息的作品，从中我们可以寻找到世界儿童文学的生态写作精神。小说并不局限于展现古老绵延的东江以及下游沿岸的水乡村庄的生态性，而是追求诗意的审美境界，因此作品所营造的自然世界便能调动起读者的通感。鸟儿是人类的朋友，能敏感地嗅到空气和环境的变化。小主人公黎梓龙在湿地公园与观鸟叔叔偶然相遇，从鸟叔叔那儿了解到因为河流和周围环境的污染，不仅造成了白鹭数量的减少，同时也让更多的母白鹭不下蛋或少下蛋。于是，萌生了当一位业余观鸟人的想法。袁子航则要像潘伯公一样，当个公益护河人。为了让白鹭再飞回来，黎梓龙、袁子航、何江源、杨阳和肥仔等五个小伙伴首先向有关部门反馈了情况，然后联合对白鹭湖片区的工厂开展摸底调查。经过踩点侦察，终于找到污染的源头。在这个过程中，他们先后遭遇喝了被污染的鲢鱼汤中毒和因争执动手不慎跌落江水的险情。小说撷取了儿童淘气、调皮、好动、捣蛋甚至恶作剧的层面，呈现了轻松幽默的风格和“顽童叙事”的审美特征。对母亲河的敬畏感，使作家笔下的童年生动亲切。在环境污染和生态恶化的今天，小说关于东江水的保护，帮助人们真正树立生态审美观、伦理观，达到人与自然“诗意栖居”的和谐境界，更具深刻的现实意义。

在叙事方式上，小说采用的是平行的叙事结构。这样一种叙事结构所提供的“体验”，是一个个完整故事段落的连接。故事情节的相对分散，可以选择性阅读，对信息时代的阅读者来说，不仅满足了儿童阅读的需要，更能避免儿童注意力不能长时间集中，无法长久阅读的弊病。因为，作品中包含有若干个可以独立的小故事，每个小故事都可以单独当作短篇小说来读，整部小说如同是同一主题短篇小说的“集锦”。具体来说，作品前半部分主要围绕东江流域传统文化的图腾龙船而展开，后半部分主要着眼于东江的自然生态和环境保护，两条故事线索看似相互疏离，但是在最后两章汇聚成流，浑然一体。由此就使整个小说的结构比较松散，而对风俗逸事、人物形象、时代情绪的表达则比较突出。从“船儿悠悠”“树屋溯源”“飞天遁地”“第二锅渔汤”等等这些章节标题就是黄龙辉、黎梓龙、袁子航等一群乡村孩子的童年生活记录，是他们成长故事的组合。但小说中每一个故事的真正主角却不一定是他们，他们仅只是作为每一个事件的见证人而存在。小说中的故事也不尽是儿童的故事，如潘伯公与古树，但都是儿童视角中的故事。

儿童小说《东江谣》牢牢地扎着文化传统和人性本真之根，没有浮，没有飘，让人读来感到特别踏实和安稳；这也使得作品具有清新脱俗的气质和感人至深的力量。作者在小说结尾深情地写道：“神奇的龙船，以它神奇的方式唤醒人们已经麻木的神经，一些日渐冷清的村庄又重新组建龙舟队，发誓这一届一定要将名誉夺回来，不然对不起祖上留下的宝贵遗产。”“龙船”

把我们的怀念点燃，也把我们心中的“歌谣”点燃。

可以说，从洪永争的《摇啊摇，疍家船》，陈华清的《海边的珊瑚屋》，到谢莲秀、香杰新的《东江谣》，近年来广东来儿童小说着力凸显乡土、地域等民族文化特色，赋予儿童文学“故事”之外更多的文化意蕴。让我们欣喜地看到，儿童文学作家们笔下，各具滋味的乡土童年不断涌现，呈现了不同样貌的文化寻根，地域色彩的儿童文学表达成为越来越多儿童文学作家的创作自觉。

（四）边界与可能的拓展

题材的新鲜和独特，是决定一部作品成功与否的重要因素。正因如此，题材才成为大部分作家在创作时首先要思考的问题。但对于儿童小说题材的分类，我们惯常采用的是一种相对比较粗略的划分方法，即现实题材和幻想题材。这样的分类不容易看到作品的具体内容。如果用稍微细致一点的划分方法来观照会发现，近年来，广东儿童文学作家们有意识地摆脱相对狭小、封闭的题材惯性，书写“中国童年”，讲述“中国故事”成为儿童文学创作主旋律，与“当代”生活密切相关的作品相继涌现。细观 2021 年广东儿童小说，无论是在新题材的拓宽还是在老题材的挖掘上，都比过去有很大拓展。

以杨璞《冰封的蓝月亮》为例。这部长篇小说以具有独特地域风貌的高原民族地区作为创作背景，按照儿童的心理特点和需求，通过大胆想象和拟人的手法，塑造了大胆聪明的小罗布和“万事通”达瓦叔叔等人物形象。与作者以往《你在天空我在海里》《水晶草》等童话体长篇儿童小说所不同的是，文本讲述的是在古老的桑吉小镇蓝色月亮湖边发生的故事，这是文本最基本的叙事框架，在这个框架之内，随着转述人的出现，故事不断地分层，他们彼此交错，但是却有条不紊。如果说前面叙事是文本的主叙述层的话，那么达瓦叔叔、黑衣人（长胡子老爷爷）的讲述则是次叙述层，他们之间的交替既轻松便捷，又恰到好处，保证主叙述层故事的完整性同时，补充了叙事风格。小说除自然风光的描摹，对藏区特有的民风民俗也倾注了相当的笔墨。通过故事情的展开，在孩子面前展示一幅真实的少数民族生活画面，在神秘、精彩而曲折的故事中让读者学习到当地丰富的习俗文化知识。

我们说民间童话的内核，就是不拘泥于现象真实，用内在的真实达到包容宇宙万物的宽度，用放弃表面真实来获得流光溢彩的神韵。《冰封的蓝月亮》正是以幻想为特点，但又与现实相勾连，具有典型的民间童话架构。在梦与现实之间，作者用一枝生花的妙笔引领着读者去飞翔，去思考。小说中关于月亮湖的由来就脱胎于远古神话和民间传说，汲取了藏族民间文化的丰富养料，综合了先民的思维、文化、生活和历史——藏族男孩丁丁为了治好阿妈的怪病，到天上七彩瑶池盗取仙丹，结果被百合仙子发现，他一紧张，踩坏了七彩瑶池，于是瑶池里的水，便沿着被踩塌的缺口洒落到了人间，形成了美丽的湖泊。那些撒落到人间的仙丹，因为每一粒里都含有百合仙子花园里的花儿的种子，每年五月十五直十月间，便开满桑吉小镇的山坡。……神秘、精彩而曲折、动人的故事，让读者不仅学习到了煨桑、转经等藏族传统文化知识，也从中感受到人与人之间的温情与友爱。

在《冰封的蓝月亮》中，我们可以看到，杨璞用优雅而娴熟的语言，创造了一幅幅具有震撼力的如诗如画、如泣如诉的场景，并由此烘托出或悲凉、或凄迷、或婉转的氛围，从而使作品呈现出一种典雅、圣洁的叙事品格，同时也流露出作家个人的美学倾向。例如第一章开头一段描写："第一束金色的阳光，照在瑞纳雪山金字塔塔尖般的主峰，将整座雪峰渲染得金碧辉煌。一抹白云从山脚缓缓升起，如同向瑞纳雪山敬献上洁白的哈达。月亮小镇，缭绕着一缕古朴的气息，安然地静卧在这片雪山之下。……"这段文字是对瑞纳雪山的描绘。如此的铺陈，似乎与作品本身没有多少联系，但是由于这段文字的出现，不仅勾勒出独特的藏地风光，从侧面点染出少年时期梦幻的美丽与浪漫，而且整个作品具有了一种形而上的美感，滋润着现代人日渐疲惫、粗糙的心灵。这类闲笔除了用在景物刻画上，而且还体现于对声音、色彩、味道等等的描写。这样一种将现实生活与神话传说有机地结合在一起的叙事，既让文本的主题在一个更加宽阔的视域中得到了锤炼，又增强了故事的可读性，从而造成了一种亦假亦真、假中见真的美学效果。

爱与慈悲、善良与勇敢永远是童话中褒扬的主题。《冰封的蓝月亮》不仅为读者创造出了一个神秘的高原小镇的客观物质世界，同时也创造出了由众多人物组成的复杂独特的主观心理世界。整体来看，小说情节安排精彩起伏但叙事贴近生活，诗意地呈现了儿童心灵的纯美和成人的梦想，值得品味。事实上，作者曾去过那里，文学的种子由此在心中生根。她想通过这部儿童文学作品，为偏远落后地区的孩子们点亮心灯，激发他们对外面世界、对美好生活的追求和向往。作为广东儿童文学作家创作这样一部充满藏地色彩的作品，可以说为粤港澳大湾区儿童文学提供了一种多元的写作方向。

五、 问题及展望

（一）加强儿童文学研究

一个地方文学缺少批评，对作家、对文学繁荣都没有好处。激励作家在今后的创作中怎样思考，怎样深入生活，怎样用更多的语言丰富作品，都需要评论家的参与，需要评论家开门见山地指出问题。

2021 年，王俊康、李国伟等老一辈儿童文学作家继续不遗余力地推介本土儿童文学作家新作。西篱在《南方日报》撰文对获全国优秀儿童文学奖的《上学谣》《中国轨道号》的创作特色以及广东儿童文学近年来的发展趋势进行了分析。在南方科技大学人文中心里，吴岩将心理学、脑科学研究与文学艺术创作同时推进，成果丰硕。周思明在接受《深圳特区报》驻穗记者专访，对当代广东儿童文学创作成就与不足给予概括性阐述，对广东儿童文学发展提出了建设性建议。洪艳立足本土，以宽广的视野、独特的视角总结儿童文学发展的特征和规律，为当下的儿童文学创作提供了许多有益的启示。马忠的儿童文学批评和儿童文学研究带有个人化的问题意识、立场、方法和言路。比如他发表在 2021 年 6 月 7 日《文艺报》的《儿童组诗〈环屁旅行记〉：是题材开拓，还是技巧创新?》、2021 年第 5 期《文学自由谈》的《由〈我和毛毛〉看成年人写儿童诗的问题》，就是对问题儿童诗的大胆发声。

不过，研究尚存一些不足，比如各体研究涉及范围不够全面，对寓言、绘本等关注力度不够。另外，理论与批评是相辅相成的，批评质量的提高有赖于坚实的理论积累的支撑，因此，夯实理论基础是广东儿童文学批评者在未来需要努力的方向。

（二）努力讲好“广东故事”

广东儿童文学创作充满活力，硕果累累，也源于省作协的高等重视。广东儿童文学作为中国儿童文学版图的重要组成部分，在经过了 10 年“黄金发展期”后，似乎来到了一个分叉路口。今后的路该怎么走？在守正创新基础上，应该以什么样的面貌示人，在中国儿童文学中凸显自己的位置？这些问题，值得每一个写作者用心思考和深入探究。广东儿童文学要实现新突破，尤其需在两个方面着力：

一是要把故事讲到人心里去。童话是儿童文学独有且受到孩子普遍欢迎的体裁样式。盘点 2021 年度广东童话创作，都有较好的质量和较高的艺术水准，呈现出更多基于“中国童话”的本土探索，展示中国幻想韵味，这些丰硕成果，说明童话继续保持着良好的创作态势。但也不能由此产生一种误解，以为只有童话才是美好的。其实真正好的儿童文学作品会从作家的内心走进读者的内心。儿童文学绝不仅仅限于像童话这样营造一个虚构的美好世界，让孩子相信这种虚构的真实性，实际上深入内心的挖掘往往才具有真正文学的感召力。因此，必须加强现实主义儿童文学创作，除了坚持细节真实外，还需努力塑造典型人物形象，要把故事讲到孩子们心里去。

二是要把故事讲到国外去。文学的创新是要在已有的现实中敞开新的写作可能性，而这种可能性就蕴藏在我们伟大的时代和悠久的传统里。今天的中国正阔步走在伟大复兴的大道上，处于改革开放前沿的岭南有很多值得书写的人和事，关键是怎样写。这就要求儿童文学作家要找到属于自己观察世界的角度和深度。讲好广东故事、湾区故事、中国故事，归根到底是要讲好身边人的故事（包括发生在自己身上的故事，或者是自己感同身受的别人的故事）让世界听得到中国发展的脚步声。那么，广东儿童文学作家该如何站在世界的平台上，与优秀的世界儿童文学对话呢？这是新时代广东儿童文学新作为的重要课题。

（本章撰写：马忠，清远市委宣传部《北江》执行主编）

第九章
影视文学：后疫情时代的复苏求生

在疫情得到稳定控制的 2021 年，中国影视创作继续发力，广东电影市场竭尽所能快速稳定复苏，年度票房成绩再次稳居全国第一，在生产创作上，广东出品或参与出品诸多优秀作品，如广东立项出品的《中国医生》《拆弹专家 2》《白蛇传·情》《南越宫词》《熊出没·狂野大陆》，参与出品的《你好，李焕英》《唐人街探案 3》《刺杀小说家》《人潮汹涌》《悬崖之上》《门锁》《关于我妈的一切》等影片，取得了市场与口碑的双丰收；广东电视剧创作破局求生，正剧回归，以切中时代脉搏、回应社会关切、实现观众共情共鸣的创作追求凸显，反映 20 世纪 30 年代中央红色交通线上隐秘故事的电视剧《绝密使命》和改编自真实案例的电视剧《扫黑风暴》入选国家广播电视总局“2021 中国电视剧选集”，广东影视在复苏求生中再次以创新获得突破。

一、 影视文学总体概况

（一）电影创作：稳步复苏，品质提升

根据广东省电影局统计，2021 年广东总票房（含预售）超 59.68 亿元，全省共有影院 1539 家，银幕 9981 块，连续 20 年保持全国票房、银幕数双第一。本年度广东出品的电影，《白蛇传·情》以 2280 万元创造中国戏曲电影票房纪录，《拆弹专家 2》以 13.14 亿元打破国内电影合拍片票房纪录，《中国医生》以 13.28 亿元刷新广东电影票房纪录，而在第 34 届中国电影金鸡奖上，《中国医生》获最佳音乐奖，《拆弹专家 2》获最佳剪辑奖，《南越宫

词》获最佳戏曲片奖，创作品质较之往年在整体上有了较大的提升。

1．故事片

2021 年上映的广东电影故事片中最亮眼的是主旋律题材创作。在建党百年的重要时间节点，一批优秀的主旋律影片涌现，收获了口碑和票房的双重认可。抗疫题材主旋律影片《中国医生》是本年度主旋律影片高光之作。该片根据 2020 年抗击新冠肺炎疫情真实事件改编，讲述了中国各地的白衣逆行者在这场浩大战役中纷纷挺身而出、争分夺秒、浴血奋战在武汉前线，不顾自身安危守护国人生命安全的震撼故事。影片实现了“主旋律”与“商业片”的有机结合，唤起观众的集体记忆，在共情中向抗疫一线医护人员、救援部门、志愿者所付出的努力致敬，为这一段历史留下了宝贵的“影片资料”。

创作上，主旋律题材也是重中之重：深圳广播电影电视集体参与出品的《奇迹》是中宣部国家电影局 2021 年重点电影项目，也是 2021 年重点建党百年献礼片，描述党的十八大以后新时代年轻人在深圳创业的影片，于 2022 年 2 月 1 日公映；由珠江电影集团主投主控，讲述汕头隐秘战线党组织与敌人斗智斗勇、用鲜血和生命换取胜利的《暴风》于 2020 年 6 月杀青；重大革命历史题材故事电影《邓小平小道》，讲述“文化大革命”时期邓小平同志在江西省新建县接受劳动改造时期的故事，通过小道所承载的红色记忆，讲述邓小平同志与人民群众同甘共苦、感受基层群众生活的艰辛，思索未来中国往何处去的故事，表现他不忘初心、胸怀人民的崇高品质、博大深沉的爱国情怀和刚毅坚忍的政治品格，以及对子女的深沉父爱，影片已经拍摄制作完成，在特别放映活动中获得专家和观众的一致称赞；中央政法委重大主题宣传项目、扫黑除恶题材影片《扫黑行动》（原名《临界点》）制作完成；广东省重点影片以 20 世纪 60 年代建设东深供水工程的历史为背景，再现当年在党的领导下，国家克服万难，引东江之水彻底解决香港同胞用水困难的伟大壮举，展现内地与香港同胞血浓于水的骨肉亲情的电影《生命水线》、反映 20 世纪 40 年代香港年轻人抗日的战争题材电影《港岛 1944》等作品进入了完成剧本创作、准备拍摄阶段。

除了重点项目、商业大制作，小成本小制作的影片亦可圈可点。获得第

13 届 FIRST 青年电影展评委会大奖的《小伟》和获得第 33 届中国电影金鸡奖最佳儿童片奖的《点点星光》于 2021 年 1 月公映，观众从中感受到浓郁的广东本土文化气息。其他上映的影片，如《非常 · 主播》以清远的“乡村新闻官”为题材，着重刻画了新时代年轻人回乡创业，利用网红直播等创新手段推广家乡生态旅游、服务乡村，带领村民致富的故事；《何以飞翔》围绕土生土长澳门人何以翔的故事展开，展现了在社会变迁的大环境下几代人的生活现状，在“讲好澳门故事”的基础上跳出创作窠臼，将目光聚焦到社会普通小人物的愁苦与欢笑，通过酸甜苦辣的众生百态折射出大时代印记，传达文化背后的传承与创新；《珍珠》探讨中年女性如何突破自身困境、活出自我；《烈焰危情》探索消防题材电影的轻喜剧风格；《一级指控》展现律政对决；《我的体育老师》关注高考以及体育对学生素质提高的重要性等等，不同题材作品展现了广东电影创作的多元视角，传达人情冷暖与世间况味，反映现实生活和社会议题。

2. 戏曲电影

2021 年广东戏曲电影，尤其粤剧电影取得了出色的成绩，《白蛇传 · 情》成功“出圈”，刷新中国戏曲电影票房纪录，在青年人为主体的网站平台 B 站上掀起了国风新浪潮；《南越宫词》获得第 34 届中国电影金鸡奖“最佳戏曲片”。

《白蛇传 · 情》改编自同名粤剧，故事取材自民间故事“白蛇传”，讲述修炼成人形的白蛇与其恩人之间曲折的爱情故事。影片利用先进技术和电影手段，实现了“戏曲与电影、文戏与武戏、西方特技与东方审美”之间“完美的融合”。《南越宫词》根据同名经典粤剧改编，讲述秦王朝派遣赵佗南下征战百越，赵佗罢战求和，最终促进民族融合，创造出一段和谐发展的光辉历史的故事。影片采用国际领先的虚拟技术，在保留传统粤剧的韵味和经典唱段的前提下，通过高科技手段和艺术表现手法的创新，展现巍峨瑰丽的宫殿群和神奇浪漫的南越古国风情，让传统戏曲焕发新活力。

近年粤剧电影佳作迭出，广东电影人用《白蛇传 · 情》《南越宫词》等作品为推动中华优秀传统文化创造性转化、创新性发展提供了探索借鉴之路。

3. 动画电影

动画电影是广东电影制作的长项，拥有本土 IP，如“喜羊羊”“熊出没”“猪猪侠”等。2021 年上映、受市场瞩目的动画片有：《熊出没·狂野大陆》，讲述光头强为百万奖金参加能变身成动物的“狂野大陆”主题乐园，意外发现着惊天的阴谋，与两熊挺身而出，拯救危机的故事。这是“熊出没”系列的第七部电影，通过充满想象的故事向小朋友介绍了人工智能，同时探讨当今社会家庭教育所面临的问题，以“什么是快乐”思考与启发诠释爱与陪伴的重要性，被观众评为“熊出没七年最佳”。《猪猪侠大电影·恐龙日记》，讲述猪猪侠和阿五两位主角为建造恐龙博物馆不断挑战自己、克服困难的故事。《俑之城》以兵马俑为灵感，讲述杂役俑蒙远和神秘少女史玉合作抓捕地狢、经历险境，解除地下城危机的故事。《雄狮少年》讲述留守少年阿娟和好友阿猫、阿狗在一次机缘巧合下得到与他同名少女的鼓励和启发，于是下定决心和好友阿猫、阿狗组成雄狮小队，想要打破现实桎梏，为自己而战，并得到了退役狮王咸鱼强的培训指导参加舞狮比赛，三人相互扶持，一路跌跌撞撞，经过重重磨砺，最终创造奇迹实现梦想从病猫变成雄狮的励志故事。2021 年已完成制作，即将上映的动画片有《熊出没·重返地球》《喜羊羊与灰太狼之筐出未来》《萌鸡小队：萌闯新世界》《小虎墩大英雄》《迷你世界之觉醒》等作品。

上述动画电影，在讲述中国故事、广东本土故事，以及在运用现代技术表达东方审美等方面，尝试了各种努力，呈现了各自的魅力和效果。从整体上来说，视野拓展、剧情革新、工业制作水平提升是广东动画电影发展的方向，随着故事精彩、制作精良成为行业标杆，动画电影的竞争力和传播度也有望得到提高。

（二）电视创作：破局求生，正剧深度回归

2021 年，受政策引导，国产电视剧市场进入求稳提质的新发展阶段，优质内容是制作生产的主要方向，正剧深度回归。本年度，广东电视剧有两部作品入选国家广播电视总局“2021 中国电视剧选集”：《绝密使命》《扫黑风暴》。《绝密使命》讲述中国共产党建立的一条秘密交通线在传递情报、护

送人员、运输物资以及实现党中央机关从上海到中央苏区战略转移的故事。不同于聚焦党史大事件、大人物的建党百年献礼剧，《绝密使命》首次聚焦鲜为人知的中央红色交通线，填补了“秘密交通线”的荧屏空白，深入挖掘共产党人坚定信仰的动力来源，生动“复活”历史，让观众真切感受到革命英雄主义精神。《扫黑风暴》根据中共中央政法委筛选的真实案例改编，讲述中央扫黑除恶督导组进驻中江省绿藤市，发生了一系列事件后“前刑警”李成阳、年轻刑警林浩在督导组的指导下，和专案组组长何勇共同协作将黑恶势力及保护伞成功抓获的故事，因为触目惊心地真实展现正义与邪恶的较量，成为年度最火爆的剧作之一，并获得第四届初心榜年度影响力电视剧荣誉。已播出的电视剧还有《春天里的人们》，取材于全国道德模范俞复玲的真实事迹，通过一群来自“春天里”的社工和居民的日常生活，展现人们对美好生活的向往和追求，并通过年轻社区工作者的视角，反映他们对新时代基层社会治理的思考与探索，传递了人与人之间向上、向善、向美的正能量。正在制作或筹备的主旋律题材剧作有：根据红军长征时，革命老区井冈山的广大人民群众保护红军伤员、养育红军后代的真实故事改编的革命历史题材电视剧《井冈山儿女》；将中医药、粤菜、粤剧等传统文化元素与抗战题材融合的《郁郁葱葱》；以 1949 年 10 月广州战役为背景的《九龙关起义》，等等。延续经典 IP 创作，拓展粤港澳大湾区题材，是电视剧制作另一个重要方面，前者如《外来媳妇本地郎》《七十二家房客》等；后者有《追梦者联盟》和《追时代》，两部剧作皆以粤港澳大湾区为背景，反映新时代人们的生活和精神风貌。

纪录片创作与剧集创作的倾向基本一致，如广东省委宣传部“文化走出去”重点纪录片项目《海上来客》，讲述 300 年前第一艘直航中国的法国商船“安菲特利特号”传奇故事，共三集，每集 50 分钟，分别为《双重使命》《商都探秘》《风云变幻》，生动注解海上丝绸之路的历史与现实意义，助力中国故事扬帆出海；《新山海经》讲述粤港澳大湾区特别是广州的扶贫工作者，扎根贵州等对口帮扶贫困地区，与当地干部群众携手致力脱贫攻坚的奋斗故事，生动展现湾区“扶贫人”与贵州等西部贫困地区脱贫群众浓浓的山海之情；《花开新时代》选取七星小学跳绳队教练赖宣治、广州白云机场牵引车司机程望宗、明珠湾大桥副总工程师龙文兵、龙舟爱好者陈浩麟作为优秀共产党员的代表，讲述他们在各个领域积极进取、不懈奋斗的闪光身影和鲜活故事；《一代天娇——红线女与粤剧》沿着红线女的生命足迹、生前影像以及亲朋好友、业内专家等人的口述历史，再现一代粤剧艺术大师的红色人生，对粤剧事业的振兴繁荣、中华优秀传统文化的传承具有积极的意义。

电视剧上的商业制作广东影视公司也有所参与，如《只是结婚的关系》《两个人的世界》等，但表现平平，乏善可陈。

（三）网络影视：积极突破圈层

随着行业进一步规范，对内容更为严苛的要求，近年来，网络影视创作出现了拍摄主旋律作品，弘扬正能量的创作倾向。

2021 年广东出品的网络电影开始向主旋律创作转向。比如网络电影《猎毒之闪狙行动》，以震惊全国的“广东特大缉毒案件”——“GG 计划”真实案件为蓝本，讲述中国缉毒警为挫败国际毒枭阴险狡猾的贩毒计划，实施“闪狙行动”用鲜血和生命打击毒贩们的嚣张气焰，捍卫人民生命安全的故事。又如《幸存者 1937》，以平型关大捷为背景，讲述了密码专家郑忠因对扭转战局起到关键作用被日军围剿追杀，为营救密码专家，八路军派出一支精锐小分队深入敌后，冲破日军的重重包围、经历九死一生，成功将郑忠护送至后方的故事。再如《凤归梧桐》，该片以脱贫攻坚和乡村振兴为主题，讲述了高材生顾志诚回乡运用自己所学的现代营销技能，帮助村民脱贫增收，在经历了与儿时好友、家人还有乡民之间发生的一系列冲突、矛盾和碰撞后，最终在亲情和故土的感召下决定留乡建设的故事。这些网络电影的品质，较之前些年的作品，有了较大的改善，有的作品制作水平达到了上乘，如《猎毒之闪狙行动》，被评为“广东省原创网络视听精品项目”并送报国家广播电视总局“重大题材项目库”。

近几年的网络剧创作，由于优质网剧不断突破圈层、口碑发酵至全网从而获得观众认可，网剧早已从“异军突起”变为“主流战力”，同时“先台后网”时代即将远去，“先网后台”以及“网络独播”占据主导的时代或将到来。2021 年对于网剧市场的发展来说，是巩固优势地位的关键时期。网络平台的影视制作能力在逐步提升。年度热播电视剧《扫黑风暴》最开始就是以网络剧申报立项，在广东省广电局的指导下从网络剧改为电视剧的。2021 年广东出品的优质网络剧不少，如古装探案剧《御赐小仵作》因剧情严谨、制作用心而出圈，成为第二季度剧集“黑马”，年度影响力网络剧；又如改编自天下霸唱小说《鬼吹灯》系列的《云南虫谷》，拥有 IP 剧的优势，开播第二天播放量过亿，获网友追捧；再如都市爱情剧《你是我的荣耀》因浪漫治愈的暖爱故事成为小圈层的“爆款”。其中，《御赐小仵作》和《你是我的荣耀》获得第四届初心榜年度影响力网络剧荣誉。

国产网络动画的制作自从视频平台成为作品主导方之后，逐渐走向成熟。2021 年广东制作出品的网络动画佳作有《西行纪之宿命篇》《开心超人联盟之奇幻谜瑞岛》《伍六七之玄武国篇》《枕刀歌》等。其中《西行纪之宿命篇》改编自同名漫画《西行纪》，是该系列动画的第三季。《西行纪》引用“西天取经”故事背景，重新构思西天还经的故事，曾经追逐的希望如梦一场，为天下苍生再度西行，故事架构及艺术表现焕然一新，为经典 IP 赋予新的生命力。《开心超人联盟之奇幻谜瑞岛》是《开心超人联盟》系列的第十六部作品，延续幽默童趣风格，在活泼有趣的氛围中传播知识，弘扬中国文化精神。《伍六七之玄武国篇》是《刺客伍六七》系列的第三季，延续系列动画的主题与风格，描摹小人物的生活，以喜剧为壳、温暖治愈为核感染观众，通过刻画主人公身上的“侠”之精神，传递忠、信、义等传统文化基因的力量。《枕刀歌》为武侠题材原创动画，虽然寻仇的故事比较老套，但独特美术风格构建的宏大武侠 IP 世界，将武侠与国风、传统文化与动画融合，让观众看到了久违的真正具有传统古典气息的“武侠世界”。创作团队在动画剧的基础上创作的网络动画电影《枕刀歌之尘世行》，将故事浓缩，以动画的想象力再现硬派格斗武侠魅力，构筑一个富有中国韵味和人性的江湖。从《刺客伍六七》和《枕刀歌》可以看出，网络动画为以中国传统文化为起点、以现代审美理念为框架的“国风”提供了创作空间，传统文化与动画故事巧妙融合，文化与审美的传承在这些作品中得以实现。

从整体而言，2021 年的网络影视创作，求新求变的意识在增强，艺术水准和思想价值在一定程度上实现了提升。

（四）原创剧本：政策扶持下的坚持

为了进一步鼓励和扶持更多的青年电影编剧，繁荣广东电影剧本创作，推动广东电影事业的发展，广东省电影局、南方报业传媒集团、广东省作家协会主办“优秀电影剧本大赛”，2021 年为第三届，评出纳入扶持范围的优秀电影剧本 3 部，分别为《广东后裔》（作者：白成）、《骑士》（作者：安艳宏）、《三人同框》（作者：冯彩霞）；潜力电影剧本 6 部，分别为《八百块》（作者：陈雨人）、《代理支书》（作者：陈剑兰）、《红豆生南国》（作者：王舒）、《开向巅峰的列车》（作者：李澈）、《梅韵兰芳》（作者：武成刚）、《麵婆屋》（作者：赵伟铁）。

2021 年粤港澳大湾区三地电影创作投资交流会的“剧透行动”剧本深化计划评出了两个“优秀电影剧本”，其中一个便是去年在金鸡百花电影节民族影展活动中荣获民族题材电影征集的优秀剧本奖的《沉默的极少数》。

二、 影视文学的特点

广东影视创作一以贯之坚持现实主义风格，立足真实历史或真实社会环境，以真实事件为素材或灵感来源进行创作，反映历史真实和生活真实；在历史题材作品中，发掘传统文化资源，传承文化基因；在关注当下现实作品中，敏锐地捕捉时代气息，展现广东人的风貌，呈现鲜明的时代性和本土特色。2021 年的创作仍然坚持这一创作之路，以坚定的文化自信，讲好故事，彰显中国价值；以小切口管窥大时代，微视点烛照大情怀，激发观众强烈共鸣，并让观众在惊心动魄的审美体验中凝聚价值共识，以优秀的作品为民族立心铸魂。

（一）现实主义题材深处开拓，深化“中国故事”多元建构

1. 主旋律爆发， 现实主义题材佳作涌现

2021 年是中国共产党百年华诞，2 月 20 日习近平总书记在党史学习教

育动员大会上的讲话中作了“要鼓励创作党史题材的文艺作品特别是影视作品，抓好青少年学习教育，让红色基因、革命薪火代代传承”的重要指示，这对重大革命历史题材影视创作提出了更高的要求，党史题材成为影视制作的重中之重。广东电影《邓小平小道》《暴风》、电视剧《绝密使命》等作品，从不同侧面聚焦中国共产党带领中国人民从站起来、富起来到强起来的历史性飞跃，以不同角度展示中国共产党百年光辉历程，不仅让观众在声光画影中回顾历史，也在新主流影视创作上进行了有效探索和开拓。尤其《邓小平小道》将历史细节与历史整体统一，以平视的视点塑造出有血有肉的伟人形象，实现美学和传播层面的在场性，拉近了作品和观众的距离，令人耳目一新。

2. 类型化影视创作主旋律表达的拓展

2021 年广东影视创作出现现象级作品，电影《中国医生》上映后，取得高票房；电视剧《扫黑风暴》播出后，就以极高的关注度与现实意义获得了广大观众的认可，最高收视率达 1.43%，网络日播放量最高 2.02 亿。这两部作品在主旋律表达上都有尝试拓展的努力。《中国医生》弱化了灾难片应有的悬念结构，而强化了通过角色视点在场景中所感受到的氛围张力；手持晃动的摄影机取代了医护人员的主观视点，穿梭于病床之间，插管、除颤、抢救……即带领观众直面死亡带来的恐惧，更让人真切感受到医务工作者的无私伟大。《扫黑风暴》的成功，既是创作者们坚持为社会画像、为时代立传的心血结晶，也是近年来火热生动的政法工作被人民群众拥护支持、热情点赞的生动写照，紧扣现实的属性，聚焦“扫黑除恶”，内外话题联动赋能，产生高热度效应。本年度的现象级作品表现重大历史事件，也能尊重故事本身的内在逻辑和节奏，变宏大叙事为个体叙事，换“庄严表达”为“感人表达”，塑造有个性、有感召力的人物形象，以饱含富有表现力和质感的细节，实现与广大观众达成共情，传递主流价值观。因此，这些作品突破了主旋律影视作品的固有面貌，进一步改变了以前主旋律影视作品叫好不叫座的局面，在赢得口碑的同时赢得了市场的高度认可，极大地唤醒和激发了包括“Z 世代”年轻群体在内的公众的审美热情，引发当代观众的情感共鸣和价值认同。

3. 记录时代，触动心灵

广东影视创作有书写时代，发时代“最强音”的传统，电影《雅马哈鱼档》在人们对商品经济的定义仍存疑惑和分歧的时代，破天荒地以一群个体户为主角，拍出了当时的广州作为改革开放前沿的缤纷与鲜活，被誉为“广东改革开放的一张亮丽名片”；电视剧《公关小姐》《外来妹》《情满珠江》等深刻、全面地反映了社会改革开放的历程。在2021年创作或筹备的作品中，书写时代，关注当代社会亦是“关键词”：纪录电影《我们正年轻》，从改革开放实践中汲取素材，用“小人物”承载“大命题”，用“小故事”折射“大时代”，通过青年创业者李荣仲和皮凌青、帆船运动员冯子腾、野生动物保护者陈婷、南头古城改造工作人员群体、援港新冠病毒检测人员张东、相濡以沫的老一辈来深建设者王海大和乐金华夫妇等六组人物的故事，以交叉剪辑的艺术手法，展开“我们正年轻、筑梦新时代”的美好画卷，展现在党的领导下，在改革开放进程中，深圳经济特区乃至粤港澳大湾区所焕发的勃勃生机。正在筹备的电视剧《狮子山下·情》，通过小人物及其家庭经历的风风雨雨，回顾香港回归、金融风暴、申奥成功、非典疫情、全球金融海啸……数十年岁月，记录人事变迁；核心场所——茶餐厅，见证了几代香港人的努力奋斗，见证了“东方之珠”香港由回归祖国、走向繁荣安定，最终融入大湾区再次出发的时代巨变。

这些影视作品触摸时代脉搏，记录时代变迁，谱写人民史诗与时代华章。

（二）挖掘本土题材，打造精品佳作

广东本土题材的影视创作主要是两种形式：一种是取材于真实的历史、人物故事，讲述本土故事。比如2021年上映的电影《潮汕风云》和《东江风云》，前者根据长篇小说《潮汕烟雨》改编，讲述民国时期潮汕故事；后者以1938年广东省东江人民抗日为背景，讲述广东人民抗日故事。两部影片在艺术表达上存在较大缺陷，但也让人看到了广东电影人挖掘本土题材的热情。正在创作的作品也体现了这一点，如电影《坪石先生》以抗战时期，中山大学、岭南大学、培正中学等迁至粤北坪石为背景，由中山大学数学元老、骈文泰斗黄际遇教授及其学生邱生的师生关系，串联起吴尚时、冼玉清、卫梓松、钟敬文、王亚南、李达、虞炳烈、马思聪等一大批教育家的历史故事；又如电视剧《广州十三行》尝试通过晚清时期粤商在中西方文化碰撞和风云变幻历史浪潮中，描绘民族精神的形与魂。另一种是源于生活、融入本土文化元素和文化精神的故事。比如电影《带你去见我妈》，三年前获得4700万票房的影片《爸，我一定行的》的团队的第二部作品，仍然是现实主义题材潮汕方言电影，讲述一个潮汕男人带着离异外地女友回家见父母准备结婚的故事。影片探讨传统宗族或是婚育观念与现代观念的冲突，表现代际关系的隔阂与包容，在本土叙事的框架中，捕捉到与大众情感共鸣的基点。

影视文化是一种大众文化，同时影视又是一种艺术，具有审美性，如何将本土题材作品所体现的文化、价值以艺术视角进行编码转换，与大众审美心理贴合，通过影视作品进行有效传达，是需要较高的文化眼光和艺术造诣的。2021年已经公映和播出的电影、电视剧，广东本土题材作品有不少精品之作，比如《点点星光》讲述广州花都七星小学跳绳队的孩子们为梦想奋斗的故事，影片立足于儿童本位意识，在准确把握儿童的心理、想象和情感特征基础上，以简单清新的写实风格，诗意化的儿童视角，谱写了一曲饱含童真的、追逐梦想的励志之歌，它所书写的奋斗故事，展现了体育在文化生态中的正能量。又如《小伟》，一个纯粹的“广东传统家庭”的故事，影片中广州越秀老城区的陈旧楼房、青翠欲滴的白云山林、二中、象岗山，以及绿色的的士，打着橙色广告牌的黄调公交车，交通交织的天桥和大马路等，真实反映广州人的日常生活，都市与山林的对照寄托着导演深沉的乡愁；故事的主线部分，以母亲、儿子、父亲三人的视角呈现癌症对他们各自产生的影响，在现实和超现实的交织中，心绪暗流涌动，生活的细枝末节及点点滴滴如纽带牵系着彼此间的关系，指向共通的困境和希冀，同时标示着各自身上留下的时代印记。再如《雄狮少年》，讲述受人欺负的留守少年阿娟，与好友阿猫、阿狗组成雄狮小队，一路跌跌撞撞，最终凭着满腔热血的执著和无所不往的勇敢冲破偏见、创造奇迹的励志成长故事，展示了广东文化符号、文化精神的魅力。从这些源于本土题材开掘，带有鲜明本土文化特色的作品，可以看出，2021年广东影视创作在深耕本土文化、挖掘本土题材，运用现代影视技术令其焕发出新的生命力，取得了一定的成绩。

（三）敢为人先的创新，助力中国故事走出国门

“创新是文艺的生命”，创新是影视艺术繁荣发展的核心。影视艺术创新主要表现在观念、内容、形式、手段的创新，这些在2021年广东影视创作中皆有所体现。比如《中国医生》对于抗疫题材电影的探索和创新，真实、全景式再现波澜壮阔、艰苦卓绝的抗疫斗争，讲述“中国故事”，给出抗疫的“中国方案”，传递中国精神及核心价值。又如《烈焰危情》，没有采用《逃出生天》《救火英雄》等影片的“火灾现场叙事”，而将叙事重心由“消”转为“防”，风格由惊险转为轻松，为类型片突破常规套路的一次有意义的尝试。再如网络动画《枕刀歌》通过剧和电影两种方式，将传统文化与动画融合，以独特的美术风格构建宏大的武侠IP世界，让观众看到久违的“中国风”武侠；《刺客伍六七》采用简笔画展现人物，夸张而复古的画风突破传统，而诙谐幽默的台词、逻辑简单却含义深刻的故事情节、贴近生活化的创作又赢得观众青睐，动画片两次入围上海电视节“白玉兰奖”并获得“最佳动画剧本奖”，是签约国际流媒体播放平台Netflix Original（网飞原创）的国产动画作品，2021年入选“2021—2022年度国家文化出口重点项目”。这些作品，在类型创作上敢于探索新的题材，突破常规叙事套路，更重要的是，以原创提升价值内涵，助力中国故事跨出国门。

2021年面世的广东影视作品，最为鲜明体现“敢为人先”创新意识的两部作品是粤剧电影《白蛇传·情》和动画电影《雄狮少年》。

《白蛇传·情》实现了粤剧的创新性发展。粤剧与电影的结合，不仅保留了粤剧传统舞台的表演精髓，而且因为借助现代技术手段打破传统舞台的时空限制，使原作在情感的展示和叙事性表达等方面有了新的突破和发展，运用电影艺术的思维方式创作出来的粤剧作品更加符合现代人的审美心理，有利于吸引年轻群体的关注。粤剧结合电影艺术进行内容和形式的创新，使得粤剧艺术更加丰富多彩，更好地实现粤剧的传承，将具有民族特色和时代特色的粤剧艺术推上新的发展进程。《白蛇传·情》即是明证。影片大胆地将现代电影手段与戏曲表演艺术结合，达到“戏曲与电影、文戏与武戏、西

方特技与东方审美之间”的“完美的融合”，呈现现代特技影视化效果的同时，很好地保留了粤剧的美感和传统文化的特色，为粤剧的传承提供了新的发展思路。《白蛇传·情》的成功融合，昭示着“传统文化＋现代形式”创作的新的发展空间，用电影语言彰显粤剧审美的优势，粤产戏曲片正以粤剧出圈为契机，以创新的电影形式，展现广东本土文化“软实力”，也是岭南文化不断“走出去”的力证。

《雄狮少年》开拓了中国动画电影的视界。从内容和题材上看，长期以来，国产动画大火的作品主要是两类，一类是从20世纪六七十年代的《大闹天宫》《哪吒闹海》到后来的《九色鹿》《天书奇谭》，再到近些年的《西游记之大圣归来》《大鱼海棠》《哪吒之魔童降世》《白蛇·缘起》等，多数源于神话IP；另一类是“喜羊羊”“熊出没”等以低龄儿童为主要受众的“合家欢”电影，《雄狮少年》却不属于以上两类，它选择了现实生活，是少见的现实主义动画长片。影片以“醒狮”这一中华传统文化标识为“戏核”，在充满岭南地域特色衣、食、住、行的“烟火气”“市井气”氛围中，讲述了一个病猫成长为雄狮的故事。与之相应的，其审美情趣及价值传达，在深度挖掘中国传统文化，将“醒狮”这一意象所蕴含的寓意与故事完美融合，传递出来的是温暖、积极向上的力量，社会问题的探索和人文思考转换为时代精神和人文理想的追求，又实现了对现实的突破。《雄狮少年》的大胆尝试和突破，有助于打开国产动画电影创作视野，进一步探索讲好中国故事的路径。

三、代表作品分析

（一）电影《中国医生》

由中共广东省委宣传部、中共广州市委宣传部指导，广东博纳影业传媒有限公司、珠江电影集团等出品、为庆祝中国共产党成立100周年献礼影片《中国医生》，是2021年广东出品的主旋律商业大片，广东电影年度票房冠军，荣获第17届中美电影节金天使奖“年度电影”、第16届中国长春电影节金鹿奖评委会大奖、新时代国际电影节金扬花奖“百年百部优质电影”等奖项。影片根据新冠肺炎疫情防控斗争的真实事件改编，全景式演绎了波澜壮阔、艰苦卓绝的抗疫斗争，为抗疫题材电影提供了一种叙事模式。

第一，以电影纪实，真实地再现了武汉战疫历程。

影片以武汉“封城”期间的金银潭医院为核心故事背景，同时兼顾武汉同济医院、武汉市肺科医院、武汉协和医院、武汉大学人民医院（湖北省人民医院）、火神山医院、方舱医院等兄弟单位，以武汉医护人员、全国各省市援鄂医疗队为人物原型，全景式记录 2019 年冬至 2020 年夏战疫过程。首先，影片在时间叙事上，通过关键时间节点的记录，完整展现战疫全过程，如 2019 年 12 月，武汉金银潭医院收治不明原因肺炎病例，武汉卫健委通报确认“武汉出现不明原因肺炎病人”并研判可能为新型冠状病毒，国家卫健委专家组抵达武汉指导防疫工作。2020 年 1 月，中国认定新冠病毒是造成不明原因肺炎的主要病原体并当天把这个结果向世界卫生组织进行通报，武汉“封城”，组建火神山医院、雷神山医院及方舱医院，全国 29 省市援鄂医疗队相继抵达。2 月，火神山医院首批新冠肺炎确诊患者出院，世界卫生组织联合专家考察组抵达武汉开展新冠疫情溯源工作。3 月，武汉确诊数下降，治愈出院数反超现有确诊数，新增确诊/疑似病例“双清零”，方舱医院全部休舱，援鄂医务人员开始陆续撤离。4 月，武汉解除离汉、离鄂通道管控措施，解封重启。其次，在空间叙事上，故事集中发生在新冠疫情的“暴风眼”金银潭医院，并由此通过人物和事件辐射到全城、全国；故事主线为医生、护士、行政人员以及后来抵达的援鄂医疗队，从一开始应对病的毒措手不及、经历病人不断死亡的迷惘与无助，到不同医疗队合作的磨合，寻找有效救治方案，最终战胜疫情。再次，细节的还原，如手术室插管真实再现，又如武汉街头骤停、小区人群守望的真实生活剪辑入片，《新闻联播》疫情播报的插入等，都有效体现了叙事的真实性。逼真的全景式呈现，让观众看到过去一年所有人共同经历的记忆，成功实现了人们对疫情记忆的共情。

第二，塑造了真实的、全民记忆的英雄群像。

电影以真实人物为原型刻画了张竞予（原型：金银潭医院院长张定宇）、文婷（原型：湖北省中西医结合医院呼吸与重症医学科主任）、陶俊（援鄂广东医生桑岭）以及其他抗疫一线医务人员形象，记录了他们奋力营救的场面，以及全国各地援鄂医疗队支援武汉的感人事迹，并穿插了抗疫战线上的每个平凡人不平凡的故事。观众不仅看到了急性而又隐忍、顾身体、一心扑在工作上的张院长，冷静、果断又不失温情的重症医学科主任文婷，有个性和脾气、敢于当众顶撞院长的援鄂专家陶俊，还看到了战胜恐惧、回到岗位的保洁阿姨，为方便大家坚持工作的快递小哥，自愿捐出奶奶遗体进行医学研究的年轻人等等，王是医护人员的无私奉献与普通人的默默付出，共同塑造了新冠疫情期间全民记忆中的英雄群像。显然，电影的主旨不仅仅是塑造医护人员，表现他们的伟大，而是揭示出一个个普通人力量的集合，全体人民合力抗疫才是战胜疫情的保证。时代英雄群像的展现才是全民记忆的呈现。

第三，社会主义核心价值观的表达。

新冠疫情作为一种新型且至今还在不断变异的重大灾难性疾病，威胁的是整个人类。武汉抗疫的胜利是一种集体性的胜利。这种集体性展现中国人所信仰、坚持的家国天下的核心价值观。正如导演所说的：“全中国人民一起去面对的一件事，我们从上到下，有一个很厉害的精神——我们一定要战胜这个困难。”（《〈中国医生〉导演刘伟强：不能丢中国人的脸》，《中国电影报》2021 年 7 月 14 日）影片整体基调是展现战胜困难的社会共同体意志和强大的国家力量，举国上下攻克时艰，以惊人的奉献、协作打赢了这场没有硝烟的战争。因此，影片所体现的精神是集体主义精神和利他精神。影片中的人物身上有着为国为民的使命感，比如张院长始终将患者放在第一位，甚至妻子感染，也不“开后门”安排床位；又如吴晨光医生的父亲对儿子所说的“士不可以不弘毅，任重而道远”。同时，这些人物身上也有着“小我”情感，比如张院长对妻子的愧疚，文婷知道小卖部大爷去世后的悲伤，吴晨光面对失去双亲的女孩时的无助，而正是这些“小我”情感令人物有了亲近普通人的一面，建立与观众心灵沟通的桥梁，让观众对影片的核心表达在情感与价值上给予认同。

（二）戏曲电影《白蛇传·情》

由珠江电影集团、广东粤剧院联合出品的国内首部 4K 全景声粤剧电影《白蛇传·情》，曾在第三届平遥国际电影展上荣获赞誉：“该片在戏曲与电影、文戏与武戏、西方特技与东方审美之间，达到了完美的融合。”2021 年 5 月 20 日公映之后，影片不仅刷新了中国戏曲电影票房纪录，而且征服了众多“挑剔”的年轻观众，广获好评。

1．富有现代意识的改编

《白蛇传》是中国四大民间爱情传说之一，明代冯梦龙编著的话本小说《警世通言》第二十八卷《白娘子永镇雷峰塔》被广泛认可为《白蛇传》故事雏形，后经戏曲文本再创作，以及影视创作传播，形成以“报恩—相遇—相爱—被阻—抗争—被镇压”为主线的叙事结构和白素贞、小青、许仙、法海四个主要人物构成的人物关系，人物性格基本定型，如白素贞美丽善良、知性痴情，小青活泼顽皮、敢爱敢恨，许仙单纯懦弱、犹豫不决，法海老谋深算、奸诈狡猾；故事所传达的善恶、爱憎观念鲜明。

粤剧《白蛇传·情》对故事进行了改编，紧扣“情”这一关键词，以“钟情”“惊情”“求情”“伤情”“续情”五场戏演绎白素贞与许仙之间纯真爱情。电影遵循了这一情感主线，在结构上做了调整，以“忆情”“钟情”“惊情”“求情”“伤情”“续情”“未了情”展开情节，“忆情”开场，一曲《圆我的愿》先声夺人，全片语言风格与叙事表达以“情”为承载，体现出鲜明而独特的艺术追求。剧本修改还有几处明显的变化，如强化男女主角的纯情与坚定，对许仙的性格进行了修改。许仙端阳节买雄黄酒，不是因为法海的教唆，试探白素贞，而是因为节日习俗，他买酒与娘子过节，三杯酒的祝词表达他的幸福之感，白素贞亦是被许仙的深情厚谊感动，而喝下了酒。二人并无龃龉与猜忌，因此后来许仙说出“人若无情不如妖，只要有情妖亦人”才能令人信服。又如法海与一众和尚、仙童等人物形象的改变，与传统的“反派”设定不同。《白蛇传·情》中的法海、守护灵芝仙草的仙童鹤与鹿，乃至参与限制许仙自由最后放走他的小方丈，都明显有着慈悲为怀的“佛性”，被白素贞和许仙的真情、白素贞乃念腹中胎儿的人性所打动，“不忍人之心”一念所动，仙童放过白素贞、小沙弥最终放过许仙，甚至本来可以将白素贞降服的法海最后以“上呈佛祖，再行处置”透露一丝宽恕，皆源于“情”矣。

在尊重和包容传统的前提下，对情节和人物设置进行符合现代意识的调整与修正，提升了作品的主题思想，传递的是符合现代文明的价值观念，实现了传统戏曲在内容和观念上的现代性转化。

2. 电影美学与戏曲美学的融合

《白蛇传·情》通过高超的电影技术手法，完成了以传统审美为范式的视觉奇观。

第一，借用电影的蒙太奇手段，使人物活动摆脱舞台特定场景的局限，影片中的场景湖景栈桥、亭台楼阁、园林幽径，都呈现出一种源于生活又高于生活的真实感；影片中国画传统的水墨基调，简约留白的结构，流露着传统的东方审美。

第二，利用视觉特效技术，融合戏曲的写意性与电影的写实性。戏曲的唱词念白和身段动作充满想象力，电影以视觉艺术给予填补和渲染，令戏曲传统特有的“写意”和“虚拟”与视觉“写实”所制造的“幻觉”实现了融合。比如戏剧舞台抽象化的“盗仙草”和“水漫金山”等经典桥段转化为银幕奇观，“水漫金山”的舞台版是以一群蓝衣少女的水袖舞蹈虚拟浪水，电影版则是真实感很强的滔天巨浪呼啸排空，倒海翻江。戏曲演员的圆场、身段、舞蹈等，在非完全写实的背景前面表演，并不违和，在电影中得到保留，传统戏曲虚拟、写意、夸张等舞台艺术通过现代科技焕发魅力，观众既看到了传统艺术的美，又获得了不同于舞台版的艺术体验。

粤剧电影《白蛇传·情》通过现代意识的情节改编、令人耳目一新的视觉特效，在融合戏曲的“空灵与写意”与电影的“技术与写实”方面，探索出了一条别开生面的道路，为戏曲电影的类型探索及粤剧艺术的弘扬、传承、创新与发展带来有益的启示。

（三）电视剧《绝密使命》

“中央红色交通线”是土地革命战争时期，为了加强中共中央机关与湘鄂赣、鄂豫皖和闽粤赣等革命根据地的联络而建立的长江线、北方线和南方线三条主要秘密交通线。其中，最重要的是南方线交通线，它是由党中央所在地上海出发，途经香港、汕头、大埔、永定、长汀，最后到达苏维埃临时中央所在地瑞金。在党中央的直接领导下，这条交通线虽经多次残酷的反

“围剿”战争，但始终保持安全畅通，被誉为“中国共产党的生命线”。“理想照耀中国——国家广播电视总局庆祝中国共产党成立100周年电视剧展播活动”重点剧目之一的电视剧《绝命使命》讲述的就是这条交通线上的故事。

中央红色交通线鲜为人知，此前也没有影视剧将其搬上荧幕，《绝密使命》填补了这一电视剧题材的空白，以“小切口，大主题；小人物，大事件”的创作理念，深入挖掘共产党人坚定信仰的动力来源，讴歌了交通员对党和中国革命事业的赤胆忠心。

《绝命使命》还原“隐秘战线”故事，真实再现革命历史。为了真实还原历史，剧作参考了大量史料，精准还原那个年代的交通站、码头、老街、特色土楼等故事背景，呈现出较浓的历史年代感，再现了闽西和粤北的地域特色风貌。根据现实中地下交通员原型，塑造出潘雨青、邹叔宝、赖寿章、丘老八子等典型人物，人物刻画立体丰满，如潘雨青忠诚于党，智勇双全，在船工面前，他是大哥；在同志们心中，他是主心骨；在敌人眼里，他始终被怀疑却又抓不住把柄，屡屡失算的国民党军马团长感叹：“共产党里有能人啊。”在叙事上，剧作将革命故事与谍战元素、悬疑元素相融合，细腻表现人情人性，让主要人物的坚定信仰富有人性温度和情感依托；情节展开从闽粤交界的伯公凹交通小站切入，进而展现三千里交通线，从传送情报到输送物资，再到护送党的高级干部，情节层层递进、环环相扣，跌宕起伏、引人入胜。

《绝密使命》通过塑造鲜活立体的人物形象，重现中央红色交通线建立的峥嵘岁月，以普通共产党员无名英雄的忠诚与奉献回答了“中国共产党为什么能”，体现了共产党人为国为民“向死而生”的初心，可谓是一部生动的“党史教科书”。

（四）电视剧《扫黑风暴》

《扫黑风暴》是我国第一部反映扫黑除恶专项斗争重大行动的电视剧，播出后以极高的关注度与现实意义获得追捧，成为年度电视剧中的一匹黑马。

第一，真实事件案件改编带来震撼。

《扫黑风暴》的情节取材于云南孙小果案、操场埋尸案、湖南文烈宏案、海南黄鸿发案等轰动一时的案件。这些大案要案曾出现在新闻报道中，彼时大众只是获悉一个结果，却并不了解办案过程中的具体细节。于观众而言，追剧的动力常常在于求真相、探人心，《扫黑风暴》并非纪录片，不可能完全忠实于真实案例，但在创作维度中，却做到了用现实主义之笔勾勒扫黑战线公安干警、司法人员等与黑恶势力斗智斗勇的过程，描画可歌可泣的英雄事迹，其尺度之大在近年来涉案剧类型中首屈一指，给观众带来了一定程度的震撼。

第二，坚守现实主义创作分寸的巧构。

在真实案件的选材上，《扫黑风暴》尺度大，但在构思情节、刻画人物，剧作并没有“以血腥离奇追求感官刺激”，而是坚守现实主义创作的分寸，集中展现扫黑行动中正与邪的较量，观众看到黑恶势力渗入政法队伍，部分执法者沦陷，但观众更看到了不畏凶险、始终维护正义的无名英雄的身影，以林浩、何勇为首的警察群像是这种力量有力的注脚，他们宣告着正义不会缺席，黑恶势力终将溃败。这部电视剧不惮于揭露黑暗，因为它彰显的是国家扫黑除恶的决心和信心。

全剧双线并进，明线是中央督导组层层摸索，力图揪出绿藤市黑恶势力背后的大推手；暗线是因被诬陷为“黑警”而离开警队成为新帅集团二当家的律师李成阳一直在暗中查案，希望能为自己和师傅翻案昭雪；案件之间环环相扣，多线并行，层次清晰，原本沉在地底的暗黑关系网被一点点揭开，与现实中的案件对照，令观众感到震撼，同时也引起反思。

近年来，刑侦反腐反黑类题材的电视剧时有出现，但大多都悄然沉寂，《扫黑风暴》能够取得高收视和好口碑，就是因为它对现实主义创作坚守体现出来的真实、深刻，以及在把握分寸尺度上的雕花刻叶般的构思布局。

第三，反映理性的力量与人性的觉醒。

涉案剧表现正邪之间的剧烈交锋、善恶之间的殊死搏斗，涉及严肃的政治与社会意识表达，因此，理性、人性和法治等方面的把握是电视剧创作必须考量的因素。《扫黑风暴》在展现理性力量、呼唤人性觉醒、倡导法治尊严等主题上实现了回归，开拓了创作的新境界。

剧作的核心冲突来自于“正义”与“邪恶”的较量。但是，剧作没有简单地表现正邪对立，脸谱化塑造人物，而是将人物的塑造与情节发展融合，表现人性之复杂。多数人物形象没有以非黑即白的二元对立来设定，主角李成阳，曾经是刑警，因被诬陷为“黑警”，离开警队成为新帅集团的二号人物，他精通法律和公司经营，身上有着浓厚的江湖气，但在他的内心，从未忘记自己曾经是一名警察，为蒙冤而死的师父和自己讨回公道一直隐伏于心；大江看上去凶神恶煞，但在邢凡面前拘谨羞涩、细心体贴；菜霸杨冬，在垄断绿藤市的蔬菜市场心狠手辣、无恶不作，但他对于母亲又有至孝的一面；派出所所长胡笑伟，与黑恶势力沆瀣一气，但内心也有一定的是非观，因为对升迁的渴望导致了对良知与正义的放逐……这些人物不是概念化的符号标签，有着复杂的人性和心理深度，无论正面、反面，抑或是灰色的人物，他们都回到“人”的原点，有血有肉，渴望正常的生活。剧作对人物生活化的处理，观众更易于接受；叙事上的多线交织、情节跌宕起伏，观众在权与法、情与理、善与恶等问题的思考中，感受“扫黑除恶”“维护社会公平与正义”的力量。

可以说，《扫黑风暴》以震撼人心的情感冲击力和粗粝厚重的现实质感，一方面体现扫黑除恶的力度和决心，另一方面以艺术探测复杂人性，高扬正义的价值核心，为扫黑除恶题材影视剧创作提供了一种新的范式。

四、 问题与建议

虽然2021年广东影视创作较之往年有进步，但作品的原创力、影响力及辐射力仍然没有达到匹配广东影视市场的程度，优质内容依旧匮乏。表现在电影创作上，优秀的大片出品数量少，2021年上映的大片中，广东出品的仅有《中国医生》一部，其制作班底是《中国机长》的团队。近年名为“粤产”的优秀电影作品，有的仅仅是在广东立项，有的是广东的影视公司参与了投资，广东参与制作的项目并不多，2021年有《暴风》这样的广东制作出现，制作萎靡的状况有所改善，但仍有待加强。电视剧的创作，因整体市场不景气，有下滑趋势，网络影视竞争激烈，台网差异化显著，电视剧制作的格局可能出现更多的变化。优质内容的匮乏关键仍然是人才的缺乏，广东影视制作力量分散，从事生产创作的人起点较低，对电影、电视的认识和经验不足，这是每年出现一大批粗制滥造作品的主要原因之一。

解决当前影视生产的困境，主要还是从两方面入手：第一，优化生产结构，扩大合作。在国家和地方政府对影视产业引导下，积极利用政策优化影视生产、融资结构。第二，打造平台，吸纳人才、培养人才。因地制宜引导扶持，打造集融资、策划、导演/编剧/演员培训、策划、后期制作为一体的影视制作产业链，构筑产业平台，吸纳人才、培养人才。粤港澳大湾区建设为广东影视发展创造了机遇，近几年广东电影人为此努力取得了一些成绩，三地影视项目合作逐渐开展，但距离形成成熟的产业链仍然有很大距离。

从本年度作品的影响来看，作品所传达的理念与时代精神相适应，所运用的艺术手法与现代审美趋势相协调，也是一个值得注意的问题。动画电影《雄狮少年》有着诸多优点，但在美术设计上，影片中的几个主要人物，都是小眼睛、宽眼距、吊梢眼、小而塌的鼻子，被人斥为“迎合西方审美”“丑化国人形象”，导致影片遭到抵制。暂不论影片是否迎合西方审美、丑化国人形象，这种偏离常规的大众审美，同时又无法建构新的共鸣的冒险之举，值得引起影视创作者的思考。

综上所述，广东影视创作者仍需努力修炼内功，积极探索本土化、民族化的创作道路，继承优秀传统文化，弘扬时代精神，立足本土，面向世界，将中华文化基因与当代文化相适应、与现代社会相协调，和时代价值同频，和世界文化融通，创作的作品才会拥有强大的生命力和影响力，广东影视创作的整体品质才能得到提升。

在后疫情时代的 2021 年，影视市场和创作逐渐回暖，广东影视创作复苏，为庆祝建党百年华诞，主旋律题材作品和传统戏曲改编电影表现惊艳，涌现出了优秀的出圈作品，体现了探索创新精神。在未来的日子里，希望广东影视创作力量壮大，创作人把创新探索精神贯彻到生产全流程，进一步寻求“破局”，拓展影视艺术的表达范式创新和类型多样化，全面提升广东影视作品的原创力和影响力，为建设影视生产强省、助力作品走出去打下坚实的基础。

（本章撰写：易文翔，文学博士，广东省文艺研究所副研究员）

第十章
网络文学：“高质量”稳步发展

2021 年是中国坚持疫情防控“零容忍”的一年。在疫情下的各行各业难免都被波及，网络文学也不可能例外。但拒绝“躺平”的属性，其实已经从后羿射日、愚公移山的年代，就铭刻在中国人的骨子里，广东网络文学领域的创作者，依靠我国防疫体制的优越性，在疫情之中，展现出了强盛的创作欲望，承前启后、继往开来、在新的历史条件下，以文学的力量筑构起广东网络文学审美标准、精神脊梁。

以下主要聚焦在网络文学概貌、网络文学的突围和新高度、网络文学的再出发和年度重点作品盘点等等这几个方面，来展现广东网络文学在 2021 年的变化和发展，从文化产业到具体的文学创作，再到整体的文学传承和创新，来总结归纳广东网络文学在这一年里的亮点与经验。

一 、 网络文学概貌

2021 年对于全世界来说，疫情已成为新常态，大多数国家几乎每天都有触目惊心的感染、死亡人数出现，我国依靠在党和政府的正确领导，以及社会各行业的努力付出，仍然坚持“零容忍”底线，充分体现了体制的优越性。尽管各个领域难免因为其他国家的疫情而受到冲击，但网络文学，却依然保持了向上增长的势头。

疫情造成的困扰，事实上对于互联网行业以及网络文学，是存在一定冲击的，但在我国整体良性、积极向上的防疫氛围里，在相关政策引导下，各部门以及平台的协力之中，网络文学仍然向着“高质量发展”的方向，稳步向前。不单在原来网络阅读的基础上创新求变，而且在IP市场也连续有作品驱动产业链，并且在元宇宙上也有所布局，网络文学呈现出多元化发展的勃勃生机。

从文化产业方面而言，进入碎片化阅读，又经历了泛娱乐的IP热潮，再到2021的"元宇宙元年"，在这个崭新的时代，各种新概念不断涌现，而广东网络文学对此有着极强的适应力和创新能力。

在这一年里，无论个体的创作者，或是类如广东畅读、香网广东分公司等网络文学平台，都没有因为推出了一批精品，就止步于以IP为核心去驱动影视、游戏甚至剧本杀之类的改编产业链。大体上，绝大多数的创作者和平台，都已经在作品中开始对行业细分和风向进行布局，紧扣时代的节拍，以期在元宇宙概念将被高密度提及的将来，争取创作出概念性的文艺作品，为影视、游戏、动漫等其他相关行业提供思路与方向。

从网络文学的创作上来看，广东网络文学的创作者，不但在主流（科幻、玄幻、穿越等类型）的网络文学作品上，从文学的广度、深度、自由度等方面深入开掘，同时以新的视野、新的文学经验寻求自我突破和精品化；而且从创作上开始有意识地贴近时代，面向现实题材，书写处于改革开放前沿的岭南新发展、新气象和新诉求，力图在网络文学作品中，去呈现广东人的生活情状与生存经验，以及岭南新的文化形态。在守正、创新的基础上，广东网络作家积极配合广东省委、省政府提出的文化强省要求和文化战略方针，发时代新声、与时代同行，用文学的形式和语言，"讲好中国故事，大湾区故事，广东故事"，奉献出与广东作为改革开放的先行者和桥头堡，作为经济和文化大省相匹配的文学，创作出了一大批的高质量精品化作品，不但创造了被市场认同的商业价值，同时也斩获了各类奖项，比过去一年，更进一步融合了精品化与市场化的分界，在全国网络文学范围内，呈现出了突围而出的趋势。

从整体的文学传承和创新来看，广东网络文学经历了自身的发展和迭代，到目前开始有了自己的架构和脉络之后，它跟传统岭南文学传承的发展方向，其实是一脉相承的，同样存在着跟北方文学融合的态势。尤其凭仗网络平台载体上的先天优势，相比之传统岭南文学，广东网络文学从一开始就体现了跟中国网络文学整体上优良的融合性。而在2021年，广东网络文学作家，身处于这种成为趋势的文体融合氛围里，开始在创作上，开始寻求“破体”，追求在叙事、结构、背景等等方面，创造出凝聚着一代广东人集体记忆的作品；去谋求新的视野，去尝试在与中国网络文学融合的基础上，探索粤港澳大湾区同根同源的文化边界，在整体融合创新的态势里，完成自我的蜕变化蝶。

在这一年里，广东网络文学创作者不忘初心，扎根基层，去创作人民群众喜闻乐见的作品，成绩斐然。在这些作品之中，可以看出来2021年广东网络文学创作的发展态势，市场化与精品化的界线在进一步地淡化；而现实题材开始在我省网络文学创作中蓬勃成长，开始展示自己的生命力和拥有自己的市场号召力。例如讲述男女主在一次次危机谈判事件中互相扶持，共同成长的故事，展现了基层危机谈判员为了保护人民群众的生命财产和维护社会稳定的《沉睡的方程式》今年不但斩获奖项，（作者：风晓樱寒，此作品获“庆祝中国共产党成立100周年”网络文学主题征文大赛三等奖、获晋江文学城“建党百年峥嵘岁月”征文优秀作品）而且完成了简繁体出版；讲述民航事业的《女机长》，今年再次拿下多个奖项（作者：冰可人，此作品先后获得中国作协重点项目扶持基金，深圳市作协重点扶持，广东省作协重点扶持，上海中宣部和阅文集团举办的第四届现实题材网络征文大赛优胜奖，阅文举办的现实题材征文大赛优秀奖。于2020年被国家图书馆收录，永久荣誉典藏。2021年作为网文代表登录“学习强国”。2021年入选“光辉历程：庆祝中国共产党成立100周年优秀网络文艺作品”，获得“红旗颂·建党百年·百年网站·百部精品”）；而《大国战隼》不但拿下多个奖项（作者：步枪，此作品获第三届“金熊猫”网络文学奖长篇单元铜奖、第三届“金桅杆”网络文学奖、中国网络文学影响力榜2020年榜首），而且拿下均订一万的订阅成绩，并且在2020年11月由浙江文艺出版社实体出版……这些作品不但能得到市场的认可，也能得到各类奖项评选机构的认可，精品化和市场化，已经不再如以前一样两极分化，它证明了广东网络文学的现实题材板块，不只存在于象牙塔，更是有市场号召力的这一可圈可点的现状。

而在传统网络文学方向的创作上，我省网络文学作家也保持了过往的冲劲和向上的势头，难能可贵地没有故步自封，而是保持了学习和创新，在市场认可的前提下，有意识地去提升作品的文学性和思想性。阅文大神作家夜独醉的《老师快来》，主要描写老师李快，重回过去拯救教育学生，努力在本职教学工作上奋斗的故事。重回过往这种穿越重生式的传统网络文学创作手法，往往会局限于利用先知先觉去累积第一桶金或是称王称霸之类，但在这部小说里，主角李快并不是因为对自己现状的不满，才导致了穿越事件的开始。他回到过去的初始驱动，就是对教育生涯里，自己对唯成绩论的反思，就是反省二十年来，对于那些成绩不佳学生的教育上，是否存在缺失。小人物，大时代，靠近底层脉搏的故事，很明显作品一下子就打动读者，取得共鸣，而在整体格调上，也在向精品化靠拢，所以不但首订就达到一万，也获得了第三届大湾区（深圳）网络大赛银奖，这就是一个很好的例子；再如获得知乎超级 IP 打造计划征文奖项的《江湖不良医》，这部由我省网络作家姝沐所创作的小说，全文以另类的心理催眠手法架构出现实与虚幻的两个世界观，不同的世界观却牵系相同的案件，以古代心理师的角度进行融合，角度与手法新奇独特；再加上男女主人公爱情线推动，以当下最热门的甜宠方式进行感情线来保证核心的爽感，进而通过古代 + 心理师的噱头保证了猎奇性，从古代心理师的角度进行展现，将现代的一些心理问题在古代以另一种方式呈现。全文以现代人耳熟能详的心理病症糅合悬疑案的全程，给予古代背景一个合理的解释。整部小说生动形象地体现了古代心理病症与悬疑探险的独特寓意，以古代心理师的角度展现亮点和风格，具有独创性。在保证了市场性的基础上，小说注重于将人性扭曲及其阴暗的一面，以探案的方式展开心理探索，并将那些在黑暗中的东西推向光明，劝人向善，以医者仁心，兼治天下的胸怀对待每一个人，不放弃任何一个病人，更不放弃每一个生命。这部已进行短视频、漫画改编的小说，也是在保证市场性的同时，故事整体表达了积极向上、对人性美好的推崇，充满了正能量。

另外我省还有大量的优秀网络作家、作品也同样取得佳绩，比如李伊（樊佳）的《投资女王》获亚洲好书榜第一名，在京东职场类销售拿到过排行第一；燕霓南（王海燕）的《满园书香润桃李》获得"重温光辉岁月·书写时代精神"长篇小说奖；三生三笑（聂怡颖）的《航向正东》获海南省少数民族文化“七个一”工程长篇小说类优秀奖；李慕江（江春燕）的《南海一家人》入选中国作协2021年网络文学重点作品扶持项目、阅文集团第五届现实题材网络文学征文大赛优胜奖、入选广东现实题材网络文学精品项目、《茶滘往事》获第三届大湾区（深圳）网络文学大赛银奖；另外还有妖言惑众（张瑾）的《破天机》、木诺然（文嘉颖）《糖醋烧排骨》等十数部作品，获得其他各类奖项。值得注意的是，这些获奖作品基本上都得到了市场的认可，证明了广东网络文学在创作上，不但保证了内容和品质上高质量可发展的趋势，更体现了作品本身对于市场化与精品化、经典化的全面融合。

二、网络文学的突围与新高度

网络文学因为平台的载体，造就它本身和传统纸媒的最大区别在于自我迭代非常频繁，这种迭代几乎接近CPU的升级与迭代速度和频率。从一开始的四五年一次，到2008年之后的两三年一次文风、叙事方式到整体故事结构乃至于立意的全面迭代。进入2021年，真正关注网络文学的研究者，以及网络文学的从业人员、创作者，会发现2020年流行的、各项数据证明能被市场认可的创作方式和运营方式，已经在2021年显得非常吃力了。而在2015年左右趋向成熟的IP热潮，到了2021年市场开发机制已经不再局限于国内的数字阅读、版权销售、版权入股、版权分成、同步开发、反向定制的范畴，网文出海已经成为一种新的IP运作的突围方向；元宇宙方面的概念引入，甚至已有资本在尝试利用网络文学IP进行元宇宙布局。没有一成不变的网络文学，只有不忘初心的文学创作者，我省网络文学创作者努力适应市场的变化，让文学的核心内容成为产业链的驱动，在全球因为疫情明显疲软的IP市场上突围，不单带动影视、游戏、动漫等领域的联动，更要考虑如何立足本土走出海外，放眼未来。2021年，尽管疫情造成的困扰，带来许多创作上、运营上的困难，但我省网络文学创作者、从业人者以及各个平台在IP转化上，都交出了不俗的成绩。

香网广东分公司从2月开始，《扑通扑通喜欢你》以近四个亿的播放量，占据爱奇艺2021分账剧榜首；而到了7月，《亲爱的柠檬先生》以近三个亿的播放量，进入优酷2021分账剧榜首；另外该公司其他IP改编，《只是结婚的关系》同样在腾讯视频火热完结，短剧《夫人，你逃不掉了》也是快手10月播放最热剧等等。

而广东畅读，仅是自有已开发的IP，就有《攻略黑化男配》《如果肥婆女主有春天》《孟婆也开挂》《明星女友开挂吧》《念你来日方长》《还你深情如许》《黄大民的逆袭人生》等，而与其他平台签订合同，准备开发的还有《娇蛮王妃：神医小尼姑》《门派只有我一个渣渣》《天才秘书系统：干掉我老板》《爆笑萌妃：邪王宠妻无度》等多个IP；且在漫画改编方面，也有众多佳绩传来。

而到了10月份，广东省肇庆籍网络作家海的温度（徐爱丽）原创作品《闻香榭系列》（共四部，上海人民出版社出版）影视转化顺利完成。网剧《闻香榭》由搜狐影视出品，共12集，于2021年10月获广电总局全国重点网络影视拍摄备案公示，同月底启动拍摄，12月28日顺利杀青，预计将在搜狐、爱奇艺等网络平台播出。

至此，我省网络作家在2021年，在疫情之下，仍然不懈创作硕果累累，直到年底，唐国政所创作的《先行者》也传出影视版权售出的喜讯，墨书白（马武欣）的《余生有涯》《为夫曾是龙傲天》《剑寻千山》等作品，不但获得16万收藏、频道金榜第三的佳绩，在IP方面，更有3本影视改编、1本漫画、动态漫画改编等成果；而为溪伴桥（于析）的两部作品《五四运动中的先锋力量》被改编为广播剧《上海学生联合会会所旧址》，《中国共产党的第一张日报》也登上了话剧舞台，被改编为《中国人的热血》等。

频繁传来的改编消息，呈现了我省网络作家在IP市场上被广泛认可的实力，以及我省网络文学作为产业链驱动力的可持续高质量发展，这种高质量的可持续发展，催生了IP产业链下游的各式平台。按现行的评审制度，网络作品的IP转换，普遍来讲，作品本身必须满足弘扬正能量、“三观”正的基本的需要，来展示文学应有的引人向善的力量；而对于资本来说，足够的网络热度是市场的基本需求，它保证作品本身经过了用户的选择，足以给资本提供有力的数据支持，我省网络作家在IP市场能够不断的创出佳绩，正是满足了这两者的需求，说明故事的核心是人民群众所喜见乐闻的，反映了大众的心声，也呈现了岭南新的文化形态。

从而也证明，符合正能量的、符合主流价值的网络文学作品，它也可能是符合市场的。对于人民群众心声和应，和获得资本的青睐，并不一定存在不可兼得的矛盾。我省网络作家在 2021 年度，这一系列的尝试和突破，正是对这个问题很好的迪启与论证，它不只是 IP 转换的成功，更是岭南文学如何在这个承前启后的新时代通过文学作品弘扬正能量方面，于网络文学板块呈现的突围。

三、 网络文学的再出发

疫情期间，网络文学内容创作逆势增长，创作队伍规模持续扩大。据阅文集团和社科院联手发布的《2020 网络文学发展报告》显示，广东省的网络作者数量稳居全国前五之列，而在 2020 年，又有 30 余名网络作家申请了审核加入了广东网络作协。截至目前，广东省网络作家阿菩当选省政协委员，荆洚晓、冰可人、李写意、齐佩甲、魏岳等网络作家加入省、市新阶联，并当选常务理事、理事，而他们中间，绝大部分人已经是在全省乃至全国都是有影响的网络文学作家。

习近平总书记在文艺工作座谈会上的重要讲话中提到："要适应形势发展，抓好网络文艺创作生产，加强正面引导力度。"网络文学极强的草根性与民间性，在早期阶段因缺少引导和约束，从而野蛮生长，难免泥沙俱下、良莠不齐。另一方面，网络文学的读者群体人数众多，影响甚远，因此，对网络作家的整体素养和创作水平的提高，作协的正确引导也就迫在眉睫。

4 月 9 日，中国作协于武汉举行"2021 年全国网络文学工作会议"，会议深入学习了习近平新时代中国特色社会主义思想和习近平总书记关于文艺工作的重要论述，研究如何加强网络文学引导，探索网络文学工作机制，做好网络文学作家的团结服务工作，助力网络作家创作出更多正能量的现实题材作品，会议为下一阶段广东网络作协的工作奠定了基础，指明了方向。

一直以来，广东作协都高度重视本省的网络文学工作，为了让网络作家能够保持思想上的健康成长以及写作质量上的提升，网络作家的培训与扶持工作是广东省作协网络文学工作的一项重要工作。自2010年以来，已举办多届网络作家培训班、创作分享会、座谈会。而在2021年的疫情之中，不单把线下培训、座谈会办好，而且结合实际工作，与时俱进，展开网络培训，也得到了广大网络作家的好评与支持。

2021年6月至9月，广东网络作协组织、筹备、邀请了阿菩、红娘子、荆涤晓等共9名网络文学名家作为授课老师，在“腾讯会议”APP上开展了3场线上“网络文学名家授课”活动，共有超过150人次参与听课，取得了较好的效果。10月28日至30日，广东网络作协组织了30余名网络作家参加了10月底在佛山举行的“广东省作协加强新文学组织和新文学群体职业道德培训班”活动。培训班邀请省委党校教授、省作协会员张雪峰作《学习百年党史，坚守初心使命——深入学习贯彻习近平总书记“七一”重要讲话精神》专题授课，并组织学员前往陈铁军故居、吴勤烈士陵园等红色教育基地瞻仰缅怀革命先烈，赴南风古灶、亚洲艺术之门等地采风交流，取得了很好的效果。

广东省作协深知网络作家群体生存压力巨大，不仅要面对众多同行的竞争，而且还要按时按量的完成与签约网站的日更或月更任务，由于时间仓促，为了突围而出成为业界大神，更多时候只能以取悦粉丝为第一要义，这也就不可避免地造成了大量雷同化、套路化，甚至是低俗化的作品。针对这个特殊群体，广东省作协和广东省网络作协，推出“一篮子”的培训、扶持计划，帮助网络作家进行现实题材精品化的创作。把专业培训工作和思想引导工作有机结合起来，引导网络作家创作出弘扬正能量的作品，发扬网络作家作品上草根化、贴地气的优势，同时帮助网络作家，打通IP产业多样化的渠道，帮助提高网络作家提升自我思想认知，同时也提升写作水平、增加社会认同度。通过这些培训和扶持，以促使网络作家践行社会主义核心价值观，能深入生活、扎根人民，把提高质量作为文艺作品的生命线，用心用情用功抒写伟大时代，不断推出讴歌党、讴歌祖国、讴歌人民、讴歌英雄的精品力作，书写中华民族新史诗。

2021年广东作协对于本身网络文学作家培训、扶持的具体工作主要有：

理顺广东网络作协管理体制。广东网络作家协会成立于2015年5月，是作协自设的内部机构，还没有在民政部门注册登记。根据民政部门要求，

2021 年广东网络作协着手开展了在民政局社会管理组织网上的注册程序。征求意愿，确立了阿菩、宝剑锋、玄雨等 9 名发起人；确定了注册资金的数额（3 万）与来源（发起人自筹）；在社会管理组织信息网站上进行了发起人的信息登记。

对于弘扬正能量的作品，加大扶持力度，精心打造网文精品。

广东网络作协于 2021 年 11 月举办了“现实题材网络文学精品扶持”，由广东省作协陈昆副主席组织，经过网络文学创作委员会严格评选，最终评选出五部优秀现实题材作品，给予每部作品 4 万元扶持资金。分别为水边梳子（唐国政）的《伪装死亡》、李慕江（江春燕）的《南海一家人》、冰可人（王敏）的《女机长》、三生三笑（聂怡颖）的《我不是村官》、楼星吟（谢雅娜）的《彩虹在转角》。这五部作品或展现了广东改革开放中人民艰苦奋斗、奋发图强的创业精神，或讲述了人民群众追求美好生活的正能量。

不单如此，广东省作协、广东省网络作协，也努力拓展建立基层网络文学组织。之前全省各地市已经成立佛山市网络作家协会、中山市网络作家协会、河源市网络作家协会、清远市网络作家协会。广东省作协于 7 月下发各地市作协、网络作协《关于组织全省网络文学工作者认真学习贯彻习近平总书记在庆祝中国共产党成立 100 周年大会上重要讲话的通知》，号召各地市积极成立网络作协。在广东省网络作协的号召下，全省于 2021 年成立了江门市网络作家协会、梅州市网络文学委员会及肇庆市网络文学委员会。

为了让网络作者更有归属感，广东省网络作协努力擦亮网络文学粤军品牌。广东网络作协与《文艺报》合作，在 6 月至 12 月共 6 期《文艺报》上发布了网络文学粤军专版，共推介了从 21 世纪初至今 6 个阶段，约 40 名广东网络文学代表人物。另外，本年度还报送给中作协《百年百部网络文学优秀作品》《2020 年中国网络文学排行榜申报作品》《中国网络文学新人推荐材料》等项目。2021 年，广东网络作协会员屡获佳绩，其中阿菩（林俊敏）《山海经三山神传》、李慕江（江春燕）《南海一家人》入选中国作协 2021 年网络文学重点作品扶持项目，冰可人（王敏）《女机长》入选第八批深圳重点文学作品扶持项目。步枪（李泽民）《大国战隼》、齐佩甲（江源）《超神机械师》、风青阳（张伟煊）《万古第一神》上榜“中国网络文学 2020 年影响力榜"，夜独醉（莫贤佐）《老师快来》、李慕江（江春燕）《茶滘往事》获2021年第三届大湾区杯（深圳）网络文学大赛银奖等等。

广东省作协、广东省网络作协在本年度通过以上各项工作，帮助本省网络作家于疫情之中突破自我悲喜，负起历史使命感，重新在文学的征程上再出发，为继承和弘扬岭南文学，为书写新时代拼搏奋斗。

四、 年度重点作品盘点

因为篇幅的关系，对于年度重点作品的盘点，只能尽可能地选取一些有代表性的作品来重点介绍与评述。2021年，广东网络文学作者不仅尝试抛开"外挂""重生"之类的奇遇，而且开始真正贴近现实，去讲述老百姓自己的故事和话题，去讲述新时代的家国情怀、社会风貌。不论是儿女情长还是家长里短，也不管是热血男儿或是女性觉醒，我们可以看到，它们有着明显的共性——贴近社会热点、接地气、有温度，故事里的主人角，在逆境中依靠着不屈的斗意，去引领局势；从故事中非常自然地透露着我国制度的优越性和道路自信；而历史类的创作，抛开"穿越"的固定套路或金手指式的外挂，已开始达成共识，带着历史本身语境和时代感去叙事，去发掘历史本身的沧海遗珠，从民俗故事里开展文化寻根之旅。但不可否认的是，从总体上的网络浏览量和热度来看，软科幻类、二次元网文仍然是最受欢迎的文类，它们所特有的想象力与冲击力带给读者的快感是不可替代的，而这一类题材的作品，跟2020年的精细化精品化又有所不同，主人公的人设和奋斗路径上，很明显戾气过重，不择手段的主角，已经很难引起读者追捧。订阅和流量的数据支持，说明了整个网络读者群体也开始在日趋成熟，而网络创作者，将这个时代人们的生存焦虑引向了对道德、信仰的思考，往往更能引起读者的共鸣和共情；而在以女性受众为主的在言情方面和以男性受众为主的军事类方面，都有一些可圈可点的作品出现。

A. 现实题材作品

《巨浪！ 巨浪！》，作者：荆泽晓，发表平台：起点中文。

本文通过在广州街头三个失意年轻人的偶然，开始触发三个家庭条件不同，生长环境不同，人生抱负也不同的“85 后”“90 后”，以广州为起点，在互联网时代，开拓自己事业所遇到的悲欢离合的故事。三位主人公，林静雯普通工人子弟出身，二本大学毕业后，找不到工作还差点被骗进电子厂、传销窝点，代表着白领普通市民阶层；刘书萱，985 毕业后轻松通过公务员考试，进入事业单位，因为从小生活优渥，细节马虎，造成报销差旅费违规被记过，代表社会精英阶层；石朴，职校毕业，家道中落，乡镇企业濒临破产，整村的人都要失业，代表小镇、农民子弟阶层。故事通过十年间他们各自在事业上、生活上的不同际遇，体现普通人的人生际遇与时代、国家的紧密联系，与中华民族伟大复兴的不可分割。

《东归》，作者：莫贤，发表平台：逐浪网。

本文描述返乡青年莫华东回家创业，发展农家乐等乡村旅游；以文化为本，展示雷剧、莫家拳、岭南醒狮等本地传统文化活动；以民为主，解决村里的田地丢荒问题，实行土地流转，带领乡亲们奔小康，实现自己的中国梦。

莫世明在四十岁时丧偶一直没有续弦，含辛茹苦把儿子莫华东养大，代表留守农村的人们；莫华东为照顾父亲毅然辞退城里优厚的工作，回家创业。不怕苦不怕累，有想法，创新开拓。为让父亲开心，差点中了竞争对手的奸计，要把农家乐当成“嫁妆”送出去。代表新时代返乡青年；戴家旺在镇里当包工头有点钱后，思维与行为脱离大众，爱炫耀，闹出不少笑话；但在莫华东的感化下，为家乡建设出力。小说以广东湛江为背景，穿插了广东文化、岭南文化及雷州文化的本地描绘，如雷剧、醒狮、莫家拳等湛江特色的文化习俗和非物质文化遗产，展现新时代的美丽乡村及农村人的生活风貌、人情风俗，突出文化强国的信念。

《茶滘往事》，作者：李慕江，发表平台：起点中文。

本文讲述了一群粤北山村的年轻人如何生存崛起并建立芳村茶叶城的过程，展现芳村茶叶城茶商们创业期间的艰辛、茶文化的沉淀与形成、抱团发展的宗旨，以及他们的创业精神，在改革开放大时代背景下，共圆家国梦的故事。文中穿插了广东的茶文化、岭南乡土人情及改革开放的时代元素，加入如粤剧、制茶、醒狮、大量粤语以及广东人们生活状态的描述，具有浓厚的广东地域文化特色。且引入了茶商们从茶叶中衍生茶油、茶精华美容护肤产品的行业时代性的改革亮点，展现粤商低调务实、勇于创新的创业精神。

《老师快来》，作者：夜独醉，发表平台：起点中文网。

本文描述李快来老师听到当年自己所教的一些学生发生意外，心情不好的他在校庆晚宴上拼命地喝酒，一觉睡醒，发现自己重回2005年刚毕业到岭水镇中学报到的那一天。为了不让这一生再有遗憾，他想方设法地帮助那些"曾经出事"的学生……小说里呈现改革多年后，或多或少产生一些时代的问题。在"乡村振兴"的做法下，深化改革，理清当年糖厂优势后存在的不足，用"多腿"走路的方法，找到适合当代农民发展的道路，解决困扰农民的问题。同时探索新时代下的学校教育、家庭教育和社会教育等的融合。

《先行者》，作者：水边梳子，发表平台：起点中文网

20世纪90年代的创业，具有不同凡响的特殊意义，财富与梦想在夹缝中野蛮生长。在那个时代，僵化的计划经济体制日渐瓦解，一个个一群群小人物把中国变成了一个巨大的实验场，它在众目睽睽之下，披荆斩棘，以破釜沉舟的姿态向不可逆转的商业社会转轨；他们出身草莽，侠肝义胆，坚韧而勇于开拓。故事中，主角周永军从一无所有的复退军人到身家过亿的过程，将犯法的表弟孟浩杰绳之以法的过程，最终和舅舅孟明宇恩断义绝的过程，都是反复推敲的，他任侠仗义、气度轩昂，却又机灵多变，很善于接受新生事物，这也让他在整个行业变迁、生意动荡之中跟随上整个中国发展的脚步。

这部小说以建党100周年为契机，时间跨越从1995年到2015年，从改革开放到互联网信息时代一一叙述，拉开一幅极具时代意义的美丽画卷，反映了从改革开放以来，众多弄潮儿的精神面貌。文字简洁犀利，感情刻画丰富。

《我们都是天使》，作者：三生三笑，发表平台：大佳网。

本作品是一部描述年少失怙的林怡经历了某次疫情之后，立志学医，在朋友们的帮助下失学复学，努力进取，经过基层锻炼之后成长为出色的妇产科医生的青春励志长篇小说。小说通过男女主角傅博和林怡的爱情为主线，以娓娓道来的笔法描写了林怡、傅博、枝枝之间感人肺腑的友情、爱情故事，勾勒出一曲青春向上的成长之歌。小说横跨湘粤两地，求学在粤，成长在湘，林怡下乡支医位于湘粤交界，八山一水一分田，环境艰苦民风淳朴，穿插了浓厚的南岭山区风情，如二月二茶果节、南岭梅花遍地香等岭南画面。以建党100周年、共青团100周年为契机，展现当代年轻人逐梦青春，锐意进取的精神风貌。以点带面，描述了城乡不同地域的女性状况，让人深思。

B. 历史、神话类作品

《大明商歌》，作者：阿菩，平台：书旗小说网

本文讲述了在资本主义萌芽的前夕，张居正的改革使得整个大明朝焕发青春活力之时，为了推进全国层面的改革，不同阶层的人都在妥协、牺牲，只为了这个国家能够再一次屹立起来而付出艰难的坚守。

主角张磊既是儒生，又是商人，经受了儒、商两种截然不同的思想冲击之后，最终以儒制商，学以致用，自立自信，用儒核商辅的战略，在改革中践行自身理想，为国家发光发热，贡献自己的力量，帮助国家，帮助自己，落实国家政策，渡过改革深水区，让国家重焕新生，同时也清理了国家的蛀虫。故事围绕“张居正改革”这一历史事件，从“盐政改革”“农政改革”“学政改革”等多个方面入手，重点体现了当国家进入改革深水区的时候，国家与人民上下齐心，共同奋进的伟大历史征程。

《江湖不良医》，作者：姝沐，发表平台：17K小说网

本文讲述了女主苏青鸾在一边行医治病，一边寻找兄长。期间与破云庄少主萧肃容结下不解之缘，两人携手回云城查找当年兄长失踪以及云城里惊天大案的背后真相，这是一个小医救人，大医济世的故事。故事以5个独立单元故事串起全文。

小说以古代心理师解密古代心理疾病的方式，将人性的扭曲及其阴暗以心理+探案的方式展开，将那些在黑暗中的东西推向光明。以医者仁心，兼治天下的心怀对待每一个人，将对人性美好的推崇，对医者仁心的宣扬进行到底。

C. 科幻、玄幻类作品

《星界使徒》，作者：齐佩甲，发表平台：起点中文网。

本文描写了星际开发的时代，移民潮兴起，主角作为一个移民离开家

乡，前往不同星球探索冒险，以诸多文明为不同舞台的一系列故事。主人公周靖，星际开发时代的一位移民，凭借自身的才能，在各个文明的舞台中昂扬向上努力生存。他意外卷入多元位面的文明争锋之中，在多元宇宙的争斗的大时代里，见识一个个世界的风貌，与各路人马合作或交锋。主人公从一开始的青涩，逐渐成长为沉着冷静的干练之人，依靠能力在复杂环境中奋力拼搏，最终取得事业上的成功。故事通过主人公的不同冒险际遇，来描写大时代下的个体如何在风浪中航行，来体现迎难而上、不屈不挠的精神。

《吾名玄机》，作者：姝沐，发表平台：17K 小说网

本文以古代科幻为背景，描绘了一个看似人、但又非人的世界，一方混杂着真假的天地。真相的背后其实就是一场人类与机械数据的拉锯战，探究人性与道德，在智能盛行的今天，寻找一种人与机器和平共处的方式。故事通过古代与科技的碰撞，着重体现人类诛杀机器人，机器人取代人类的过程。值得肯定的是小说凸显了一个积极主题：在人类寻求和平共处的过程中，发现唯有遵循人类生命，自然发展才是存活之道。

《贫道真不想搞钱啊》，作者：六月观主，发表平台：起点中文。

小说讲述的是一个有修为的道士，因为过度迂腐与刻板，导致饿死街头，而穿越而来的宝寿道人心思活络，进山点化了一头熊崽子，随后针对各地为富不仁的人家，开始了劫富济贫的道路。开篇以主角斩妖除魔的视角切入，结果妖魔正是自家养大的熊崽子，猝不及防的反转，让读者眼前一亮。本书主线则是建造一座浩大的道观，而建造道观需要钱财，所以一人一熊开始了赚钱养家的道路。故事文风轻快，笑点十足，以轻松欢快的方式讲述古典仙侠故事，改变了修真仙侠小说过往严肃刻板的写作风格。

D. 军事类作品

《左舷》，作者：步枪，发表平台：起点中文网

本文通过首批院校培养出来的舰载战斗机飞行员与挑选式培养的舰载飞行员之间的竞争，集中通过描写代表人物李海曲折的成长过程，以点带面展现军改之后人民海军风貌和光荣历史。李海系军人子弟，续走父辈从军之路成为了首批院校培养的舰载飞行员，党为民系烈士之后，父母牺牲后被一名

老兵收养，与李海是同班同学。下部队后二人参与多项重要任务，为了海岛航空站建设和新机型试飞做出了贡献。可是上级一道命令却使二人的人生发生了翻天覆地的变化，党为民归建飞鲨部队继续进行舰载战斗机飞行训练，而李海则被下放到某舰艇部队的一条老旧的护卫舰服役。李海代表的是三代从军的军人家庭对军人的理解，而党为民代表的是草根阶层。两种思想在碰撞中融为一体，最终都落到了当代革命军人信仰之上。

E. 古代言情类作品

《闻香榭》，作者：海的温度，平台：天涯社区。

《闻香榭》以大唐盛世为背景，讲述了异能少年方沫儿为救人，被迫“卖身”到拥有非凡制香能力且神秘低调的闻香榭，为精怪古灵的婉娘工作，在危机四伏的神都洛阳，与闻香榭共同成长、奋斗的故事。三位主人公，洛河金鲤婉娘，化身妩媚动人的老板娘，在大唐洛阳开了一家制香铺子，用各种罕见的奇花异草调制胭脂水粉，满足前来闻香榭购香的各路人、妖、精、怪的欲念以换取自己所需；孤儿方沫儿，性格机灵敏感，牙尖嘴利，天生怀有异能，可看见别人看不见的死气而被视为妖孽，被婉娘收为伙计；伙计文清忠厚淳朴，笨嘴拙舌，同方沫儿性格迥异却情同手足。三人携手并肩，制作出三魂香、迎蝶粉、白玉膏等具有特殊功效的香粉，避免了洛阳陷入一场灾难。该小说以“万物有灵”为主旨，通过一个个精巧的故事，塑造肯定了“万物有灵、众生平等”的生命意识，彰显了人类与自然的和谐统一，具有生态小说的某些特质，值得开拓。

五、网络文学的自我迭代

中国网络文学发展二十年来历经了自我迭代与完善，不单已成为了“世界四大文化奇观”之一，更是作为文化产业链的上流，成为了整个文创领域的核心驱动力，并且在接下来的元宇宙中，可以预期，网络文学也必将于其中起到不可替代的作用。

广东一直都是中国网络文学的重镇之一，不仅因为 2002 的广东阳江成立的起点文化传播公司，正式开启了中国网络文学商业化之路，确立起沿用至今的网络阅读付费模式；也不仅仅是当年天涯社区、榕树下等等那一批网络作家中的先行者，为广东网络文学奠定了基础。

广东网络文学从来就不曾故步自封，几乎每一个时期，都有着自己的领军人物，能够在中国的网络文学领域树立起广东文学、岭南文脉的标杆。就目前来看，经历短暂低谷的广东网络文学，开始有冰可人、夜独醉、荆泽晓、步枪、三生三笑、唐国政等作者开始专注现实题材的创作，不只是妖言惑众、海的温度、沐姝等作者在 IP 转换的领域多有斩获；在传统网络文学板块里，以齐佩甲为领军人物，其新作《星界使徒》，新书上传所呈现的数据，完全可以有理由预期，将是一本现象级的爆款作品。白驹易逝、六月观主、艾兮兮等作家的多部作品，在订阅方面都有令人信服的数据，总体来讲，广东网络文学，在 2021 年呈现了向上攀升的态势。

六、 问题与展望

相较于浙江、上海等同为网络文学发达省市而言，广东的网络文学发展情况，仍是存在客观上的差距，究其原因，以下问题值得注意。

首先，榜样的力量是无穷的，当一本作品在网络上成为爆款，肯定会让无数底层的作者去模仿这种写作套路。总体来说，这也是套路文流行的大部分原因，但这个问题它并不单独存在于网络文学，在传统文学的创作里，特别是基层的创作者，从模仿名家作品开始自己的写作生涯，也是一种很常见的做法。但网络文学因为其独特的草根性，缺乏相关部门的引导，在创作者开始了这种套路式的模仿之后，没有一个合理、切合实际的方式让创作者跳出模仿，去创作出具有自我风格的作品。目前，广东省作协、广东省网络作协已经开始担负起引导职能，不论是平时小规模笔会或是大型的线上线下讲座、活动组织，都在起到正面、良性的导向，当这些疏导、辅助的活动进一步展开，应该可以期待把更多的创作者，从单纯的模仿、套路化中解放出来，以形成自我的风格，创作出"反类型"的、人民群众喜见乐闻的作品。

其次，目前的广东网络文学缺乏高辨识度的地域风格。岭南文学在网络文学这个平台上的发展，期望一个或两个顶尖的大神，去带动全省的文学水平，明显是不理性的。在网络文学起始的年代，广东并不缺乏顶尖流量大神，当大神外流，广东网络文学的作者群存在着一个明显的特点——底层作者基数庞大，大神偏少。广东网络文学的读者数量在全国一直领先，而创作群体的基数也一直排在全国首位。庞大的作者基数催生出众多的“小神”，但顶级大神的数量则与广东全国第一的经济产量不匹配。所以作为网络文学的创作者，突围之道不单要在作品的语言、人物塑造、情节设定等文学层面，在故事背后的思想输出与价值观导向等内核层面，也要尽可能地做到独树一帜，才能保证所完成的作品能脱颖而出，成为精品。

再次，更为重要的是广东网络文学，应该注重多方面的机制建设，以期形成造血功能。目前，中国各省份的网络文学发展，不单是北京、上海，包括湖南等地，扶持和投入暂时和广州无法相提并论的，但广东的网络文学创作者，立足现有条件，在河源、肇庆等地的网络文学基层组织，开始进行有意识、自发性地帮带和研讨。广东省作协也预期在未来，理顺广东省网络作协体制及运行模式、加强多方面交流机制的建设、加强重大题材和热点类型的创作扶持等多方面来帮助网络文学创作者突破类型局限，不断创造出新类型，创作出笔力沉雄、思想厚重，符合新时代的文学作品。

第四，广东网络文学部分创作者明显出现了颓势，核心原因是对于新时代的适应力不足。在传统的 PC 阅读被移动阅读取代之后，流量的争夺便成为了资本的兵家必争之地。2020 年的“免费阅读”事件开始消耗流量的红利，而到了 2021 年，碎片化阅读和各种短视频等等，对传统网络文学形成更深层的冲击。而网络文学的优势在于内容的多样性和复杂性，但是作为文字的艺术，却难以带给受众最直接的感官刺激与娱乐享受，因此若想收复失地，不单必须强化对网络文学的优质 IP 进行综合开发，更要去适应新时代的发展，加入短视频、广播剧、剧本杀等方面的创作。据上文所述，广东网络文学的 IP 转换虽取得了一定的成就，但总体而言还未形成完整的产业链，即对于一部作品的开发，没有做到影视、游戏、动漫等全方位的联动，仅仅只是三个领域的转换（文学——影视、文学——游戏、文学——动漫），这样就没有办法充分施展网络文学本身所凝聚的内容价值、粉丝价值、营销价值。同时，对于 IP 的开发和运营，并没有做到与时俱进，往往只是停留在漫画、影视方面的运营，对于新生的领域，没有进行集中地、有计划、有规模地开发，因此也就难以在越来越有流量的新型平台，打造具有品牌效应的大神级作家。

当然，关于广东网络文学未来的发展，除了要解决上述几个弱项环节之外，官方组织对于作家的扶持、引导、培训和宣传仍是必不可少的一环。2021 年，广东省作协和广东省网络作协在这一方面已小有成就，今后仍需加大力气，切实加强网络作家群体的团结引领和培养服务工作，为构建文学发展新格局、为文化强省建设作贡献。

一、加强作者对本土传统文化资源的利用，彰显地域文化特色。所谓“只有民族的才是世界的”，中国的网络文学正在乘风起航、走向世界，而广东网络文学若想别具一格，则必须利用好地域文化这块瑰宝。广东有着深远多元的传统文化（广府文化、潮汕文化、客家文化等），而这些文化中本身就有着数不尽的好故事、好传统，作为网络文学的作者，例如阿菩创作的《三山神传》、夜独醉创作的《三山国王》，若能将这些民俗文化很好地融入到自己的创作中，定能打开一片新的天地。建议定期收集网络作协会员，尤其是有一定成绩的会员重大题材和热点类型的创作意向，召开线上或线下座谈会，邀请省内著名网络文学评论家、网站编辑及其他专家共同参与，互相交流，碰撞火花，讨论选题可行性，统筹规划广东网络作家重大题材和热点类型创作。

二、每一年或两年，举办一次网络文学重大题材评奖或扶持，给予现金支持或协助出版。重点关注弘扬社会主义核心价值观，反映时代新气象、讴歌人民新创造、增强人民精神力量，讲好广东故事、大湾区故事、中国故事的现实题材精品。对于获扶持，未完本的项目，与作者、出版社签订三方合同，举行相应的发布活动，推介会，研讨会等。

三、对于重大题材和热点类型的创作扶持应该加强，鼓励、支持更多实力网络作家进行重大题材尝试和类型创新，在网络作家中倡导精品创作，将更多有实力、有潜力进行现实题材、重大题材创作的网络作家挖掘出来。

四、必须加强政策学习，建立重大现实题材和历史题材选题库。习近平总书记《在文艺工作座谈会上的讲话》（2015 年 10 月 15 日）对社会主义文学事业发展做出一系列重要指示和重大部署，这为包括网络文学在内的新时代文艺工作奠定了思想基础，指明了前进的方向。广东省作协线上或线下组织网络作家学习有关重大题材、重要指示及批示精神，积极组织网络作协会员参与中作协等主办的线上学习，培训，将未来广东文学院资料库对网络作家开放，为创作积累素材。加强对重点作家和实力作家的联系，加大对优秀作品的宣传力度。积极推荐重点作家加入省作协、中国作协，各省、地市政协机构、新阶联等。多做实事，为网络作家提供更多的学习机会，针对网络作家权益缺少保障的状况，例如为重点作家开展免费体检、组织学习版权保护法规等实事。

五、坚持正确导向，以互联网思维、全媒体视觉宣传网络文学工作，进一步推动协会和网络文学创作委员会互联网媒体平台融合发展。加强与《文艺报》《南方日报》等传统媒体的战略合作，用好《广东文坛》报、广东作家网、广东省作家协会等自有媒体平台和新媒体平台，大力宣传、集中展示广东网络作家的优秀作品，促使优秀网络作家脱颖而出，扩大广东网络文学影响力，擦亮网络文学粤军品牌；依托《广东文学蓝皮书》和《粤港澳大湾区文学评论》网络文学栏目等平台，加强对网络文学评论理论的研究；开通网络作协微信公众号，同时邀请头部作家进校园参与文学活动，持续扩大和提升网络文学工作的传播力和影响力。总之，必须多管齐下，营造优质的网络文学生态环境，为中国网络文学的发展发出广东声音，展示广东形象，做出广东的贡献。

实现第二个百年奋斗目标的新征程已经开启，广东网络文学创作者将凝聚力量，修身守正，立心铸魂，传承优秀的岭南文化，在新时代继续书写人民史诗。

（本章撰写：荆泽晓，知名网络作家，中国作家协会会员，省作协网络文学创作委员会委员）

附 录
大事记

1 月，由广东省作家协会主编的《千里驰援——广东作家“抗疫”主题作品选》（上、下卷）由南方出版传媒花城出版社正式出版发行。该书收入 100 多位广东作家创作的报告文学、小说、评论、散文、诗歌、旧体诗文共计 184 篇（首），全部来自省作协组织的“抗疫”文学活动。

1 月 19 日，省委常委、秘书长、宣传部长张福海对《广东省作家协会工作报告》作出批示。

1 月 21 日上午，广东省作家协会第九届主席团第三次会议、广东省作家协会工作会议在广东文学艺术中心先后召开。在九届主席团三次会议上，省作协党组书记、专职副主席张培忠对《广东省作家协会 2020 年工作总结和 2021 年工作安排》作了说明。会议讨论审议了《广东省作家协会 2020 年工作总结和 2021 年工作安排》，讨论了《广东省“十四五”文学发展规划》（征求意见稿），并就有关人事安排进行了审议。会议由省作协主席蒋述卓主持，省作协第九届主席团成员、副秘书长出席会议。省作协工作会议主要任务是：以习近平新时代中国特色社会主义思想为指导，深入学习贯彻习近平总书记出席深圳经济特区建立 40 周年庆祝大会和视察广东重要讲话、重要指示精神，学习贯彻落实党的十九届五中全会精神，贯彻落实全国、全省宣传部长会议精神，以及中国作家协会有关会议精神，总结 2020 年工作，部署 2021 年工作。会议以线下和线上相结合方式召开。省作协第九届主席团成员，副秘书长，部分团体会员代表和专业委员会代表线下与会。各地级以上市作协、省作协各分会、各专业委员会负责同志，各地级以上市文联分管工作负责人，各地级以上市作协、省作协各分会所属团体会员及专业委员会主要负责人，省作协主管各社会组织主要负责人，省作协副处、副高以上干部共计300名线上与会。

1月29日，召开2020年度广东省作家协会机关总结表彰会议。省作协党组书记、专职副主席张培忠出席会议并作讲话，党组成员、专职副主席兼秘书长苏毅宣读嘉奖通报并介绍机关及工作人员2020年度获奖情况。党组领导为2020年度考核获得优秀等次的人员颁发了荣誉证书。会议由党组成员、专职副主席陈昆主持。

春节前夕，受省委宣传部委托，省作协党组书记、专职副主席张培忠，党组成员、专职副主席陈昆，党组成员、专职副主席兼秘书长苏毅分别带队走访慰问广东省文艺终身成就奖获得者章以武、岑桑、张永枚等老作家，了解老作家生活、创作情况，送上新春的祝福。

自2月起，为表彰成就卓越、德艺双馨的文艺工作者，树立全省文学艺术界的优秀榜样，由中共广东省委宣传部牵头，广东省作协联合省文化和旅游厅、省广播电视局、省文联开展全省文艺界先进人物评选活动。一是组织第三届广东文艺终身成就奖评选活动。参评对象为参加文艺工作50年以上，具有广东省户籍或在广东省工作满10年以上，在文艺创作、文艺理论研究或文艺活动组织等方面对文艺事业发展有杰出贡献的文艺工作者。文学类初评工作，各地级以上市由市委宣传部联合市作协（文联）组织开展，省直由省作协文学院等专业团体机构按照业务范围组织开展。复评工作由省文联和省作协分别组织开展。终评由广东文艺终身成就奖评选委员会研究审定。拟表彰人选名单在征求有关部门意见，并在南方网、广东文艺网和广东作家网等媒体上进行公示，再报请省委宣传部审定后予以表彰奖励。二是组织第四届广东省中青年德艺双馨作家艺术家评选活动。参评作家条件为在广东省连续工作满8年以上（含8年）的中青年作家，年龄不超过55周岁，在文学创作、理论研究、文学活动组织等方面对广东文学事业作出突出贡献，无论户口是否在广东省，均可参加评选。文学类初评工作，各地级以上市由市委宣传部联合市作协（文联）组织开展，省直由省作协文学院、创研部、组联部，省作协各分会，各出版社，省级各报社、文学杂志社等专业团体机构按照业务范围组织开展。复评工作由省文联和省作协分别组织开展。终评由广东省中青年德艺双馨作家艺术家评选委员会研究审定。

2 月 24 日，省作协党组书记、专职副主席张培忠主持召开党组（扩大）会议，认真学习贯彻习近平总书记在党史学习教育动员大会上的重要讲话精神和党中央《关于在全党开展党史学习教育的通知》精神，传达学习全省党史学习教育动员大会和省委书记李希同志讲话精神，对全省文学界开展党史学习教育进行研究部署。党组成员、专职副主席陈昆，党组成员、专职副主席兼秘书长苏毅同志参加会议。各部门、杂志社主要负责同志列席会议。

3 月 2 日，省委书记李希对省作协党组关于 2020 年全面工作情况的报告作出批示。

3 月 5 日，召开广东省作家协会党史学习教育动员大会。会议的任务是认真学习贯彻习近平总书记在党史学习教育动员大会上的重要讲话精神和党中央《关于在全党开展党史学习教育的通知》精神，传达学习全省党史学习教育动员大会精神和省委书记李希同志讲话精神，对省作协开展党史学习教育进行研究部署。省作协党组书记、专职副主席张培忠作动员讲话，党组成员、专职副主席兼秘书长苏毅出席会议。会议由党组成员、专职副主席陈昆主持。

3 月 12 日，召开广东省作家协会新任干部集体廉政谈话会。省作协党组书记、专职副主席张培忠代表党组对近期新提拔职务、晋升职级的同志进行廉政谈话，省纪委监委驻省委宣传部纪检监察组组长何慧华出席会议并讲话，党组成员、专职副主席、机关党委书记陈昆主持会议并通报近期新任干部情况，党组成员、专职副主席兼秘书长苏毅出席会议，各部门、杂志社主要负责同志和有关干部列席会议。

3 月 13 日，由广东省作家协会、广州市委宣传部指导，广州市文联主办的“文艺之美 党史之光——广州市党史学习教育文艺故事会”系列活动文学专场在广东美术馆举行，专场活动以“信念的华章”为主题，讲述中国共产党早期著名理论家杨匏安和广东革命文学领军人物欧阳山等先进人物故事。省作协党组书记、专职副主席张培忠，省文联原主席、茅盾文学奖获得者刘斯奋，中国诗歌学会会长杨克，广州市文联党组书记、主席李鹏程，广州市委宣传部副部长朱小燚，广州市作协主席张欣，广州市文联专职副主席彭宇，广东省文艺评论家协会主席林岗，周恩来总理侄孙女、广东省红色文化研究会副会长周晓瑾，广州鲁迅纪念馆馆长吴武林，广东省网络作家协会副主席阿菩，华南农业大学中文系主任、教授傅修海，南方日报社文体新闻部副刊负责人郭珊，青年作家蒲荔子等出席活动。

3 月 15 日，开展党日活动，组织全体党员参观“时代先声——广州文艺百年大展”。展览以时间为轴线，以事件、人物和作品为呈现顺序，分为“旱天雷·心向光明（1921—1949）”“得胜令·红棉璀璨（1949—1978）”“风云会·南国春早（1978—2012）”“步步高·出新出彩（2012—2021）”以及“广州文艺百年大事记”“广州文艺百年大家”和“广州百年文艺经典影像馆”七大板块。

3 月 22 日，鲁迅文学院广东公安作家文学创作培训班开班仪式在珠海举行，来自广东省各地的公安作家共计 54 人参加活动。省公安厅党委委员、政治部主任、广东公安文联主席江理达同志致辞，鲁迅文学院常务副院长徐可，全国公安文联主席王俭，省作协党组书记、专职副书记张培忠出席仪式并讲话。培训班为期七天，邀请张军、张策、谢春涛、李山、刘琼、杨克、熊育群、谢有顺等专家授课，期间还组织社会实践和集体研讨活动。

3 月 29 日，组织杨黎光长篇报告文学《脚印——人民英雄麦贤得》改稿会。省作协党组书记、专职副主席张培忠，党组成员、专职副主席兼秘书长苏毅出席会议。著名作家、茅盾文学奖获得者刘斯奋，著名作家、广州大学文学院教授章以武，广东人民出版社原社长、广东省新闻出版局审读员卞恩才，花城出版社原社长、广东省新闻出版局审读员詹秀敏，花城出版社副总编辑张懿，青年作家、评论家林培源等应邀参加改稿会，围绕《脚印——人民英雄麦贤得》的文本，从思想性、艺术性、社会性等方面进行了研究和分析，对创作技巧、艺术特色、创新探索等专业课题进行探讨和交流，并对作品中进一步打造提升提出了意见和建议。《中国作家》杂志社主编程绍武、《北京文学》主编杨晓升、深圳电影制片厂文学部主任吴启泰提供了书面发言。

3 月，启动广东文学馆展品（藏品）征集工作。征集范围为广东古代、近代、现当代文学史重大事件、重要人物的相关实物或电子资料，反映广东民间文学、华人华侨文学史发展历程、港澳台文学成就的相关实物或电子资料。征集类别包括证件证书、刊物书籍、创作手稿、新闻资料、具有展览收藏价值的个人物品等。征集方式以无偿捐赠为主，由捐赠人将个人所有的物品无偿捐赠给广东文学馆，捐赠物品归广东文学馆所有并永久保管。第一批展品（藏品）征集时间为即日起至 2021 年 12 月 31 日，后长期接受社会捐赠。

3 月 31 日，省委书记李希在省委常委、秘书长张福海，省委常委、宣传部长陈建文的陪同下，莅临省作协调研，考察广东文学资料馆，了解广东文学工作情况，并在广东文学艺术中心 9 楼会客室与省文联、省作协党组成员进行座谈。李希充分肯定我省广大文艺工作者深入生活、扎根人民，在文艺创作、表演、研究、传播方面作出重要贡献，勉励大家聚焦建党百年精心组织开展主题文艺活动，围绕党史题材进行文艺创作，以紧贴生活的艺术语言讲好中国故事、大湾区故事、广东故事，打造更多文艺扛鼎之作。省作协党组书记、专职副主席张培忠汇报了工作。

3 月 31 日至 4 月 1 日，举办省作协 2020 年度新会员培训班，来自全省各地的近 150 名新老会员作家、省作协机关部分干部参加培训。省作协党组成员、专职副主席陈昆作书面学习动员。

4 月 9 日，由广东省作家协会、二十一世纪出版社集团共同举办的“陈诗哥的童话国《一个迷路时才遇见的国家和一群清醒时做梦的梦想家》研讨会”在中国现代文学馆举办。省作协党组书记、专职副主席张培忠，二十一世纪出版社集团副社长、副总编辑熊炽出席会议。梁鸿鹰、李东华、刘颋、刘琼、孙云晓、陈晖、张莉、谢有顺、郭艳、舒伟、徐妍、李利芳、李红叶、崔昕平、冯臻、陈香等近二十位学者、评论家、作家应邀参加研讨会。陈诗哥是新世纪以来广东儿童文学领域涌现出来的优秀作家代表之一，自 2009 年开始发表童话，曾获全国优秀儿童文学奖、冰心儿童文学奖、《儿童文学》十大金作家奖、《儿童文学》金近奖等。《一个迷路时才遇见的国家和一群清醒时做梦的梦想家》系“2019 年广东重大现实与历史题材创作选题长篇小说”扶持作品。本次研讨会的主题是：探讨《一个迷路时才遇见的国家和一群清醒时做梦的梦想家》的童话思想与美学特征，探讨书中“国家”与“国王”的独特含义，探讨人类的精神归属与童年精神之联系等。与会专家们从不同层面和角度对该书的艺术价值、陈诗哥的童话观和所彰显的童话精神以及中国原创童话的美学走向，进行了热烈探讨。

4 月 20 日上午，组织“改革开放再出发”深扎作家陈继明作品《平安批》专家审读会。邀请李建军、贺绍俊、郭小东、谢有顺、贺仲明、陈培浩等专家就陈继明长篇小说《平安批》提出审读意见。该作品以“侨批”为题材，反映“侨批”在特殊时期承载的守道怀仁、守义重情、守财归根、情系桑梓的“中国心”，是“改革开放再出发”作家深扎创作活动的阶段性成果。省作协党组书记、专职副主席张培忠同志提出，要下大力气吸收专家意见，要下决心补补课、收集更多素材，要下苦功夫打造精品力作。

4 月 20 日下午，举行《路遥的经验为什么重要》文学讲座。邀请中国社会科学院文学研究所研究员、研究生院教授、博士生导师、当代文学研究室主任李建军作《路遥的经验为什么重要》文学讲座。全体党员干部参加讲座。讲座由省作协党组书记、专职副主席张培忠主持。

4 月 26 日，由中国作家协会主办的全国基层作协负责人著作权保护培训（华南片区）在广州开班。中国作协书记处书记邱华栋，省作协党组书记、专职副主席张培忠，中国作协社联部副主任李晓东，省作协党组成员、专职副主席兼秘书长苏毅等出席开班仪式。来自广东、福建、江西、湖南、广西、海南各地的 80 余位作协负责人参加培训。本次培训为期两天，中国社会科学院知识产权中心研究员李明德和北京知识产权法院审判监督庭四级高级法官李志锋作专题授课，讲解著作权保护相关知识。此外，各位学员还前往广州起义烈士陵园进行党史学习教育，在中国版权保护中心华南版权登记大厅开展现场教学。

4 月 26 日，由中国作家协会社会联络部指导、广东省作家协会设立的“美好生活基层行”中山“小康样本”创作基地揭牌仪式在中山市南区举行。中国作协书记处书记邱华栋，省作协党组书记、专职副主席张培忠，中国作协社联部副主任李晓东，中山市委常委、宣传部部长林锐熙，中山市文联党组书记、主席陈江梅等出席揭牌仪式。该创作基地由中山市文联、市作家协会负责基地的活动安排和联络对接工作。由中山市南区街道提供基地日常办公场所，安排专人负责基地日常服务管理工作。基地将充分发挥中山丰富厚实的历史文化资源和和谐宜居的环境优势，为全国作家开展文学创作提供灵感和源泉，为开展大型文学活动提供平台和渠道，为中山培养优秀文学创作队伍提供支持和帮助。

4 月 29 日，组织为期一天的党史学习教育专题研讨班暨党组理论学习中心组（扩大）学习，党组成员、各部门、杂志社主要负责同志以及副处、副高以上干部参加研讨和学习。研讨班的主要任务是：以习近平新时代中国特色社会主义思想为指导，深入学习贯彻习近平总书记系列重要讲话精神，进一步统一思想，提高认识，从党的百年伟大奋斗历程中汲取继续前进的智慧和力量，更加把握“新发展阶段、新发展理念、新发展格局”要求，坚定不移走高质量发展之路，不断提高政治判断力、政治领悟力、政治执行力，以优异成绩迎接建党 100 周年。期间，分两个小组开展专题研讨。有关同志结合习近平总书记在党史学习教育动员大会上重要讲话精神和视察广东系列重要讲话重要指示精神，结合习近平总书记关于文艺工作的重要论述，结合《论中国共产党历史》《习近平新时代中国特色社会主义思想学习问答》《中国共产党简史》等重点学习书籍，联系对党史的学习畅谈思想认识，交流了学习心得体会。

5 月 11 日下午，广东省文化和旅游厅、广东省作家协会联合召开推动文德路红楼建立红色文学教育基地调研座谈会。省文化和旅游厅党组副书记、副厅长，省文物局局长曾颖如，省作协党组书记、专职副主席张培忠，省作协党组成员、专职副主席陈昆及广州市文化广电旅游局、广州市越秀区文化广电旅游体育局等有关单位负责同志出席。曾颖如对省作协在挖掘、保护广东红色革命历史文化的重视关注和不懈努力表示高度赞赏和充分肯定。她认为，红楼见证了广东文艺发展全过程，对广东红色文学史以及广东现当代文学的传承具有十分重要的意义，并指出红楼的修缮保护可借鉴上海、澳门等地和杨家祠等单位的相关经验，进一步整合资源、优势互补、协作联动、分步推进，传承发扬好广东革命文学与革命文化。张培忠指出，红楼作为广东左联作家重要活动场所和广东作协的始发地，属于不可再生的珍贵历史资源，具有深厚的文学价值和革命文化价值。

5 月 17 日至 22 日，省作协党组书记、专职副主席张培忠率省作协调研组一行 7 人赴陕西、甘肃作协学习调研。17 日下午，调研组与甘肃省文联、作协座谈交流，甘肃省文联党组成员、副主席王正茂，甘肃省作协主席叶舟及来自甘肃省文联、作协有关负责同志 10 多人参加会议。21 日下午，调研组与陕西省作协座谈，陕西省作协党组书记、常务副主席齐雅丽，党组成员、副主席安广文，党组成员、副主席、《延河》杂志社社长兼执行主编阎安，党组成员、文学院常务副院长李锁成，秘书长、机关党委副书记王晓渭及陕西省作协有关部门负责同志 10 多人参加座谈。张培忠代表广东省作协分别向甘肃省文联、作协和陕西省作协赠送大型报告文学《奋斗与辉煌——广东小康叙事》。齐雅丽代表陕西省作协向广东作协赠送《陕西省作家协会大事记（1954－2014）》、《陕西省作家协会影像 60 年》、《作家与作家协会》一套和作家陈彦长篇小说新作《喜剧》7 套；中国作协副主席、陕西作协主席贾平凹因事未能出席座谈会，向调研组成员每人签名赠送长篇新作《暂坐》。期间，调研组实地走访梁家河村并重温入党誓词，参观两当兵变纪念馆并向革命先辈敬献花篮，先后参观甘肃省博物馆、路遥文学馆、路遥故居、陕西作协文学陈列室、柳青故居、陈忠实故居，走访延安鲁迅文学艺术院、杨家岭、皇甫村，瞻仰柳青、路遥、陈忠实墓地并分别敬献花圈，还与甘肃省两当县作家进行座谈交流。

5 月 28 日下午，举办主题党日活动，组织机关全体干部职工集体观看传记电影《柳青》。影片以宏大的历史视角生动呈现了波澜壮阔的农业建设和农村制度改革，真实再现了作家柳青深入农村建设一线、扎根人民、创作《创业史》的故事。

5 月 31 日下午，召开广东省作家协会“让青春在奉献中焕发绚丽光彩”青年理论学习小组、青年创作委员会座谈会。省作协党组书记、专职副主席张培忠出席会议并讲话，省作协党组成员、专职副主席苏毅，作品杂志社社长兼总编辑王十月出席会议。会议由省作协党组成员、专职副主席陈昆主持。座谈会上，陈昆同志宣读了成立青年理论学习小组和筹备成立青年创作委员会的决定。青年理论学习小组成员和青年创作委员会部分委员围绕学习《习近平总书记关于青年工作重要论述综述》，结合自身工作实际，交流分享心得体会。座谈会前，青年理论学习小组 4 个分组，分别上场展示了组名、组歌和口号。

从 5 月起，实施年轻公务员理论学习提升工程，由机关、下属杂志社 40 岁以下青年党员干部组成青年理论学习小组。采取集中学习研讨和个人自学研读相结合的方式，深刻学习领会新时代党的创新理论，用党的创新理论最新成果武装头脑，务求提高青年党员干部马克思主义理论水平和运用能力。

从 5 月起，策划组织“粤菜师傅”“广东技工”“南粤家政”三项工程主题文学创作。三项工程是广东省委、省政府以小切口推动大变化的重大实践，自 2018 年 7 月全省实施乡村振兴推进工作会上首次提出以来，以办好民生实事践行以人民为中心的发展理念，经过多年的实践推动，取得了明显成效，解决了一系列群众的痛点、堵点、难点问题。三年来，省人力资源社会保障厅全力推进落实三项工程，其中“粤菜师傅”培训了 15．4 万人、直接带动就业创业 39 万人，“南粤家政”培训了 64 万人、直接带动就业超过 100 万人，“广东技工”仅 2020 年一年培训了 308 万人次，三项工程已经成为一个在省内外知名度较高的品牌。按照工作计划，省作协将与省人力资源社会保障厅、省内媒体加强合作，由省人力资源社会保障厅提供资源、素材，由省作协组织创作文学作品，努力推出一批展现岭南大地落实高质量发展、创造美好生活的精品力作。

6 月 17 日，举办周晓瑾长篇纪实文学《信仰——周恩来岭南纪事》改稿会。广东省委党史研究室原巡视员、研究员陈弘君，广州市委党史文献研究室副主任廖惠霞，广州市社科院岭南文化研究中心主任、研究员、一级作家梁凤莲，原广州军区政治部大校、军旅作家刘汉升，广州购书中心行政经理、青年作家梁江南，广州新华出版发行集团党委委员、常务副总经理刘景明，广州出版社党支部书记、董事长柳宗慧，广州出版社副总编辑李良婷等参加改稿会。中央党史研究室原研究员，曾任周恩来年谱生平小组组长、周恩来研究组副组长李海文、中央党史和文献研究院第二研究部副主任费虹寰以书面发言方式参加本次改稿会。改稿会由省作协党组书记、专职副主席张培忠主持。

6 月 18 日，组织党史学习教育专题党课，由省作协党组书记、专职副主席张培忠以《广东文学经典与百年党史》为题讲党课，举行新党员入党宣誓和全体党员重温入党誓词仪式，向老党员颁发“光荣在党50年”纪念章，全体党员干部参加活动。省委党史学习教育第十二巡回指导组组长张进思、组员李松杰到场指导。专题党课通过解读广东文学红色经典著作《三家巷》《茅山下》《高干大》《香飘四季》《大江沉重》等，讲述中国共产党在大革命时期、抗日战争时期、社会主义建设时期、改革开放时期等历史阶段带领人民接续奋斗、不断取得新胜利的故事。

6月30日，广东省作家协会庆祝建党百年十部红色题材重点作品暨《广东文学蓝皮书（2020）》新书发布会在广州珠岛宾馆举行。活动包括新书发布仪式、新书研讨会两部分。省委常委、宣传部长陈建文，省委宣传部常务副部长崔朝阳出席新书发布仪式。省作协党组书记、专职副主席张培忠作十部红色题材重点作品暨《广东文学蓝皮书（2020）》创作出版情况汇报，作家代表周晓瑾现场介绍了《信仰——周恩来岭南纪事》创作情况，作家代表杨黎光作《脚印——人民英雄麦贤得》创作情况书面介绍，省作协有关领导等分别向学校、社区、企业代表赠书。新书作者代表谢友义、陈典松、陆基民、陈弘君、王国梁，评论家林岗、贺仲明、陈希、刘卫国、江冰、刘茉琳、唐诗人、李德南，省作协党组成员、专职副主席陈昆、苏毅，花城出版社总编辑程士庆、广东人民出版社总编辑钟永宁、广东高等教育出版社副社长钟凌翊、广州出版社党支部书记、董事长柳宗慧、暨大出版社总编辑晏礼庆等出席活动。新书发布仪式由省作协主席蒋述卓主持，新书研讨会由张培忠同志主持。本次发布庆祝建党百年十部红色题材重点作品，具体是杨黎光长篇报告文学《脚印——人民英雄麦贤得》，周晓瑾长篇纪实文学《信仰——周恩来岭南纪事》，谢友义长篇纪实文学《赤魂·赤土·赤旗——广东海陆丰农民运动群雕》，陈典松、陈志遐长篇纪实文学《黎明之前——广州起义纪事》，谢显扬、陆基民、米军喜长篇纪实文学《生命河流摆渡人》，陈弘君等著的纪实文学《粤海魂——广东共产党人革命征程》，王国梁长篇纪实文学《烽火》，张新科长篇小说《惊潮》，陈华清长篇小说《竹魂》，黄河文长篇小说《九龙嶂英雄》，以及由省作家协会组织编写的《广东文学蓝皮书（2020）》。本次发布会还有一个亮点，就是广东文学界首次推出《广东文学蓝皮书》。省作协邀请省内文学评论家陈剑晖、陈希、刘卫国、刘海涛、杨汤琛、刘茉琳、黄雪敏、马忠、江涛、易文翔、林涛等聚焦2020年广东文学创作概况、作家群体状况、文学现象等，进行深入研究分析，分长篇小说、中短篇小说（含小小说）、纪实文学、文学理论批评、散文、诗歌、儿童文学、网络文学、影视文学等专题，以“点”带“面”，盘点年度文学成果，记录年度文学足迹，梳理年度文学脉络，呈现年度文学风貌。

7月2日、7月5日，省作协党组书记、专职副主席张培忠同志连续主持召开党组会议，传达学习习近平在庆祝中国共产党成立100周年大会上的重要讲话精神，并结合传达学习中央和省委有关部署以及中宣部、中国作协、全省宣传文化系统有关要求，研究部署贯彻落实措施。会议要求，要深入学习习近平总书记在庆祝中国共产党成立100周年大会上的重要讲话精神，以党的最新理论成果武装头脑，指导工作；要大力宣传、宣讲习近平总书记在庆祝中国共产党成立100周年大会上的重要讲话精神，使之在广东文学界入心入脑，把思想统一到习总书记重要讲话上来，坚定听党话、跟党走的决心；要以习近平总书记在庆祝中国共产党成立100周年大会上的重要讲话精神指引全省文学事业，以学促干，加快推进文化强省建设。

7月7日，组织全体党员、干部前往中共三大会址纪念馆参观学习。全体人员参观了中国共产党第三次全国代表大会历史陈列“上下求索”“凝聚共识”“风起云涌”“理想之光”四个篇章。

7月9日，召开党组理论学习中心组（扩大）学习会，深入学习领会习近平总书记在庆祝中国共产党成立一百周年大会上的重要讲话精神，深刻理解习近平总书记“七一”重要讲话的重大意义、主要内容和丰富内涵，围绕重要讲话中提出的一系列新思想新观点新要求，深刻认识中国共产党百年奋斗的光辉历程、伟大成就、宝贵经验和实践启示，践行初心、担当使命，以史为鉴、开创未来，在新的征程上紧密团结在以习近平同志为核心的党中央周围，向着第二个百年奋斗目标、向着中华民族伟大复兴的中国梦奋勇前进。党组成员分别作中心发言，有关部门负责同志作重点发言，副处级以上、副高级以上专业技术职称的党员干部及部门负责人列席会议。

7月21日，召开《广东文学通史》编撰工作会议，正式启动《广东文学通史》编撰工作。省作协党组书记、专职副主席张培忠，党组成员、专职副主席陈昆，党组成员、专职副主席兼秘书长苏毅出席会议。省内专家、学者黄天骥、林岗、陈剑晖、贺仲明、纪德君、陈希、闵定庆、刘卫国、陈恩鹏、龙其林等围绕《广东文学通史》编撰方案、框架、体例进行了讨论，提出意见建议。《广东文学通史》拟分《古代广东文学史》《近代广东文学史》《现代广东文学史》《当代广东文学史（1949－1976）》《当代广东文学史（1977—2022）》共计5卷，每卷40万字，计划于2023年4月底前完成。张培忠总结指出，编撰《广东文学通史》，一要提高站位，增强撰写《广东文学通史》的责任感、使命感和荣誉感。二要坚持正确史观，以习近平新时代中国特色社会主义思想特别是习近平总书记关于文艺工作的重要论述指导通史的编撰工作。三要坚持守正创新，努力构建富有岭南文化特色的中国文学话语和叙事体系。四要坚持对标对表，打造风格统一的有信息含量、有思想容量、有情感力量的通史力作，体现共识、创新，体现政治性、学术性、科学性、独创性。五要坚持倒排工期、挂图作战，按时保质完成《广东文学通史》的编撰任务。

7月31日，广东省作家协会九届主席团四次会议在广东文学艺术中心岭南文学空间召开。本次会议的主要任务是：传达学习习近平总书记在庆祝中国共产党成立100周年大会上的重要讲话精神、中国作家协会第九届全国委员会第五次全体会议精神以及省委书记李希在省文联、省作协调研讲话精神，总结2021年上半年工作情况，部署下半年工作计划，并审议有关工作议题。省作协党组书记、专职副主席张培忠作工作报告。党组成员、专职副主席陈昆，党组成员、专职副主席苏毅以及九届主席团成员等出席会议。会议由省作协主席蒋述卓主持。会议审议有关事项，同意免去苏毅同志省作协秘书长职务，任命刘春同志为省作协秘书长。审议通过了《广东省作家协会主席团工作规则》、成立青年创作委员会、广东省作协2021年推荐新发展会员名单。会上就《广东文学馆展陈大纲》《广东文学馆布展设计概念方案》征求了意见。各地级以上市作协、省作协各分会负责同志列席了会议。

8月4日至8月11日期间，举办为期8天的2021年广东省文学创作专业技术人员继续教育培训班。本次培训班的主要任务是：深入学习贯彻习近平新时代中国特色社会主义思想和党的十九大及十九届二中、三中、四中、五中全会精神，深入学习贯彻习近平总书记在党史学习教育动员大会、庆祝中国共产党成立100周年大会上的重要讲话精神，认真贯彻落实《广东省专业技术人员继续教育条例》有关要求，提高全省文学创作专业技术人员的政治素质、文学素养和创作水平。来自全省各地拟申报文学创作专业职称评审的200多名作家通过网络参加培训。培训班安排线上网络授课3天、线下自主学习5天。课程设置分为三个版块。第一个版块是“强化政治理论武装”。印发习近平新时代中国特色社会主义思想学习资料，邀请省委党校党史党建部教授、省委党史教育宣讲团成员毕德作《学习习近平总书记“七一”重要讲话精神的几点认识》专题讲座，帮助学员强化理论武装，增强政治意识，把握正确创作方向。第二个版块是“提升文学专业水平”。邀请中国作协书记处书记邱华栋作《如何理解一个作家》专题讲座，广州岭南文化研究会会长、广东财经大学教授江冰作《红色文艺突破与广东文学创作》专题讲座，中山大学中文系教授、中国现当代文学教研室主任林岗作《如何理解文学和好的文学》专题讲座，省作协兼职副主席、《作品》杂志社社长兼总编辑王十月作《小说创作漫谈》专题讲座，沈阳师范大学教授、中国文化与文学研究所副所长贺绍俊作《把主旋律创作当成一门学问》专题讲座，帮助学员提升文学素养，把握创作题材，提高专业水平。第三个板块是“掌握职称申报流程”。专门安排3节时间分别进行继续教育系统操作演示、职称申报系统操作演示，就职称评审有关问题答疑。

8月13日，省作协党组书记、专职副主席张培忠主持召开专题会议，传达学习中央宣传部、文化和旅游部、国家广播电视总局、中国文联、中国作协等五部门联合印发的《关于加强新时代文艺评论工作的指导意见》。党组成员、专职副主席苏毅以及各部门、杂志社主要负责同志参加会议，并对提升广东文学评论工作建言献策。

8月20日，举行《广东文学通史》顾问、主编工作会议暨分卷主编签约仪式。编撰学术顾问中山大学党委书记、中国史学会副会长、教育部历史学科教学指导委员会主任委员陈春声，中山大学中文系教授、博士生导师黄天骥，著名作家、茅盾文学奖获得者、广东省文艺终身成就奖获得者刘斯奋，执行主编、各分卷主编彭玉平、林岗、陈剑晖、纪德君、陈希参加会议。广东作协党组书记、专职副主席张培忠，主席蒋述卓，党组成员、专职副主席陈昆、苏毅出席会议。会议由省作协党组书记、专职副主席张培忠同志主持。张培忠作会议总结指出，《广东文学通史》为 5 卷本共 200 万字，要在 2023 年的 4 月 30 日前正式出版，时间紧、要求高、任务重，要保质保量完成任务，一是要贯穿一条红线，坚持以习近平新时代中国特色社会主义思想，特别是习近平总书记关于文艺工作的重要论述作为一条红线贯穿全书，并以此指导编撰工作。二是要构建一套话语体系，致力于打造融通中外的、富有岭南特色的文学话语和叙事体系。这套话语体系要反映广东文学的历史和现状，要有新概念、新范畴、新表述，同时在撰写过程中要有新的史料的发现、新的理论的概括、新的方法的应用。三是要形成一套工作机制，定期召开推进会，集思广益，群策群力，扎实有效地推进编撰工作。四是要完善体例框架，为下一步编写工作打好基础。五是要抓紧拟制提纲，9 月底召开编撰工作会议研究确定提纲。六是要对标最优最好，在专家顾问的指导和编撰团队的通力合作下，打造一部通史力作。

8 月 27 日，召开机关党员大会，选举产生新一届机关党委、机关纪委，全体党员共计 76 人参加会议。省作协党组书记、专职副主席张培忠，党组成员、专职副主席陈昆、苏毅出席会议。省直机关工委副书记李剑先到会指导工作并作讲话。会议审议通过了第五届机关党委、机关纪委工作报告和党费收缴使用管理情况报告。各党支部进行了分组讨论。经选举，陈昆同志担任新一届机关党委书记，刘春同志为机关党委专职副书记、机关纪委书记。

8 月，第十一届全国优秀儿童文学奖揭晓，胡永红长篇小说《上学谣》、吴岩长篇科幻小说《中国轨道号》榜上有名，这是广东省在同一届全国优秀儿童文学奖评选中首次有两部作品同获殊荣。

9 月 10 日，《文艺报》在第一版、第二版以跨版大篇幅刊发省作协党组书记、专职副主席张培忠署名理论文章《加快构建新时代中国文学话语和叙事体系》。文章指出，加快构建新时代中国文学话语和叙事体系势在必行，是中华民族伟大复兴的必然要求，是建设社会主义文化强国的必然要求。构建新时代中国文学话语和叙事体系的核心，是以习近平新时代中国特色社会主义思想为指导；要举精神旗帜，发挥文学培根铸魂的独特作用，以人民为中心，满足人民对美好生活的向往；构建新时代中国文学话语和叙事体系的关键，是塑造新时代中国形象；要讲好中国故事，塑造时代新人形象，塑造可信可爱可敬的国家形象。构建新时代中国文学话语和叙事体系的重点，是实现“两个结合”，要坚持把马克思主义文艺原理同中国具体实际相结合，坚持把马克思主义文艺原理同传承中国传统文化、借鉴人类文明的有益成果相结合。是国内文学界、学术界较早提出以习近平新时代中国特色社会主义思想为指导，构建中国文学话语和叙事体系的学术文章。

9 月 14 日，第二十八届北京国际图书博览会“中国作家馆”开馆仪式暨广东主宾省主题新闻发布会在中国国际展览中心举行。中国文联、中国作协主席铁凝，中国作协书记处书记、中国作家出版集团党委书记吴义勤，广东省委宣传部常务副部长崔朝阳为“中国作家馆”开馆。吴义勤、崔朝阳同志分别致辞。出席活动的还有中国作家协会办公厅主任李一鸣，中国作家出版集团党委副书记、《文艺报》总编辑梁鸿鹰，中国作家出版集团党委副书记、作家出版社有限公司董事长路英勇，省作协党组书记、专职副主席张培忠，省出版集团有限公司党委副书记、总经理杜传贵，省作协党组成员、专职副主席苏毅，广东作家代表及首都媒体记者等。活动由中国作家出版集团党委副书记、管委会副主任宋向伟主持。活动开始前，铁凝同志了解广东主宾省情况，并与广东作家代表亲切交流，对广东文学近年来取得的成绩表示赞许。中央政治局委员、中宣部部长黄坤明在省委常委、宣传部长陈建文的陪同下，听取了张培忠同志关于“中国作家馆”广东主宾省情况介绍，对本次参展的《奋斗与辉煌——广东小康叙事》《脚印——人民英雄麦贤得》等作品给予肯定。“中国作家馆”广东主宾省活动由中国作家协会、广东省委宣传部主办，中国作家出版集团、广东省作家协会、广东省出版集团承办。本次活动的主题是“盛世中国前沿地，时代湾区新浪潮”。除新闻发布会外，举行包括“讲述小康路上的百姓故事”《奋斗与辉煌——广东小康叙事》新书分享会、杨黎光长篇报告文学《脚印——人民英雄麦贤得》作品研讨会、“大湾区文学新浪潮”广东青年作家作品研讨会等系列活动。展出广东作家创作的精品图书 123 部，其中十八大以来出版的图书 103 部，广东省作家协会第九次代表大会后出版的图书56部。

9月25日，由中国作协社联部指导，广东省作家协会、中山市委宣传部主办的“美好生活基层行”中山“小康样本”创作实践基地采风创作活动（第一期）启动仪式在中山市南区街道举行。中国作协主席团委员、辽宁省作协名誉主席刘兆林，中国作家协会社联部副主任李晓东，省作协党组书记、专职副主席张培忠，天津市作协主席尹学芸，甘肃省作协原主席马步升，中山市委常委、宣传部部长林锐熙等出席启动仪式。中山市文联党组书记、主席陈江梅主持启动仪式。

9月27日，召开开展文娱领域综合治理暨加强全省文学工作者职业道德建设工作会议。省作协党组书记、专职副主席张培忠出席会议并讲话，党组成员、专职副主席、机关党委书记陈昆宣读《文为世范　行为士则——致全省广大作家和文学工作者的倡议书》，党组成员、专职副主席苏毅通报《广东省作家协会关于开展文娱领域综合治理的工作方案》。会议以线上线下相结合的方式举行，省委党史学习教育第十二巡回指导组组长张进思、组员李松杰，广州地区的省作协第九届主席团部分成员，正、副秘书长，省作协各分会、各部门、杂志社负责人，驻会作家，青年作家代表，网络作家代表，以及老作家代表、广东文艺终身成就奖获得者、广州大学人文学院教授章以武参加现场会议。广州地区以外的省作协第九届主席团成员，各地级以上市作协、省作协各分会负责人，各专业委员会负责人，主管文学社团负责人，相关地级以上市网络作协负责人，省作协各部门、杂志社干部通过线上参加会议。会议由省作协主席蒋述卓主持。

9月28日至29日，省作协党组书记、专职副主席张培忠连续主持召开“改革开放再出发”深扎创作活动吴君长篇小说《晒米人家》、王哲珠长篇小说《玉色》、丁燕长篇报告文学《我心澎湃——彭湃和他的母亲周凤》专家审读会。邀请李建军、白烨、贺绍俊、谢有顺、贺仲明、陈培浩等省内外专家就有关作品提出审读意见和修改建议。省作协党组成员、专职副主席苏毅出席会议。三部作品均为省委宣传部、省作协2019年“改革开放再出发”作家深扎创作活动扶持项目，作家吴君、王哲珠、丁燕分别在深圳宝安、揭阳阳美村、汕尾海丰深扎，克服疫情影响，潜心创作，取得了重要的阶段性成果。

10 月 17 日，省作协党组书记、专职副主席张培忠主持召开“粤菜师傅”主题创作座谈会。广宁县人力资源和社会保障局局长程科妮、副局长冯朝辉，广宁籍“粤菜师傅”代表冯焕成、袁火洪、刘万光、张灶金、黎国盛、曾文洪等厨艺大师应邀出席座谈会，并介绍了从业厨师和创业经营饭店的奋斗经历。“粤菜师傅”工程是广东省委、省政府贯彻习近平总书记、党中央关于以人民为中心的发展理念、推进乡村振兴的重要举措，是一项涉及就业、产业、民生、文化、德政的系统工程，对引领带动广大人民群众脱贫奔小康、推动共同富裕具有重要的战略意义。

10 月 23 日，举行《粤港澳大湾区文学评论》创刊一周年座谈会暨广东文学评论年会。中国作协党组成员、书记处书记、中国作家出版集团党委书记吴义勤，省委宣传部常务副部长崔朝阳，省委党史学习教育第十二巡回指导组组长张进思，《粤港澳大湾区文学评论》编委、省内外专家学者、省作协各部门、杂志社负责人共计 30 余人出席了会议。会议由省作协党组书记、专职副主席、《粤港澳大湾区文学评论》编委会主任张培忠主持。中国作协领导李敬泽、阎晶明、邱华栋分别发来视频、贺信祝贺该杂志创刊一周年。省作协主席蒋述卓宣读贺词。主编贺仲明介绍了《粤港澳大湾区文学评论》一年来的办刊情况和接下来的办刊思路。省作协党组成员、专职副主席陈昆就《广东省作家协会加强新时代文学评论工作实施方案（征求意见稿）》起草情况作了说明。与会专家围绕“对《粤港澳大湾区文学评论》创刊一年来好的经验、不足以及进一步办好刊物的意见建议”“进一步提升刊物质量和影响力，努力办成新时代中国文学理论创新、观念变革的前沿”“建构新时代广东文学话语和叙事体系”“粤港澳大湾区的文学实践和文化建构”“粤派批评的传播、交流和接收”等议题发言。

10 月 28 日至 30 日，在佛山市举办加强新文学组织和新文学群体职业道德建设培训班。培训班的任务是：坚持以习近平新时代中国特色社会主义思想为指导，深入学习贯彻习近平总书记关于宣传思想工作、群团工作、文艺工作的重要论述，贯彻落实中央、省委有关部署要求和《中国作家协会关于进一步加强文学工作者职业道德建设的意见》精神，进一步提高思想认识和政治站位，聚焦“做人的工作”核心任务，着力提升广东省新文学组织和新文学群体职业道德素质、推动广东文学事业健康发展，为构建新时代文学工作高质量发展作出积极努力。省内重点网络作家、自由撰稿人共52人参加了培训。省作协党组成员、专职副主席陈昆主持开班式、结班式，作动员讲话、培训小结。省作协主席蒋述卓作《新时代中国文学表达中国精神的几种途径》专题讲座，省委党校教授、省作协会员张雪峰作《学习百年党史，坚守初心使命——深入学习贯彻习近平总书记“七一”重要讲话精神》专题授课。培训期间，学员自学了《习近平总书记关于文艺工作重要论述》《在庆祝中国共产党成立100周年大会上的讲话》《新时代文学要牢记“国之大者”》《文为世范 行为士则——致全省广大作家和文学工作者的倡议书》等培训资料。培训班组织学员前往陈铁军故居、吴勤烈士陵园等红色教育基地瞻仰缅怀革命先烈，赴南风古灶、亚洲艺术之门等地采风交流。结班式上，胡永红、韦灵（旧海棠）、莫华杰、聂怡颖（三生三笑）、姚笛（红娘子）、谢雅娜（楼星吟）等学员代表结合自身创作实际，作学习体会交流发言。

11月4日晚，省作协党组书记、专职副主席张培忠主持召开党组会，传达贯彻中国作协九届八次主席团（扩大）会议精神，研究筹备中国作协十代会有关工作。张培忠同志强调，一要高度重视，全力以赴；二要吃透要求，无缝对接；三要细化方案，倒排工期；四要严肃纪律，按期完成。

11月5日，省作协召开《广东文学通史》主编工作会议，党组书记、专职副主席张培忠主持会议，党组成员、专职副主席陈昆、苏毅和《广东文学通史》执行主编及分卷主编等10余人出席会议。第一卷《古代广东文学史》主编彭玉平、第二卷《近代广东文学史》主编纪德君、第三卷《现代广东文学史》主编陈希、第四卷《当代广东文学史（1949－1976）》主编贺仲明、第五卷《当代广东文学史（1977－2022）》主编陈剑晖同志分别介绍各卷撰写情况，并就有关情况进行了讨论。

11月9日，省委党史学习教育第十二巡回指导组到省作协召开反馈书面意见会议。组长张进思同志对省作协党史学习教育阶段性情况提出了反馈意见，对省作协党史学习教育活动开展情况作出评价。副组长宁习洲同志通报了巡回指导近期重点工作指引。党组成员陈昆、苏毅、刘春以及和党史学习教育领导小组办公室部分同志参加了会议。会议由省作协党组书记、专职副主席张培忠主持。

11 月 10 日，召开 2021 年度广东省作家协会重点作品创作扶持评审会。2021 年度重点作品创作扶持征集活动是广东省作协第一次面向全国文学界征集粤港澳大湾区题材的文学作品，意义重大，为提升评选工作水平、加强评选工作的权威性、公正性，邀请了全国知名的文学专家担任评选嘉宾。根据统计，自 10 月以来，共征集申报作品（含长篇小说、长篇报告文学）26 部。经资格审查，共有 20 部作品符合申报条件。共有 7 部作品入选。

11 月 13 日，举行 2021 年广东省少年儿童践行社会主义核心价值观主题征文活动颁奖大会。省关心下一代工作委员会（以下简答“关工委”）主任张帼英，省关工委执行主任林木声，省关工委副主任郑红，省作协党组书记、专职副主席张培忠，羊城晚报报业集团（羊城晚报社）党委书记、社长刘海陵，省关工委副主任黄小玲，省教育系统关工委主任王玉学，省委老干部局副局长欧天就，省作协党组成员、专职副主席苏毅出席。各地级市关工委负责人，获奖学生、指导老师代表及家长等 160 多人参加大会。会上，张培忠同志讲话，黄小玲同志作活动总结，王玉学宣读评选决定，《秋光》杂志社总编辑鹿麟主持大会。主办单位为获奖学生代表、优秀组织工作奖代表颁发了荣誉证书。今年的征文活动以“用青春拥抱时代”为主题。历时半年，各地关工委、教育部门、作协和学校精心组织、全力发动，共收到 39.7 万篇投稿。征文题材广泛，内容丰富，格调积极向上，充满正能量，展现了小作者们爱党爱国的真挚情怀和意气昂扬的青春自信。由资深作家、编辑和教育工作者组成评委会，对作品进行严格的评审，评出一、二、三等奖及优秀奖作品共 620 篇。其中，高中组一等奖 5 篇、二等奖 10 篇、三等奖 30 篇、优秀奖 54 篇；初中组一等奖 10 篇、二等奖 25 篇、三等奖 70 篇、优秀奖 108 篇；小学组一等奖 15 篇、二等奖 35 篇、三等奖 100 篇、优秀奖 158 篇。广州市关工委等 30 家单位获优秀组织工作奖。张培忠指出，近年来，省关工委、省作协和省教育系统关工委积极探索以文学形式面向少年儿童开展常态化的社会主义核心价值观教育，以社会主义核心价值观征文活动为抓手，形成以文化人、以文育人的有效形式和长效机制，取得显著成效。在中国共产党成立100周年的热烈氛围中，结合开展红色革命教育、传承红色基因，举办2021年广东省少年儿童践行社会主义核心价值观主题征文活动，具有特殊的意义。他强调，当代中国少年儿童既是实现第一个百年奋斗目标的经历者、见证者，更是实现第二个百年奋斗目标、建设社会主义现代化强国的生力军。要心怀“国之大者”塑造“时代新人”，以社会主义核心价值观培育“文学新苗”，持之以恒打造工作品牌。

11月15日至17日，省作协赴中央苏区县韶关南雄市开展“红色文学轻骑兵”文学惠民活动。主要活动包括举办陈至明长篇纪实文学《水口战役》改稿会、南雄作家作品点评会等，邀请作家钟晓毅、艾云、黄国钦、荣笑雨等进行了点评，还组织专家和基层作者重走梅关古道、参观水口战役陈列馆等红色革命教育基地。此次由省作协主办，南雄市作家协会承办，是省作协紧扣党史学习教育“我为群众办实事”主线，在全国率先探索邀请著名作家、评论家组成红色文艺轻骑兵小分队，首次在县级作协有针对性地举办文学作品改稿会、点评会现场教学活动，以满足中央苏区县作者渴望提高创作水平的迫切愿望，帮助提升基层作者的创作水平，提升中央苏区县作家文学作品质量，助推中央苏区县文学创作迈上新台阶，受到了基层作者的一致好评。省委党史学习教育第十二巡回指导组成员牛巧红、李松杰对活动进行了全程指导。省作协副秘书长、社联部主任谢石南、南雄市文联主席孔令平，市作协主席陈至明，南雄市作协会员、文学爱好者90多人次参加了活动。活动期间，与会专家、作家和文学爱好者集中学习了党的十九届六中全会精神。

11月20日，由中山大学中国语言文学系与广东省作家协会、《作品》杂志、广东省文艺评论家协会、广东省中文类专业教学指导委员会联合举办的全国大学生原创文学大赛颁奖典礼在中山大学广州校区南校园怀士堂举行。省作协党组书记、专职副主席张培忠，省作协副主席、北京师范大学珠海分校艺术与传播学院教授陈继明，中山大学中国语言文学系系主任彭玉平，以及文艺界专家学者、师生代表参加颁奖典礼。典礼由中山大学中国语言文学系林峥副教授主持。此次大赛2020年5月23日发布征稿启事以来，共收到来自全国各地471所高校共计2053份作品，其中小说戏剧组稿件953

篇，新诗散文组稿件1100篇。大赛组委会组织高校教授、作家、文艺评论家、资深编辑进行初审、复审、终审三个环节，三轮评审全程匿名，评审专家客观对待每一个作品，保证结果公正。每组评选出金奖1名，银奖3名，铜奖5名，入围奖20名，共评出58件优秀作品。张培忠同志致辞表示，中山大学率先在全省乃至全国举办大学生原创文学大赛，富有远见卓识，也取得了明显成效，对于引导广大学生自觉践行社会主义核心价值观有积极意义。世界处于百年未有之大变局，也在这个风云激荡的时代，波澜壮阔的现实生活为大学生提供了取之不尽、用之不竭的创作素材。广东省作家协会作为主办单位之一，将与中山大学共同做好三个“一”，打造一个品牌，形成一个机制，发现一批人才，通过大赛鼓励大学生讲好广东故事，讲好湾区故事，讲好中国故事，形成生动活泼、佳作迭出的良好态势。

11月20日至24日，深入梅州组织“红色文学轻骑兵”活动，先后在五华、丰顺、大埔县开展系列活动，主要采取专家授课、文学座谈、考察红色教育基地和民俗文化等方式进行。此次活动由省作协主办，梅州市作协、中国客家文学院，五华、丰顺、大埔县文联、作协协办。作家、省作协第九届主席团成员、广州市文艺报刊社原社长、总编辑鲍十作“小说诸元素”专题授课，作家傒晗作了“如何把握好主旋律的庄严与文学的优雅”主题讲座。期间，举行了文学座谈会，鲍十、傒晗、黄金明等作家与参加人员热烈互动，针对文学爱好者在阅读和写作中遇到的疑惑，进行细致分析和专业解答，厘清文学创作中的模糊观念，还在五华、丰顺、大埔三县考察了红色体验馆、瓓公祠，坚真纪念馆、集瑞博物馆，三河坝战役纪念馆、中共南方工委旧址、百侯古镇等红色教育基地和民俗文化基地。

11月26日，组织学习贯彻党的十九届六中全会精神宣讲报告会。宣讲以线上、线下相结合形式进行，省委党史学习教育第十二巡回指导组组长张进思同志、组员牛巧红、曾庆坤、李松杰、梁泳琪同志出席宣讲活动，在现场参加会议的有省作协党组同志、各部门、杂志社三级主任科员以上党员干部，在线上参加会议的有省作协主席团成员、各专业委员会、各地级以上市作协、各行业分会负责同志以及省作协各部门、杂志社三级主任科员以下党员干部，线上线下共300多人。邀请省委党校教授张雪峰作《百年奋斗启新程——深入学习贯彻党的十九届六中全会精神》专题宣讲。宣讲围绕“十九届六中全会的背景和概况”“百年大党创造的伟大成就”“百年奋斗的历史意义和经验”“以史为鉴，开创未来”四个方面为党员干部深入学习贯彻党的十九届六中全会精神作了辅导。张培忠同志作小结指出，学习宣传贯彻十九届六中全会精神，是各级作协组织当前最重要的政治任务，要坚持把学习宣传贯彻全会精神贯穿到文学工作各方面、全过程。要把学习贯彻全会精神与党史学习教育结合起来，与学习习近平总书记“七一”重要讲话精神结合起来，与如期圆满完成年度各项工作任务结合起来，不断增强学习贯彻全会精神的政治自觉、思想自觉和行动自觉。一要迅速兴起学习党的十九届六中全会精神热潮；二要提高政治站位，胸怀“国之大者”；三要增强文学自信，讲好湾区故事；四要抓好后继有人，勇担时代重任；五要坚持守正创新，全面推动事业。

11 月 27 日，省作协党组书记、专职副主席张培忠主持召开广东文学馆展陈大纲中期评审会。省作协党组成员、专职副主席陈昆同志介绍省委宣传部工作要求及广东文学馆建设和展陈大纲编制进展情况，南方报业传媒集团编辑委员会委员（专职）陈志同志介绍广东文学馆展陈大纲编制情况，力天公司代表介绍广东文学馆展厅空间布置设计情况。省作协主席蒋述卓、省博物馆党委专职副书记吴武林、华南师范大学文学院教授陈剑晖、广州大学人文学院教授纪德君、中山大学中文系教授陈希等专家围绕主要议题进行讨论。省作协党组成员、专职副主席苏毅，党组成员、秘书长刘春同志出席会议。张培忠同志指出，广东文学馆是省级重大文化标志项目“三馆合一”项目之一。要深入学习领会、认真贯彻落实省委书记李希和省委常委、宣传部部长陈建文关于“三馆合一”项目的建设要求，准确把握时代产物、文学殿堂、市民空间的项目定位，充分体现广东特色、中国风范、世界水平，力争把项目打造成岭南文化的标志地、大众休闲的目的地、湾区交流的会客厅。要进一步理清展陈大纲大体脉络，进一步体现名家名作，进一步彰显广东特色，进一步删繁就简，紧紧把握定位，建设好广东特色、世界风范、国际水平的文学馆。

11 月 30 日至 12 月 2 日，由鲁迅文学院主办，广东省作家协会承办，湛江市文联、湛江市作家协会协办的“鲁迅文学院广东作家研修班”在广东湛江市举行。开学典礼采取线上线下相结合的方式举行，鲁迅文学院常务副院长徐可、副院长李东华在北京连线湛江，省作协党组书记、专职副主席张培忠，湛江市委常委、宣传部长郑浩然等在湛江现场出席开学典礼。本期研修班的50名学员，是由广东省作协推荐、鲁迅文学院审定，精心选拔出来的。其中有30名学员来自湛江，其余20名学员分别来自邻近的茂名、阳江、肇庆和云浮，很多学员已经取得了优异的创作成果。研修班筹备历时近一年时间，鲁迅文学院做了充分准备和大量工作，在吸纳以往办学经验的基础上，对教学环节进行了具有针对性的设计安排，分别由鲁迅文学院常务副院长徐可作题为《作家的修养和境界》文学讲座，广东省委党校教授张雪峰讲授《百年奋斗启新程——深入学习贯彻党的十九届六中全会精神》，著名作家金仁顺讲授《小说课》，《人民文学》主编施战军讲授《文学理论课》、清华大学中文系教授西渡讲授《诗歌创作中的感觉、构思与想象》等课程，还邀请全国知名的作家、学者与学员开展高水准的文学对话研讨，力求通过多种多样的教学形式，使本期培训班达到最佳的学习效果。

11月30日，省作协党组书记、专职副主席张培忠在湛江调研基层作协作家工作，并召开座谈会，现场解决基层作协困难。湛江市文联党组书记、主席周伟武，广东省作协文学院院长魏微，省作协办公室负责人兼《少男少女》杂志社社长、总编辑陈蕾，湛江市作协主席、《湛江晚报》总编辑陈通等参加了调研活动。张培忠同志充分肯定湛江作协的工作和文学创作所取得的成绩。他指出，湛江有独特的人文、地理优势，本土文化历史悠久，加上南来北往交融沉淀下来很多资源，这是别的地方所没有的。要充分利用自身优势，坚持开展采风创作、培训交流等活动，悉心挖掘、鼓励和培养湛江文学人才队伍。要利用政府和社会力量，整合各方资源，与时俱进支持湛江网络文学事业发展，抓紧成立本地网络作家协会。要鼓励引导网络作家参与主流文学创作，重要的主题采风、培训交流活动要邀请网络作家加入，推动湛江网络文学创作和评论的发展。期待湛江作家们能创造出自己的大作、力作、精品之作，无愧于这个时代。洪三泰、陈雁、边晓琳、龙筱慧、陈凌风、郑晓辉、何晨枫、陈济华、占智才等湛江有关县（市、区）作协主席和作家代表作了发言。

12 月 1 日，省委书记李希同志专门安排时间，听取省作协党组书记、专职副主席张培忠的工作汇报，重点听取广东文学院改革汇报，充分肯定省作协工作抓得很实、很有成效，甚感欣慰，表示省委支持包括文学院改革在内的多项改革，强调省作协要把作家群体组织起来，讴歌伟大时代、讴歌改革开放，久久为功，多出好作品、大作家，既要有高原，又要有高峰，努力推动广东文学事业繁荣发展，并特意叮嘱张培忠同志转达对即将出席中国作协十代会的广东作家代表团全体成员表示敬意和问候。当天，张培忠同志主持召开党组（扩大）会议，第一时间传达学习省委书记李希同志有关指示精神，研究贯彻措施。他指出，李希同志在百忙中听取省作协工作汇报，充分体现了李希同志和省委、省政府对广东文学事业和省作协工作的高度重视和关心支持，我们深受鼓舞、深受教育。从事文学工作很光荣很有意义，我们要把握机遇，团结引领广大作家听党话、跟党走，出精品、出人才，全力以赴，狠抓落实，推动广东文学事业高质量发展。

12 月 10 日，召开党组（扩大）会议，传达学习省委书记李希同志向赴京参加中国文联第十一次全国代表大会、中国作协第十次全国代表大会广东代表团作行前动员批示精神，研究部署做好广东作家代表团行前工作。会议指出，李希同志在全体代表赴京参会前致以诚挚问候、良好愿望，并提出殷切期望，充分体现了李希同志和省委、省政府对全省文艺事业和全体与会代表的关心厚爱，我们倍感温暖，倍添动力。李希同志有关批示既是对大会代表的要求，也是对全省文艺工作者的希望，既是鼓舞，也是鞭策，我们要认真学习贯彻批示精神，高度重视，周密安排，团结协作，严肃纪律，确保顺利。会议要求，广东作家代表团和全省文学工作者要牢记初心使命，心怀“国之大者”，建睿智之言，献务实之策，明确历史方位，锚定发展定位，对标对表最优最好，海纳百川，兼收并蓄，主动认领、坚决完成党和人民赋予的新使命新任务，努力培育作协工作的大格局，开创文学事业的大气象，以优秀文学“答卷”回答时代“问卷”，共同推动新时代广东文学、湾区文学、中国文学从高原迈向高峰。

12 月 11 日下午，广东代表团赴京参加中国文联、中国作协全国代表大会行前动员会在广州召开。广东作家代表团45名代表参加会议。会议指出，本次全国文代会、作代会是在全国上下隆重庆祝中国共产党成立一百周年，深入学习贯彻习近平总书记“七一”重要讲话精神和党的十九届六中全会精神背景下召开的一次重要会议，对于在新的历史起点上团结引领广大文艺工作者加快推进文化强国建设具有十分重要的意义。会议强调，参会代表要增强“四个意识”、坚定“四个自信”、做到“两个维护”，不负重托、认真履职，充分展现广东形象，圆满完成大会各项任务。要持续深入学习贯彻习近平总书记关于文艺工作的重要论述精神，落实好大会精神，紧紧抓住“双区”、两个合作区建设重大战略机遇，传承岭南优秀传统文化，实施岭南文化“双创”工程，讲好广东故事、湾区故事、中国故事，争当推动广东文艺大发展大繁荣的排头兵，努力筑就岭南文艺新高峰，为我省在新征程中走在全国前列、创造新的辉煌提供有力精神文化支撑。广东作协党组书记、专职副主席张培忠作为广东作家代表团团长作表态发言表示，本次代表团具有“三多一优”的特点，即获得大奖多、新人新秀多、高学历多、素质优秀。全体代表将提高站位，牢记使命，当好“作家代表”；珍惜荣誉，展现风采，当好“形象使者”；对标先进，见贤思齐，当好“文学先锋”。会上，作家代表邓一光、阿菩也分别发言。

12月14日至17日，中国作家协会第十次全国代表大会在北京召开，广东作家代表团实际与会43人，2人请假。14日上午，中国文学艺术界联合会第十一次全国代表大会、中国作家协会第十次全国代表大会在北京人民大会堂开幕，中共中央总书记、国家主席、中央军委主席习近平出席大会并发表重要讲话。当天下午，广东代表团、港澳台代表团在首都宾馆2层会议室召开分组讨论学习习近平总书记在中国文联第十一次全国代表大会、中国作协第十次全国代表大会开幕式上的重要讲话精神。中国作协党组书记、副主席张宏森参加讨论并作辅导发言。会议由省作协党组书记、专职副主席张培忠主持。

12月16日，张培忠、杨克、王世孝（王十月）、陈启文、林俊敏（阿菩）、贺仲明、魏微同志当选中国作协第十届全国委员会委员，杨克同志当选主席团委员。

12 月 20 日，召开全省文学界传达学习贯彻习近平总书记在中国文联十一大、中国作协十大开幕式上重要讲话暨中国作协十大会议精神大会。大会的主要任务是：传达学习贯彻习近平总书记在中国文联十一大、中国作协十大开幕式上的重要讲话精神，认真贯彻落实党的十九届六中全会精神，学习贯彻中国作协十大会议精神，进一步明确抓好作协工作和文学工作的思路举措，为推动广东在全面建设社会主义现代化国家新征程中走在全国前列、创造新的辉煌作出新的贡献。大会采取线上线下的方式进行。省作协主席团成员、各专业委员会负责人、各团体会员负责人、县（区）作协负责人在线上参会，省作协党组成员、机关全体人员在线下参会，共约 450 人。省委党史学习教育第十二巡回指导组牛巧红同志、梁泳琪同志到会指导。会议由省作协党组书记、专职副主席张培忠主持并作传达。

12 月 29 日，省作协党组召开 2021 年从严治党专题会议。主要任务是：深入学习贯彻习近平总书记关于全面从严治党重要论述，认真贯彻落实党的十九届六中全会精神，回顾总结省作协 2021 年全从严治党工作，研究部署省作协 2022 年全面从严治党工作，推动全面从严治党向纵深发展，进一步提高机关党建工作水平，为推动广东文学事业异军突起、繁荣发展、走在前列提供坚强组织保障。党组成员出席会议，各部门、杂志社主要负责同志、机关党委委员、纪委委员列席会议。省纪委省监委驻省委宣传部纪检监察组组长何慧华同志、二级巡视员李耀明同志出席会议并讲话。会议由广东作协党组书记、专职副主席张培忠主持。党组成员轮流领学重温《习近平关于全面从严治党论述摘编》，重点学习第十二专题“落实全面从严治党主体责任”，并作学习体会交流。会议听取省作协 2021 年度机关党建工作情况汇报、纪检监察情况汇报。文学院支部书记、《少男少女》杂志社支部书记就本支部党风廉政建设情况作交流发言。

12 月 30 日，召开《广东文学通史》主编会议，集中研究《广东文学通史》各卷样章。省作协主席蒋述卓，教育部长江学者、中山大学中文系教授、主任、博士生导师彭玉平，华南师范大学文科二级教授、广州大学资深特聘教授、博士生导师陈剑晖，广州大学教授纪德君，中山大学中文系教授、博士生导师陈希，省作协兼职副主席、暨南大学文学院教授、博士生导师贺仲明出席会议。省作协党组书记、专职副主席张培忠作会议小结。省作协党组成员、专职副主席陈昆主持会议。张培忠同志感谢各卷主编的辛勤工作，他提出五点工作要求。一是各卷主编要继续高度重视、率先垂范。二是继续在“做到有新的史料的呈现、有新的理论的概括、有新的阐述方式”上下功夫。三是做好点和面、史和论的结合。四是坚持以习近平新时代中国特色社会主义思想，特别是习近平总书记关于文艺工作的重要论述作为一条红线贯穿全书。五是定期召开会议，研究工作进展情况。

截止 2021 年 12 月，全省共有中国作协会员 664 人，省作协会员 4142 人，各地级以上市作协、省作协各分会会员人数 11741 人，广东网络作家协会会员 607 人，省小作家协会会员 3389 人。

胡永红小说《上学谣》、吴岩科幻文学《中国轨道号》获第十一届全国优秀儿童文学奖。苏展小说《百家碗》、林萧小说《白面奶奶》获 2020 年冰心儿童文学新作奖。塞壬散文集《沉默、坚硬，还有悲伤》、鄞珊散文《流水对账》、周齐林散文《底色》分获第三届三毛散文奖散文集“实力奖”、单篇散文大奖、单篇散文新锐奖。杨克诗歌《精神地图》、郭冰茹文学评论《当代小说的写作技术与“传奇”传统》获第十二届《上海文学》奖。杨克散文集《我说出了风的形状》、陈桥生散文《灵运了这一方山水》获第九届冰心散文奖。葛亮中篇小说《飞发》获第六届华语青年作家奖中篇小说主奖。黄灯、林棹分获 2021 南方文学盛典“年度散文家”“年度最具潜力新人”。冯娜诗歌《树在什么时候需要眼睛》获 2021 花地文学榜“年度诗歌”。安然获第四届“草堂诗歌奖”年度实力诗人奖。郑小琼诗歌《机器》获第七届《芳草》诗歌双年十佳，组诗《珍珠》获《诗刊》2020 年陈子昂诗歌奖 2020 年度青年诗人奖。耿立散文《见龙在田》获第三届丰子恺散文奖评委奖。蒋述卓文学评论《中国当代文学现实主义叙事传统的建构及其意义》获《南方文坛》2021 年度优秀论文。肖建国获第九届（2018—2020）小小说金麻雀奖。邓一光短篇小说《离开中英街需要注意什么》、蔡东短篇小说《她》、南翔短篇小说《果蝠》、塞壬散文《即使雪落满舱》、陈启文报告文学《为什么是深圳》入选北京文学月刊社主办的 2020 年中国当代文学最新作品排行榜。邓一光短篇小说《离开中英街需要注意什么》、南翔短篇小说《果蝠》、彭名燕报告文学《其实我一直没走远》获“《北京文学》2020年度优秀作品”奖。葛亮中篇小说《瓦猫》、王威廉中篇小说《你的目光》、南翔短篇小说《伯爵猫》、蔡东短篇小说《日光照亮北斗》、申平小小说《灵蛇》入选“中国小说学会2021年度好小说”。

庞贝长篇小说《乌江引》（花城出版社）、吴君长篇小说《晒米人家》（花城出版社）入选中宣部2021年主题出版重点出版物选题目录。申平长篇小说《找魂》入选2021年中国作家协会重点作品扶持项目“庆祝建党百年、纪录全面小康”主题专项。聂怡颖（三生三笑）《我不是村官》入选国家新闻出版署2020年“优秀现实题材和历史题材网络文学出版工程”。江春燕（李慕江）《南海一家人》、林俊敏（阿菩）《山海经三山神传》入选中国作协“2021年网络文学重点作品扶持选题名单”。步枪《大国战隼》、风青阳《万古第一神》、齐佩甲《超神机械师》入选中国网络文学影响力榜（2020年度）。